그대의 연인

그대의 연인(戀人) 1

초판 1쇄 찍은 날 § 2005년 2월 21일
초판 1쇄 펴낸 날 § 2005년 3월 1일

지은이 § 김이현
펴낸이 § 서경석

편집장 § 문혜영
편집 및 디자인 § 이종민
마케팅 § 정필 · 강양원 · 이선구 · 홍현경

펴낸곳 § 도서출판 청어람
등록번호 § 제1081-1-89호
등록일자 § 1999. 5. 31
어람번호 § 제5-0035호

주소 § 경기도 부천시 원미구 심곡1동 350-1 남성B/D 3F (우) 420-011
전화 § 032-656-4452 팩스 § 032-656-4453
http://www.chungeoram.com
E-mail § chungeoram@chungeoram.com

ⓒ 김이현, 2005

ISBN 89-5831-436-2 (SET)
ISBN 89-5831-437-0 03810

그대의 연인

1

part— I 『끝을 위한 시작』

도서출판 청어람

part- I 『끝을 위한 시작』

서울의 가을 하늘은 청명할 정도로 푸르렀다. 하늘과 땅이 맞닿기 전 구름 속에 갇힌 비행기는 유유히 하늘을 날았고, 태준은 꽤 오랜 시간 동안 창 너머 세상에 시선을 고정시키고 있었다. 문득 입술을 비집고 낮은 한숨이 새어나왔다. 오랜 비행으로 인해 딱딱하게 경직된 자세를 바꿔 편안하게 등받이에 머리를 기댄 그는 다시금 창밖으로 눈길을 던졌다. 여전히 서울의 하늘은 눈부시도록 파랗게 빛나고 있었다.

태준은 눈을 감고 뇌리를 메우는 모든 기억들을 하늘의 어딘가로 내던졌다. 잊었다고 생각했건만, 서울의 하늘은 그에게 아픈 기억만을 들춰내고 있었다. 감은 눈 사이로 미세한 경련이 일었다. 퍼스트클래스의 손잡이를 움켜쥐고 있는 손에 서서히 힘이 실렸다. 멀리서 착륙을 알리는 기내방송이 울려 퍼지고 있었다.

까다로운 입국심사와 세관검사를 모두 마친 태준은 그의 곁을 빠르게 스치고 지나가는 일반 여행객들과는 달리 느릿하게 입국장으로 나섰다. 혹시나 했던 예상이 적중했다. 비행기가 착륙하고 한참이 지난 후 나왔는데도 불구하고 인천국제공항 입국장 환영홀에는 취재를 하려는 기자들이 장사진을 치고 있었다. 북적거리는 사람들 곁을 지나치며 태준은 챙 넓은 야구 모자를 꾹 눌러썼다. 긴 비행으로 인해 거뭇거뭇하게 돋아난 수염 때문인지, 목을 쭉 빼고 기다리던 기자들은 그가 바로 옆을 지나치는데도 알아보지 못하고 입국장 출입구만 뚫어져라 바라보고 있었다.

조용하게 귀국하고 싶다고 언론에 미리 언질을 주었는데 먹혀들지 않았나 보다. 오죽하면 항공 측에 입국자 명단을 공개하지 말아달라는 부탁까지 했을까. 하지만 발 빠른 기자들은 태준의 그런 노력을 허사로 만들었다. 족히 사오십 명은 될법한 사람들을 둘러보는 그의 눈에 피로가 한가득 몰려들었다. 긴 비행이었다. 퍼스트클래스라고 하나, 불편하지 않다고 하면 거짓일 것이다. 한시 바삐 집에 가서 쉬고 싶은 마음밖에 없었다. 그러나 눈에 불을 켜고 기다리는 기자들의 눈에 띄면 편안하게 쉰다는 것은 몇 시간 뒤로 미뤄질 게 뻔했다. 태준은 오래도록 기다렸을 기자들을 외면하고 걸음을 재촉했다.

한 무리의 기자들은 여전히 한곳에 시선을 모은 채 조바심을 내듯 발을 동동 구르며 서로 대화를 나눴다.

“왜 이렇게 안 나오지?”

“그러게. 이제 마지막 승객까지 얼추 다 나온 것 같은데.”

“들리는 소문엔 사람들 앞에 나서는 걸 꺼려한다고 들었어. 취재를 허락해 줄지 모르겠군. 비밀리에 귀국하는 걸 보면 백발백중 취재를 거부할지도 모르지.”

“괴짜로군. 세간의 이목을 집중시키는 것이 직업이면서 사람들 앞에 나서는 것을 꺼리다니.”

두런두런 들리는 소리가 귓가에 전해지자 태준은 픽 실소를 흘리고 말았다. 참으로 웃기는 일이 아닐 수 없다. 긴 시간을 바다 건너 먼 나라에 있었는데 도대체 저 사람들은 어디서 그런 소문을 들었는지 알 수 없는 노릇이었다. 찢어진 구제 청바지에 헐렁한 면 티셔츠, 그리고 빛 바랜 재킷을 걸친 그를 눈여겨보는 이는 아무도 없었다. 짐은 이미 항공편으로 먼저 보냈기에 태준의 손에는 기껏해야 수트케이스 하나가 전부였다.

그때 수트케이스를 끄는 태준의 손을 누군가 낚아채고 반갑다는 듯 돌연 언성을 높였다.

“민태준 감독님! 맞으시죠?”

입국장 출입구에 시선을 고정시키고 있던 기자들의 눈길이 일제히 태준에게 날아들었다. 태준은 자신의 손을 결박하듯 잡고 있는 낯선 남자의 손을 뿌리치고 나직하게 욕설을 내뱉었다. 그와 동시에 무리를 지어 서 있던 기자들이 우르르 달려들어 서로에게 뒤질세라 저마다 플래시를 터뜨리기 시작했다.

정신없이 터지는 카메라 플래시를 외면하며 태준은 모자를 벗어 얼굴을 가리는 제스처를 취했다.

"Stop!"

명령과도 같은 그의 한마디에 여기저기서 터지던 플래시가 순식간에 빛을 잃었다. 그러나 사진 찍기를 멈춘 그들은 곧 속사포 같은 질문을 퍼부었다. 발 디딜 틈 없이 붐비는 공간에서 뒤죽박죽 섞여 나오는 말들은 무슨 소리인지 명확하게 알아들을 수 없을 지경이었다. 수많은 마이크가 태준의 앞으로 내밀어졌다.

"민태준 감독님, 세계 최고 수준이라 불리는 끌레르몽 페랑 단편 영화제에서 수상하신 소감을 한마디 하신다면……."

"러시아 국립 영화예술 대학교에서 육 년 동안 영화 연출을 공부하셨다는데……."

"러시아대학 교수들의 추천으로 졸업하던 해 할리우드에서도 연출 공부를 더 하셨다고……."

"국내에서는 최초로 끌레르몽 페랑 영화제에서 상을 받으셨는데, 그것도 심사위원 특별상을……."

태준은 지그시 눈을 감았다. 모자로 가리고 있던 얼굴을 슬며시 내민 그는 주변을 압도하듯 냉랭한 눈빛으로 기자들을 훑어보았다. 수없이 쏟아지던 질문들이 허공으로 사라지고 사람들은 슬금슬금 그의 눈치를 살피기 시작했다. 한 손으로 입을 막고 가볍게 헛기침을 내뱉은 태준은 치밀어 오르는 짜증을 억누르기 위해 목소리를 가다듬고 애써 표정을 관리했다.

"죄송하지만, 오늘은 많이 피곤합니다. 환영해 주셔서 감사하나, 정식 기자회견을 준비하고 있으니 취재는 다음으로 미룹시다.

그럼!"

오만하게 턱짓으로 인사를 마친 태준은 싱긋 미소를 보냈다. 그리고 앞을 가로막고 있는 기자들을 밀치고 멀어지는 순간 누군가 그의 이름을 우렁찬 목소리로 불렀다.

"민태준 씨!"

갑작스러운 부름에 태준은 걸음을 멈추고 힐끔 뒤를 돌아보았다. 그 짧은 찰나 플래시가 번쩍하고 빛을 발했다.

"한 컷만 허락하십시오. 그래도 민태준 감독님이 귀국하셨는데, 사진 정도는 찍게 해주셔야……."

불시에 사진촬영을 한 기자는 멋쩍은 웃음을 흘리며 변명처럼 말을 늘어놓았다. 태준은 손에 잡힌 수트케이스를 거칠게 내려놓고 허락도 없이 사진을 촬영한 기자 앞으로 성큼 걸음을 옮겼다. 오늘은 싫다고 알아듣게 말했건만, 도대체 왜 이렇게 귀찮게 하는지 모르겠다. 불쑥 짜증이 치밀어 태준은 다소 거친 행동을 사람들에게 내보이고 말았다. 기자의 생명이나 다름없는 카메라를 빼앗고 주저없이 필름을 빼내기 시작한 것이었다.

"아니, 민 감독님! 이게 무슨 짓입니까!"

구경꾼처럼 모인 사람들과 기자들은 술렁거리며 동요를 일으켰다. 저마다 자신의 카메라를 보호라도 하는 양 뒷걸음질치는 기자들을 보지도 않은 채, 태준은 경악한 듯 소리를 버럭 지르는 기자의 말을 단호하게 잘랐다.

"난 연예인이 아닙니다. 그리고 나는, 내가 찍는 것을 즐기지 결코 찍히는 쪽을 바라진 않습니다. 알아들으셨습니까, 기자 분들?"

웅성거리며 불만을 토로하는 기자들 가운데서 들릴 듯 말 듯한 욕설이 묻어나왔다. 태준의 매력적인 입매에 싸늘한 조소가 물렸다. 태준은 한 손을 들어 올려 간단히 인사를 마치고는 소란스러운 공항을 유유히 빠져나왔다. 더 이상 그들은 태준을 붙잡지도, 사진을 찍지도 않았다. 팔 년 만에 맞이하는 서울은 그의 귀국을 상업적인 관심에만 귀를 기울였다. 누구도 민태준이라는 남자를 진심으로 따뜻하게 맞아주는 사람은 없었다. 어느 누구도…….

오래전 이 땅을 떠날 때 배웅해 주던 사람이 없었던 것과 마찬가지로 수많은 인파에 파묻혀 있어도 그의 귀국은 지독하게 씁쓸한 여운만을 불러일으켰다.

육 년간의 유학생활 동안 이 나라를 얼마나 그리워했던가. 인종차별 심한 할리우드에서 이 년 가까이 연출공부를 더 할 때도, 한국이라는 이름만 들으면 알 수 없는 그리움에 문득문득 목이 울컥해지고는 했었다.

하나, 웬일인가.

내 나라에서, 내 나라의 하늘을 보고, 내 나라의 공기를 들이마셔도 전혀 감격스럽지가 않다. 그저 허무하고 한없이, 한없이 쓸쓸할 뿐이다. 정우라도 나오라 할 걸 그랬나. 한사코 나온다고 하던 친구에게 나오지 말라고 한 것이 문득 후회가 되었다.

9월이지만 제법 날이 선선했다. 때 이른 가을바람이 옷깃을 스치고 지나갈 무렵 태준은 가슴을 켜켜이 채우는 허무함과 쓸쓸함을 잘라내고 일렬로 늘어선 택시에 몸을 묻었다.

My wrath shall far exceed the love I ever bore
나의 분노는 내가 품어왔던 사랑을 훨씬 더 앞지르리라

—*saying*

사랑은 없다
남은 건 골수 깊이 파묻힌 분노와 차디차게 식어버린
연정(戀情)의 잔해뿐
—J의 다이어리 중 일부 발췌

어느새 가을이 성큼 다가와 있었다. 한 생명을 마무리 짓듯 여기저기 흩날리는 낙엽들을 바라보며 여진은 방음창을 열었다. 정원을 가득 메우는 정원수가 긴 겨울잠에 들기 전 마지막 준비를 하는지 푸르렀던 잎사귀는 어느새 갈색으로 옷을 갈아입고 있었다.

무심하게 하루하루를 살아가는 사이, 계절은 그녀와는 상관없이 작열하던 여름의 태양을 스산한 바람으로 변화시키고 가을을 불러들이고 있었다. 열려진 창문 틈새로 가을바람이 소리도 없이 들어와 가슴 깊은 곳으로 퍼져 나갔다. 긴 한숨이 폐부를 뚫고 새어나와 공기 중으로 흩어졌다.

계절 따위 한 번도 눈여겨본 적이 없었다. 계절이 변하든 시간
이 흐르든 그녀는 늘 그래 왔던 것처럼 무심히 외면하기 위해 거
친 손길로 창을 닫고 커튼을 쳤다. 홱 몸을 돌리고 테이블에 올려
두었던 향기로운 재스민 차를 들어 올리던 여진은 막 거실로 들어
서는 민서를 마주하자 언제 그랬냐는 듯 찻잔을 테이블에 던지고
싸늘하게 등을 돌렸다. 짙푸른 공단 커튼이 시야에 들어왔다. 여
진은 눈을 감았다. 어서 그가 자신이 가던 길을 가기만을 기다리
고 있었다.

이틀 만에 집에 들어온 사람이다. 한 달의 삼십 일 중 절반은 밖
에서 생활하는 사람. 그리고 그녀는 그것이 더 평화롭게 느껴지고
있었다. 민서가 집 안에 없다는 것, 그건 그녀가 잠시나마 숨을 쉴
수 있도록 해주는 것과 같은 이치였다. 이틀 동안 편히 지냈으니
며칠 동안은 불편한 생활이 이어질 듯하다. 그가 다시 외박을 하
기 전까지는.

어쩌면 한 며칠 더 외박이 이어질 듯하더니 무슨 일로 일찍 들
어온 걸까. 그것도 이른 아침부터. 여진은 짜증스레 입술을 물었
다. 아니나 다를까, 민서의 서늘한 음성이 그녀의 귓가에 들려왔
다.

"아주머니께 짐 좀 챙기라고 일러. 삼 일 정도 못 들어올 거야."

달리 씸므.

민서가 지나가자 달콤한 과일 향이 훅 끼쳐 들었다. 달리 씸므
특유의 달콤한 내음. 여진의 미간이 살짝 찌푸려졌다. 얼마 전까
지는 파우더리한 플로럴 향의 안나수이 향취가 그의 몸에 배어 있

었다. 그런데 이제는 달리 씸므이다. 그건 밤을 함께 보내는 상대가 바뀌었다는 뜻이다. 인위적인 향에 민감한 반응을 보이는 후각 때문인지 여진은 그때그때 민서의 상대가 바뀌었음을 눈치챘다. 지금처럼.

지겹다는 듯 고개를 내저으며 여진은 식당으로 걸음을 옮겼다. 식당을 분주하게 오가며 아침을 준비하던 가정부가 무슨 일이냐는 듯 눈을 둥그렇게 떴다.

"옷 좀 챙겨줘요. 삼 일분이면 돼요."

사십대 초반의 가정부는 쯧쯧 혀를 찼다.

"사장님 또 밖에서 주무시는 거예요?"

여진은 보일 듯 말 듯 고갯짓으로 대답을 대신하고 나직이 덧붙였다.

"난 아침 생각 없어요. 내 건 준비하지 말아요."

지끈거리는 두통에 비명이 터져 나올 듯했다. 약을 먹어도 머리가 깨질 듯한 아픔은 멈추지 않고 계속되었다. 결국 약도 포기하고 집 안에 틀어박혀 쉬기만 하기를 며칠째. 오늘 아침은 갤러리에 나가볼까, 망설이던 여진은 결국 출근을 포기하고 조금이라도 더 침대에 누워 있기 위해 침실로 향했다. 금방이라도 쓰러질 것 같아 겨우겨우 대리석 벽에 손을 기대고 한 걸음 한 걸음 힘겹게 걸음을 내디뎠다. 반질반질하게 윤이 나는 계단 난간에 손을 올리는 순간 민서의 짜증스러운 음성이 그녀의 움직임을 멈추게 했다.

"참!"

체리목 특유의 서늘한 느낌을 떨쳐 내며 여진은 고개를 돌렸다.

와이셔츠 단추를 잔뜩 풀어헤친 그는 그제야 생각났다는 듯 느릿느릿 말을 이었다.

"오늘 저녁에 시간 좀 비워둬."

여진의 아치형 눈썹이 활처럼 휘었다. 남편과의 사이에서 말이 필요한 것은 아니다. 그가 하는 말을 가만히 듣고 있다가 고갯짓만 하면 되는 것이다. 예스면 위아래로 한 번, 노면 가로로 두 번. 여진은 계속해 보라는 듯 민서를 물끄러미 바라보았다. 그는 마치 아랫사람에게 명령하듯 툭 말을 던졌다.

"대학 동창모임이야. 부부동반이라 나만 혼자 갈 수 없는 자리니까 준비하고 있어."

여진의 표정이 못마땅함을 드러내듯 찡그려지자 민서는 보기 싫다는 듯 손사래를 쳤다.

"알아, 가기 싫다는 거. 나도 당신과 가고 싶은 마음 없어. 하지만 자리가 자리인만큼 불편해도 참아."

여진은 단호하게 고개를 가로저었다. 한 번, 두 번. 명백한 거절의 뜻에 민서는 얼굴을 일그러뜨렸다.

"차 보내면 군소리없이 나와. 귀찮게 하지 말고."

할 말을 마쳤다는 듯 민서가 휙 몸을 돌리고는 드레스 룸으로 멀어졌다. 여진은 민서의 뒷모습을 노려보며 나직하게 내쏘았다.

"싫어요."

"싫어도 나오라고 했어. 당신 때문에 내 입장이 얼마나 곤란한지 안다면 얌전히 준비하고 있어."

"곤란할 게 뭐 있어요? 굳이 아내라는 역할이 필요하다면 당신

파트너 중에 하나를 데리고 가면 그만이잖아요.”

또박또박 끊어 말하는 여진의 곁으로 민서는 위협하듯 한 걸음씩 다가섰다.

“나도 그게 속 편하지. 하지만 내 친구들 중에 당신 얼굴을 모르는 사람은 없거든. 당신도 동창모임에 참석할 때가 있다고 보는데? 부부동반이 있다면 나도 기꺼이 나가줄 테니까 여덟 시까지 준비하고 있어.”

여진은 계단을 두어 칸 올라가 얼굴이 맞닿을 정도로 좁혀진 민서와의 거리를 넓혔다. 그리고는 피식 비웃음을 터뜨렸다.

“언제 내가 그런 데 가는 거 봤어요?”

“아아, 당신은 그런 데 안 가지?”

민서는 그제야 생각났다는 듯 주먹으로 이마를 탁 쳤다.

“집, 갤러리, 집, 갤러리. 그게 당신 이동경로의 전부지. 친구도 없고, 만나는 사람도 없고, 오로지 집에만 처박혀서…….”

“말조심해요!”

여진은 이를 악다물고 서늘하게 소리쳤다. 입술을 일그러뜨린 민서가 잔뜩 비아냥거리듯 입을 열었다.

“허구한 날 집에 처박혀 있는 당신, 가끔 구제해 주겠다고. 그러니 적당히 반항하고 이런 내 뜻, 감사히 받아들여.”

“당신에게 구제해 달라고 한 적 없어요. 감히 누가 누굴 구제해 준다는 거죠? 파트너가 필요하면 정중하게 부탁하세요. 거절당하면 점잖게 받아들이고요. 이게 무슨 돼먹지 못한 매너죠?”

“잘났군, 한여진이!”

민서가 사납게 소리를 지르고는 그녀의 곁에서 성큼성큼 멀어졌다. 여진은 재빨리 이층으로 올라가 문짝이 떨어져 나가라 거칠게 문을 닫고 민서가 들어오지 못하게 잠금장치의 고리를 돌렸다. 꼿꼿하게 등을 곧추세우고 있던 여진은 지쳤다는 듯 한숨을 내쉬며 침대로 쓰러졌다.

얼마나 시간이 흘렀을까, 남편과의 말 같지도 않은 싸움을 한 것이. 한참 동안 잠을 자기 위해 뒤척거렸지만 쓸데없는 짓이었다. 그녀는 중증수면장애였다. 단 하루도, 단 한 순간도 편히 잠을 자본 적이 없었다. 여진은 사이드테이블로 손을 뻗어 작은 약병을 집어 들었다. 익숙한 손길로 뚜껑을 열고 라제팜(Razepam) 두 알을 꺼내 입 안에 털어 넣고 물을 마셨다. 그제야 마음에 평화가 찾아들었다. 이제 조금만 있으면 잠들 것이다. 수면안대까지 착용한 후에야 그녀는 푹신한 베개에 얼굴을 묻었다.

언제부터 불면증에 시달렸는지 기억도 나지 않는다. 다만, 편안하게 숙면을 취한 게 아주, 아주 오래되었다는 것만 기억할 뿐.

며칠 비웠던 갤러리는 그녀의 부재중에도 불구하고 오랜만에 출근하는 그녀를 정갈하게 맞았다. 근 일주일 가까이 집 안에만 틀어박혀 쉬었지만 두통은 여전히 가시질 않았다. 거기다 푹 쉬었음에도 피곤함은 좀처럼 가시지 않아 갤러리로 들어서는 발걸음은 무겁기만 했다.

투명한 유리문을 열자 내부에는 전통음악인 가야금 뜯는 소리가 오디오 스피커를 통해 은은하게 울려 퍼지고 있었다. 갤러리

일층은 직원들 사무실 겸 미술에 초보인 사람들도 쉽게 그림을 접할 수 있도록 다양한 작품을 걸어두었고, 난과 화초로 그림과 적절한 조화를 이루도록 꾸며놓았다. 그리고 특별한 작품을 원하는 상류층들을 위해 이층은 내로라하는 명화들이 자리를 잡고 있었다. 좋은 작품과 이름있는 작가들은 주로 여진이 운영하는 갤러리에 그림을 맡겼고, 그래서인지 몇몇 사람의 입소문을 거쳐 '갤러리 라메르'는 제법 유명한 미술관으로 인정받는 곳이었다.

데스크에 앉아 전시회 일정을 체크 중이던 은희는 인기척에 고개를 들다 여진을 발견하고는 단박에 자리에서 일어났다.

"벌써 나오시는 거예요, 관장님?"

은희는 큐레이터로, 여진의 개인비서 겸 갤러리의 총 책임자였다. 전시회 일정 서류를 데스크에 내려놓은 은희가 한걸음에 여진에게로 다가섰다.

"이제 몸은 좀 괜찮으세요?"

여진은 미미하게 입술을 말아 올렸다.

"그저 그렇지 뭐. 은희 씨는 잘 지냈어?"

은희가 어깨를 으쓱했다.

"저도 그저 그렇죠 뭐. 어제가 오늘 같고, 오늘이 내일 같은 제게 별다를 게 뭐 있나요."

"말하는 거 하고는."

여진은 피식 웃음을 물고 은희의 등을 장난스레 내려쳤다. 그리고 삼층 개인실로 올라가기 전 무심하게 일층 화랑을 둘러보았다. 큰 관심을 담지 않은 눈길은 무감각하게 주변을 훑어보았고 곧 계단으로 걸음을 돌렸다. 하지만 여진은 갑자기 눈에 들어오는 그림에 우뚝 멈춰 서고 말았다. 못 보던 그림이 그녀의 시선을 끌었다. 얼굴을 갸웃거리며 그림 앞으로 다가선 후 관찰하듯 유심히 살펴보았다.

처음 보는 작품이다. 아니, 처음 보는 작품인데 분명 어디선가 봤던 그림 같기도 하다. 갤러리에 자주 그림을 맡기는 화백의 작품이라면 으레 그러려니 할 수도 있지만, 그녀의 눈썰미로 볼 때 몇 번 거래를 했던 화백들의 작품은 아니었다. 작품의 분위기와 색채, 붓 터치만으로도 그 정도의 판별은 할 수 있었다.

"누구 거지?"

여진은 탄식을 내뱉었다.

"괜찮죠? 알려지지 않은 작가 건데, 분위기가 좋아서 받았어요."

알려지지 않은 신인 화가의 작품은 잘 받아들이지 않았다. 어느 정도 명성을 굳힌 작가의 그림만을 갤러리에 걸어두었고, 그런 이유로 '갤러리 라메르'는 상류층의 인사가 유독 많이 찾아오는 곳으로 정평이 나 있었다. 그런데 신인 화가의 작품을 받았다고? 여진의 정교한 눈썹이 활 모양처럼 휘어졌다.

"일단 그분이 우리 화랑에 걸어두는 것만으로도 고맙겠다고 하더라고요. 팔리지 않아도 좋으니 걸어만 달라고. 작품이 좋아서 흔쾌히 응했죠."

은희는 마치 자신이 그림을 그리기라도 한 듯 목소리를 높여 자랑스레 말했다. 여진은 검지로 턱을 매만지며 그림 앞을 서성거렸다.

그림 분위기가 묘하다. 파도가 일렁이는 바닷가에 교교하게 얼굴을 내미는 일출이 이상하게도 마음을 흔들어놓았다. 거친 붓놀림이 하얗게 부서지는 파도를 사뭇 열정적으로 표현하고 있었다. 붉은 태양이 반쯤 모습을 드러낸 바다에는 짙푸른 바다와 하얀 포말 외에는 아무것도 존재하지 않았다. 하지만 그것만으로도 충분히 망망대해 한가운데에 서 있는 듯한 느낌을 전해주는 그림이었다.

드넓은 바다.

거세게 회오리치듯 부서지는 파도.

그리고 모든 것의 시작을 알리는 일출…….

여진은 나직이 한숨을 쏟아냈다. 그림에서 눈길을 뗄 수가 없었다. 무명화가의 작품은 받지 않기로 소문나 있었지만 은희가 흔쾌히 응한 이유가 무엇인지 알 수 있을 것 같았다.

"붓 터치가 굉장히 강하네. 그런데도 작품이 이렇게 부드러워 보일 수 있다니. 연락처는 받아뒀지?"

은희 역시 그림에서 시선을 거둘 줄 몰랐다. 멍하니 그림을 바라보던 은희는 입술을 동그랗게 말며 중얼거렸다.

"아뇨. 안 그래도 연락처를 달라고 했는데 다음에 다른 작품으로 다시 오겠다고 하던걸요."

여진은 왠지 모를 아쉬움에 그림을 어루만지듯 손끝으로 더듬었다.

"그래? 이상하네. 아무튼 기대되는 작가 같아. 수고했어, 은희 씨."

“뭘요.”

갤러리를 가득 메우던 전통음악인 가야금 뜯는 소리가 어느덧 대금연주로 바뀌어 있었다. 여진은 몇 번이나 더 그림을 바라보다 반들반들한 대리석 계단으로 몸을 돌렸다.

“김 팀장이랑 주영 씨가 안 보이네. 어디 갔어?”

데스크의 빈자리를 눈으로 좇으며 여진이 물었다. 은희는 나무라듯 혀를 차며 고개를 가로저었다.

“김지완 화백님 전시회 준비로 전시회장 갔어요. 전시회 막바지라서 정신없어요, 그 두 사람.”

“아, 그렇지.”

까맣게 잊고 있었다는 듯 여진은 살짝 얼굴을 붉혔다. 갤러리 관장이 전시회 스케줄도 모르고 있다니 낯이 뜨거웠다.

“미안. 요즘 왜 이러는지. 은희 씨 없었으면 난 어떻게 됐을까.”

한탄하듯 긴 한숨을 내쉬고 삼층에 다다른 여진은 개인실 문을 열었다. 전면이 통유리로 이뤄진 사무실은 주인이 자리를 비웠음에도 쾌적하고 단정하게 그녀를 기다리고 있었다. 여진을 뒤따라 온 은희가 사무실을 휙 둘러보며 말했다.

“안 계시는 동안에도 관장님이 언제 나오실지 몰라서 매일매일 청소해 뒀죠. 저 착하죠?”

아이 같은 은희의 천진난만한 행동에 여진은 생긋 웃음을 짓고 말았다.

“그래, 착해. 상이라도 줘야겠네.”

“상은 제가 드려야죠. 오랜만에 출근하신 관장님에게 최은희표

특제 커피를 대령해 드리겠습니다. 조금만 기다려 주세요.”

은희가 쏜살같이 아래층으로 내려갔다. 여진은 잔잔한 미소를 머금으며 창마다 굳게 가려진 블루 빛깔의 버티컬을 젖혔다.

9월의 나른한 햇살이 유리창을 통해 잘게 부서지고 있었다. 눈이 부시다는 것도 망각하며 여진은 오래도록 제자리에 서서 창밖을 바라보았다. 지나가는 매연 가득한 자동차들, 바쁘게 오가는 사람들, 길가에 심어진 가로수, 푸른 하늘, 그리고 대지. 그 모든 것이 한데 어우러져 마치 한 폭의 그림처럼 펼쳐져 있었다.

갤러리의 관장인 위치지만 여진은 그다지 그림에 조예가 깊지 않았다. 그렇다고 그림을 보는 눈이 날카로운 것도 아니었다. 그저 집에만 있기 무료한 시간을 달래기 위해서 시작한 일일 뿐이었다. 처음에는 갤러리 말고 취미생활을 살리는 다른 것을 해볼까, 하는 생각을 했었다. 하지만 아버지와 남편이라는 이름 때문에 결국 취미생활은 뒤로하고 갤러리를 운영하기로 마음을 굳혔다. 그림을 보고 있으면 가슴의 상처를 조금이나마 달랠 수 있을 것 같아서 시작한 일이었지만 수많은 그림을 봐도 상처는 치유되지 않았다. 오히려 독처럼 퍼져 나가 애달픈 그리움만 해일처럼 몰고 올 뿐이었다.

“어디?”

“선유그룹 창립 30주년 기념파티.”

“선유? 국내 랭킹 5위 안에 드는 그 선유그룹?”

태준의 얼굴이 딱딱하게 경직되었다. 피우다 만 담배를 성급하게 비벼 끈 태준은 이마에 흘러내린 머리카락을 거칠게 쓸어 올렸다. 목덜미까지 닿아 금갈색으로 물들인 헤어스타일이 그의 손길에 의해 엉망으로 흐트러졌다.

시나리오를 훑어보던 정우는 눈썹을 지켜 올리고는 태준에게 시선을 던졌다.

"어, 제법 아는데? 선유그룹을 알아?"

태준은 미세하게 떨리는 턱을 감추기 위해 양손을 깍지 끼고 턱을 가렸다. 선유그룹은 손 안 대는 사업 분야가 없었다. 건설업, 반도체, 전자업, 백화점, 방송, 패션, 호텔 등등. 그중에서 가장 두각을 드러내는 분야가 단연코 호텔이었다. 전국은 물론 세계 몇몇 나라에서도 선유의 체인 호텔이 당당하게 자리를 잡고 있는 실정이었다.

"아무리 외국에서 오래 살았어도, 유명하다 못해 대단하기까지 한 선유그룹을 모를까. 그런데 거기서 나를 왜 불러?"

미세하게 떨리던 음성이 점차 안정을 되찾았다. 태준은 메마른 입술을 혀끝으로 축이며 정우를 바라보았다.

정우는 태준이 러시아 유학시절 만났던 같은 학교의 유학생이었다. 긴 유학생활을 이기지 못하고 결국 정우가 중도에 그만두기는 했지만 그 후로도 쭉 연락을 했기에 지금은 둘도 없는 친구가 되었다. 영화에 모든 것을 걸었던 태준과 달리 영화에 쉽게 싫증을 내던 정우는 현재 국내에서 꽤 유명한 프로덕션을 운영하며 연예인을 양성해 스타로 발돋움시키고 있었다. 그런 정우가 태준의 첫 영화에 비상한 관심을 보이며 투자가를 알아보면서 두 사람은 자연스럽게 프로덕션 사무실에서 시간을 보내고 있었다.

"선유 측에선 내가 민태준 감독의 뭐라도 되는 줄 아나 봐. 이쪽으로 초대장이 왔더라고."

하얀 봉투를 팔랑거리며 정우는 환하게 웃음을 터뜨렸다. 태준은 답답하다는 듯 정우의 손에 쥐어진 봉투를 빼앗았다. 펄이 들어가 진주처럼 반짝이는 초대장을 펼치는 순간, 정우가 나직하게 덧붙였다.

"김칫국부터 마시는 건 아닌지 모르겠지만 아무래도 선유에서 네 영화 제작자로 뛰어들 생각인가 봐. 선유가 영화 몇 편을 투자해서 큰 성과를 봤거든."

일순 태준의 눈에는 아무것도 보이지 않았다. 초대장의 글귀도 보이지 않았고 정우의 음성도 들리지 않았다. 선유가 영화를 제작해? 언제부터? 태준은 입매를 사납게 비틀고는 빈정거렸다.

"내 영화가 어떤 건지 알고나 있는 거야?"

"네 이름 덕이겠지. 민태준 감독의 국내 첫 작이라는 이유로. 그렇게 당연한 걸 왜 물어? 하하하."

정우의 유쾌한 웃음소리가 점점 커져 나갔지만 태준은 함께 웃어줄 수가 없었다. 웃음기가 가시지 않은 음성으로 정우가 말을 이었다.

"선유가 투자하고 제작자로 나서준다면야 지금 러브콜을 받고 있는 다른 곳은 다 거절해도 되는데. 그만큼 자금줄이 빵빵하거든. 창립 기념파틴지 생일 기념파틴지 일단 가봐. 가보자고. 초대장에 민태준 감독님 꼭 참석해 주시길 바란다며 정중하게 부탁했으니 당연히 가봐야지."

"선유, 선유라……."

태준은 불편한 듯 소파에서 몸을 일으켰다. 창문을 뚫고 들어오는 눈부신 햇살을 가리기 위해 블라인드를 치던 태준은 돌연 고개를 돌려 물어보았다.

"선유 대표는 여전히 한수한 회장님이신가?"

"한수한? 그분을 알아?"

정우는 놀랍다는 듯 되물었다.

"알긴. 그냥 여기저기서 들은 정도지."

태준은 쓴웃음을 지으며 말을 얼버무렸다.

"그래? 하여간 남에게 들었던 내용이라 한참 정보가 늦군. 한수한, 그분은 일선에서 물러나고 사위가 사업을 물려받았어. 음, 그 사람 이름이 뭐더라. 석…… 뭐였는데. 이런 초대장에서 보고도 이름을 기억 못하다니. 하여간 사위가 사업을 물려받았다고 해도 선유는 오래전부터 각각의 계열사가 대표이사들의 책임 하에 운영되는 시스템이고, 선유의 사장인 그 사위는 그룹 전체의 비전 등을 총괄하는 큰 그림을 그려 나가는 역할을 하고 있는 셈이지. 어쨌든 석 사장이라고 그 세계에서는 이름값 한다고 들었어."

"이름값?"

역시, 한수한 회장이라면 영화 제작을 할 리가 없다. 아니, 영화 제작을 한다고 하더라도 민태준에게 러브콜을 보낼 리가 없다. 혼란스러운 머리 속을 비집고 정우의 음성이 확성기로 떠들듯 크게 들려왔다.

"사업에 관해선 칼로 자른 듯 냉정하고 날카롭대. 조금 심하게 말하자면 냉동인간이라는 표현이 있어. 왜 있잖아, 사람 냄새가 나지 않는 사람. 석 사장이라는 사람이 그런가 봐."

고개를 주억거린 태준은 창가에 비스듬히 몸을 기댔다. 그 어른은 알고 있을까, 사위라는 작자가 사업을 물려받아 제멋대로 영화 제작에 돈을 투자한다는 것을. 사위라는 사람이 민태준에게 러브콜을 보냈다는 것을 그 어른은 알고 있을까? 태준은 신경질적으로 머리카락을 쓸어 넘겼다.

선유. 베풀 선(宣) 넉넉할 유(裕)라는 한자를 가진 이름과는 달리 전혀 베풂과 넉넉함에 바늘 한 치 들어갈 데 없이 인색함을 드러냈던 선유. 그 선유가 민태준에게 러브콜을 보냈다. 태준은 치열하게 갈등을 벌이는 머리 속을 정리하기 위해 지그시 눈을 감았다. 복잡한 심리와는 달리 얼굴은 명상에 잠긴 듯 지극히 평온했다.

"왜, 싫어?"

정우는 조심스레 물어보며 태준의 표정을 살폈다.

"음."

태준은 생각을 매듭 짓지 못한 상태에서 희뿌연 눈길로 친구의 얼굴을 바라보았다. 실망하는 기색이 역력했다. 물론 거절할 마음은 없었다. 좋은 기회다. 신인감독으로서 이런 절호의 찬스를 외면한다는 건 미련한 짓이다. 하지만 선뜻 받아들이기에는 무언가 찜찜한 감정. 가지 말아야 할 길에 발을 들이미는 것 같은 불길한 느낌을 떨칠 수가 없었다.

　여기까지 오기 위해 얼마나 피나는 노력을 했던가. 말도 통하지 않는 타나라에서 무시당하고 천대받으면서도 이를 악물고 공부했었다. 그렇게 태준은 자신의 노력에 대한 대가를 받았다. 끌레르몽 폐랑 단편 영화제에서 세계 여러 나리의 수많은 작품을 제치고 만장일치로 심사위원 특별상을 받지 않았던가. 고되고 힘든 시간이었지만 대가는 달콤했다.

　선유그룹의 손을 잡았을 때, 여태껏 쌓아올린 명성을 하루아침에 바닥으로 곤두박질치게 할 것인가, 아니면 한 단계 더 신분 상승을 하게 할 것인가. 태준은 망설이고 있었다. 그리고 확실하지 않은 미래에 대한 주사위를 던지기로 했다. 불투명하다 해도 '선유'라는 이름은 도박을 걸 만하다. 민태준, 자신의 인생을 송두리째 거는 위험한 도박을…….

　"부디 김칫국을 마시는 게 아니길 바란다. 내 영화를 선유에서 제작을 맡아준다면 나로선 더할 나위 없는 황금의 찬스지."

　단조로운 태준의 음성이 조용한 프로덕션 사무실을 표표히 배회했다.

2

Everything can be borne except contempt

경멸만 아니라면 모든 것쯤은 참아낼 수 있다

하지만 나는 경멸을 당했고, 그래서 참아낼 수가 없다

퇴근을 서두르는 손길이 분주하게 움직였다. 데스크 위에 흩어진 미술 관련 서적을 정리하고, 디스켓을 가지런히 모아둔 여진은 마지막으로 사무실 안을 휙 둘러보았다. 퇴근하기에는 이른 시간이지만 이런 날은 갤러리에 갇혀 있기 싫었다. 자신이 살아 있다는 걸 느끼게 하고 싶은 날, 나른한 가을 햇살은 그녀를 재촉하고 있었다. 어서 나가라고, 이 숨 막히는 지긋지긋한 현실에서 탈출하라고 종용하는 듯했다.

노크 소리와 함께 은희가 들어오다 놀란 표정을 지었다.

"어머, 벌써 퇴근하시게요?"

곧 있을 전시회 팸플릿을 여진에게 건네며 은희는 벽에 걸린 시계에 눈길을 던졌다. 겨우 정오가 지난 시간이었다. 여진은 머쓱한 웃음을 입술에 매달고 평소보다 무거운 가방을 들었다. 은희의 질책이 눈에 밟혔지만 출근하기 전 준비해 온 카메라가 내내 여진의 기분을 들뜨게 만들었나. 카메라가 들어 있어 가방은 평소보다 무거웠다. 하지만 마음은 날아갈 것처럼 가볍기만 했다.

먼저 퇴근하는 게 미안하다는 듯 여진은 망설이며 입을 열었다.

"바람 좀 쐬려고."

"네, 그러세요. 그럼 이것만 보고 가세요. 막 나온 따끈따끈한 팸플릿이에요."

팸플릿의 이미지를 대강 훑어본 후, 여진은 무심하게 고개를 끄덕였다.

"괜찮네. 좋아."

어깨에 전해져 오는 묵직한 카메라 무게감 때문인지 팸플릿에는 전혀 관심이 가지 않았다. 여진은 귀찮다는 듯 팸플릿을 데스크에 올려놓았다.

"제대로 보시긴 한 거예요?"

장난스럽게 은희가 물었다. 한쪽 눈을 찡긋거린 은희는 여진이 내던지다시피 한 팸플릿을 다시 들어 올렸다. 여진과 달리 진중하게 살피던 은희는 팸플릿을 반으로 접고는 불쑥 질문을 던졌다.

"바로 집에 가시는 거예요?"

"아니, 그건 아니고 그냥……."

여진은 창밖으로 시선을 던지며 말끝을 얼버무렸다. 햇살이 부챗살처럼 펼쳐져 창을 뚫고 환하게 들어왔다.

“흐음, 그럼 오늘도 사진 찍으러 가시는 거예요?”

“아……!”

둔중한 무기로 뇌를 강타당한 듯 여진은 외마디 신음을 터뜨리고 말았다. 누군가 알고 있을 줄은 몰랐다. 더구나 은희가 알고 있다는 사실을 꿈에도 짐작하지 못하던 여진은 괜스레 불안한 듯 안절부절못했다. 그리고는 카메라가 들어 있는 가방을 마치 나쁜 짓을 하다 들킨 아이처럼 슬그머니 등 뒤로 숨겼다.

살풋 미소를 머금은 은희는 혓바닥을 쏙 내밀고 검지를 세워 입술에 갖다 붙였다.

“우연히 알게 됐어요, 관장님이 가끔 사진 촬영하신다는 거. 비밀이라면 입 꾸욱 다물고 있을게요. 보세요, 지퍼 채웠습니다.”

은희가 입을 다무는 시늉을 했다.

“그, 그래…… 주겠어?”

높낮이가 불안정한 음성이 메마르게 튀어나왔다. 무슨 큰 죄라고 이렇듯 대경실색을 하는 것일까. 여진은 눈에 보이지 않는 어떤 두려움의 정체에 쫓기는 사람처럼 허둥거렸다.

“멋진 남편 분과 같이 다니시면 더 좋을 텐데, 왜 같이 안 다니세요?”

여진은 픽 자조적인 웃음을 내뱉었다. 남편? 그 남자와 촬영을 다녀? 차라리 하늘에 잠수함이 날아다니는 것이 더 그럴듯할 것이다. 여진은 상상도 하기 싫다는 듯 진저리를 쳤다.

“말도 안 돼.”

“네?”

단박에 반문하는 은희의 물음에 여진은 아차 하는 얼굴로 혀를 물었다. 그녀든 민서든 바깥에서는 철저하게 가정생활을 언급하지 않았다. 서로의 불만과 물과 기름처럼 어울리지 못하는 부부 사이의 감정을 딱히 사람들 앞에서 표 내고 싶지는 않았기 때문이다. 아니, 어쩌면 남편에 관한 걸 언급하는 것조차 싫어했기 때문인지도 몰랐다.

"아니, 아무것도 아냐. 그 사람 퇴근 후에도 바쁘거든. 며칠 전엔 대학 동창모임이 있었고, 오늘은 어디더라? 음, 뉴욕 바이어와 미팅이 있다는 소리를 들었어. 아마도 집에 들어오면 새벽 늦은 시간일 거야."

어쩌면 외박일지도……. 그래서 그녀도 가까운 곳으로의 여행을 준비했다.

오늘 아침, 집에서 미팅 겸 조촐한 파티를 하자는 남편의 부탁을 가장한 명령을 냉정하게 거절하고 밖에서 볼일을 보라 했을 때, 그의 표정이 어떻게 변했던가. 온몸에서 한기를 내뿜으며 싸늘하게 노려보던 그의 얼굴을 떠올리자 피부 위로 오스스 소름이 돋았다. 그렇게 그의 심기가 불편함을 드러내던 날이면 남편은 어김없이 외박을 했었다. 일종의 보복심리와 같은 행동이지만, 여진은 전혀 개의치 않았다. 남편이 들어오지 않는다는 것. 그것은 오히려 그녀의 마음을 평온하게 만들어줄 뿐이다. 또한 하루 동안의 자유라는 보너스까지.

여진은 그 소중한 자유를 누리기 위해 서둘러 사무실을 나섰다. 이렇게 시간을 허비하고 싶지 않았다. 뒤따르던 은희가 문밖까지 그녀를 배웅했다.

"내일도 출근하실 거죠?"

"물론이지. 수고해, 은희 씨."

하얀색 롤스로이스 팬텀에 오른 여진은 걱정스러움을 가득 담은 은희의 눈길을 무시하고 차를 출발시켰다.

어디로 가볼까. 무작정 도로가에 차를 진입시키고 목적지도 없이 엑셀을 세게 밟았다. 신호를 기다리는 동안 여진은 조수석에 놓여진 가방을 뒤적거려 선글라스를 꺼냈다. 얼굴의 절반을 가리는 패셔너블한 카레라 선글라스로 창백한 얼굴을 가리고, 허리까지 내려오는 굵게 웨이브진 머리카락도 손수건으로 아무렇게나 질끈 묶었다. 여진의 시선이 가방 안에 고이 잠들어 있는 몇 통의 필름과 카메라로 날아가자 선글라스를 썼음에도 불구하고 눈이 반짝하며 빛을 발했다.

오랜만에 산으로 가볼까? 저번엔 바다에 다녀왔으니 이번은 산이 좋을 듯하다. 계곡이 있으면 금상첨화겠지.

알록달록한 단풍잎으로 옷을 갈아입은 계곡 주변을 카메라에 담아낸다는 상상만으로도 답답하던 마음이 가벼워지고 짜릿한 전율마저 흘렀다. 조수석 앞의 박스를 열어 지도책을 꺼내는 여진의 손가락에서 경쾌함이 묻어나와 핸들 위에서 춤을 추듯 톡톡 날아다녔다.

거칠게 여체 안으로 파고들자 여자가 교태 어린 교성을 내질렀다. 민서는 천천히 전진과 후퇴를 반복하기 시작했다. 허리에 휘감겨진 여자의 부드러운 허벅지가 그를 꽉 조여왔다. 그의 남성을 뜨겁게 맞아들이던 여자가 엉덩이를 들어 올려 점점 절정에 치닫게 했다. 민서는 굵은 땀을 쏟아내며 움직임을 멈추지 않았다. 조금 빠르다 싶으면 느리게, 느린 만큼 여자의 칭얼거리는 흐느낌이 깊어지면 사나울 정도로 빠르게 스피드를 냈다. 강약을 조절하는 그의 허리 움직임이 거세어질수록 여자는 자지러질 듯한 신음을 터뜨렸다.

민서는 잠시 여자의 몸에서 자신의 몸 일부를 빼냈다. 득달같이 여자가 불만을 드러내고는 그를 잡아끌었다. 그는 픽 웃음을 내뱉고는 여자의 날씬한 다리를 어깨에 걸치고 다시 접촉을 시도했다. 촉촉하게 젖은 여자의 몸 안으로 들어가자 아찔한 쾌감에 절로 신음이 배어나왔다. 상체를 일으켜 세운 그는 엉덩이를 치켜 올린 여자의 몸 안에 더욱더 깊숙이 파고들었다.

"하아, 민서 씨. 조금만, 조금만 천천히……."

끝없이 질주하는 그의 움직임에 여자의 신음이 점점 새된 비명으로 바뀌었다. 서늘하게 입매를 말아 올린 그는 잔뜩 쉰 목소리로 말하는 여자의 애원을 빈정거리듯 더욱 속도를 가했다. 그의 빠른 속력에 그녀가 도저히 박자를 못 맞추겠다는 듯 필사적으로 매달렸다.

교성과 신음이 섞인 침실은 타는 듯한 열기가 감돌았다. 여자가 그의 건장한 가슴팍을 손바닥으로 더듬다 길게 다듬어진 손톱을 세워 긁었다. 그는 여자의 손목을 낚아채 머리 위로 틀어 올렸다. 다시 여자의 부드러운 허벅지를 자신의 허리에 휘감게 한 그는 그녀의 손목을 결박하듯 누르고 피스톤의 움직임에 박차를 가했다.

사납고도 광포한 그의 몸짓에 몸을 뒤틀던 여자가 상체를 활처럼 휘었다. 풍만한 여자의 젖가슴이 유혹하듯 출렁거렸다. 그는 뾰족이 솟아오른 산호빛 유두를 입 안에 머금고 삼키기라도 하듯 거세게 빨아 당겼다. 말캉한 유두가 혀를 자극했다. 혀로 굴리던 유두를 날카로운 치아를 이용해 잘근잘근 씹었다. 여자의 교성이 침실에 메아리치듯 커다랗게 울려 퍼졌다. 절정으로 향하는 속도가 빨라졌다. 일 초의 여유도 남겨두지 않고 민서는 여자의 몸 안을 빈틈없이 꽉 채우고 반복 행위에 열중하고 있었다.

앞으로, 뒤로.

빠르게, 더 깊숙이.

전진과 후퇴는 시간이 흐를수록 그들의 몸을 땀으로 뒤범벅되게 만들었다. 미칠 듯한 쾌락의 정점에 도달한 그가 여자의 몸 위에서 무너지자 그의 입에서 짐승처럼 격한 신음이 튀어나왔다.

일이 끝난 후, 민서는 차갑게 식어버린 열정에서 벗어나듯 이내 여자의 몸에서 떨어졌다. 온통 여자가 할퀸 손톱자국이 그의 가슴팍에 남아 있었다. 아마 등에는 더할 것이라는 생각에 픽 실소가 새어나왔다. 이 할퀸 자국이 가시기도 전에 새로운 손톱자국이 남겨지겠지. 그의 짜증스러운 눈빛이 가슴에 새겨진 생채기를 훑어 내렸다.

"당신, 종마 기질이 있어. 흐음."

여자가 긴 손가락을 이용해 나른하게 그의 몸을 쓸어 내렸다. 오늘은 그만 하면 됐다는 생각에 민서는 냉정하게 여자의 손을 내

쳤다.

"매번 더 격해지는 것 같아. 지난번보다 더 뜨겁고 좋았어."

그의 남성을 일깨우듯 여자는 싸늘하게 내쳐진 손을 다시 그의 허리 아래로 미끄리뜨렸다.

"풋, 당신 이렇게 열정적인데, 당신 아내 반응은 어때? 들리는 소문으로는 얼음공주라던데. 섹스를 하긴 하는 거야? 아마 마네킹처럼 뻣뻣하게 누워서……."

요염한 여자의 말이 끝을 맺기도 전에 민서는 욕설을 내뱉으며 침대에서 벌떡 일어났다. 그리고 침실 바닥에 흩어져 있던 수트에서 수표를 여러 장 빼내어 여자가 누워 있는 침대를 향해 거칠게 내던졌다.

여자는 눈을 휘둥그레 뜨고 민서를 바라보았다.

"민서 씨?"

"주제넘게 나서는군."

냉랭함이 묻어나오는 음성에 여자의 표정이 단박에 일그러졌다. 여기저기 흩어진 수표에 흘끗 시선을 던진 그녀는 씁쓸한 미소를 지었다.

"이건 무슨 뜻이야?"

"너무 오래 만난 것 같아. 내 사생활에 참견까지 하다니. 센스가 있는 여자 같으면 앞으로 두 번 다시 연락하지 않겠지."

대충 옷을 갖춰 입은 민서는 뒤도 돌아보지 않은 채 석 달 동안 섹스 파트너로 지내오던 여자와의 관계에 종지부를 찍었다. 여자가 뒤늦게 미안하다며 그를 붙잡았지만 민서는 단 한 마디도 입을 열지 않았다. 여자는 많았다. 그의 일에 주제넘게 나서지 않으면서도, 부드러우며 나긋나긋한 몸으로 그를 받아들일 여자는 발에 차이고도 남았다.

여자와 헤어지고 돌아서는 그에게서 아쉬운 표정이라고는 한 조각도 찾을 수 없었다. 돌아서는 그 순간, 민서는 불과 몇 분 전까지 한몸이 되어 섹스를 나눴던 여자의 이름마저 뇌리에서 완전히 삭제시켰다.

“아니, 됐어. 다음으로 미루자. 오늘은 별로 안 나가고 싶어.”

[나와라. 혼자 궁상떨지 말고. 가볍게 한잔하자.]

태준은 싱긋 웃으며 고개를 가로저었다. 확실히 친구란 좋은 것이다. 술이 고프다는 것을 정우가 어떻게 알고 전화를 했는지 모르겠지만, 그 역시 간단하게 한잔하고 있던 참이었다.

“됐어. 일찍 자고 싶다. 다음에 해.”

혼자 술잔을 기울이고 있다면 두말없이 달려올 정우이기에 태준은 은근슬쩍 피곤함을 내비쳤다.

[일찍 잔다고?]

“그래, 인마. 일찍 쉬고 싶어. 그러니 그만 끊자.”

[야, 잠깐만!]

무선전화기를 끊으려는 찰나, 정우가 소리를 질렀다. 태준은 한숨을 내쉬며 다시 전화를 받았다.

“왜?”

[그럴 줄 알고 선물 하나 보냈다. 너무 놀라지 말고 형님 선물이

니까 감사히 받아라.]

"선물?"

난데없이 선물타령을 하는 정우를 이해하지 못하겠다는 듯 태준이 되물었다. 수화기 너머에서 웃음기 배인 정우의 장난스러운 음성이 날아들었다.

[쉬는 데 도움이 될지 해가 될지 모르지만 근사한 걸로 보냈으니 만족할 거야. 푹 쉬어라.]

"그게 무슨 소리야?"

태준의 반문에도 아랑곳없이 정우는 전화를 끊었는지 더 이상 아무런 대꾸가 없었다. 한참을 멍하니 수화기만 내려다보던 태준은 결국 대수롭지 않게 생각하며 무선전화기를 테이블에 올려놓았다. 그리고 마시다 만 캔 맥주를 집어 들고 베란다로 나갔다. 독한 위스키나 달콤한 와인보다 오늘은 시원한 맥주가 더 답답한 가슴을 식혀줄 것 같았다.

답답하다. 이 땅에 돌아온 이후, 하루하루 답답함은 더 커져 나가 그를 질식시킬 듯 조여왔다. 어둠이 내려앉은 바깥은 시커멓게 하늘을 메우고 있었다. 마치 기댈 곳 없는 그의 가슴을 닮은 듯 하늘에는 별조차 보이지 않았다.

그만 마셔야 할 것 같다. 지나친 음주는 쓸데없는 기억만 일깨우고 있다. 태준은 아직 남아 있는 캔 맥주를 베란다 티 테이블에 던지듯 내려놓았다. 잠시 앉기 위해 의자를 빼려던 그의 손길이 나직하게 울려 퍼지는 초인종 소리로 인해 의자 등받이에서 멈췄다.

누구지?

거실 벽시계로 눈길을 돌리던 태준은 보이지 않게 이맛살을 찌푸렸다. 시간은 이미 자정이 넘어 있었다. 정우가 뭘 보낸다고 하던 것을 떠올리며 현관으로 걸어나갔다. 선물이 뭔지는 모르나 혼자 있고 싶었기에, 늦은 밤 찾아온 방문객에게 받을 것을 받고 얼른 돌려보내려는 마음이었다.

"누구십니까?"

잠금 체인을 풀고 문을 열던 태준은 말문이 막히고 말았다. 활짝 열려진 문 앞에 서 있던 여자가 그를 보더니 고갯짓으로 인사를 던졌다.

"누구?"

늦은 밤, 낯선 여자의 방문은 태준을 당황하게 만들었다. 전혀 모르는 사람이었기에 태준은 황망히 여자를 바라보았다. 이십대 초반 정도로 보이는 여자가 생긋 미소를 배어 물었다. 영화를 찍다 보니 예쁜 여자는 숱하게 봐왔지만, 눈앞에 있는 여자는 정말이지 눈이 휘둥그레질 정도로 아름다운 여자였다.

"최정우 씨가 보내서 왔어요. 민태준 씨 댁, 맞죠?"

"네?"

태준이 고개를 갸웃거리는 사이, 여자는 뻔뻔하다 싶을 정도로 성큼성큼 집 안으로 들어서고 있었다. 미처 만류할 사이도 없이 여자는 구두를 벗고 거실로 들어서서 마치 제 집처럼 여기저기 기웃거리며 활보하고 있었다.

설마? 여자의 뒷모습을 노려보던 태준의 이마에 가로줄이 새겨졌다. 정우가 말한 '선물'이 무슨 뜻인지 그제야 대충 감이 잡혔다. 순간 헛웃음이 비집고 튀어나왔다.

"쓸데없는 짓을 했군."

태준의 혼잣말을 듣지 못했는지 여자는 재킷을 벗으며 입을 열었다.

"이수연이에요. 근사한 분이라고 입에 침이 마르게 칭찬을 하기에 별 기대 없이 왔는데, 음…… 안 왔으면 후회할 뻔했네요. 그나저나 욕실은 어디죠?"

여자가 두리번거리며 집 안을 살폈다. 태준은 엄지를 치켜세워 현관을 가리켰다. 여자의 눈이 동그랗게 변해갔다.

"나가시죠. 이수연 씨라고 했습니까? 친구 녀석이 쓸데없는 짓을 한 것 같습니다. 죄송하지만 이만 가주십시오."

"네?"

황당하다는 듯 여자의 음성이 한 톤 높아졌다. 현관문과 태준을 번갈아보던 그녀의 눈에 실망감이 한가득 묻어나왔다.

태준은 현관문에 등을 기대고 다시 한 번 밖으로 나가라는 듯 손가락질을 했다.

"이만 나가달라고 했습니다."

"무슨…… 이것 봐요, 민태준 씨. 뭘 잘 모르시나 본데요, 난 벌써 계산을 마쳤고, 오늘 밤은 이곳에 있기로 최정우 사장님과 얘기가 끝났어요."

"그럼 그 최 사장과 밤을 보내면 되겠군요. 이런 식으로 여자와 얽히는 거, 불쾌합니다. 아, 아가씨에게 불쾌하다는 뜻이 아니니

오해는 마십시오. 친구 녀석에게 화가 난다는 뜻이니까 말입니다."

바지 주머니에 손을 찔러 넣고 비스듬히 서 있는 그의 곁으로 여자가 한 걸음씩 다가섰다.

"그냥, 가라구요?"

"네."

"내가 받은 돈은 어쩌구요?"

"그건 그냥 아가씨가 하십시오. 그 친구, 돈이 남아돌아 주체를 못하는 것 같으니."

"그럼, 정말 그냥 가도 괜찮은 거예요?"

여자는 믿지 못하겠다는 듯 몇 번이고 확인하려 들었다. 태준은 말대답하는 것도 지쳤다는 얼굴로 고갯짓을 했다.

"당신 같은 사람, 처음이야."

벗어두었던 재킷을 걸치며 여자가 나직하게 말했다.

"나도 오늘 같은 일, 처음입니다."

"혹시 생각이 바뀌거나 하면 전화 줘요. 바로 올 테니까."

자그마한 핸드백에서 명함을 꺼낸 그녀가 태준의 앞에 내밀었다. 태준은 고개를 가로저으며 여자의 명함을 외면했다.

"그런 일 없을 겁니다. 그럼 조심해서 가십시오."

여자가 나가자마자 태준은 거칠게 문을 잠갔다.

"Shit!"

미처 제어할 사이도 없이 거친 욕설이 튀어나왔다. 사납게 거실로 달려간 태준은 무선전화기를 들고 재빨리 정우의 휴대폰 번호를 눌렀다. 신호음이 울린 지 얼마 안 되어 기다렸다는 듯이 정우의 음성이 귓가에 들려왔다.

[선물은 받았냐?]

"한 번만 더 이런 짓 하면 죽는다, 최정우!"

수화기 너머로 정우가 뭐라 변명을 늘어놓았다. 하지만 태준은 더 이상 들을 가치도 없다는 듯 매몰차게 버튼을 눌러 통화를 마쳤다. 여자를 선물이라고 보내는 친구가 한심할 지경이다. 물론 정우의 마음을 모르는 건 아니다. 단지 이해할 수 없었을 뿐.

술은 그만 마셔야지, 했으면서도 태준은 진열장에서 브랜디를 한 병 꺼냈다. 귀국 후 이것저것 준비할 게 많아 바쁜 그였지만 하루하루 시간이 흐를수록 느는 것은 고작 술이었다. 아마도 오늘 밤은 브랜디 한 병을 다 비워야 잠을 이룰 수 있을 것 같다.

브랜디와 글라스 하나를 들고 베란다로 나온 그는 티 테이블 의자에 무너지듯 앉았다. 여전히 하늘은 암울할 정도로 시커멓게 침묵을 지키고 있었다.

내게 있어 문제는, 그것이 결코

희미해지지 않는다는 것에 있다

시간이 흘러도 희미해지지 않는 그 이유 때문에

내 분노는 쉽게 잠들지 않는 것인지도 모른다

막했던 가슴이 탁 트이도록 시원스레 부서지는 파도. 신이 다듬은 듯 정교하게 켜켜이 쌓인 검붉은 육모꼴의 돌기둥이 병풍처럼 둘러쳐져 있는 중문 관광단지 해안가의 지삿개 주상절리는 마치 별천지에 온 것 같은 착각을 불러일으켰다. 성처럼 우뚝우뚝 솟아 있는 돌기둥 사이로 하얀 포말이 부서져 마치 한 폭의 그림을 연상케 했다. 그 풍경을 눈에 새기듯이 여진은 오래도록 미동 없이 바다를 바라보았다.

근 한 달 만에 온 듯하다. 제주에는. 아니, 아버지에게는……

공항에 내리자마자 별장으로 가지 않고 언제나처럼 주상절리부터 들렀다. 이곳에는 아직 지우지 못한 추억이 남아 있어 매번 그녀에게 어서 오라고 손짓을 하고 있었다.

어쩌면, 아버지가 이곳에 계시지 않았다면 여진은 병든 부친을 자주 찾아뵙지 않았을지도 모른다. 편찮으시든 말든, 아버지든 아니든, 자식 된 도리를 하지 않았을지도 모르는 일이다. 제수라는 이유 하나로 그녀는 습관적으로 이곳에 왔다. 예전에도, 지금도. 결코 아버지를 만나뵙기 위함이 아니라.

파도가 심할 때는 십 미터 이상 용솟음치는 장관을 연출하기도 하는 바다가 오늘은 순한 아기처럼 얌전하게 일렁거렸다. 부친과 마주하기 위해선 마음을 다스려야 했다. 바다를 보면서 그 하해(河海) 같은 마음을 본받으려 했지만, 늘 그렇듯이 쉽지가 않았다. 잔잔하게 춤을 추는 바다는 오히려 여진을 뒤흔들어놓았다.

아버지를 만나지 말라고. 병든 그분을, 거동조차 하지 못하는 그분에게 손톱만큼도 연민을 가지지 말라고 속삭이고 있었다. 어서 비행기를 타고 다시 서울로 돌아가라고, 내면의 악마가 시커먼 속내를 드러내자 여진은 터져 나오는 신음을 깨물었다.

'그럴 수는 없어! 난 딸이잖아, 그분의 하나밖에 없는……'

살아오면서 가장 절실하게 깨달은 것이 있다면 그것은 체념이고 포기였다. 여진은 자신의 속마음과는 달리 당장이라도 아버지가 없는 서울로 돌아가고 싶었지만 포기했다. 그리고 체념했다. 한 달 만에 찾아와서 얼굴도 보이지 않고 갈 수는 없는 노릇이었다. 아무리 미워하는 그분이지만, 세상에서 가장 증오하는 분이지만 그는 그녀의 아버지였다. 자신을 낳아주고, 키워준……

갈매기 울음소리가 서글프게 들려올 무렵, 여진은 추억만이 남은 그곳을 뒤로하고 쓸쓸하게 발길을 돌렸다.

올 때마다 느끼는 거지만 유럽풍 별장 외관은 마치 이국의 성을 옮겨놓은 듯하다. 인적 드문 곳에 위치한 별장은 고풍스러운 이층 건물로 작은 별관을 따로 지니고 있었다. 별장 관리인이 기거하는 별관 주변으로 마른 장작이 탑을 쌓듯 한층한층 높이 쌓여 다가올 겨울을 미리 준비하고 있었다.

별장에서 조금만 걸어나가면 에메랄드빛 바다가 눈부시게 펼쳐져 있었고, 하얀 모래사장이 환영하듯 두 팔을 벌리고 있었다. 여진은 자주 가보았던 장소를 머리 속으로 그리며 서울에 올라가기 전 그곳에도 잠시 들러야겠다고 생각했다. 문득 카메라를 들고 오지 않은 서툰 준비성에 후회가 밀려들었다.

"이게 얼마 만이래요, 아가씨. 자주자주 좀 오시지 않고……."

한걸음에 달려나온 가정부가 타박하듯 말하자 여진은 슬며시 입술을 깨물었다. 그러나 무뚝뚝한 타박은 이내 관심 어린 애정으로 바뀌었다. 오십대 후반의 나이 지긋한 여인은 여진의 가냘픈 손목을 잡고 혀를 찼다.

"이게 뭐래요, 이게. 여전히 밥도 안 먹고 다니시죠? 회장님만 아니면 아가씨는 내가 보살펴 드리고 싶었는데. 사장님은 잘 계시죠?"

"네."

가정부의 거친 손길에서 손을 빼낸 여진은 자신의 가느다란 손목을 감추듯이 옷소매를 끌어 내렸다. 가정부의 지나친 애정이 부담스러웠다.

이십여 년 가까이 집안일을 돌본 가정부는 부친의 병환으로 어쩔 수 없이 제주에 내려오게 되었다. 여진이 결혼을 하기 전에는 본가에서 함께 생활을 했고, 결혼을 했을 때에는 낭연스레 가정부도 여진을 따라 새 보금자리로 옮겼었다. 그리고 작년, 갑작스럽게 뇌졸중으로 반신불수가 되어버린 부친이 일절 거동을 하지 못했을 때 가장 큰 도움을 주셨던 분이기도 했다. 여진과의 생활을 정리하고 부친의 수발을 들겠다고 자청한 것이었다.

물리치료든 약물치료든 병원은 싫다 내치시던 아버지의 뜻이 별장에서 쉬고 싶다였기에 어느 누구도 이의를 제기할 수는 없었다. 대신 생활에 불편함이 없게 가정부와 간병인등 그 밖에 필요한 준비를 완벽하게 마쳐야 했다. 주치의인 닥터 김도 차라리 그게 낫겠다며 건강이 어떤지 자주 체크만 하면 된다는 조건 하에 허락을 했었다. 실제로 닥터 김은 일주일에 한 번은 꼬박꼬박 제주에 내려오고 있었다. 여진이 성의없이 듣는 보고에 따르면…….

"엊그제 김 박사님이 다녀가셨어요. 특별히 안 좋은 데는 없다고 하시던데, 들으셨죠?"

"아, 네. 들었어요."

늦은 저녁, 전화를 해 한번 가보라고 권유하던 닥터 김이 아니었다면 한동안 오지 않았을지도 모른다. 매번 누군가 등을 떠밀어야만 어쩔 수 없이 와야 했던 이곳. 여진은 별장의 외양을 둘러보면서 마치 부친의 눈치를 살피듯 조심스럽게 흙길을 걸었다. 바닷바람이 날아들어 촉촉하게 젖은 대지가 이름 모를 꽃을 피우고,

생명력 강한 잡초를 일구었다.

"어째 지난번보다 살이 더 빠진 것 같네, 쯧쯧쯧."

뒤따르던 가정부가 못마땅한 듯 중얼거렸다. 여진은 살짝 등을 돌리고는 아니라는 듯 고개를 가로저었다.

"아니에요, 아줌마. 체중은 그대론데요 뭘."

"아니긴 뭐가 아니에요. 내 눈은 못 속여요. 속일 생각 말아요. 아직도 잠 못 자고, 밥도 잘 안 먹고. 맞죠? 내가 옆에서 억지로라도 챙겨 먹이고 해야 하는데, 불쌍한 우리 아가씨……."

"그만 하세요!"

주절주절 넋두리를 쏟아내는 가정부의 말을 여진은 단칼에 잘랐다. 왜 이 여인에게 화를 내는지 모르겠다. 정작 화를 퍼붓고, 저주를 퍼부을 당사자는 따로 있는데. 여진은 입 안에 비릿한 피 냄새가 감돌 정도로 이를 악다물었다.

"네, 알았어요. 그만 할게요. 아가씨 생각해서 그만 해야죠."

"간병하시는 분은요?"

"회장님 주무시는 시간이라 잠시 산책 나가셨어요. 잠깐만 기다려요. 내 얼른 맛있는 것 좀 할 테니 그거 먹고 가요, 아가씨. 알았죠? 또 금방 가는 거 아니죠? 점심이라도 들고 가요. 내 부탁이니까."

할 말을 마친 가정부는 횡하니 식당으로 사라졌다. 여진이 미처 만류할 사이도 없었다. 점심을 먹으라고, 여기서? 이 질식한 듯한 곳에서 목구멍으로 음식물을 넘기라고?

먹먹해지는 가슴을 손바닥으로 쓸어 내렸다. 길게 심호흡을 내뱉고 나서도 긴장이 해소되지 않아 부친의 침실 입구에서는 숫자까지 헤아렸다. 천천히 하나에서 열까지 헤아리고 난 후에야 여진은 나직한 노크와 함께 문을 열었다.

두꺼운 커튼으로 가려진 침실은 희미했다. 밝은 햇살에 노출되었던 시력이 어둠에 익숙해지기까지 여진은 또 숫자를 헤아렸다. 얼마나 헤아렸을까, 서서히 침실의 윤곽이 드러나기 시작했다.

천하에 두려울 것이 없었던 아버지. 태양마저도 제압할 것만 같았던 그가, 병색이 짙어지자 해를 거부했다. 여진은 주춤거리며 부친에게 다가섰다. 초췌한 모습, 낯설다. 목까지 덮은 시트 밖으로 삐죽이 나온 아버지의 얼굴은 오래된 병마로 지친 모습이었다. 여진은 자신도 모르게 뻗어나가는 손을 이내 거두었다.

만져 보아서 뭘 어쩌려고. 사람을 주눅 들게 만드는 아버지와 눈이 마주쳐서 뭘 어쩌려고 손을 뻗는다는 말인가. 그렇다. 부친의 몸은 하루가 다르게 쇠약해졌지만, 그 서슬 퍼런 눈빛만큼은 힘을 잃지 않았다. 여전히 당당했고, 여전히 모든 사람 위에서 군림하는 듯했다.

여진은 휙 몸을 돌렸다. 오래 있고 싶은 마음은 없었다. 애초에 잠깐 얼굴만 들이밀려고 내려온 것이다. 이제 임무를 마쳤으니 가도 되겠지. 소리없이 침실을 빠져나오자 거실에서는 간병인이 그녀를 기다리고 있었다. 책망하는 듯한 간병인의 눈길을 보지 못한 척 여진은 고개를 돌렸다.

"자주 오세요. 말씀은 안 하시지만 회장님이 많이 기다리시는 눈치예요. 요즘 부쩍 커튼을 열어달라 하시고 휠체어에 앉으셔서 창밖만 내다보시거든요. 바쁘시더라도 신경 좀 써주세요."

"그럴게요. 그럼 수고하세요."

기계적으로 대답을 마친 여진은 식당으로 자리를 옮겼다. 분주하게 무언가를 준비하던 가정부가 손동작을 멈추고 그녀를 바라보았다. 가정부의 눈길에 원망이 가득 담겨 있어 여진은 저도 모르게 시선을 내리깔고 말았다.

"그만 가볼게요."

"또, 또 그런다! 아직 아무것도 한 게 없는데. 좀만 더 기다려요, 응? 내 얼른 아가씨 입맛에 맞는 걸로……."

"아뇨, 아줌마. 계절이 바뀌어서 그런지 식욕이 없어요. 나중에, 이 다음에 해주세요."

손사래를 치고 여진은 황급히 인사를 했다. 앞치마에 대강 손을 닦은 가정부가 그녀의 뒤를 따라나오며 은근히 잔소리를 늘어놓았다.

"일주일에 한 번이 힘들면, 열흘에 한 번이라도 와요. 아가씨가 자주 안 오니 회장님도 진지를 잘 안 드시네요. 몸이 약해지시니 마음도 약해지시는지, 아가씨를 많이 기다리는……."

"나중에 또 올게요, 아줌마. 건강하게 지내세요."

가정부의 말허리를 자른 여진은 나이 지긋한 여인의 뒷말을 막았다. 더 듣고 싶지 않았다. 부친을 두둔하는 말은 단 한 마디도 듣고 싶은 마음이 없었다.

왜 나를 기다린다는 말인가, 왜! 나는 이렇게 아버지의 얼굴을 보는 것만으로도 충분히 고통스러운데, 그런데 나를 자주 보길 원한다고? 하, 아버지…… 정말 끝까지 잔인하시네요.

여진의 소리없는 절규가 가슴에서 응어리를 맺고 거센 회오리를 일으켰다.

"자자, 민태준 감독의 무사귀환을 축하하며!"

밀폐된 룸살롱 안에서 누군가 커다랗게 소리를 질렀다. 이미 여기저기서 건네는 술을 여러 잔 받아 마신 태준은 어느 정도 취기가 오른 상태였다.

귀국한 지 거의 한 달이 다 되어가는 시간 동안 태준은 오래전 친하게 지냈던 몇몇 친구 외에는 그다지 사람을 만나지 않았다. 그런 그가 대학 시절 동고동락했던 영화 동아리 멤버 '얄라셩' 친구들과 어렵사리 스케줄을 맞춰 만나고 있는 중이었다. 저마다 하는 일이 있는지라 날짜 맞추기가 여간 곤혹스러운 일이 아니었다. 전원 참석이라는 이름 아래 모두가 어울릴 수 있는 날은 자그마치 태준이 귀국한 지 한 달이나 지난 후였다.

태준은 이름도 기억나지 않는 동기가 내미는 술잔을 받으며 미간을 모았다. 그 시절, 그가 유일하게 관심을 두었던 것은 영화 오직 그거 하나였다. 아니, 그것 외에도 하나가 더 있긴 했었지. 불현듯 떠오르는 이름 하나에 식도를 타고 넘어가는 위스키가 독약처럼 쓰디썼다.

"내 이름, 기억은 하고 있냐?"

"하하……."

멋쩍게 웃던 태준은 말끔하게 비어진 술잔을 맞은편의 친구에게 건넸다. 넙죽 잔을 받아 든 그가 말했다.

"박동욱이다. 별로 친하게 지내지 않아서 기억은 못하겠지. 받아둬, SNS 드라마 PD로 일하는 중이야."

부스럭거리며 꺼낸 명함을 받아 든 태준은 그제야 그가 누군지 기억해 냈다. 영화보다는 드라마에 매력을 더 느낀다고, 선배들이 충무로에 뛰어들 때 동욱은 방송국 주변을 얼쩡거렸다.

태준 역시 험하다고 하는 충무로 바닥을 발로 뛴 적이 있었다. 감히 감독의 얼굴을 볼 수도 없는 말단 자리였지만, 그저 영화에 관련된 일을 하는 것만으로도 그는 행복했었다. 몸이 고된 것은 아무것도 아니었다. 그렇게 남이 부리는 종처럼 일을 하다 보면 언젠가 조감독의 위치에는 오를 수 있으리라는 꿈을 품고 있던 그였다. 그리고 오랜 시간이 흐르다 보면 감독의 자리에 올라, 자신이 원하는 영화를 만들어낼 수 있을 거라는 포부로 하루하루 뼈가 부서져라 일을 한 적이 있었다. 대학에서 공부를 하고, 남는 시간은 충무로 거리를 발에 불이 날 정도로 뛰었던 시절을 상기하자 묘하게도 가슴이 울렁거렸다. 그리고 그의 얼굴은 점차 어두워졌다.

그 시절은 행복하기도 했지만 그 어느 때보다도 불행하기도 한 때였다. 그 시절, 그때는……

"네가 유학을 갔다고 들었을 때만 해도, 이렇게 멋지게 성공해서 돌아올 줄은 몰랐다. 하긴 여기 우리 중 영화에 가장 미친놈을 꼽으라면 단연 너겠지만. 러시아에서 영화 연출만 공부한 게 아니라며?"

"음, 시나리오도 같이 공부했지."

"그렇군, 축하한다. 귀국도, 해외 영화제에서 쾌거를 이룬 것도."

"별말씀을."

여기저기서 날아드는 축하인사는 태준을 불편하게 만들었다. 이미 귀에 딱지가 앉을 정도로 들은 소리지만 여전히 축하를 받는 모습은 어정쩡했다.

"그럼 네가 준비한다는 영화, 시나리오는 네가 쓰는 건가?"

임창주 감독의 조감독 생활을 한다던 은수가 불쑥 대화 사이에 끼어들었다. 술자리 분위기가 무르익어 서너 명씩 짝을 이뤄 술을 마시던 동기들은 어느새 술잔을 내려놓고 태준을 주시하고 있었다.

태준은 머쓱하게 머리카락을 쓸어 올리고는 고개를 끄덕였다.

"시놉은 이미 오래전에 구상이 끝났고, 시나리오도 거의 막바지다."

"줄거리는? 음, 아직 노코멘트겠지? 그럼 신은 몇 신으로 나뉘지?"

"시놉 자체가 상업영화라서, 다른 영화와 비슷비슷해. 또 미리 정한다고 해서 딱 그 기준에 맞게 영화가 만들어지는 것도 아니고……."

"하긴. 참, 제작사는? 내 생각이지만 태준이 네 영화를 제작하겠다고 덤비는 제작사가 줄을 이을 것 같은데?"

줄줄이 이어지는 질문에 태준은 픽 웃고 말았다. 아닌 말로 행복해서 비명을 지를 정도로 러브콜을 보내고 있는 제작사는 많았다. 거기다 대기업에서 단독 지원을 해주겠다는 곳도 더러 있었다. 그러나 태준은 얼마 전에 들었던 정우의 말 때문인지 현재 모든 것을 보류시켜 두고 있는 실정이었다.

‘선유’ 라는 이름을 듣고 난 뒤 들려오는 러브콜은 거의 무시하다시피 했다. 그 덕분에 콧대가 높다 못해 오만하다는 말까지 듣는 입장이었지만. 태준은 입술을 일그러뜨리고는 위스키를 털어넣었다. 선유그룹의 창립 30주년 기념파티, 그는 그날을 손꼽아 기다리고 있었다.

“저 녀석은 감독 말고 배우를 해도 대성할 인물이야. 저게 어디 평범한 외모냐? 학교 다닐 때도 저 얼굴로 우리 학교 여학생 여럿 죽이더니. 촬영 들어가면 누가 남자 주인공이 될지는 모르지만, 저 녀석 얼굴에 기가 팍 죽겠다.”

여기저기서 키들거리는 웃음이 터져 나왔다. 저마다 수긍하듯 그들은 태준의 얼굴을 찬찬히 뜯어보기까지 했다. 갑자기 생각났다는 듯 동욱은 우스갯소리를 던졌다.

“하긴 태준이 짐꾼으로 충무로 영화판에서 아르바이트할 때, 감독 중 하나가 배우로 데뷔할 생각 없냐고 헌팅한 적도 있었지.”

“쿡쿡, 그랬었지. 얄라셩에서 인기 영화배우 하나 탄생하는 건 시간문제라고 모두들 그랬잖아.”

“민태준! 그 명성에, 그 번지르르한 외모에, 목하 열애 중인 사람은 없어?”

“설마 없을라고. 내 보기에 한 트럭은 넘을 것 같은데? 인마, 솔직하게 말해 봐. 지금 작업 몇 군데 들어가고 있어?”

짓궂은 농담이 날아들었다. 몇 년 만에 만난 동기들은 처음 술자리에 앉았을 때의 어색함을 무너뜨리고 스스럼없이 태준의 어깨를 치며 농지거리를 던졌다.

"으윽! 누구는 아직 결혼도 하시 못해 싶신 한 짝을 찾아 헤매고 있는데, 누구는 한꺼번에 여러 명과 연애하고. 불공평하다, 정말!"

연극을 하듯 제스처까지 써가며 동기 하나가 픽 쓰러지자 누군가 면박을 주듯 툭 말을 던졌다.

"병신. 얄라셩 멤버면서도 모르냐? 민태준은 카사노바가 아니라 이 시대 마지막 남은 로맨티스트야. 저 녀석은 예전부터 영화 하나에만 미친 것처럼, 여자도 단 한 사람에게만 미쳤잖냐. 여전히 변함없을걸? 시간이 제아무리 흘러도 사람 성격은 변하지 않는 법이지. 그나저나 결혼 생각은 없어? 사랑하는 여자가 분명 있을 것 같은데."

"사랑?"

내내 미소를 짓고 있던 태준이 반문하자 그의 표정에 섬뜩한 한기가 흘렀다. 마시던 잔을 빙글빙글 돌리던 태준은 빈정거리듯 말을 이었다.

"그런 게 있긴 한가? 난 여자를 상대로 사랑을 하진 않아. 그저 여자는 여자일 뿐. 내가 사랑하는 건 내 카메라에 담기는 인물들이야. 내 영화에 나오는 여자들을 사랑하냐고 묻는다면, 기꺼이 사랑한다고 할 수도 있겠지. 물론 영화가 끝나면 그 사랑도 끝이 겠지만. 무엇보다 내가 사랑한다고 당당하게 말할 수 있는 건, 영화밖에 없다. 내게 있어 여자는 영화를 찍는 데 필요한 인물일 뿐이야. 그런데 한낱 여자를 사랑해? 하!"

모두들 뜨악한 얼굴이 되었다. 태준은 피식피식 새어나오는 웃음을 멈출 수가 없었다. 전형적인 로맨티스트? 말도 되지 않는다. 멍하게 앉아 자신의 말을 듣고 있는 동기들을 가르치듯 태준은 말을 이었다.

"그런 여자들을 상대로 아까운 시간을 낭비하고 싶진 않다. 그 시간에 차라리 영화를 한 편 더 구상하지."

씁쓸하게 말을 마친 그는 잔에 남은 위스키를 입 안에 털어 넣었다. 식도를 타고 뜨거운 기가 확 몰려들었다. 여자, 그에게 있어 여자란 영화를 찍는 데 없어서는 안 되는 존재일 뿐이었다. 그런 여자를 상대로 감정을 소모하고 싶지는 않았다. 단지 그것뿐, 그 이상도 그 이하도 아닌 것이 바로 여자라는 존재였다.

"누가 저 녀석더러 로맨티스트라고 했냐? 저놈 완전히 뼛속까지 얼어붙었잖아."

어디선가 들릴 듯 말 듯한 속삭임이 날아들자 태준은 피식 웃고 말았다. 그래, 뼛속까지 영화만 생각하자. 다른 것은 생각하지도, 떠올리지도 말고 오직 영화 하나만 생각하자. 태준은 스스로에게 주문을 걸듯 소리없이 되뇌었다.

가정이란 테두리는 편안한 휴식처가 되어야 한다고 생각했다. 하나, 민서에게는 전혀 편안한 휴식처가 되지 못했다. 고작 해야 잠을 자는 곳, 또는 밥을 먹는 곳. 그게 그의 가정이라는 울타리였다.

　퇴근하고 들어서는 집 안은 어두컴컴하고 적막감만 가득한 채 그를 반겼다. 느슨하게 실크 넥타이를 당긴 그는 침실보다 먼저 바(Bar)로 향했다. 멕켈란(MACALLAN) 1946년산을 글라스에 절빈 정도 따르고 응접실 인락의자에 몸을 묻은 채 친친히 맛을 음미하듯 브랜디를 들이켰다. 금세 바닥을 드러내는 글라스를 테이블 위에 밀치고 의자 등받이에 머리를 기댄 그는 슬며시 눈을 감았다. 이 시간은 하루의 피로가 한꺼번에 몰려드는 기분이었다. 자정이 넘은 늦은 시간. 오직 귀를 메우는 것은 천장에 닿을 듯한 괘종시계에서 울려 퍼지는 초침 소리만이 전부였다. 귀에 거슬릴 정도로 크게 들리는 시계를 짜증스레 노려보던 그의 시선이 불현듯 여진의 침실이 있는 이층으로 날아들었다.

　불이 꺼진 어둑한 계단. 그 위층에 아내가 잠들어 있을 것이다. 아내? 그 순간 그의 이마가 접히며 굵은 주름을 만들었다. 과연 저 안에 잠든 여자가 자신의 아내인 적이 있기는 한 걸까, 하는 의문이 앞섰다. 생명이 결여된 인형처럼 감정을 드러내지 않는 차가운 여자. 지독하게 아름답기는 하나 결코 꺾고 싶지는 않은 꽃. 하지만 이따금, 아주 이따금 아내라는 여자의 꽃을 꺾고 싶을 때가 있다. 한 치의 빈틈없이 무표정하기 이를 데 없는 그 얼굴을 한 번쯤은 부서뜨리고 싶었다. 감정의 동요를 일으키는 그 순간을 포착하고 싶었다.

　의자에서 일어서며 민서는 픽 실소를 흘리고 말았다. 감정의 동요? 한여진이? 한여진은 결코 사람들 앞에서 동요를 일으키지 않는다. 더구나 민서 자신의 앞에서라면 더 더욱. 오만한 공주님은 감정의 흐트러짐을 아무에게나 들키지 않는 법이다. 아니, 단 한 순간도 흐트러지지 않는 법이다. 한여진이라는 여자를 팔 년이나 알아왔지만 단 한 번도 흐트러진 모습을 보이지 않았던 그녀다.

얼마 전 정리한 여자가 뭐라 했던가. 천박하게 키들거리며 얼음공주니 마네킹처럼 뻣뻣하니 어쩌고저쩌고 했었다. 불쑥 욕지기가 치밀어 올랐다. 그녀는 틀린 말을 하지 않았다. 한여진은 얼음공주이고 실제로 마네킹처럼 뻣뻣하기도 했으니까. 그런 아내에게 무슨 욕망을 품겠는가. 여자라면 모름지기 나긋나긋한 맛이 있어야 하건만 여진은 나긋나긋한 것과는 전혀 거리가 멀었다.

술이 과한가 보다, 쓸데없는 생각까지 하는 걸 보니. 민서는 고개를 내저으며 테이블을 짚었다. 집에 들어오기 전 가볍게 한잔한다는 것이 평소의 주량을 훨씬 넘어선 듯했다. 머리가 어질거리고 생각은 많아지고 있었다. 주제넘은 여자의 발언 때문인지 이상하게도 아내의 침실에 자꾸만 눈길이 갔다.

자고 있을 것이다. 자는 모습마저도 냉기가 흐르고, 가까이 다가서고 싶지 않을 정도로 정이 떨어지는 모습일 것이다. 순간 민서는 그것을 확인이라도 하려는 양 성큼 여진의 침실로 다가서고 있었다. 자는 모습 잠깐 본다고 해서 무슨 일이 생기겠는가. 베드 파트너였던 여자의 말대로 얼음공주는 자는 모습마저도 차갑고 뻣뻣한지 눈으로 보기 위해 민서는 문을 벌컥 열었다. 찰나, 그는 얼어붙듯 문 앞에서 움직임을 멈추고 말았다.

여진은 침대에 기대 책을 보고 있던 중이었다. 불쑥 들어온 그를 책망하듯 여진의 눈빛이 날카롭게 변해갔다.

"뭐예요, 늦은 시간에?"

민서는 자신도 모르게 화가 치밀어 올랐다. 자는 것도 아니면서, 사람이 들어왔는데 내다보지도 않아?

"안 자고 있었군."

불쾌한 기분을 숨기지도 않고 그가 냉랭하게 뇌까렸다.

"막 잠들려던 참이었어요."

보고 있던 책을 침대 맡으로 밀친 여진은 사이드 테이블에 손을 뻗어 수면 안대를 들어 올렸다. 그만 자겠으니 나가라는 뜻이 역력했다.

"노크도 할 줄 몰라요? 당신이 그렇게 거칠게 들어오지 않았다면 지금쯤 자려고 준비했을 거예요."

"하, 그래?"

"네, 그랬어요. 그러니 이만 나가주겠어요?"

따지듯이 쏘아붙인 그녀가 휙 고개를 돌리자 길게 풀어헤쳐진 머리카락이 어깨를 넘실거리며 가슴을 덮고 등을 뒤덮었다. 헤어 디자이너의 정성스러운 손길 때문인지 여진의 머릿결은 반짝거릴 정도로 빛이 났다. 도도하게 치켜든 턱과 한 치의 물러섬 없이 노려보는 시선. 민서는 문득 여진의 머리채를 잡아채고 싶은 사나운 감정을 억누르느라 안간힘을 다해야 했다. 매번 인내심의 바닥까지 드러내게 만드는 망할 여자. 나직한 욕설을 씹어뱉으며 그는 휙 몸을 돌렸다.

"함부로 내 침실에 들어오지 말아요."

싸늘한 여진의 어조에 민서는 우뚝 걸음을 멈추고 말았다.

"뭐?"

어이없다는 듯한 물음에 여진은 쐐기를 박듯 단호하게 대답했다.

"여긴 내 침실이에요. 당신, 함부로 들어오지 말라고 했어요."

"하, 그래. 여긴 당신 침실이지. 하지만 당신이 잊고 있나 본데, 당신은 내 아내야. 내 아내 침실에 들어오면서 일일이 허락을 받고 들어와야 하나?"

민서의 음성이 위험스러울 정도로 낮아졌다. 나가려던 몸을 틀어 한 걸음씩 침대가로 다가가던 민서는 시트를 꽉 움켜쥐고 있는 여진을 보며 나직이 비웃음을 터뜨렸다.

"바꿔 말하면, 당신은 내 아내니까 내가 원하면 언제든지 침실에 들어올 수도 있다는 뜻이야. 또 내가 원하면 언제든지 안을 수 있고."

여진이 가슴께까지 끌어 올린 시트를 거세게 확 잡아당긴 그는 오금을 박듯 말을 마쳤다.

"말도 안 돼. 당장 나가요!"

여진은 그를 피하듯 뒤로 주춤주춤 물러나며 소리쳤다.

"싫다면?"

침대에 걸터앉은 민서는 잔뜩 독이 오른 여진을 놀리듯 빈정거렸다. 이렇게 털을 바짝 세운 고슴도치처럼 경계 태세로 돌변한 그녀가 묘하게 자극적이었다. 손만 내밀면 기다렸다는 듯이 픽픽 쓰러지는 여자들과 여진은 천양지차였다. 오히려 그런 여자들에게 지겨움을 느껴 더 빨리 관계를 정리했는지도 몰랐다. 주제넘게 나선다는 이유로 잘라냈지만 솔직히 말해서 침대만을 데워주는 여자는 이제 지겹다 못해 신물마저 났다.

"한 번, 오직 한 번. 그것도 마지못해서였지."

수수께끼를 던지듯 그는 알 수 없는 말을 중얼거렸다. 마치 그린 것처럼 잘 손질된 여진의 짙은 눈썹이 살짝 위로 치켜 올라갔다. 민서는 여진의 못마땅한 듯한 표정을 보면서 끝맺지 않은 뒷말을 덧붙였다.

"우리가 부부관계를 나눴던 횟수야. 결혼한 지 팔 년째인데 너무 심하다는 생각 안 드나?"

신혼 첫날 밤, 아내는 그에게 부탁을 했었다. 시간을 달라고. 정략결혼이라 아직 마음을 정하지 못했다며 시간을 달라 했을 때, 민서는 여진의 의견을 묵살했다. 그녀의 말대로 그들은 정략결혼을 한 셈이었다. 서로가 서로를 잘 모르면서도 서로의 이익을 위해 결혼이라는 이름으로 연을 맺었다. 그 정략결혼을 확실하게 매듭 짓기 위해서 그는 아내를 자신의 여자로 만들어야만 했다. 그렇기에 그녀의 부탁을 들어줄 수가 없었다. 시간이 필요하다는 아내를 강제로라도 안아야만 했다.

그 뒤 어떻게 되었던가. 못을 박듯 말했었지. 오늘만이라고, 결혼식을 올렸으니 아내의 도리는 이것으로 끝내겠다고. 여자가 필요하면 얼마든지 묵인해 줄 테니 하고 싶은 대로 해도 된다고 여진은 빙하보다 차가운 음성으로 뇌까렸었다.

그 모습이 얼마나 소름 끼쳤던가. 아내라는 여자에게 얼마나 정나미가 떨어졌던가. 어떤 오기 같은 것이 내면을 켜켜이 채워 나가 민서는 여진을 범하듯이 첫날밤을 치렀다. 그리고 더 이상 그녀에게 손을 내밀지 않았다. 시체처럼 차갑고 뻣뻣하기만 한 여자를 상대로 어떻게 뜨거운 욕망을 느낄 수가 있겠는가. '다가오지마' 라는 얼굴로 벽을 치는 그녀에게 매달릴 필요는 없었다. 테크닉에 정통한 여자들은 언제나 넘쳐 났으니까. 나름대로 그런 생활을 즐기기까지 했다. 그리고 그 부분에 대해서는 아무런 불만이 없었다. 하지만 여전히 자신을 거부하는 한여진이라는 존재는 묘하게 그를 자극하고 있었다.

여진은 최대한 초연하게 입을 열었다.

"그것으로 아내의 도리는 다했다고 생각하는데요?"

붉은 입술에 선명하게 새겨진 치아 자국은 그녀가 얼마나 세게 입술을 깨물었는지 보여주었다. 민서는 홀린 듯이 여진의 투명한 피부에 손을 뻗었다. 여진이 매섭게 그의 손을 뿌리쳤다. 순간 그의 표정이 서서히 일그러졌다. 생각할 겨를도 없이 그는 이국적인 꽃향기가 나는 여진의 긴 머리카락을 거칠게 움켜쥐었다. 아니나 다를까, 단번에 내치려는 여진의 손을 다른 손으로 막은 민서는 그녀의 부드러운 머리카락을 슬쩍 앞으로 잡아당겼다. 의도한 대로 그녀가 그의 코앞에 바짝 다가왔다. 분노를 참지 못하겠다는 듯 여진의 입술에서 뜨거운 숨결이 쏟아져 나왔다.

민서는 나직하게 뇌까렸다.

"아니지. 내가 아내로서 바라는 도리는 신혼 첫날밤에 단 한 번, 선심 쓰듯 몸을 내맡기는 게 아니라 하루에 한 번이야. 혹은 하루에도 몇 번씩. 알아듣겠나?"

민서가 여진의 귓불에 입술을 대고 속삭이듯 말했다. 거세게 고개를 가로저어 그의 손에서 자유로워진 여진은 날카로운 발톱을 드러내며 사납게 쏘아붙였다.

"아니죠. 당신 욕구를 해소시켜 줄 여자는 다른 곳에서 찾으라고 했잖아요. 당신의 그 넘치는 욕정을 왜 내가 해결해야 하는 거죠?"

"천박한 여자는 슬슬 재미가 없어졌어. 이유가 되나?"

"재미가 있든 없든 내가 상관할 바 아니에요."

"당신이 상관하든 말든 나도 더 이상 관심없어!"

여진을 거칠게 침대로 밀어뜨린 그는 난폭하게 그녀의 입술을 덮쳤다. 아내가 아니어도 그의 관심을 끌 여자는 많았지만 한 번쯤은 여진을 길들일 필요는 있을 듯했다. 늘 이렇게 거부만 하는 건 달갑지 않았다. 길들여서 다른 여자들처럼 그에게 목을 매게 하는 것도 꽤 재미있는 게임이 될 듯했다. 혀를 더듬어 그녀의 입술을 열려 하자 꽉 다물어진 입술이 강하게 그를 거부했다. 장미 꽃잎처럼 부드러운 입술이 그를 유혹했다. 입술마저도 차가울 거라고 짐작했건만 여진의 입술은 지독하게 부드러웠고 뜨거웠다. 민서는 망설임없이 여진의 나이트 가운을 벗겨내고 이어 눈부시게 드러나는 가슴에 혀를 미끄러뜨렸다.

"달리 씸므……."

억눌린 음성으로 여진은 간신히 입을 열었다.

"얼마 전까지 당신 몸에서 달리 씸므 냄새가 났어. 그전에는 안 나수이 향취가 늘 배어 있었지."

띄엄띄엄 여진은 겨우 말을 이었다. 여진의 목 언저리와 가슴을 혀끝으로 훑어 내리던 민서는 석고상이 된 것처럼 움직임을 멈추고 말았다. 욕망으로 어둡게 물든 눈동자에 언뜻 당혹감이 스쳐 지나갔다.

"내게 아내의 도리를 요구하고 싶다면, 다른 여자가 쓰는 향수 냄새는 지우고 오는 것이 남편의 최소한의 도리 아닐까요?"

체내를 감돌던 붉은 피가 제자리에 멈췄다. 민서는 잔뜩 흐트러진 옷차림으로 여진에게서 몸을 일으켰다. 빌어먹게도 여진은 귀신같이 알아챘다, 며칠 전 정리했던 여자가 달리 씀므를 애용했다는 것을.

"그거 알고 있나?"

엉망이 된 잠옷을 여미던 여진은 흘러내린 머리카락을 신경질적으로 쓸어 올리며 그를 바라보았다. 순간 그녀의 눈빛이 상처 입은 연약한 짐승을 떠올리게 했다. 하지만 그것은 찰나였다. 민서가 다시 보았을 때에 이미 그녀는 냉담한 공주님으로 돌아와 있었다.

"지금 내 기분이 강간범으로 몰린 것 같다는 거."

"아내가 원하지 않을 때 억지로 몸을 취하려 하는 것, 그것도 분명 강간이에요."

"빌어먹을!"

나직나직 싸늘하게 내뱉는 여진의 말을 들으면서 민서는 주먹을 움켜쥐었다. 시퍼런 혈관이 성난 듯 꿈틀거리며 일어섰다. 사나운 기세로 여진을 노려보던 민서는 찬바람을 일으키며 획 몸을 돌렸다.

“내일 회사 창립 기념일이야. 다섯 시쯤 갤러리 앞에 갈 테니 나와 있어.”

“내 차로 가겠어요.”

한마디도 지는 법이 없지! 단 한마디도! 민서는 격하게 타오르는 분노의 불씨를 잠재우지 못해 으드득 이를 갈았다.

“내가 데리러 간다고 했어. 정재계는 물론이고, 연예인과 방송국에서도 사람들이 많이 올 거야. 쓸데없이 고집 피우지 마. 파티장에 끌려 들어가기 싫으면 얌전히 기다리고 있는 게 당신을 위해 좋을 거야.”

여진의 대답을 듣지도 않은 채 민서는 쾅 하고 침실 문을 닫았다. 나무 문이 부딪치는 둔탁한 소리가 깊은 밤, 고요한 집 안을 메아리치며 떠돌아다녔다.

빌어먹을, 한여진. 그녀를 증오했다.

4

All covet, all lose

모든 것을 탐내면 모든 것을 잃는다

모든 것을 원한 적은 없다

내가 원한 것은 단 하나, 오직 단 하나였다

오십여 명의 연주가들이 연주하는 감미로운 클래식 선율이 에메랄드 홀을 가득 메웠다. 최상급을 자랑하는 적포도주와 백포도주 와인 잔을 든 사람들이 만면 가득 웃음을 물고 서로 인사를 나누고 있었다.

원형 테이블에 자리한 태준은 길게 놓아진 테이블 주변을 맴도는 사람들을 무심하게 둘러보았다. 평소 잘 입지 않는 수트 차림에 영 어색함을 느낀 태준은 실크 넥타이의 매듭 부분을 느슨하게 풀다 정우와 눈이 마주쳤다. 눈꼬리를 치켜 올리는 정우의 매서운 눈초리에 그는 마지못해 목 언저리에 놓여진 손을 떨어뜨렸다.

태준은 와인 잔을 들어 가볍게 입술을 적신 후 툭 던지듯 말했다.

“시끌벅적하군.”

“당연하지. 대(大) 선유그룹의 창립 기념파틴데.”

“그런데 그 대단한 선유그룹의 주인공은 파티 시간이 다 되어 가는데도 아직 헹차를 안 하는 건 무슨 이유지?”

“원래 주인공은 마지막을 장식하잖아. 곧 나타날 거야. 선유의 석 사장, 시간 약속이 칼이란 소문이 괜히 도는 건 아닐 테니까.”

태준의 시선이 홀 입구를 향했다. 얼음 조각상에서 투명하게 떨어지는 물방울을 바라보는 그의 곁으로 누군가 조심스럽게 다가와 헛기침을 내뱉었다.

“실례하겠습니다. 혹시 민태준 감독님 되십니까?”

“그렇습니다만?”

주름 하나 잡히지 않은 검은 정장을 멋들어지게 차려입은 남자가 정중하게 고개를 숙였다. 태준은 남자의 가슴팍에 붙은 ‘총지배인’ 이라는 직책을 보고는 정우에게 어찌 된 일이냐는 듯한 의문의 눈길을 보냈다. 정우 역시 무슨 일인지 모르겠다는 듯 어깨만 으쓱거렸다.

총지배인은 한쪽 팔을 들어 올려 다른 테이블을 가리키며 말문을 열었다.

“민 감독님의 자리는 저쪽 VIP석입니다. 여긴 DM 프로덕션 관계자 분들을 위한 자리거든요. VIP석으로 제가 안내해 드리겠습니다.”

“무슨, 난 DM 프로덕션 자격으로 참석한 건데 혹시 잘못 알고 있는 건 아닌지요?”

“아뇨, 그렇지 않습니다. 사장님께서 특별히 민 감독님과 함께 하고 싶으시다고 말씀하셨습니다.”

의자에 비스듬히 기대어 앉아 있던 정우의 상체가 테이블 앞으로 쏠렸다.

“가봐.”

눈을 빛내며 말하는 정우를 외면하고 태준은 무뚝뚝하게 대꾸했다.

“DM 프로덕션 대표는 이 자리에 두고, 나 혼자만 다녀와라?”

못마땅함을 여실히 드러내는 태준의 냉담한 음성에 지배인은 허겁지겁 말을 이었다.

“필요하시다면 차후 최정우 사장님과는 따로 자리를 마련한다고 하셨습니다. 연회 중에 석 사장님이 민 감독님에게 전할 말씀이 있으신지 동석을 원하셨습니다.”

“VIP석에는 어느 분들이 앉게 되는 겁니까?”

지배인이 가리키는 곳으로 태준의 시선이 날아갔다.

“석 사장님 내외분과 선유의 부사장님, SNS방송국의 차기태 이사님, 대한일보의…….”

“아, 그만. 됐습니다!”

지배인은 여섯 개의 의자가 놓여진 테이블에 앉을 명단을 줄줄이 내뱉었다. 태준은 손을 들어 지배인의 말을 제지하고 매끄러운 턱을 어루만졌다.

“대단히 황송하군요, 그런 자리에 나 같은 것을 불러주다니.”

“민태준!”

버럭 소리를 지르는 정우를 쏘아보던 태준은 슬그머니 몸을 일
으켰다.

"안 가. 가고 싶으면 너나 가."

"민 감독님……."

당황한 듯 말끝을 흐리는 지배인을 거들떠보지도 않은 채 태준
은 연회장 입구 쪽으로 발길을 돌렸다. 석 사장 내외라. 그 불편한
자리에 앉아 식사를 하고 웃으며 담소를 나누라는 말인가, 지금?

태준의 눈빛이 싸늘하게 얼어붙었다. 아직은 텅 비어 있는
VIP석을 노려보던 태준은 수트 안주머니를 뒤져 담배를 찾았다.
와인과 샴페인을 나르던 웨이터가 다가와 금연이라며 흡연실을
가리키자 태준은 손가락에 끼워진 담배를 치우지도 않고 흡연실
로 향했다.

붉은 융단이 깔린 바닥을 지나 두 마리 학이 고고하게 고개를
치켜들고 있는 얼음 조각상을 차례로 지날 무렵 입구가 소란스러
워졌다. 조용조용, 나직하게 이야기를 나누던 사람들이 우르르 한
군데로 모여들었다. 테이블에 앉아 있던 사람들마저도 하나둘씩
일어나 입구 쪽으로 향하고 있었다.

두 남녀를 둘러싼 사람들의 틈을 예리하게 주시하던 태준의 눈
이 점차 가늘어졌고, 곧이어 조각 같은 턱에 경련이 일기 시작했
다. 그의 손에 들려진 담배가 소리도 없이 바닥으로 곤두박질쳤
다.

막 들어선 두 남녀. 누가 굳이 설명해 주지 않아도 알 수 있었
다.

  권위적인 몸짓이 몸에 배인 오만한 남자와 그 곁에 서 있는 눈이 부시도록 아름다운 여자. 선유그룹의 사장이며 동시에 선유의 창립자인 한수한 회장의 하나밖에 없는 사위, 그리고 사장의 아내이자 한수한 회장의 하나밖에 없는 딸.

  태준의 입매가 사납게 비틀렸다. 단정하게 정리한 금갈색 머리카락을 거칠게 쓸어 내린 그는 니코틴의 유혹을 접고 정우가 앉은 자리로 걸음을 옮겼다.

  "왜 안 가겠다는 거야? 이게 얼마나 좋은 기횐지 너도 알잖아. 석 사장 아무에게나 틈을 보이는 사람 아니다. 널 자기 곁으로 불렀다면 그만한 이유가……."

  "그만! VIP석인지 뭔지 갈 테니 그만 해."

  정우의 짜증 섞인 말을 가로막고 태준은 성급하게 와인을 들이켰다. 숫제 식도로 들이붓듯 연거푸 석 잔을 마신 그는 냅킨으로 입술을 누르고 천천히 입구에 눈길을 던졌다. 언제 자리를 옮겼는지 사람들은 각자의 위치로 돌아갔고, 석 사장은 어느새 연회장 단상에 올라가 인사말을 하고 있었다.

  태준의 눈길이 VIP석에 고정되었다. 좀 전까지 비어 있던 자리에는 어느새 네 명의 사람들이 앉아 이야기를 나누고 있었다. 태준은 길게 심호흡을 내뱉었다. 여자 하나와 남자 셋. 그러나 그의 눈에 들어오는 얼굴은 오로지 남자들 틈에 앉아 있는 여자의 모습이었다. 무어라 대화를 나누는 사람들 사이에서 그저 무심하게 고갯짓만 하는 여자. 그 여자가 태준 쪽으로는 얼굴도 돌리지 않은 채 투명한 생수 잔에 시선을 고정시키고 있었다.

석민서, 그 사람이 테이블에 돌아오면 나도 앉아주지. 나를 위해 만들었다는 그 자리에 기꺼이 앉아주겠어.

자조적인 웃음을 입가에 새기며 태준은 달콤하기 그지없는, 하지만 오늘따라 독약처럼 쓰디쓴 맛밖에 나지 않는 와인을 재차 입 안에 쏟아 부었다.

"작작 마셔라. 술 마시러 여기 왔냐?"

"마누라처럼 떽떽거리지 마. 술맛 떨어져."

"대외적인 석상에선 마시라고 빌어도 안 마시던 네가 웬일이야? 중요한 자리다. 그만 마셔."

정우의 걱정스러운 어조를 무시하고 태준은 와인 잔을 비우기에 여념이 없었다. 그때 박수가 쏟아져 나오고 석민서, 그가 단상에서 성큼 내려왔다.

이제 시작이다.

마시던 와인 잔을 테이블 위에 내던진 태준은 의자에서 몸을 일으켰다. 맥박이 조금씩 빨라지고 있었다. 가빠지는 호흡을 정리하고 그는 정우에게 눈을 찡긋거린 후 중앙으로 발을 뗐다. 여기저기서 흘끔거리며 조심스럽게 날아드는 시선을 외면하고 지배인이 가리켰던 VIP석으로 다가섰다. 체내를 돌던 피가 심장으로 모여들어 거세게 소용돌이치는 것만 같았다. 태준은 어금니를 물고 서늘하게 입을 열었다.

"실례하겠습니다. 늦었지만, 민태준입니다."

민서를 향해 손을 내밀자 VIP석에 앉은 사람들이 일제히 태준을 바라보았다. 담소를 나누던 그들의 말소리가 뚝 끊어지고 민서는 황급히 일어나 태준의 손을 휘어 감았다.

"아아, 민태준 씨! 인사가 늦었군요, 석민서……."

그 순간 유리잔이 깨지는 요란한 파열음이 연회장 홀을 날카롭게 메우더니 이어 클래식 선율에 파묻혔다. 올가미처럼 단단하게 잡고 놓아주지 않는 민서의 손을 귀찮다는 듯이 떼어낸 태준은 방금 컵을 떨어뜨린 여자에게 눈길을 던졌다. 연회장에 들어서자마자 내내 생수 잔만 들고 있던 여자가 가녀린 어깨를 파르르 떨며 깨어진 잔을 위태롭게 쳐다보고 있었다.

태준은 픽 실소를 흘리고 말았다. 이제 눈치챘단 말인가. 나직한 헛기침으로 목을 가다듬고 그는 여진을 향해 손을 내밀었다.

"사모님…… 이시죠? 처음 뵙겠습니다, 민태준입니다."

여진의 안색이 창백하게 변해갔다. 시간이 흐를수록 새파랗게 질려가는 그녀를 태연하게 응시하던 태준은 웨이터가 빼주는 의자에 앉으며 다른 사람들에게도 차례로 고갯짓을 했다.

입술을 굳게 다물고 있던 여진은 한참이 지난 후에야 겨우 입을 열었다.

"아, 네. 반가워요, 한여진……."

"알고 있습니다. 석민서 사장님의 아내, 한여진 씨. 맞죠?"

가늘게 떨리는 여진의 음성을 감지하고 태준은 여유롭게 그녀의 말을 받아쳤다. 그녀가 그의 시선을 피하며 보일 듯 말 듯 고개를 끄덕였다.

"왜 그래? 또 어디 아픈 건가?"

"아뇨, 괜찮아요."

여자의 허리에 자연스레 팔을 두르는 민서의 행동을 보며 태준은 반사적으로 홱 얼굴을 돌리고 말았다. 그 순간 그녀와 눈이 마주쳤다. 얽혀드는 여진의 눈빛이 심하게 흔들리고 있었다. 태준의 입가에 냉소가 물렸다.

"영광입니다, 민 감독님. 세계가 주목하는 감독님을 바로 옆에서 마주하다니."

"별말씀을요."

나이 지긋한 노신사의 인사치례를 대수롭지 않게 응수한 태준은 여진에게 귀엣말을 하는 민서를 주시했다. 나란히 앉은 그들을 보자 숨이 콱 막혀왔다. 괜한 오기로 이 자리에 온 건 아닌지 후회가 되던 참이었다. 그때 한숨 소리와 함께 그녀가 일어섰다. 그녀의 허리에 놓여진 민서의 손길이 여전히 태준의 심기를 불편하게 만들었다.

"죄송하지만 전 잠시 휴게실에 있을게요. 잠시 뒤에 뵙죠."

태준에게는 눈길조차 건네지 않은 채 그녀가 멀어져 갔다. 그녀의 남편인 민서가 붙잡으려는 듯 일어서다 주위 사람을 의식했는지 이내 제자리에 앉아 어색하게 입꼬리를 말아 올렸다. 가느다란 어깨 끈으로 하얀 어깨가 눈부시게 드러나는 짙은 블랙 색상의 이브닝드레스를 곱게 차려입은 그녀가 사라지자 남은 사람들의 시선은 무언가에 홀리듯 여진의 뒤를 바짝 좇았다.

민서는 애써 미소를 지으며 어색해지는 분위기를 모면하려 대화를 이끌었다.

"컨디션이 안 좋다는 사람을 억지로 끌고 나왔습니다. 하하, 아내가 워낙 몸이 약해서 이런 자리에 나오는 걸 힘들어하죠."

약하다고, 저 여자가? 여진이 사라진 연회장 입구를 노려보던 태준의 눈에서 시퍼런 채광이 쏟아져 나왔다.

"자네 안사람 몸 약하다는 것 모르는 사람도 있나? 괜찮네그려. 한 회장이 하나밖에 없는 딸이라고 애지중지 공주처럼 키워서 더 그럴 걸세."

"석 사장님의 아내에 대한 지극한 사랑은 누구나 다 아는데, 억지로 끌고 나왔다니요. 누가 그런 말을 믿을라고……."

우스개 섞인 농담이 이어지는 와중에도 태준은 쉽사리 그들과 말을 섞지 못했다. 이 사람들과 시답잖은 이야기를 나누려고 온 게 아니었다. 자신이 나타났을 때 한여진, 그 여자가 어떤 반응을 보일지 그게 궁금해서 미친 척 오기를 부려보았다. 그런데 의외의 수확을 얻었다.

그 여자가 평정을 잃었단 말이지?

혼자만의 상념에 고립되어 있는 듯 없는 듯 조용히 와인을 들이키는 태준에게 민서는 잔을 부딪치는 제스처를 보였다.

"참, 제가 이 자리로 민 감독님을 부른 이유는 차기작 준비가 끝났다는 소식을 들었기 때문입니다. 어떻습니까? 민 감독님의 국내 첫 작품의 제작은 우리 선유에서 단독으로……."

와인 잔을 탁 소리가 나게 테이블에 내려놓고 태준은 인상을 찌푸렸다.

"다음에 이야기하죠. 보시다시피 듣는 귀가 많습니다."

기다리던 말이었다. 귀국 직후 듣게 되었던 선유의 러브콜. 하나, 지금은 때가 아니었다. 그녀가 도망치듯 사라지지 않았는가. 도망치다라, 한여진에게 도망이라는 단어는 어울리지 않았다. 그 녀에게 신경이 곤두서자 선유의 제작은 더 이상 태준의 흥미를 자 극하지 못했다.

주변을 둘러보던 민서는 뒤늦게 대답했다.

"아, 제가 생각이 짧았군요."

"일 얘기입니다. 석 사장님도 사업을 하시니 아실 텐데요? 아무 곳에서나 일 얘기를 하지는 않으시겠죠."

태준의 무뚝뚝한 어투에 민서의 턱 근육이 딱딱하게 굳어갔다. 태준은 검붉게 물들어가는 민서의 낯빛을 보며 느긋하게 덧붙였 다.

"연회가 끝난 뒤 DM 프로덕션 대표와도 따로 자리를 마련했다 고 들었습니다. 오늘은 곤란하고 될 수 있으면 다음에 뒷얘기를 이어가도록 합시다."

"네, 그러죠."

민서는 흔쾌히 고개를 끄덕이며 호탕하게 웃음을 터뜨렸다. 그 러나 얼굴은 그다지 밝지 않았다. 주제넘게 자신의 말을 자른 민 감독이라는 젊은 사내의 행동에 이상하게도 화가 치밀었고, 무엇 보다 파티 중간에 쉬어야겠다며 휴게실로 사라진 아내가 그의 저 조한 기분을 더욱 엉망으로 만들었다.

늘 그랬다, 아내는. 아니, 아내라는 이름을 가진 여자, 한여진 은. 단 한 번도 공식석상에서 오래도록 자리를 지킨 적은 없었다. 잠시잠깐 얼굴을 비치는 게 전부인 그녀였다. 그래도 집 안에서보다는 낫다. 적어도 미소를 짓고는 했으니까, 자신의 말에 다정하게 대꾸는 했으니까.

오늘도 분명 갤러리를 나서기 전만 해도 딱딱하게 경직되었던 그녀는 호텔 연회장에 들어서자마자 언제 그랬냐는 듯 사람들에게 환한 미소를 보이고 있었다. 그런데 갑자기 사라졌다. 이렇다 할 말도 남기지 않고. 미처 그가 붙잡기도 전에 휑하니 사라진 아내를 책망하듯 민서의 눈길은 입구를 지나쳐 바깥쪽에 자리한 휴게실로 날아갔다.

이름뿐인 아내. 빌어먹을 여자 같으니라고!

하긴 민서 역시 이름뿐인 남편이었다. 서로 암묵적인 동의와도 같은 것. 그는 그녀가 가진 배경이 필요했고 그녀는, 그녀는……. 그의 얼굴이 점차 어두워졌다. 와인 잔을 움켜쥔 손에 힘이 실렸다. 어딘가에서 들려오는 목소리에 민서는 겨우 흩어진 생각들을 정리했다.

"한 회장님의 몸은 좀 어떠신가요? 제주도에 요양차 내려가셨다는 소식은 들었지만, 그곳 별장이 일반인은 출입할 수 없다 하셔서 아직 찾아뵙지는 못했습니다."

"차 이사님의 염려 덕분에 많이 좋아지셨습니다."

일주일에 한 번은 정기적으로 찾아뵈어야만 하는 장인어른. 일에 관해선 따를 자가 없을 정도로 자신의 자리를 확고하게 지키던 한 회장도 결국 흐르는 세월 앞에서 맥없이 무너지고 말았다. 절대 무너지지 않을 것 같던 어른의 무너짐, 건강의 악화. 그럼에도 불구하고 대쪽 같은 성미는 여전해서 그에게는 어렵기만 한 노인네.

민서는 슬그머니 어금니를 사려 물었다. 장인어른이라 하나, 오히려 한 회장이라는 이름이 더욱 편한 어른을 떠올리자 생각만으로도 신경이 올올히 곤두서고 온몸의 근육이 긴장되었다.

내일은 제주도에 가봐야 한다. 내일은 또 어떤 소식을 전해야 할지 머리 속으로 해야 할 말들을 간추려 보았다. 먼저 부산에 있는 호텔 확장공사를 무사히 마무리 지었다고 하고, 영화 제작에 관해서도 운을 떼야 했다. 감독이 누구냐고 물으시겠지. 민서는 좌측에 앉아 연회장 단상에 시선을 박고 있는 민태준을 정시했다.

선유의 창립일로부터 현재까지의 발전사가 마치 영화처럼 스크린에서 쏟아져 나오고 있었다. 미리 보았기에 내용을 알고 있던 민서는 자신의 시선을 잡아끄는 태준의 조각상 같은 옆모습을 지켜보았다.

잘생겼다, 지독하게. 파티에 초대된 여자들이라면 하나같이 태준을 훔쳐보고 있을 정도였다. 옆 테이블에 앉아 있던 몇몇 여자들에게서 가느다란 한숨이 쏟아져 나오는 게 그걸 증명하고 있었다.

처음 민태준이라는 사람에 관한 브리핑을 보았을 때, 제일 먼저 눈에 띈 것은 사진이었다. 외국 어느 나라에서 찍었는지 자유로운 옷차림에 잔뜩 흐트러진 머리카락을 바람에 날리며 서 있던 그의 모습. 언뜻 보기에는 연예인으로 착각하게 할 지경이었다. 그랬다. 그 사진을 접한 순간, 민서는 비서에게 영화배우가 아니라 민태준 감독에 관한 자료를 가져오라고 버럭 소리를 질렀으니까.

어쨌든 실력은 익히 들어서 알고 있고, 그 성격 또한 대충 들어서 알고 있었다. 들리는 소문에 의하면 상당히 건방지다 했던가? 민서의 눈썹이 꿈틀거리며 움직였다. 오늘 한 번 보았을 뿐인데도 들리는 소문이 백퍼센트 사실이라는 것을 인정했다. 감히 석민서, 자신의 말을 일개 신인감독인 민태준이 중간에서 잘라?

"다음에 이야기하죠. 보시다시피 듣는 귀가 많습니다."

시건방진 놈!
민서의 주먹에 힘이 들어갔다. 새파란 감독에게 기회를 주려는 데 감사하다고 엎드려 절을 해도 시원찮을 판에, 다음에 이야기하자 했나?
태준에게 기선을 제압당한 듯 민서는 시간이 흐를수록 기분이 바닥을 향했고 무언가 못마땅하기만 했다. 단정하게 정장을 차려입었음에도 불구하고 금갈색으로 염색된 헤어스타일 때문인지 태준은 사진에서 보았던 것처럼 자유분방하게 보였다. 특히 목덜미까지 닿아 아무렇게나 흐트러진 머리카락은 입고 있는 짙은 회색 수트와 묘한 언밸런스를 이루고 있었다. 그러나 그런 분위기가 오히려 길들여지지 않은 야생마처럼 그의 남성적인 매력을 더 부각시키는 효과를 자아냈다.
같은 남자가 보아도 눈길을 뗄 수 없는 묘한 느낌. 짧은 머리에 단정함을 추구하는 그와는 달리 이질감마저 느껴지는 태준에게서 시선을 거두고 민서는 스크린을 바라보았다. 선유라는 이름 아래 호텔과 자동차, 선박에 관한 영상들이 물밀듯이 쏟아져 나오고 있었다.

"그만 일어나야겠군요."

저음의 음성이 민서의 청각을 자극했다.

"제작 이야긴 다음에 따로 하시죠."

장신의 태준이 일어서자 앉아 있던 민서의 목이 자연스레 뒤로 꺾였다. 같이 자리한 몇몇 사람들의 인사에 태준은 가볍게 목례를 했다.

서둘러 일어난 민서는 태준을 잡았다.

"왜 벌써…… 연회는 아직 시작도 하지 않았는데."

"늦게 약속이 있어서요. 차후 연락 주십시오. 스케줄 조정하겠습니다. 개인적으로는 내일이나 모레가 좋을 듯하군요."

"음, 글쎄요. 나도 일이 많은지라."

"그럼 석 사장님 편할 대로 하십시오."

아쉬울 것 없다는 듯 태준은 피식 미소를 지으며 등을 돌렸다. 민서의 짙은 눈썹이 역으로 치켜 올라갔다.

몇몇 사람들이 지나가는 태준을 알아보고 그의 주변으로 하나둘 몰려들었다. 얼굴을 드러내지 않기로 유명했지만, 그래서 그의 사진을 구하기가 여간 힘든 게 아니었지만 연예인들 사이에서 민태준이라는 이름을 모르는 이는 거의 없는 듯했다. 그런 만큼 태준의 곁을 맴도는 사람들은 알 만한 영화배우였고, 하늘 높은 줄 모르고 이름을 떨치는 탤런트들이었다. 대한민국에서 얼굴만으로도 아! 하고 감탄사를 내뱉게 하는 연예인들을, 태준은 성가시다는 손짓으로 내치고 빠르게 다른 테이블을 향해 걸어가고 있었다.

콧대가 높을 만하군.

"건방진 자식."

민서는 다른 사람들이 듣지 못하게 나직한 욕설을 씹어뱉었다. 한 번도 자신의 말문을 중간에 가로막은 사람은 없었다. 어느 누구도 석민서의 제의를 그 자리에서 일축하며 거절하는 이는 없었다. 하긴 엄밀히 말하자면 거절은 아니지만. 그럼에도 불구하고 민서는 마치 중요한 거래에서 밀려난 듯한 기분을 떨칠 수가 없었다.

단상 한쪽 귀퉁이에 자리한 경호원들 곁에, 부동자세로 서 있는 비서실장을 손짓으로 부른 민서는 비서실장이 가까이 다가오자 귀엣말을 속삭였다. 민서의 나직한 말을 듣던 비서실장의 눈길이 태준에게 날아들었다. DM 프로덕션 관계자의 테이블에 비스듬히 앉은 태준을 집요하게 쏘아보던 비서실장은 안주머니를 뒤적거려 수첩을 꺼냈다.

"전화 말고 이따 나갈 때 말해."

민 감독의 연락처를 찾는 듯한 비서실장의 행동을 제지한 민서는 쐐기를 박듯 말했다.

"생각해 보니 내일이나 모레는 내가 바쁘다고."

내일이나 모레가 편한 시간이라고 했나, 민태준? 이를 어쩌지. 나는 오늘 외에는 시간이 안 나는데. 민서는 쓴웃음을 지으며 와인을 들이켰다.

"네, 사장님."

대답을 마친 비서실장은 제자리로 돌아가기 위해 뒤로 물러서다 걸음을 멈추고 다시 민서에게 다가섰다.

"무슨 할 말 있나?"

"다름이 아니라 휴게실에 계시는 사모님……."

"그 사람이 왜?"

그제야 생각났다는 듯 민서의 눈길이 휴게실로 향했다. 보지 않아도 알 수 있었다. 또 소파에 기대어 있겠지. 가녀린 손으로 창백한 이마를 짚고 그 큰 두 눈은 지그시 감겨져 있을 것이다. 세상만사 다 귀찮다는 듯 개인적인 시간을 방해하려 들면 여지없이 날카로운 발톱을 드러내는 여자. 별로 관심을 두고 싶지 않은 여자였다. 특히나 오늘처럼 바쁜 날은.

고개를 돌리던 민서의 눈에 연회장 입구를 바라보던 태준의 모습이 들어왔다. 무엇을 보던 중이었는지 태준은 미동없이 한곳만을 주시하고 있었다.

김 비서는 작은 약병을 꺼내 민서의 앞에 내려놓았다.

"사모님 편두통이 또 시작된 듯한데 사장님이 좀 가보시죠."

"됐어. 난 자리를 못 비우니까 자네나 가봐."

민서는 그만 가보라는 듯 짜증스레 약병을 밀쳐 냈다. 귀찮게 그런 것까지 신경 써야 한다는 말인가? 대한일보 국장에게 말을 건네며 그는 애써 여진의 존재를 뇌리에서 몰아냈다. 그럼에도 불구하고 그의 눈길은 자석의 이끌림처럼 여진이 있는 곳으로 향했다. 그 순간 여전히 홀 입구를 바라보는 태준을, 그리고 그의 눈 속에 박힌 거센 불길을 민서는 보고 말았다. 텅 빈 입구는 휑하기 그지없는데 민태준은 오래도록 시선을 거두지 않은 채 입구 너머 어딘가를 바라보고 있었다.

진정해. 진정하라고, 한여진!

같은 말을 수십 번 되뇌어도 도무지 진정되지 않았다. 심장은 주체할 수 없이 거세게 뛰었고, 새하얀 손은 눈에 띄게 떨리고 있었다. 떨림을 감추기 위해 양손을 꽉 잡아 비틀어보지만 전혀 나아지지 않았다. 오히려 부들부들 떨리는 손만 시선을 끌 뿐이었다.

기다란 소파와 카펫, 윤기 흐르는 테이블과 전신 거울만이 전부인 휴게실에서 여진의 눈길이 벽에 부착되어진 거울에 멈췄다. 밀랍인형처럼 창백하게 질린 얼굴이 그녀를 응시하고 있었다. 여진은 자신도 모르게 질끈 눈을 감고 말았다.

진정하자, 제발…….

나직한 신음이 흘러나와 휴게실을 메웠다. 피가 맺힐 정도로 거세게 입술을 깨물지만 신음은 그녀를 비웃기라도 하듯 쉴 새 없이 흘어져 나와 휴게실의 혼탁한 공기와 한데 어우러졌다. 꽤 오랜 시간을 앉아 있는 듯했다. 전신이 뻣뻣하게 결릴 지경이었다. 유령이라도 본 것처럼 안절부절못하며, 못 올 곳에 온 것마냥 좌불안석인 몸으로 연회장에 나갈 수는 없는 노릇이었다. 여진은 안간힘을 다해 경악에 찬 감정을 다스리고 또 다스렸다. 하지만 어찌된 일인지 기하급수적으로 급상승한 심장박동은 잦아들 줄을 모른 채 터질 듯 위험하게 질주하고 있었다.

식은땀에 젖은 머리카락이 뺨에 달라붙어 있었다. 여진은 머리카락을 떼어내며 들릴 듯 말 듯 뇌까렸다.

"아무것도 아냐. 잠시 인사를 나눈 것뿐이야. 모르던 사람과 난 생처음 보는 사람과 그저 인사만 나누었을 뿐이야."

자신에게 최면을 걸듯 했던 말을 반복했다. 그렇게 하면 심장의 떨림이 멈추기라도 하는 양 여진의 중얼거림은 계속 이어졌다.

달칵.

그러나 문이 열리는 소리가 들리면서 여진의 입술은 싸늘하게 얼어붙었다. 속삭임과도 같았던 중얼거림을 삼키고 여진은 열려진 문에 시선을 던졌다. 불안정하게 흔들리던 눈빛이 어느 순간 냉랭하게 굳어 있었다.

"어머! 사모님, 여기 계셨네요?"

휴게실에 누군가 있을 줄은 몰랐다는 얼굴로 막 들어선 여자는 놀란 듯 눈을 동그랗게 떴다.

"아아, 오랜만이에요."

여진은 소파에서 일어나며 형식적인 인사말을 던졌다. 누군지 알고 있는 사람이나 친한 사람은 아니었다. 그저 이따금 눈인사만 나누는 정도. '선유' 비서실에서 근무하는 여자로 회사에서 행사가 있으면 가끔 얼굴을 마주하던 여자였다. 그런데 이름이 뭐더라? 여진의 미간이 곱게 접혔다.

"왜 나와 계세요? 지금 파티가 한창인데."

"좀 쉬려고요."

"이런, 또 몸이 안 좋으신 거예요?"

짤막하게 대답하며 대화를 차단하려 했지만 여자는 눈치채지 못한 듯했다. 한마디를 마치면 바로 다음 질문이 날아왔다. 여진은 귀찮다는 듯 더 이상의 말은 하지 않았다.

거울 앞에서 화장을 고치던 여자가 거울을 통해 보이는 여진에게 활짝 미소를 지었다. 붉게 덧칠해진 입술이 양쪽으로 치켜 올라갔다. 여진은 미미하게 미소를 되돌리고 보일 듯 말 듯 고갯짓을 했다.

"다음에 또 봐요."

혼자서 숨어 있을 공간이 사라졌다, 낯선 사람으로 인해. 여진은 서둘러 휴게실을 벗어나려고 걸음을 옮겼다.

"사모님도 보셨죠?"

문고리를 잡아채는 여진의 손길을 여자가 가로막았다. 여진은 무슨 말이냐는 듯 고개를 갸웃거렸다. 그러나 뒤이어 들리는 여자의 말은 애써 초연함을 되찾은 여진의 감정을 일시에 증폭시켜 폭발시키고 말았다.

"그 민태준 감독이라는 남자 말예요."

화장을 다 고친 여자는 거울을 등지고 앉아 묘하게 눈을 빛냈다. 헉하고 거친 숨을 삼킨 여진은 이를 악다물었다.

"비서실에서 그분에게 초대장을 발송할 때만 해도 이렇게 올 줄은 정말 몰랐어요. 사모님도 아시잖아요, 요즘 민태준이라는 남자 모시기가 하늘의 별 따기라는 거."

"그, 그런가요……."

말을 얼버무리던 여진은 가늘게 떨리는 자신의 목소리가 마음에 들지 않아 욕설을 내뱉고 싶은 심정이었다.

제발, 진정해. 초연하라고, 한여진!

"설마, 민태준 씨를 모른다는 건 아니시죠?"

여자가 믿을 수 없다는 듯 눈을 동그랗게 뜨고 되물었다. 여진은 여자의 눈을 피하며 냉랭하게 입을 열었다.

"몰라요."

"세상에!"

오버액션을 취하듯 여자의 몸짓이 부자연스러웠다. 마치 외계인을 바라보듯 여진을 정시하던 그녀는 길게 한숨을 내쉬었다.

나가려던 몸이 말을 듣지 않았다. 어서 여기서 벗어나야 하는데 한 걸음도 움직일 수가 없다. 여진은 꿈을 꾸듯 이어지는 여자의 말을 속수무책으로 듣고 있을 수밖에 없었다.

"우리 사장님 정말 대단하세요. 그 모시기 어렵다는 민태준 씨를 말 한마디로 회사 창립 파티에 부른 것 보면 감탄밖에 안 나온다니까요. 모두들 석민서 사장님의 말이라면 벌벌 떨잖아요. 하긴 민태준 씨는 약간 시니컬한 반응을 보이긴 했지만. 그건 그렇고 민 감독님이라는 분, 상당히 멋지던데요? 전 우리 사장님이 세상에서 제일 멋있는 줄 알았는데 민 감독님도 근사하더라고요. 다른 여직원들이나 파티에 참가한 몇몇 여자 분들이 멀리서 보고는 난리가 났거든요. 저야 뭐, 당연히 사장님이 더 멋있지만……."

"그래서요?"

등줄기를 타고 서늘한 한기가 전해왔다. 식은땀이 등을 적시고 보이지 않는 내면까지 파고든 것만 같았다. 여진은 겨우겨우 떨리지 않는 목소리로 말했다.

그래서 어쩌라는 거야? 민태준 감독이라는 남자가 뭐? 나더러 뭘 어쩌라고!

"네?"

여진의 냉담한 말투에 당황한 듯 여자는 기다란 속눈썹을 깜빡거렸다.

"하고 싶은 말의 요지가 뭐죠?"

"저어……."

여자는 돌변한 여진의 행동에 말을 잇지 못하며 조심스레 그녀의 눈치를 살폈다.

"내가 지금, 여기서, 그 사람이 멋있었다고 맞장구라도 쳐줘야 하는 건가요?"

"사모님?"

왜 이러니, 한여진? 저 여자가 뭘 잘못했는데? 민태준이라는 이름에 잠시 이성을 잃고 말았다. 여진은 스스로의 감정을 통제할 수 없을 지경이었다.

"남자 앞에서 호들갑 떠는 것 질색이에요."

"사모님 성격이 그러니 사장님이 밖으로만 도시죠."

말을 마치고 홱 몸을 돌리던 여진은 바닥에 뿌리라도 내린 마냥 우두커니 서고 말았다. 여자는 여진에게로 다가서며 빈정거리듯 말을 계속했다.

"그렇게 독기 서린 얼굴로 주변에 서성거리는 사람은 냉정하게 모두 쳐내는 사모님, 얼마나 차갑고 소름 끼치는지 아세요?"

"이것 봐요."

여진은 손을 들어 여자의 말을 가로막았다. 하지만 그녀는 거침
없이 말을 쏟아내고 있었다.

"회사 내에서 하룻밤만이라도 좋으니 사장님의 상대가 되기를
얼망히는 어자가 얼마나 많은지 사모님, 짐작이나 하고 계신가
요?"

"이것……!"

"그럴듯한 얼굴로, 또 한 회장님의 하나밖에 없는 소중한 딸이
라는 이름으로 세상 사람들을 무시하나 본데요. 사모님, 사모님도
사람이고 저도 사람이에요. 적당히 무시하라고요. 기분 아주 더러
워지니까."

무시한 적 없다. 다만 다가서는 사람들이 두려울 뿐이었다. 반
박할 말을 찾던 여진은 언제 그랬냐는 듯 피식 웃음을 내뱉고 여
자의 주제넘은 발언을 되받아쳤다.

"그래요. 무시했어요. 무시했으니까, 기분 나쁘면 다음부터는
아는 척하지 말아요. 그게 서로 안 피곤하고 피차 좋은 일 아니에
요?"

여자의 얼굴이 일그러졌다. 말을 섞어서 좋을 건 없다. 처음 휴
게실에서 마주쳤을 때 바로 일어서야 했다. 여기서 나가야만 했
다. 그렇다면 이 불편한 만남은 이루어지지도 않았겠지.

문을 열어젖히려는 여진의 손짓을 보며 여자는 픽 코웃음을 쳤
다.

"사모님이 아실지 모르겠는데요, 얼마 전에 사장님이 만나던
사람과 정리했거든요."

“관심없어요.”

여진은 차갑게 일축하며 여자의 말문을 막았다. 그러나 여자의 목소리는 여전히 여진의 뒤를 바짝 쫓아왔다.

“사모님은 관심없을지 몰라도 우리 회사 여직원들은 그렇지 않아요. 호시탐탐 기회를 엿보고 있죠, 자신이 사장님의 다음 상대가 되기를. 긴장하시는 게 좋을 거예요, 사모님. 국내에서 내로라하는 재력가의, 거기다 멋있기까지 한 석 사장님을 외면할 여자는 아무도 없을 거예요. 아무도!”

여자가 못을 박듯 단호하게 말했다. 여진은 고개를 설레설레 저으며 이죽거렸다.

“잊었나 보군요, 그 재력이 누구의 것인지. 그 사람이 그 자리에 있는 게 누구 덕인지 모르고 있었나 보죠?”

여자의 붉은 입술이 파르르 경련을 일으켰다. 잔뜩 비웃음을 머금은 여진은 비아냥거리듯 말을 이었다.

“우리 부부에 대해 제법 알고 있나 보군요. 오늘 처음 알았는데 아가씨도 그이에게 관심있는 것 같은데, 그걸 핑계로 민태준 어쩌고 하며 내게 말을 걸었나요? 뭐, 일종의 선전포고인 셈인가 본데 헛수고했어요. 그이에게 여자가 생기든 말든 그건 내 관심사가 아니니까 말이죠.”

그래, 그렇다. 민태준이라는 이름이 거론되지 않았다면 이 여자와 오래도록 대화를 나누는 불상사는 없었을 것이다. 어리석은 한 여진. 이러면 안 된다는 것을 누구보다 잘 알고 있으면서. 이렇게 흔들리면 안 된다는 걸 알면서, 감정이 격해지면 안 된다는 걸 누구보다 잘 알고 있으면서 왜 이렇게 어리석을까. 왜…….

불현듯 눈물이 솟구쳤다. 오래전에 메말랐던 눈물샘이 순간 북받쳐 오르는 기분이었다. 이를 악다물고 여진은 허공을 노려보았다. 어서 나가자. 그러면 진정될 것이다.

등을 곧추세우고 꼿꼿하게 걸어나가는 여진의 뒤로 여자의 말소리가 들려왔다.

"정말 소름 끼친다니까!"

그녀도 소름이 끼쳤다. 자신의 이런 모습에, 매일 부딪치는 남편 민서의 모습에. 그리고, 그리고…… 오늘 예기치 못하게 그를 마주한 순간, 전신에 소름이 끼쳤다는 것을 그들은 알까? 알기나 할까?

매몰차게 문을 닫고 여진은 힘겹게 발을 뗐다. 금방이라도 쓰러질 것 같았다. 발 딛고 선 바닥이 갈라지고 번쩍거리며 빛을 발하는 화려한 샹들리에가 달린 천장이 눈앞에서 빙글빙글 돌고 있었다.

침착해. 다시는 사람들 앞에서 감정을 드러내지 마. 절대로!

주문을 걸듯 혀끝에 맴도는 말들을 입 안으로 삼키던 여진은 걸음을 멈추고 말았다. 더불어 심장박동이 일시에 고장이라도 난 듯 움직임을 멈추었다.

빌어먹게도 그녀는 진정할 수 없었다. 침착할 수가 없었다. 불과 십여 미터도 안 되는 거리에 그가 서 있었다. 민태준, 그가!

머리 속이 새하얗게 탈색되고 모든 의식이 진공상태에 빠져들었다. 그를 피하기 위해 휴게실에 숨어들었다. 거기서 마주하게 된 그의 이름에 도망치듯 서둘러 휴게실을 빠져나왔다. 그런데 악몽처럼 그는 그녀의 눈앞에 모습을 드러내고 있었다.

휘청거리며 여진은 벽을 짚었다. 서너 명의 남자들 틈에 둘러싸인 태준은 석상처럼 미동없이 그녀를 주시하고 있었다. 베일 듯 날카로운 시선에 여진은 고개를 돌리려 했지만 굳어버린 몸은 그녀의 의지대로 움직여 주지 않았다. 폐 속에 거대한 회오리가 형성되었다. 여진은 마른침을 삼키고 주먹을 움켜쥐었다. 습한 땀이 손바닥을 통해 전해왔다.

오래도록 제자리를 지키던 그가 주위에 있던 사람들에게 뭐라 말을 건넸다. 그들은 이내 고개를 끄덕이며 태준을 홀로 남겨두고 엘리베이터에 몸을 실었다. 발 디딜 틈 없는 위험천만한 낭떠러지에 서 있듯 여진은 앞으로도, 그렇다고 뒤로도 가지 못하고 지푸라기라도 잡듯 벽을 짚은 손에 힘을 가했다.

혼자 남은 태준은 느릿하게 한 걸음씩 움직였다. 거리가 좁혀질수록 그의 입가에 새겨진 서늘한 미소가 여진의 눈에 박히도록 파고들었다. 그가 웃고 있었다. 그 차가운 미소가 그녀의 가슴을 잔인하게 휘젓고 후벼 파기 시작했다.

진정해. 다시는 사람들 앞에서 감정을 드러내지 않기로 했잖니. 제발 진정해!

입 안이 바짝바짝 타 들어갔다. 맥박이 미친 듯이 불규칙하게 뛰어올랐다. 손톱이 살에 박히도록 꽉 움켜쥐고 있던 손을 스르르 풀었다. 끈적한 땀을 드레스 치맛자락에 문지른 여진은 시선을 돌렸다. 그가 지나갈 때까지 더 이상 기다릴 수가 없었다. 어서 그를 지나쳐 연회장으로 들어서야 한다. 오직 그 생각만이 그녀를 지배하고 있었다.

아직 연회가 한창이어서인지 밖은 한산했다. 은은하게 울려 퍼지는 연주곡만이 전부인 복도를 지나치던 태준은 돌연 걸음을 멈추고 툭 말을 던졌다.

"오랜만이군, 한여진."

무언가에 걸려 다리가 꺾이듯 여진은 비틀거렸다. 황망하게 주위를 살피던 눈동자가 겁에 질린 듯 흔들리고 있었다. 비릿한 피 내음에 메마른 침을 삼키고 여진은 초연하기 위해 안간힘을 다했다.

"호칭에 신경 써주세요. 민태준 씨와 나, 오늘 처음 본 사이 아니었던가요?"

다행히 목소리가 떨리지 않았다. 말이 나오지 않을 것 같아 지레 걱정했던 여진은 안도의 한숨을 내쉬었다.

"아아, 우리는 모르는 사이였지."

그제야 생각났다는 듯 태준은 고개를 끄덕였다. 그녀를 바라보는 태준의 눈동자에 시퍼런 채광이 쏟아져 나왔다. 사나운 기를 내쏘는 듯한 날카로운 눈매에 여진은 신음을 깨물고 흐트러지려는 의식의 끈을 간신히 부여잡았다. 여기서 쓰러지면 모든 게 끝이다. 어떻게든 이 순간을 모면해야 했다.

"아뇨. 우리는 모르는 사이였지가 아니라 원래 모르는 사이예요. 애초부터!"

쐐기를 박듯 냉랭한 그녀의 말투에 태준은 얼굴을 일그러뜨렸다. 태준의 입가에 새겨졌던 미소가 흔적도 없이 사그라졌다. 싸늘한 바람을 일으키며 여진을 지나쳐 걸어가던 그는 갑자기 휙 몸을 돌렸다.

"그럼 다시 하지. 처음 뵙겠습니다, 사모님."

고개를 숙인 그가 얼굴을 들어 올리며 잔인하게 뇌까렸다.

"이렇게 하면 되는 건가?"

울컥 목이 메었다. 눈시울이 붉어지려 하고 있었다. 하지만 여진은 어금니를 악다물고 힘겹게 한 마디 한 마디 내뱉었다.

"그래요, 그렇게 하는 거예요."

"Shit!"

거친 욕지기를 내뱉은 그가 성큼 다가섰다. 여진은 자신도 모르게 주춤 뒤로 물러서고 말았다.

"한여진! 나도 당신 따위와 아는 척하고 싶지 않아. 이거 왜 이래? 하지만 내게 그 어줍지 않은 명령을 하고 싶다면 당신 연기력부터 좀 더 쌓도록 해. 아주 형편없으니까. 난생처음 보는 남자 앞에서 놀라는 것도 모자라 컵을 떨어뜨리면 어쩌나. 안 그래? 남들이 보면 오해하기 딱 좋지. 그리고 이건 충고라고 생각해. 남편이 보는 앞에서 낯선 남자를 보고 감정의 동요를 보이는 거, 현명한 처사가 아니지. 한여진 사모님, 그 정도도 모르는 바보는 아닐 텐데? 내게 그따위 말을 주절거리고 싶으면 다음부터는 당신이나 잘하지 그래?"

서슬 퍼렇게 소리치던 태준은 돌연 목소리를 낮추고 여진을 놀리듯 나직하게 말을 이었다.

"그럼, 처음 뵙는데 실례가 많았습니다, 라고 인사를 마쳐야겠지?"

"무례하군요. 감히……!"

혹여 누가 볼까 연방 주위를 살피면서도 여진은 목소리를 높이고 말았다. 높아진 자신의 음성에 놀란 듯 여진이 황급히 입을 다물자 태준은 픽 실소를 흘렸다.

"그렇지. 평범한 서민은, 일개 감독일 뿐인 민태준은 대단하고 고귀하신 한여진 씨에게 함부로 말을 걸면 안 되지. 미안하게 됐군. 아니, 미안하게 됐습니다, 사모님."

유들유들하게 말을 마친 태준은 북풍한설처럼 차갑게 등을 돌렸다. 여진은 그의 짙은 회색 수트를 노려보며 입을 열었다.

"내 앞에 얼쩡거리지 말아요!"

"글쎄."

그는 뒤도 돌아보지 않은 채 되받아쳤다.

"경고했어요. 내 앞에 나타나지 말아요."

홱 돌아선 태준은 빙하처럼 차가운 얼굴로 이죽거렸다.

"경고, 경고라. 나도 경고 하나 하지, 한여진. 다시는 내게 그런 명령 하지 마! 그따위 말투는 당신이 부리는 아랫사람에게 하도록 하라고. 알았어?"

"내 앞에 나타나지 말아요."

태준의 말을 듣지 못한 듯 여진은 자신이 했던 말만 고집스레 반복했다. 사납게 눈썹을 치켜 올린 태준은 짜증스레 머리카락을 쓸어 올렸다.

"이거 왜 이러시나, 한여진 씨? 내가 당신 뒤꽁무니를 쫓아다니기라도 하는 것 같아? 한여진이 앞에 민태준은 나타나지 말라. 글쎄, 상황 봐가면서 판단하지. 지금은 어떻게 될지 나도 장담 못하거든."

"나는 당신 몰라요. 모르는 사람이에요."

유유히 멀어지는 태준에게 여진은 못을 박았다. 잠시 멈칫거리던 그는 언제 그랬냐는 듯 손을 흔들었다.

"뜻대로."

서로 등을 돌린 그들의 거리가 점점 멀어졌다. 마주한 순간이 짧은 만큼 멀어진 순간 역시 찰나와 같이 흘러갔다.

쉼없이 들려오던 연주곡이 어느새 그쳐 있었다. 여진은 복도와는 달리 웅성거림으로 활기찬 연회장을 향해 걸음을 옮겼다. 뻣뻣하게 굳어버린 몸이 말을 듣지 않았지만 '선유'의 안주인으로서 더 이상 자리를 비워놓을 수가 없었다. 애써 태준의 존재를 뇌리에서 털어냈다. 하지만 그의 서늘한 눈빛은 여전히 그녀의 가슴속을 맴돌고 맴돌아 깊은 생채기를 만들고 있었다.

허겁지겁 뛰어나오던 김 비서는 여진을 보고는 재빨리 걸음을 멈췄다. 그리고 주머니를 뒤적거려 흰 약병을 꺼내 내밀던 그는 걱정스레 물었다.

"두통은 좀 괜찮으십니까? 안 그래도 지금 가려던 참이었는데."

"괜찮아요. 고마워요, 김 비서님."

"별말씀을요. 그나저나 민 감독님 못 보셨습니까? 방금 나가는 걸 봤는데."

"아뇨! 못 봤어요!"

당황함을 감추지 못하고 여진은 버럭 소리를 질렀다. 그냥 물어봤을 뿐인데 너무 민감하게 반응한 것 같았다. 김 비서는 그녀를 빤히 쳐다보고 있었다. 여진은 약병을 부서뜨릴 듯 꽉 움켜쥐고 이 자리를 피하듯 서둘러 그를 지나쳤다. 뒤에 남겨진 김 비서가 엘리베이터를 기다리다 결국은 비상구로 뛰어내려 가는 것을 불안하게 지켜보던 여진은 겨우 감정을 추스르고 북적거리며 소란스럽기까지 한 공간에 발을 들이밀었다.

숨이 막혀왔다.

이 공간이, 이 순간이, 이 자리가.

여기는, 이 사람들은 그녀의 생명을 보이지 않게 조금씩 조금씩 갉아먹는 것들이고 사람들이었다.

"민태준 씨! 민 감독님!"

정우와 차에 오르려던 태준은 주차장에 메아리가 치듯 큰 소리로 부르는 남자의 음성에 힐끗 뒤를 돌아보았다. 태준의 미간에 가로줄이 잡혔다.

"누구야?"

운전석에 앉아 시동을 걸려던 정우는 룸미러를 보며 물었다. 태준은 눈을 가늘게 뜨고 달려오는 사람을 유심히 살폈다.

"음, 석 사장 비서 같은데? 아까 잠깐 눈인사를 나눴거든."

"그 사람이 왜?"

"그거야 나도 모르지."

열려진 조수석 문을 닫고 차에 기댄 태준은 급하게 달려오느라 숨을 몰아쉬는 남자의 말을 느긋하게 기다렸다.

"무슨 일입니까?"

"저어, 사장님의 전언입니다."

"무슨?"

턱을 매만지던 태준은 석민서의 전언이라는 말에 주머니를 뒤져 담배를 꺼내 물고 듀퐁 라이터의 불을 밝혔다.

귀찮았다. 나중에 비서실을 통해 연락을 한다더니 이게 그가 말하던 '연락'인가?

"죄송합니다. 다름이 아니라 사장님께서 오늘 밤에 민 감독님을 뵈었으면 하십니다. 물론 민 감독님이 원하신다면 DM 대표이신 최정우 사장님도 함께 말입니다."

"오늘은 곤란하다고 말씀드렸을 텐데요?"

"그게……."

"이런 식으로 억지를 쓰면 제 입장이 난처하다는 걸 아셔야죠. 제가 선유의 스케줄에만 매여 있을 수도 없는 몸이고, 서로 편한 시간에 만나자고 이야기를 마무리 지은 걸로 압니다만."

태준은 지체없이 차에 올라탔다. 황급히 조수석 문을 잡아챈 남자는 변명을 하듯 우물쭈물 말을 이었다.

"알고 있습니다. 하지만 사장님께서 다른 날은 바쁘시다고……. 또 벌써 조용한 곳을 예약하셨다고 합니다. 이해해 주십시오."

"일은 혼자 합니까? 어디 그 조용한 곳에서 석 사장님 혼자 일

해보라고 전해주시지요.”

태준의 거친 말투에 정우는 시동을 걸려던 차 키를 빼내고 버럭 고함을 질렀다.

“민태준!”

“조용해. 넌 나서지 마.”

태준의 사나운 기세에 혀를 차던 정우는 윈도우 너머로 눈길을 던지며 공손히 말을 건넸다.

“석 사장님 바쁘신 것 압니다. 하지만 이 친구도 바쁘다는 걸 아셔야죠. 오늘도 간신히 바쁜 시간 쪼개서 참석한 겁니다. 다음에 따로 봅시다.”

태준은 야박하다 싶을 정도로 거칠게 조수석 문을 닫았다. 그와 동시에 튕기듯이 자동차가 앞으로 미끄러져 나갔다. 룸미러를 통해 보이는 남자가 망연자실한 채 어둠 속에서 서 있었다.

“차 세워.”

끼이익—

고요한 주차장에 급브레이크를 밟는 소리가 귀를 찢을 듯 울려 퍼졌다.

“후진.”

피식 웃음을 터뜨린 정우는 혼잣말을 하듯 중얼거렸다.

“그럼 그렇지. 선유는 대어야. 이렇게 껄끄럽게 행동해서 득이 될 게 없다고.”

“시끄러.”

정확하게 남자가 서 있는 지점에서 자동차가 멈췄다. 태준은 윈도우를 내렸다. 시커멓게 선팅된 유리가 스르르 내려가고 김 비서의 얼굴이 눈에 들어왔다.

"좋습니다. 석 사장님의 스케줄에 맞춰보도록 하죠."

"감사합니다, 민 감독님."

고개 숙이며 감사를 표하는 남자의 정수리를 노려보던 태준은 곧 나른하게 덧붙였다.

"단…… 석 사장님의 댁에서라는 전제 하에 말이지요."

"네? 그게 무슨 말씀이신지?"

"외국물을 오래 먹어서인지 집에서 해주는 따뜻한 밥을 먹은 지 오래됐습니다. 석 사장님 댁에서 정성 가득한 식사를 대접받으며 제작에 관한 대화를 나눌 수 있다면 기꺼이 석 사장님이 편한 시간으로 해보도록 하죠. 오늘은 좀 곤란하고, 다른 날이라면 얼마든지 석 사장님의 스케줄에 따르겠습니다. 어떠하십니까?"

"그, 그건 사장님께 따로 여쭤봐야……."

"연락 기다리겠습니다."

주차장을 빠져나와 매연 가득한 도로에 진입한 정우는 태준의 옆모습을 보며 말문을 열었다.

"무슨 짓이야?"

"뭐가?"

"너 지금 하는 짓."

"내가 뭘."

시니컬하게 대꾸하며 태준은 자동차 시트를 뒤로 젖히고 피곤한 몸을 눕혔다. 자동차의 헤드라이트와 건물에서 쏟아져 나오는 네온사인이 눈을 더욱 따갑게 만들었다. 눈을 감자 기다렸다는 듯이 그녀의 목소리가 귓가에 파고들었다.

　"내 앞에 얼쩡거리지 말아요."
　"내 앞에 나타나지 말아요."
　"나는 당신 몰라요. 모르는 사람이에요."

　모르는 사이라 했나, 한여진? 처음 보는 사이라 했지? 그래, 그 그럴듯한 연기가 얼마나 지속되는지 어디 한번 지켜볼까?
　비틀린 웃음을 토해내며 태준은 고층 빌딩 전광판에서 나오는 뉴스를 무의미하게 지켜보았다. 때마침 뉴스에서는 선유의 반도체에 관한 소식을 앵커가 전하고 있었다.

깊은 물속은 헤아릴 수 있다지만,

사람의 마음을 과연 그 누가 헤아릴 수 있을까?

사람의 마음도 투명하게 여과되는 것이라면 좋겠다

그렇다면 거짓 따위는 존재하지 않을 텐데

누군가를 속이는 것도, 누군가를 배신하는 것도

투명하게 비치는 마음으로 인해 섣불리 행동으로 옮기지 못할 텐데

커튼이 둘러쳐져 어둑한 침실에는 스탠드 불빛만이 은은하게 뿜어져 나왔다. 침대에 기대어 있던 한 회장이 사이드 테이블에 손을 뻗어 가죽 수첩을 들자 민서는 기다렸다는 듯이 안주머니를 뒤적거려 만년필을 내밀었다.

『부산 호텔 확장 공사는 어찌 되었나.』

슥삭거리는 소리가 멎고 민서는 부드러운 질감의 가죽 수첩을 받아 들었다. 호텔 확장 공사건을 제일 먼저 물어볼 거라 짐작하고 있던 그는 단호하게 고개를 끄덕이며 말문을 열었다.

"별 무리 없이 마무리 지었습니다. 당초 예정보다 스위트룸, 그것도 프레지덴셜 스위트룸에 심혈을 기울여서 A형부터 E형까지

고객이 원하는 기호를 각각 나눴습니다.”

한 회장의 이마에 새겨진 주름이 더욱 깊어졌다.

“또…….”

한마디 하는 것도 힘에 부치는지 한 회장은 겨우겨우 말을 내뱉고는 인상을 찌푸렸다. 정확한 발음이 아니라 자칫하면 못 알아들을 정도로 그의 혀는 굳어 있었다. 뇌졸중으로 왼쪽 팔과 다리가 마비되면서 혀에도 영향이 미쳤던 것이다. 명확하지는 않지만 그럼에도 불구하고 윽박지르는 듯한 한 회장의 음성에 민서는 주눅이 들 것만 같았다.

“본관 일층 로비에 비즈니스 룸을 새롭게 마련했습니다. 서울 본점에서의 반응이 좋아 이번 부산에서도 확장 공사를 할 때 추가한 사항입니다. 비즈니스에 관련된 업무를 볼 수 있게 했고, 또 회의실로 이용이 가능합니다. 그리고 사전 예약 시 번역 및 통역 서비스까지 이뤄지도록 해놓았습니다.”

가죽 수첩이 다음 장으로 넘어갔다. 무언가 다른 할 말이 있다는 뜻이다. 민서는 한 회장의 손을 주시하며 나직하게 헛기침을 쏟아냈다. 벌써 십 년 가까이 알아온 어른이지만 볼 때마다 긴장을 늦출 수가 없었다. 아니, 솔직하게 말하자면 한 회장과의 만남을 회피하고 싶을 정도로 부담스러웠다.

숨이 막힐 것만 같은 지독한 적막감. 가끔 들리는 짤막한 말들. 그 외에는 모든 것이 수첩을 통해 의사소통이 이뤄졌다. 한 회장은 불편한 손으로 글을 쓰고, 그는 그걸 읽고 겨우 대답하는 정도. 민서는 흘끗 손목시계를 보았다. 들어온 지 얼마 안 되었지만 벌써부터 나가고 싶은 생각이 간절했다.

『부대시설은.』

"호텔 투숙객만 이용 가능한 휘트니스 클럽을 강화시켰습니다. 기존에 있던 스포츠 센터와 사우나, 수영장만이 아니라 실내 골프장을 추가했습니다. 총 58평에 네 개의 타석, 최신식 스윙 분석기 등이 마련되어 있으며 실내 골프장은 일반인도 사용 가능하도록 했습니다."

흡족한 듯이 한 회장의 고개가 끄덕여졌다. 그제야 민서는 보이지 않게 안도의 한숨을 내쉬었다. 드디어 끝났는가. 길게 심호흡을 내뱉는 그의 곁에서 한 회장의 손이 다시금 움직이기 시작했다. 노친네가 집요하게 캐물었다. 슬며시 치밀어 오르는 짜증을 억누르고 민서는 굳어지려는 표정을 애써 가다듬었다.

『다른 사항은. 회사 내에 특별한 문제점은.』

"없습니다. 참, 지난번 영화에 투자했을 때 선유의 PPI(의도적 간접광고)가 좋은 반응을 불러일으켜서 이번에도 투자에 참여를 하려고 합니다만, 이 참에 아예 제작사를 하나 차려서 제작에도 전문적으로……."

비스듬히 앉아 있던 한 회장은 불쑥 손을 내밀었다. 한쪽 구석에 조용히 자리하고 있던 간병인이 쏜살같이 달려와 병든 그의 몸을 일으켜 등에 쿠션을 여러 개 더 받쳤다.

"계속…… 계, 속……."

더듬더듬 말을 잇던 한 회장은 말귀를 못 알아듣는 민서가 답답하다는 듯 침대 시트를 거칠게 내려쳤다.

"회장님이 계속하라십니다, 사장님."

한 회장의 상태를 체크하던 간병인은 조용히 그들의 대화를 이어주었다.

"음, 실력있는 감독이라 합니다. 해외 영화제에서 큰 상을 획득한 사람이고, 젊은 나이에 감각이 뛰어나다 하더군요. 지난번 영화에 투자했을 당시, 선유의 광고 효과가 생각 외로 컸던 터라 이번 영화도 기대하고 있습니다. 다만……."

'건방지다 못해 오만함이 하늘을 찔러서 문제지요.'

민서는 뒷말을 식도 깊숙이 삼키고 어금니를 사려 물었다. 전날의 일을 회상하자 그의 얼굴이 차츰 일그러져 나갔다.

『누군가, 감독은.』

"신예 감독입니다. 장인어른이 들으셔도 모를……."

한 회장의 손이 사이드 테이블을 탁 내리찍었다. 고요한 침실에 울려 퍼지는 둔탁한 소리가 민서의 귀를 관통했다.

『감독 이름은.』

쓸데없는 말은 삼가라는 뜻이다. 병마에 찌들어가도 사람을 위협하는 그 눈빛만큼은 여전한 한 회장의 칼날과도 같은 눈길이 민서에게 고정되어 있었다. 오금이 저리는 눈빛. 척추 뼈 사이로 식은땀이 주르륵 흘러내렸다.

망할, 노친네. 사람 주눅 들게 하는 데는 뭐 있다니까.

"민태준입니다. 러시아에서 영화공부를 마쳤고 할리우드에서도 잔뼈가 굵었다고 합니다. 문제는…… 인정받은 실력이라서 그런지 좀 시건방집니다."

『민혜준?』

한 회장은 자신이 들은 이름이 맞는지 확인이라도 하려는 듯 이름 석 자를 쓰며 되물었다. 민서는 가죽 수첩을 훑어보고는 간단하게 고개를 주억거렸다.

"네."

잠시 침묵이 감돌았다. 간병인이 한 회장에게 생수를 내밀고 그걸 다 들이킨 그가 다시금 만년필을 잡기까지 십여 분의 시간이 흘렀다. 기다림이 지루해질 즈음 민서의 눈에 삐뚤삐뚤한 글귀가 들어왔다.

『단독 제작인가.』

"그게 저어, 고려 중입니다. 제작을 할지 말지."

『왜.』

휘갈겨 쓰듯 급하게 만년필을 휘적거리는 한 회장의 손을 살피던 민서는 난감하다는 듯 이맛살을 찌푸렸다. 노인의 손이 수첩 위를 부유하듯 재차 움직였다.

『이유는.』

다른 날과 달리 질문이 많았다. 평소에는 두세 가지 형식적인 질문을 던지고 이내 나가라는 손짓을 하는 어른이었다. 민서는 고개를 갸우뚱거리며 말문을 열었다.

"그게 별다른 이유는 없습니다. 워낙 실력을 높이 평가받는 인물이라 그런지 좀 버릇이 없기에 제작을 할까 말까 고민 중입니다. 다루기 힘든 타입 같았습니다. 주변에서 떠받들어 줘서 그런지 많이 건방지기도 하고……."

민서의 말이 끝나기도 전에 한 회장은 수첩을 침대에 툭 던졌다. 수첩을 들어 올려 읽던 민서의 눈이 휘둥그레졌다.

『단독 지원해.』

"장인어른?"

더 이상의 대화는 싫다는 듯 어느새 한 회장은 간병인을 불러 침대에 눕고 있었다. 야위어진 그의 앙상한 손이 허공에서 흔들렸다. 나가라는 뜻이었다.

"다음주에 내려오겠습니다."

허리를 굽혀 인사를 마치는 민서에게 한 회장은 보일 듯 말 듯 고갯짓으로 답했다. 침실을 나서려는 찰나 한 회장이 간병인을 가까이 불렀다. 침실 문을 닫던 민서의 눈에, 한 회장이 간병인에게 귀엣말을 하는 모습이 언뜻 들어왔다.

간병인에게만 속엣말을 털어놓는 어른. 자신의 무너짐을 다른 사람에게는 보이지 않겠다는 듯 그는 철저하게 말을 아꼈다. 과연 간병인에게 무슨 말을 건네는 걸까.

그나저나 단독 제작이라…….

민서는 쓴 입맛을 다셨다. 어차피 제작을 하려면 단독으로 하려 했다, 민태준의 시건방진 말을 듣지만 않았다면. 거실을 가로지르고 큰 보폭으로 현관까지 나온 그는 수제화 구두를 꿰신으며 나직한 욕설을 씹어뱉었다.

"빌어먹을!"

제작을 포기할까, 아니면 다른 영화에 참여를 할까 고려 중이던 계획에 차질이 생겼다. 장인어른의 뜻이 단독 지원이라면 이미 해답은 나와 있었다. 민태준의 영화를 '선유'라는 이름으로 밀어주어야 한다는 것. 영화가 성공을 하면 영화 전반에 숨어 있을 선유 자체의 물건들 값과 이미지가 같이 올라가므로 밑지는 장사는 아니다. 장인어른의 뜻은 그거겠지만, 그의 기분은 영 찜찜하다 못해 불쾌하기까지 했다.

집으로 초대하면 기꺼이 내가 부르는 시간에 오시겠다? 하!

그토록 뻣뻣하던 놈의 조건이 초대였다. 그것도 집으로의. 같잖지도 않다는 듯 그의 의견을 묵살해 버리면 그만이리라. 장인어른에게는 트러블이 생겨 제작을 취소했다고만 하면 되겠지. 하지만…… 그 노인네가 과연 믿어줄까? 사람을 꿰뚫어 보는 듯한 그 예리한 눈을 마주하고서 과연 거짓말이 가능한 걸까?

정원의 마른 풀밭을 밟으며 대기 중인 자동차를 향해 걸어가던 민서는 누군가 뒤따라나오는 소리에 힐끗 뒤를 돌아보았다.

"사장님!"

허둥지둥 달려나온 가정부는 앞치마에 손을 문지르며 조심스레 말문을 열었다. 민서는 짜증스레 가정부를 바라보았다.

"뭡니까?"

"우리 아가씨는…… 아가씨, 잘 지내고 계시죠?"

"잘 지내고 있겠죠."

툭 던지듯 말을 마치고 돌아서는 그의 옷깃을 나이 든 가정부가 황급히 붙잡았다. 민서의 눈썹이 활 모양으로 치켜 올라갔다.

"그래도 안사람인데, 그런 무성의한 말씀이 어디 있어요. 요즘 식사는 잘하시는지 걱정도 되고, 잠은 좀 주무시는지……"

"그만 하시죠. 정 걱정되면 전화를 하시든지 하셔야지, 제게 물어보면 어쩌자는 겁니까? 그 사람이 한두 살 먹은 어린아이도 아니고. 이런 일로 귀찮게 하지 마십시오."

무뚝뚝한 말투에 가정부의 얼굴이 울상이 되었다. 민서는 까칠한 가정부의 손을 내치고 홱 몸을 돌렸다.

"그리고 그 여자가 어디 신경 쓴다고 받아줄 여잡니까? 그런 여자에게 신경 쓰느라 괜히 아까운 시간 낭비하기 싫습니다."

민서는 냉랭하게 덧붙이고 걸음을 옮겼다. 그의 뒤에서 들릴 듯 말 듯 희미한 음성이 바람을 타고 날아들었다.

"그러지 마세요, 제발 그러지 마세요, 사장님. 우리 아가씨, 우리 아가씨가 얼마나 다정한 분인데요. 얼마나 따뜻한 심성을 지녔는데, 누구보다 착한 분이신데. 사장님이 조금만 신경 써주시면 아가씨도……."

"됐습니다. 그런 여자에게 할애할 시간은 없군요."

싸늘한 냉소를 지으며 민서는 차에 올랐다. 멀뚱히 서 있던 가정부가 안타깝다는 듯 뭐라 중얼거렸지만 민서의 귀에는 전달되지 않았다. 민서는 거칠게 고개를 꺾으며 운전석에 앉아 있는 기사에게 명령했다.

"공항으로."

"네."

차가 출발하자 조수석에서 기다렸던 김 비서는 별장을 흘끗거리며 입을 열었다.

"회장님의 병세는 차도가 있는지요?"

"그럭저럭."

"참, 민 감독님은 어쩔까요? 연락 기다린다고 하셨는데."

"글쎄, 생각 좀 해봐야 될 것 같군."

민태준을 부르는 데 있어 가장 큰 문제는 아내였다. 집에 누가 찾아오는 것을 극도로 꺼리는 여자. 아니, 사람 만나는 것 자체를 기피하는 여자. 가소롭기 그지없는 민 감독을 부르는 건 별일 아니었지만, 그를 부르려면 일단 아내의 동의부터 구해야 했다.

빌어먹을! 뜻대로 되는 일이 없군!

자동차는 제주를 상징하는 야자나무 와싱토니아가 즐비하게 자라난 해안도로를 질주하고 있었다.

"무비저널 이유미입니다. 인터뷰에 응해주셔서 감사합니다, 민 감독님."

"짧게 갑시다."

간단하게 서로 악수를 나누고 태준은 의자에 앉아 심드렁하게 기자를 바라보았다. 인터뷰는 싫다고 몇 번을 거절해도 끈질기게 전화를 하고 오피스텔로 찾아와 그를 귀찮게 했던 사람이다. 서른 정도로 되어 보이는 세련된 이미지의 여자가 생긋 웃으며 녹음용 레코더기와 수첩 등을 주섬주섬 테이블에 올려놓았다.

"약속대로 사진은 찍지 않을 겁니다. 보시다시피 사진기자도 안 왔고요. 녹음은 허락하시겠죠?"

이유미 기자는 은색의 레코더기를 장난스럽게 흔들었다.

"편할 대로 하십시오."

"자아, 인터뷰를 시작해도 될까요?"

태준은 턱짓으로 대답을 대신했다. 그의 표정을 살피던 이 기자가 레코더기의 버튼을 살짝 눌렀다.

"해외에서 오랜 시간 유학생활을 했다고 들었습니다. 굳이 유학을 선택한 이유는 무엇인가요?"

피식 웃음이 비어져 나왔다. 태준은 비웃음을 물고 입을 열었다.

"당연한 걸 왜 묻습니까? 국내에서 배울 수 없는 것을 배우려고 유학을 선택했죠."

무엇을 위해 유학을 갔던가. 우리나라에서도 충분히 영화를 배울 수 있었는데 왜 하필이면 남의 나라, 그것도 짧은 시간도 아닌 팔 년이라는 시간을 외국에서 보내야 했을까. 기자는 그것이 궁금해서 물었을 것이다. 하지만 태준은 속내를 밝힐 의도가 전혀 없었다.

"그럼 뜻한 바를 이루셨나요?"

"물론."

"하긴 그러니 끌레르몽 페랑 단편 영화제에서 쾌거를 이루셨겠죠. 늦었지만, 이 자리를 빌려 축하드립니다."

"별말씀을. 어쨌든 감사합니다."

웨이터가 다가와 미리 주문한 향긋한 커피를 내밀었다. 태준은 커피 대신 생수를 마시며 다음 질문을 기다렸다.

들어보나마나 뻔한 질문들. 들었던 말을 반복해서 들어야 했고, 했던 말 또한 반복해서 지껄여야 했다. 슬슬 지겹다 못해 지루했다, 이런 시간들이. 인터뷰에 응할 때 이십 분이라는 시간을 걸고 시작했으니 망정이지 길게 이어지는 지루함에 자칫하면 이 자리를 박차고 나갈 수도 있을 것 같았다.

"민 감독님은 이미 국내에서도 그 실력을 인정받은 분이라 생각됩니다. 감독님이 다니시던 대학의 재단에서 민 감독님을 후원해 주었다고 들었는데, 맞나요?"

"교수님들이 좋게 봐주셨기 때문이죠."

"학교 측 강단에 설 계획은 없는지? 학교 측에서 적극 기다리고 있을 것 같은데."

"하하, 강단은 일정에 없습니다. 대신 후배들과 따로 시간을 마련하기로 했죠."

그럴 줄 알았다는 듯 이 기자는 생긋 웃음을 터뜨리며 수첩에 무언가를 끄적거렸다. 볼펜을 내려놓고 한껏 목소리를 낮춘 그녀는 조심스레 말했다.

"이쯤에서 물어봐도 되겠죠? 국내 첫작 준비는 어떻게 되어가는지 한말씀 하신다면?"

"아직 이렇다 하게 말할 단계는 아닙니다."

여기저기서 날아드는 질문 중 가장 압도적으로 많은 게 첫 메가폰을 잡는 영화에 관해서였다. 설령 모든 준비를 마쳤다고 하더라도 섣불리 말할 그도 아니었지만 지금은 정말 백지 상태였다. 기껏해야 시나리오만 완벽하게 준비되어 있을 뿐이었다.

"민 감독님의 영화에 제작을 하겠다고 각계에서 러브콜이 쇄도하고 있다 들었습니다. 결정은 내리셨나요?"

"아직."

태준은 단답형으로 대답했다.

"항간에는 '선유'와 이야기가 진행 중이라던데."

"소문일 뿐입니다."

"그렇군요."

고개를 주억거리던 기자는 무언가 골몰히 생각하는 듯하더니 묘한 눈빛으로 물었다.

"사귀는 분은 없으신지요? 아니면 팔 년이나 유학생활을 하셨는데 혹시 민 감독님을 기다렸던 아리따운 분은…….."

"그만!"

이 기자의 말허리를 자르고 태준은 벌떡 의자에서 일어났다.

"민 감독님!"

"이 자리가 남의 연애사나 듣자고 불러낸 자리라면 인터뷰는 없던 것으로 합시다."

칼바람이 일 정도로 냉정하게 자리를 뜨는 태준의 뒤를 이 기자는 바짝 뒤쫓았다. 하지만 태준은 카운터에 지폐를 몇 장 올려놓고 휑하니 밖으로 나섰다.

기다렸던 분? 하, 젠장!

계단을 빠르게 내려가며 태준은 거침없이 튀어나오려는 욕설을 참기 위해 어금니를 지그시 물었다.

"민 감독님! 잠깐만요!"

허겁지겁 달려나온 이 기자는 태준의 재킷 소매를 부여잡았다.

"너무 민감하시네요. 강한 부정은 긍정이라는 말이 괜히 있는 건 아니죠."

무언가를 캐내려는 듯한 여자의 눈빛에 태준은 불쑥 화가 치밀었다. 뭐가 강한 부정이라는 말인가? 스멀스멀 체내에 감도는 분노라는 이름을 잠재우기 위해 그는 안간힘을 다했다.

"좋아요. 뭐, 굳이 말하고 싶지 않으시다면 더 이상 묻지 않을게요. 대신 인터뷰는 마쳐 주세요. 안 그러면 저 밥줄 끊겨요."

"다음에 합시다. 오늘은 안 되겠군요."

이미 흥은 깨졌다. 애초에 원해서 나온 자리도 아니었지만, 더 이상 웃는 낯으로 인터뷰를 할 자신이 없어졌다.

"안 돼요! 얼마나 어렵게 마련한 자린데."

"조만간 다시 시간 냅시다. 그때 뒤를 이어가는 게 어떻겠습니까? 그리고 사전에 약속했던 대로 이십 분이 지났습니다."

재빨리 시간을 살피던 이 기자가 긴 한숨을 내쉬었다. 인터뷰는 체질에 맞지 않았다. 남에게 시시콜콜 자신에 대한 이야기를 한다는 건 영 그를 불편하게 만들었다. 대외적인 인물이 되면서 피할 수 없는 현실이었지만 태준에게는 그것이 늘 불만이었다.

"다음엔 한 시간요. 이십 분은 너무 짧아요."

"삼십 분."

"오십 분."

"삼십!"

옥신각신 실랑이를 벌이던 이 기자는 포기했다는 듯 고개를 가로저었다. 한 치의 물러섬도 보이지 않는 태준에게 졌다는 듯 그녀는 양손을 번쩍 들어 올렸다.

“좋아요, 삼십 분. 십 분이라도 번 게 어디야.”

환하게 웃던 여자는 그제야 태준의 옷깃을 놓아주었다.

“다음엔 개인적인 질문은 하지 않도록 할게요. 뭐, 직업병으로 무심결에 튀어나오는 소리는 민 감독님이 이해해 주시구요. 어쨌든 조심하도록 하겠습니다.”

“그럽시다.”

이 기자는 인터뷰를 마무리 지으며 손을 내밀었다. 태준은 흔쾌히 그녀의 손을 마주 잡고 인사를 마쳤다. 기분 좋게 헤어지려는 찰나, 계단을 올라오던 두 남녀가 이유미 기자를 보자 단박에 다가오며 반가움을 표했다.

“오랜만입니다, 이 기자님.”

“어머. 유미 씨, 잘 지냈어요?”

태준의 눈길이 남자에게 고정되었다. 이 기자가 뭐라 했던가. 직업병이라 했던가? 그 역시 지금 직업병이 도진 듯했다. 간단한 인터뷰라 카메라를 들고 나오지 않은 게 후회가 될 지경이었다. 눈앞에 선 남자는 카메라 앵글에 한 번쯤 담아보고 싶을 정도로 선이 뚜렷한 남자였다. 태준은 쓰고 있던 모자에 가려 잘 보이지 않는 남자의 얼굴을 살피기 위해 비스듬히 고개를 돌리고 눈을 빛냈다.

깎아놓은 듯 반듯한 이마와 날렵한 콧날. 그 아래로 그림을 그리듯 선명한 입술은 조금 얇은 듯한 윗입술과 반대로 두툼해 보이는 아랫입술까지 완벽한 모양을 이루고 있었다. 그리고 다듬은 듯 정교한 턱 선까지.

그들을 지켜보는 사이, 이 기자는 그들만큼이나 반가운 목소리로 입을 열었다.

"여긴 어쩐 일이에요, 지혁 씨? 은채 씨도 그동안 잘 지냈죠?"

뒤로 물러난 태준은 본격적으로 지혁이라는 남자를 살폈다. 이 기자가 알아보는 걸로 봐서 영화와 관련된 사람일 확률이 높았다.

"스태프들과 점심 약속이 있어서요. 유미 씨는요?"

"전 당연히 인터뷰 때문이죠."

"인터뷰 끝났으면 같이 식사할까요?"

"아뇨. 어서 들어가야죠. 은채 씨랑 지혁 씨나 점심 맛있게 드세요. 참, 이번 영화 거의 막바지 작업이죠?"

빙고! 태준은 나직하게 휘파람을 불었다. 그의 눈길이 바쁘게 두 사람을 향했다. 두 사람 다 평범한 외모는 아니다. 누가 영화배우인지, 아니, 두 사람 다 영화배우인지 궁금하기까지 했다.

"편집 작업도 거의 끝나고 이제 시사회만 남았습니다."

여자의 가녀린 허리에 팔을 두르고 있던 남자는 주머니를 뒤적거려 무언가를 꺼내 이 기자에게 내밀었다.

"시사회 초대장입니다."

"고마워요. 역시 지혁 씨밖에 없다니까."

이 기자의 얼굴에 활짝 웃음꽃이 폈다.

"뭘요. 들어가자, 은채야. 사람들 기다리겠어."

"알았어요. 다음에 봬요, 유미 씨."

"또 봅시다, 이 기자님."

"네. 좋은 시간 보내세요."

두 남녀가 바쁘게 계단을 올라가고 난 다음에야 태준은 챙 넓은 야구 모자를 슬며시 들추었다. 영화인이라…….

태준은 이 기자에게 다가서며 불쑥 말을 던졌다.

"저 사람 누굽니까?"

"네? 어머, 민 감독님. 죄송해요. 계시는 줄도 모르고……."

"아뇨, 개의치 마십시오. 그나저나 저 남자 영화배우인가요?"

"누구요? 지혁 씨요?"

이 기자는 텅 빈 계단을 올려다보며 되물었다. 태준은 대화를 나눌 때 들었던 남자의 이름을 기억해 내며 고개를 끄덕였다.

"모르셨어요, 지혁 씨? 하긴 귀국하신 지 얼마 안 되죠. 요즘 한창 주가를 올리는 배우예요. 연기력도 탄탄하고……."

"마스크가 눈에 확 띄는군요."

이 기자의 말을 자르고 태준은 그의 얼굴을 떠올렸다. 꽤 괜찮은 얼굴이다. 내키지 않은 인터뷰라 내내 기분이 상했는데 의외로 좋은 만남이 되었다.

"이름이 뭐죠? 지혁, 무슨 지혁입니까?"

"우지혁요. 근데 왜요?"

궁금하다는 듯 의문을 담은 눈길을 건네는 이 기자에게 태준은 힘차게 손을 흔들고 계단을 내려갔다.

"근사한 만남이었습니다, 이 기자님. 다음에 제가 밥 한번 사도록 하죠. 일간 연락드리겠습니다."

지프차에 올라탄 태준은 시동을 걸기도 전에 휴대폰을 꺼냈다. 단축키를 누른 지 얼마 되지 않아 정우의 음성이 수화기를 타고 전해왔다.

[어디냐? 인터뷰는 잘 마쳤어?]

"대강. 그건 그렇고 우지혁이라는 배우가 출연한 영화 다 구해놔."

[우지혁?]

"그래, 지금 사무실로 출발한다. 이따 보자."

정우의 대답을 듣지도 않은 채 태준은 폴더를 덮었다. 안전벨트를 매고 막 자동차를 출발시키려는 순간 휴대폰 벨소리가 나직하게 울려 퍼졌다. 인터뷰에 대한 이야기를 하지 않아 안달난 정우가 다시 전화했나 보다. 태준은 액정화면을 보지도 않은 채 전화를 받았다.

"왜?"

대뜸 소리 지르는 그의 음성에 놀랐는지 수화기 너머에서 굵은 헛기침 소리가 튀어나왔다.

[저어, 민태준 감독님 휴대폰 아닙니까?]

태준은 귀에 대고 있던 휴대폰을 떼어내고 액정화면을 바라보았다. 보나마나 모르는 번호였지만, 상대는 자신을 알고 있는 듯했다. 이 번호는 극히 일부의 사람들만 아는 전화번호였는데 도대체 누구라는 말인가.

"누구신지?"

[선유 비서실의 김 비서입니다. 어제 뵈었었지요.]

"아……!"

태준은 낮은 탄식을 내뱉고 말았다. 이렇게 빨리 연락이 올 거라고는 짐작도 하지 못했다.

[어제 민 감독님이 말씀하신 것 때문에 연락드렸습니다. 사장님께서 민 감독님만 괜찮으시다면 오늘 저녁 여덟 시에 한남동 사장님의 자택에서 뵙자고 하십니다. 조촐하지만 저녁이나 함께 들자고 하셨는데, 어떻게 오늘은 시간이 가능하겠는지요?]

태준의 눈길이 룸미러에 향했다. 딱딱하게 경직된 얼굴에 경련이 일기 시작했다. 받아들이겠다는 건가. 솔직히 거절할 거라 여겼다. 말도 안 된다고 코웃음을 치며 무시할 거라 생각했건만 뜻밖의 반응에 태준은 쉽사리 대답을 할 수가 없었다.

그나저나 오늘 저녁 여덟 시라.

시간이 너무 촉박했다. 며칠 시간을 두고 천천히 만남을 유도하는 게 더 좋을 듯했다. 하지만 시간을 끌어서 그다지 좋을 건 없을 듯했다. 이미 시작된 게임이라면 이대로 밀고 나가는 것도 그렇게 나쁘지는 않을 것 같았다.

[민 감독님?]

숨 막힐 듯한 침묵이 오래도록 지속되자 김 비서는 나직하게 그를 불렀다. 태준은 마른기침을 쏟아내고 탁하게 가라앉은 음성으로 말문을 열었다.

"주소…… 불러주십시오. 시간 맞춰 가도록 하겠습니다."

메모지에 주소를 받아 적으며 태준은 쓴웃음을 삼켰다. 그녀가 먼저 시작한 일이다. 모르는 사람이라 했으니 모르는 척 다가설 것이다. 관객이 되어 느긋하게 그녀의 반응을 지켜봐야지. 그래, 그렇게 할 것이다. 각본 없는 드라마지만 완벽한 시나리오가 있으니 그리 어려운 일도 아니었다.

"당신 실수한 거야, 한여진."

주소가 적힌 메모지와 휴대폰을 조수석으로 던지며 태준은 나직하게 읊조렸다.

집 안이 잔칫집 분위기마냥 소란스러웠다. 계단을 내려오던 여진은 후각을 자극하는 고소한 내음에 고개를 갸웃거렸다. 무슨 음식 냄새가 이렇게 진동을 하는 걸까? 남편은 한동안 집에 오지 않겠다고 나갔는데 무슨 음식을 한다고. 여진은 이맛살을 찌푸렸다. 무언가 먹고 싶은 생각이 없기에 오히려 음식 냄새는 짜증만 돋웠다. 하루 종일 갤러리에도 나가지 않고 삼층에 틀어박혀 전날의 충격에서 헤어나지 못하던 사이, 가정부가 무언가를 준비하는 모양이었다. 삼층은 그녀가 개인적인 공간으로 쓰는 곳이었다. 주로 암실로 쓰였고 또 그녀가 침실 이외의 곳으로 가장 편안하게 쉴 수 있는 곳이기도 했다. 그곳에 있을 때에는 아무도 출입을 할 수 없도록 조치를 취했기에, 하다 못해 가정부에게 청소도 하지 말라는 언질을 주었기에 혼자만의 시간을 보내기엔 그만인 곳이었다.

일층 계단을 다 내려오자 여진의 미간이 살짝 찡그려졌다. 아래층은 분주하다 못해 마치 시장바닥이라도 된 듯 시끌벅적했다. 이런 분위기를 좋아하지 않는 그녀로서는 기분이 불쾌해질 수밖에 없었다. 평소 일하는 가정부 외에는 집 안에 사람이 없다시피 했는데 오늘따라 서너 명의 사람들이 더 되는 것 같았다. 그들은 식당으로, 응접실로 정신없이 뛰어다니고 있었다.

도대체 무슨 일인지 감이 잡히지 않았다. 겨우 두 식구 사는 집에 웬 사람들이 이렇게 북적거린다는 말인가?

마침 여진은 식당에서 분연히 나오는 가정부를 불러 세웠다.

“아줌마, 무슨 일이죠? 웬 사람들이에요?”

“네? 사모님 모르셨어요?”

가정부는 눈을 휘둥그레 뜨고 되물었다.

“뭘요?”

“사장님이 저녁에 손님이 오신다고 미리 준비하라 하셨거든요.”

에이프런에 손을 문지르던 가정부는 조심스레 말했다. 싸늘하게 얼어붙어 가는 여진의 낯빛을 의식해서인지 가정부는 시선을 바닥으로 내리깔고 손가락을 만지작거렸다.

“손님요?”

“네.”

후닥닥 자리를 모면하려는 나이 든 여자를 보며 여진의 음성이 서늘하게 가라앉았다.

“아줌마.”

제자리에 서서 대답도 하지 못하던 가정부는 기어들어 가는 소리로 입을 열었다.

“네.”

“손님이 오는데 제가 모르고 있었다는 말이죠.”

“전 당연히 아시는 줄 알고…….”

“됐어요. 가서 일 보세요. 참!”

황급히 식당으로 되돌아 들어가던 가정부가 여진의 부름에 걸음을 멈췄다. 순간 치밀어 오르는 불쾌지수가 상상을 초월할 지경이다. 집 안에 손님을 들이면서 미리 말하지 않았다는 말이지. 분명 남편의 계산된 행동일 것이다. 여진은 화를 억누르기 위해 슬며시 눈을 감았다.

"누가 오는데요? 그이가 말하지 않던가요?"

"아뇨. 그저 손님 한 분이 오실 테니 식사에 신경을 쓰라는 말씀만……."

한 명, 한 명이라. 여진은 지그시 이를 물고 고개를 주억거렸다. 뭐, 누굴 데려오든 말든 침실에서 나오지 않으면 그만이겠지. 그 사람 손님이지, 내 손님은 아니지 않는가.

"알았어요. 그이 오면 난 몸이 안 좋아서 쉰다고 해주세요. 방해하지 말라고요."

여진은 오금을 박듯 마지막 말에 힘을 주었다.

"네? 그래도 손님이 오신다는데……."

"시키는 대로만 하세요."

획 몸을 돌린 여진은 가정부의 말을 냉정하게 차단하고 이층 침실로 들어가 문을 걸어 잠갔다. 불현듯 솟구치는 부아를 다스리기 위해 호흡을 가다듬었다. 지난 밤 잠 한숨 자지 못하고 뒤척거려서인지 두통은 그녀를 집어삼킬 듯 괴롭히고 있었다. 컨디션이 엉망이라 차마 갤러리에 나갈 엄두도 내지 못한 하루다. 그런데 겨우 좀 쉬어보겠다고 내려온 아래층은 엉망이었다. 누구도 대면하기 싫은데 손님이라니. 오든지 말든지 관여하지 않겠다고 다짐하며 여진은 긴 머리카락을 하나로 묶었던 진주 헤어핀을 빼냈다. 풍성한 머리채를 손으로 대강 훑어 내리고 쓰러지듯 침대에 몸을

눕혔다. 정신이 혼미했다. 무슨 생각으로 하루를 버텼는지 스스로
가 대견하기까지 했다.

자자. 한숨 자고 나면 좀 낫겠지.

시트를 끌어당겨 얼굴을 덮고 눈을 감았다. 하지만 감은 눈 사
이로 잊고 있었던 남자의 모습이 떠올라 여진은 거칠게 침대에서
몸을 일으키며 가쁜 숨을 내쉬었다.

"하아!"

심장에 또다시 무리가 오기 시작했다. 누군가 쥐어짜는 것 같아
고통스러운 신음이 비집고 나왔다. 역시 잠을 청하기엔 무리인가.
고개를 좌우로 도리질하며 여진은 사이드테이블에 손을 뻗어 수
면제 약병을 집어 들었다. 여간하면 먹지 않으려 했건만 오늘만큼
은 약에 의존해야 할 것 같았다. 그래야 밖에 손님이 와도 세상 모
르고 잠들 수 있을 테니까. 아니, 눈을 감아도 선연하게 떠오르는
그 모습만 지울 수 있다면 수면제가 아니라 다른 무엇이라도 할
수 있을 것 같은 지독한 날이었다.

"도대체 뭐 하는 짓이니, 한여진."

나직하게 읊조리며 그녀는 입술을 물었다. 그리고 손에 쥐어진
약병을 거칠게 내팽개쳤다. 이젠 약 따위에 의존하면 안 된다. 더
이상 약에 의존해 하루하루를 살면 안 되는 것이다. 꽉 다물고 있
는 입술에 저릿한 아픔이 전해왔다. 하지만 잇새의 힘을 늦추지는
않았다. 앞으로는 지금보다 더 강해져야만 한다. 죽을 만큼 고통
스러워도, 쓰러질 것처럼 힘들어도 그녀는 그렇게 해야만 했다.

“우지혁에 대해서 뭐 아는 것 있어?”

리모컨의 정지 버튼을 누르면서도 태준은 화면에서 시선을 뗄 수가 없었다. 스쳐 가듯 보았지만 아니나 다를까 자신의 눈은 정확했다. 시나리오를 구상하기 전, 간단한 시놉시스를 작성할 때부터 머리 속에서 구상해 온 이미지와 기가 막히게 맞아떨어지고 있었다. 간단히 잘생긴 남자 배우라면 발에 채이고도 남을 것이다. 하지만 우지혁이라는 남자 배우에게는 무언가 특별한 것이 잠재되어 있었다. 스쳐 지나가며 본모습과 화면상으로 본 게 전부이지만 태준은 충분히 우지혁의 숨겨진 모습을 간파해 낼 수 있었다.

“우지혁?”

태준이 비디오를 보는 내내 잠에 빠져 있던 정우는 실눈을 뜨고 되물었다.

“그래.”

“글쎄. 요즘 엄청 잘 팔리는 배우라는 건 알고 있지. 흔히들 말하는 흥행 보증수표.”

소파에 머리를 기대고 있던 정우는 몸을 돌려 불편한 자세를 바로잡았다. 아직 잠에서 깨지 못한 듯 시큰둥하게 대꾸한 그는 편한 자세로 누워 본격적으로 잠을 청하려 했다.

“그만 자고 일어나.”

태준은 정우의 건장한 등을 향해 장난스레 리모컨을 던지며 잠을 깨웠다.

“젠장! 잠 좀 자자! 거기 우지혁 나오는 영화 다 구해났잖아. 조용히 잘 테니까, 넌 그거나 봐.”

"다 볼 시간 없다. 나머지는 집에 가져가야지."

"아, 그럼 집에 가서 보든지!"

홱 돌아누운 정우를 보자 간밤에 뭘 했는지 대충 짐작이 간 태준은 피식 웃고 말았다. 우지혁이 나온 비디오테이프며 그에 관한 영화관련 잡지를 주섬주섬 주워 든 태준은 소파에 걸쳐 놓았던 재킷을 걸쳤다.

"밤마다 여자들 틈에 끼어서 술 마시지 말고 자라, 인마! 밤이란 잠자는 시간이지 여자 사냥하는 시간이 아니다, 녀석아. 허구한 날 작업을 하니 낮엔 비몽사몽일 수밖에. 그만 간다, 내일 보자."

그제야 부스스 일어난 정우는 늘어지게 기지개를 켰다.

"정말 너 혼자 가도 되겠어?"

"그럼? 뭐, 파트너 동반이라도 하고 갈까?"

"그게 아니잖아, 인마. 제작에 관한 얘기가 나올 텐데……."

"됐어. 그 정도는 나 혼자서도 충분히 알아서 해. 그리고 솔직히 지금 시점에서 선유가 제작을 하겠다고 나서는 것 자체가 시기상조지. 일단 가서 그쪽 의중만 들어보는 건데 뭐."

사무실을 빠져나가는 태준의 뒤에서 정우의 걱정스러운 음성이 날아들었다.

"혹시 문제있으면 전화해라. 바로 갈 테니까."

태준은 픽 웃으며 손을 흔들었다. 하지만 정우와의 사이에 놓인 문이 닫히는 순간 그의 입가에 걸린 미소는 흔적도 없이 사라졌다.

문제, 문제라. 문제야 많았다. 정우가 해결해 줄 수 없는 것이라서 오히려 문제였지만.

엘리베이터를 타고 내려오며 태준은 벽에 걸린 거울을 흘끗 바라보았다. 일단 집에 가서 샤워부터 해야 할 것 같았다. 약속 시간까지 한 시간 남짓 남았다. 우지혁이 출연한 영화를 보는 동안 보이지 않게 긴장하고 있던 몸이 서서히 베일 듯 날카로워지고 있었다. 태준은 슬며시 어금니를 물었다. 별것 아니다. 그저 일에 대한 이야기를 나누러 가는 것뿐이다. 그는 자신에게 다짐하듯 고개를 주억거렸다.

'정말이냐, 민태준?'

어디선가 비웃음이 들려왔다. 주먹을 움켜쥔 그는 손에 잡히는 비디오테이프를 바스러뜨릴 듯 힘껏 잡았다. 그리고는 엘리베이터 벽면에 부착되어진 거울에 또다시 시선을 던졌다. 싸늘한 눈빛이 거울에 반사되어 부메랑처럼 그에게로 되돌아왔다.

정원으로 들어서자 자그마한 분수대가 그를 맞이했다. 10월인데도 불구하고 날씨는 제법 쌀쌀했다. 곧 다가올 겨울을 예고하듯 날씨는 추웠건만 타원형 분수대에서는 쉴 새 없이 투명한 물줄기가 뿜어져 나오고 있었다. 그 주변엔 한가득 심어져 있는 이름 모를 정원수가 하나둘씩 잎사귀를 떨구고 있었다. 정원을 밝히는 조명에 의해 돈깨나 들였다는 것을 여실히 보여주는 집 주변을 살피던 태준은 실소를 흘리고 말았다.

대리석으로 만들어진 분수대, 집 현관까지 길게 이어져 있는 나선형 계단 역시 대리석으로 정교하게 만들어져 있었다. 허벅지에 힘을 실어 계단을 밟았다. 유연하게 곡선으로 뻗은 조명등이 계단

사이사이 놓여져 한층 부유함을 과시하며 집 외관을 멋들어지게 밝혀주고 있었다.

태준은 걸음을 멈추고 베이지 색 트렌치코트 주머니에 손을 찔러 넣었다. 불현듯 걸음을 돌려 이대로 나가고 싶은 생각이 스치고 지나갔다. 이 계단을 밟고, 저 집 안으로 들어간다면 가히 좋은 기분으로 있을 수는 없을 것이다. 아무렇지 않은 척, 태연자약하게 일에 대한 이야기만을 나눌 수 없을지도 모른다는 생각이 그의 내면을 흔들어놓았다. 태준은 거칠게 고개를 가로저었다. 아니다. 그런 일은 없을 것이다. 이 정도에 흔들릴 요량이면 애초에 시작도 하지 않았다.

머뭇거리는 사이 어느새 긴 계단을 다 올라와 있었다. 남은 건 겨우 세 개. 한 발 한 발 힘을 주었다. 마지막 계단을 밟으려는 찰나, 현관문이 소리없이 열리더니 김 비서가 나와 고개를 숙였다.

"벨은 아까 누르신 것 같은데 안 들어오시기에 걱정이 되어서 나와봤습니다."

"아, 생각할 게 좀 있어서."

태준은 건성으로 대답하며 고갯짓으로 인사를 대신했다. 김 비서는 먼저 들어가라는 손짓을 하며 현관문에서 살짝 멀어졌다.

"사장님은 급한 일이 있으셔서 서재에 계십니다. 마무리 짓고 나오신다고 민 감독님을 먼저 응접실로 모시라 하셨습니다."

"그러죠."

집 안으로 들어서자 김 비서가 앞장섰다. 가정부로 보이는 듯한 중년의 여자가 나와 조심스레 인사를 마치고 재빨리 식당으로 들어갔다. 그것 외에는 쥐 죽은 듯 조용했다. 사람이 나와보지 않았다면 마치 집 안에 아무도 없는 듯한 착각마저 들 것 같았다.

태준은 나직하게 헛기침을 내뱉었다.

"큰 집치고는 상당히 조용하군요."

"네, 아무래도 그렇죠. 식구라고는 사장님과 사모님밖에 없어서 더 그럴 겁니다. 그리고 두 분 다 시끄러운 걸 싫어하셔서……."

말끝을 흐린 김 비서는 우아한 바로크 풍의 응접실 소파를 가리켰다.

"잠시만 기다리십시오. 사장님이 좀 늦으신 듯합니다. 제가 가보고 오겠습니다."

코트를 벗고 소파에 앉은 태준은 조심스레 실내를 살폈다. 없다, 넓은 집 안 어디에도 그녀는 보이지 않는다. 팽팽하게 긴장감에 싸여 있던 미세한 혈관들이 보이지 않게 느슨해지고 있었다.

"늦어서 죄송합니다. 급히 넘길 서류가 있어서."

갑작스레 들리는 음성에 태준은 상념에서 빠져나와 소리가 들리는 곳으로 시선을 돌렸다. 와이셔츠 단추를 두어 개 풀어헤친 석민서 사장이 잔뜩 흐트러진 모습으로 여유롭게 걸어오고 있었다.

소파에서 일어난 태준은 개의치 말라는 듯 싱긋 미소를 지었다. 태준에게 악수를 청한 민서는 소파에 앉으며 김 비서를 손짓으로 불렀다.

"서재에 가면 보고서가 있을 거야. 그거 제주도에 팩스로 보내고, 지금 팩스 보냈다는 전화도 하도록 해. 내가 해야 하지만 민 감독님을 더 이상 기다리게 할 수 없으니 김 비서가 좀 하도록."

"네, 알겠습니다. 그리고 식사 준비가 끝났다고 도우미 아주머
니가 좀 전부터 기다리고 있습니다."

"알았어. 회장님…… 장인어른에게 전화하고 난 다음 퇴근해도
좋아."

"네."

허리를 깊게 숙이고 인사를 마친 김 비서가 멀어진 후에야 민서
는 태준에게 주의를 돌렸다.

"일단 식사부터 하고 나서 이야기를 하도록 하죠. 손님을 불러
놓고 다른 일에 매달려 있어서 죄송합니다. 장인어른에게 급히 보
고해야 할 일이 있어서……."

"괜찮습니다. 신경 쓰지 마십시오."

빌어먹을, 민서는 불쑥 튀어나오려는 말을 식도 깊은 곳으로 삼
켰다. 정중함을 가장한, 오만하기 그지없는 민태준을 보자 미처
제어할 사이도 없이 심기가 어그러졌다. 딱히 무엇이 싫다, 라는
이유는 없었다. 어떻게 보면 썩 괜찮은 남자임에도 불구하고 민태
준이라는 사내는 그 존재감만으로도 민서의 가장 밑바닥에 있는,
눈에 보이지 않는 그 무언가를 여지없이 긁어대고 있었다.

"어떤 음식을 좋아하는지 몰라서 이것저것 준비했습니다. 그래
봤자 별다른 반찬은 없겠지만요."

한정식 메뉴에서 빠지지 않는 나물과 생선, 국과 찌개, 갖가지
전과 어린 송아지로 특별히 마련한 갈비찜, 그리고 김이 모락모락
나는 버섯전골과 연어찜, 대하구이가 식탁에 맛깔스럽게 놓여져
있었다.

태준에게 맞은편 의자를 가리키며 민서는 자리에 앉았다. 그리고 수저와 생수 잔을 가지런히 정리하는 가정부를 보며 민서는 손을 내저었다.

"민 감독님과 식사하는 동안 아주머니는 나가십시오. 식사가 끝나는 대로 부를 테니 그때 간단히 차와 과일을 준비하세요."

"네. 저어, 그리고 사모님은……."

말끝을 얼버무리는 가정부의 어눌한 행동에 민서는 수저를 탁 소리가 날 정도로 거칠게 내려놓았다.

"됐습니다. 무슨 말을 할지 알고 있으니 귀찮게 나서지 말고 이만 나가세요. 이분과 할 얘기도 있고 하니."

"네. 그럼 필요한 것 있으시면 불러주세요, 사장님."

허리를 깊게 구부리고 인사를 마친 가정부는 부랴부랴 식당을 빠져나갔다. 가정부의 어색하다 싶을 정도의 몸놀림을 보며 태준의 미간에 깊은 주름이 새겨졌다. 아랫사람을 지나치게 하대하는 듯한 석민서의 행동이 그다지 보기 좋은 건 아니었다.

"흠, 안사람이 몸이 많이 안 좋답니다. 손님을 초대한 집주인으로서 당연히 이 자리에 있어야겠지만 민 감독님이 양해해 주십시오. 그 사람이 워낙 사람들 앞에 나서는 걸 꺼려해서 이런 자리를 좋아하지는 않거든요."

생수를 들이킨 민서는 대수롭지 않게 말을 끝맺고 수저를 들었다.

"외국 생활을 오래 해서 따뜻한 밥 한 끼가 그립다 하셨던가요? 부디 입에 맞으셨으면 좋겠군요. 많이 드십시오."

느물거리는 석 사장의 미소를 보며 태준은 픽 실소를 흘리고 말았다. 그래, 밥 먹으러 왔으니 어디 밥이나 먹어라, 하는 표정을 석민서는 숨기지 않고 고스란히 드러내고 있었다.

치기 어린 억지 마음으로 왔지만 이런 결과는 예상하지 못했다. 한여진의 부재중이라. 어쩌면 이 정도는 각오해야 했을지도 모르는 일이었다. 그녀가 모습을 쉽게 드러낸다면 오히려 재미가 반감될 것 같았다. 그러나 태준은 슬며시 입매를 늘어뜨리며 생각을 달리 했다. 어쩌면 너무 감정적으로 대응하고 여기까지 온 건 아닌지 모르겠다고, 섣부른 판단착오는 아닌지 슬슬 후회가 되던 참이었다.

잠이 오지 않았다. 하긴 이런 상태에서 잠을 잔다는 것 자체가 무리일지도 몰랐다. 내내 누워 있던 침대에서 몸을 일으킨 여진은 나른하게 기지개를 켰다. 근육이 뭉쳤는지 어깨와 팔이 뻐근한 게 미세한 아픔이 전신을 타고 전해왔다.

부산스러웠던 아래층은 이제 쥐 죽은 듯 조용하기만 했다. 이층 침실을 빠져나와 아래층에 촉각을 곤두세우던 여진은 고개를 내 저으며 삼층으로 향했다. 신경 쓰지 말자. 언제부터 집 안에 손님 이 오면 관심을 두었다고 이런다는 말인가.

얼마 전 계곡에 가서 찍었던 사진을 현상하는 게 좋을 듯하다. 그렇게라도 해야만 지금의 이 혼란스러운 감정을 조금이나마 정리 할 수 있을 것 같았다. 삼층 가장 구석진 곳에 위치한 암실로 걸음 을 옮기던 여진은 우뚝 걸음을 멈췄다. 서재에서 불빛이 새어나오 고 있었다. 남편이 쓰는 서재는 일층 남편 침실 옆에 있었고, 삼층 에 있는 서재는 분명 그녀 혼자만의 것이었다. 그곳에서 지금 불빛이 새어나오고 있었다. 그리고 들릴 듯 말 듯 희미한 음성과 함께.

의문스러운 마음을 지우지 못한 채 여진은 살며시 문고리를 돌렸다. 그 순간 가정부가 도둑고양이마냥 살금살금 나오고 있었다.

"무슨 일이죠?"

"헉!"

복도 불을 밝히지 않아서인지 가정부는 누군가 있다는 걸 전혀 눈치채지 못한 것 같았다.

"무슨 일이냐고요."

여진은 한자한자 힘주어 말하며 가정부를 정시했다. 기분이 말도 못하게 나빠졌다. 누군가 허락도 없이 함부로 들어갔다고 생각하자 짜증이 배가되었다.

"그게, 저어……."

시선을 아래로 내리깔고 우물쭈물하는 가정부를 지켜보던 여진은 싸늘하게 일침을 가했다.

"여긴 함부로 올라오지 말라고 했을 텐데요?"

"죄송합니다, 사모님."

가정부는 몇 번이고 고개를 숙이며 잘못을 빌었다. 나이 지긋한 여인에게 더 이상 화를 내는 것도 못할 노릇이라, 여진은 날이 섰던 음성을 헛기침으로 무마시켰다.

"무슨 일로 제 서재에 있었던 거죠?"

남편의 서재와는 별개로 삼층에 있는 서재는 그녀만의 공간이었다. 책을 읽고 음악을 듣고 가끔 정원을 내다보기로 그만인 곳이라, 그녀의 하루 일과 중 집 안에 있을 때 가장 많은 시간을 차지하는 곳이기도 했다. 그런 곳에서 자신이 아닌 다른 사람을 보게 되자 당연히 기분이 나쁠 수밖에 없었다.

"그게, 그러니까, 전화를 좀 쓴다고……."

여진의 눈매가 매섭게 반짝였다. 전화? 아래층에도 전화가 있는데 왜 여기까지 와서 전화를 쓴다는 거지?

"근데 사모님 주무시지 않았어요?"

가정부가 은근슬쩍 화제를 돌리려는 듯 전혀 다른 질문을 던졌다. 여진은 가정부의 페이스에 말리지 않고 단호하게 되물었다.

"개인적인 전화는 응접실에서 해도 될 텐데요?"

"음, 그건 그렇죠. 근데 그게……."

가끔 몇 마디 대화를 나눌 때에도 유난히 말을 더듬거리는 여인이지만 오늘따라 유난히 말을 버벅거리는 가정부를 보며 여진은 슬슬 짜증이 치밀었다. 꼭 무슨 죄를 지은 사람마냥 가정부는 어찌할 바를 모르는 것 같았다.

"그게, 손님이 계셔서 어쩔 수 없이……."

"됐어요. 그만두세요. 다음부터 여긴 올라오지 마세요. 분명히 말씀드렸죠? 여긴 제 개인적인 공간이에요. 아주머니가 들어오시는 거, 달갑지 않아요."

"네, 네. 앞으로는 조심, 또 조심할게요."

부랴부랴 여진의 곁을 지나쳐 아래층으로 내려가려던 가정부는 조심스레 그녀의 눈치를 보며 몸을 돌렸다.

"왜요? 무슨 할 말이라도 있어요?"

"그게 아니라…… 저어, 혹시 제가 통화하는 것 못 들으셨죠?"

"왜요, 제가 들으면 안 되는 내용인가요?"

"아, 아니요. 그런 건 아니지만……."

"걱정 마세요. 남의 통화 내용을 엿들을 만큼 비인간적이진 않으니까요. 다음부터 손님 때문에 개인적인 전화를 하기 곤란하면 바(bar)에 가서 쓰세요. 거기도 전화가 있으니까."

입주 가정부라면 따로 쓰는 방에 전화를 넣으면 그만이지만 지금처럼 새벽 일찍 와서 밤늦게 퇴근하는 가정부에게는 따로 쓰는 방이 없었다. 여진은 바에 위치한 다른 전화를 일러주고 암실로 들어가려다 갑자기 생각난 듯 걸음을 멈췄다.

"참, 오늘 오기로 했다던 손님 누군지 아세요?"

여진의 물음에 가정부는 이상하다는 듯 고개를 갸웃거렸다.

"사모님도 물어보시네요. 아까 회장님도……."

양손으로 황급히 입술을 틀어막는 가정부를 보며 여진의 눈동자가 매섭게 빛났다. 가정부의 입에서 아버지의 이름이 나오자 놀라지 않을 수가 없었다. 여진은 날카롭게 다그쳤다.

"아버지가요? 아버지가 왜요?"

"아뇨, 아무것도 아니에요. 그러니까 식당에 계신 손님이 무슨 감독이라던데…… 민 감독이라구요. 사장님이 그렇게 부르시는 것 같던데. 그럼 전 디저트 준비를 해야 해서……."

총총히 멀어지는 가정부를 보며 여진은 다리가 꺾이듯 휘청거렸다. 뭐, 누구라고? 단말마의 신음이 탁하게 갈라져 나왔다. 발 딛고 선 바닥이 빙글빙글 돌고 있었다. 여진은 지푸라기라도 잡는 심정으로 벽을 짚고 가정부를 불렀다.

“아줌마!”

휙 뒤를 돌아보는 가정부를 손짓으로 부른 여진은 미세하게 떨리는 목소리로 속삭였다.

“누구라고요?”

“네?”

가정부는 무슨 뜻인지 못 알아들었다는 듯 되물으며 귀를 쫑긋 세웠다.

“그러니까, 민 감독이라는 분이…… 오늘 오기로 한 손님이라고요?”

“네. 무슨 문제라도 있나요?”

여진의 민감한 반응을 이해할 수 없다는 얼굴로 가정부는 빤히 그녀를 바라보았다. 여진은 손사래를 치며 고개를 가로저었다.

“아뇨. 됐어요. 이만 내려가세요.”

심장이 미친 듯이 두방망이질쳤다. 전신을 감돌던 혈액이 일제히 역류하는 느낌이었다.

그가 여기 왔다고 한다. 이젠 어쩌면 좋지. 어쩌면…….

여진의 흔들리는 동공에 들어오는 것은 아래층으로 연결되는 기다란 나선형의 계단이었다. 윤기 흐르는 원목 재질의 계단이 위험천만한 낭떠러지를 연상시켰다. 여진은 신음처럼 나직한 한숨을 몰아쉬었다.

‘이거, 뭐 하자는 플레이에요, 민태준 씨. 왜 내 경고를 무시하는 거예요. 당신 보기 싫다고 했잖아! 내 앞에 나타나지 말라고 했잖아! 근데 왜 하필이면 여기에 온 거예요. 왜 내 집에 온 거냐고요!’

조각처럼 매끄러운 여진의 턱에 미세한 경련이 일었다. 한 치 앞도 내다볼 수 없는 자욱한 안개에 휩싸인 듯 한참 동안 계단을 내려보던 여진은 마침내 결정을 내렸다는 듯 턱을 치켜 올렸다. 나선형 계단이 미로처럼 얼기설기 엉켜 있는 듯한 착각을 불러일으켰지만 마음의 준비를 마친 여진은 당찬 걸음으로 계단을 내려가기 시작했다.

그래, 여기까지 왔단 말이지, 여기까지…….

식당에 다다른 여진은 길게 심호흡을 내뱉었다. 심장이 미친 듯이 질주하고 있었다. 딱딱하게 굳어버린 표정을 다듬고 애써 입꼬리를 치켜 올렸다. 만족스러운 미소가 배어나온다고 느꼈을 때에야 여진은 식당 입구에 둘러쳐진 새하얀 커튼을 뚫고 발을 들이밀었다.

"손님이 오셨으면 저한테 이야기를 해야죠. 당신 혼자 접대를 하면 어떻게 해요?"

여진이 환하게 웃으며 들어서자 이런저런 대화를 나누던 두 남자의 시선이 단박에 그녀에게 날아들었다. 냅킨으로 입가를 누르며 황망히 바라보는 민태준과 수저를 든 채 멍하니 바라보는 남편 민서를 보며 여진은 그들에게로 걸음을 옮겼다. 억지로 웃느라 안면근육이 경직될 것처럼 뻣뻣해져 왔지만 입가에 새겨진 웃음을 거두지는 않았다.

여진의 등장에 할 말을 잊고 지켜보던 태준은 갈증이 나는 듯 황급히 생수를 들이키고는 의자에서 일어나 천천히 그녀에게 손을 내밀었다.

"안주인의 허락도 없이 와서 죄송합니다. 두 번째 만남이죠? 민 태준입니다."

태준의 오른손에 여진은 망설임없이 자신의 손을 휘감았다. 태준의 따뜻한 온기가 피부를 타고 전해올 무렵, 여진은 독처럼 퍼져나가는 고통스러움을 골수 깊이 느껴야만 했다. 따뜻한 온기와는 달리 그의 눈빛은 칼날처럼 매섭고 날카롭기 그지없었다. 베일 듯 서슬 퍼런 눈길을 마주하며 여진은 애써 생긋 웃음을 배어 물었다.

"어서 오세요, 민 감독님. 이렇게 다시 뵙게 되어 정말 반가워요."

여진의 부드러운 인사말에 태준은 픽 조소를 머금었다. 여진은 태준의 손에서 자신의 손을 빼내고 민서에게 눈길을 던졌다.

"내가 함께해도 괜찮은 자리인가요?"

"물론. 그런데 당신이 어쩐 일이지?"

뜻밖의 행동에 놀랐다는 듯 유심히 살펴보는 민서의 예리한 눈빛을 외면하고 여진은 부드럽게 말을 이었다.

"어쩐 일은요. 손님이 오셨으니 당연히 내다봐야죠. 안 그런가요, 민 감독님?"

여기까지 온 건 그의 치명적인 실수다. 알아듣게 이야기했건만 무시하고 여기까지 왔다면 일깨워 줘야 했다. 여기는 그가 올 곳이 아니라는 것을, 이곳은 그가 발을 디딜 곳이 아니라는 것을 철저하게 가르쳐 줘야 했다.

여진의 메마른 웃음이 깊어져 갈수록 태준을 바라보는 눈빛은 차디차게 식어가고 있었다.

As the best wine doth make the sharpest vinegar,
so the deepest love turned to the deadliest

최고의 와인이 강한 식초로 바뀌듯이 아무리 깊은 사랑일지라도,

서로가 틀어졌을 때는 무서운 증오로 바뀌는 법이다

사랑하는 것보다 더 무서운 것은, 상대를 증오하는 것이다

바닷바람 특유의 비릿한 내음이 열려진 창문을 비집고 들어왔다. 간병인은 감기 걸릴지도 모른다고 창을 닫으라 했지만 한 회장은 고집스레 창문을 열어놓았다. 어두운 밤하늘을 바라보며 파도 소리를 듣는 건 그나마 그의 지루한 생활 중 유일한 낙이나 다름없었다.

찬바람이 거세게 들어와 침실을 휘저었다. 날이 많이 쌀쌀해지고 있었다. 가을이라 하기엔 조금은 추운 밤이었다. 어깨에 걸쳐진 카디건을 한 손으로 여미던 한 회장은 씁쓸하게 웃고 말았다. 또 계절이 바뀌어가고 있었다, 여름에서 가을로. 이제 조금만 있으면 가을에서 메마르고 앙상한 겨울로 접어들 것이다. 그 겨울이

지나고 나면 언제나처럼 봄이 오싰기 파릇파릇한 싹을 틔우고,
새 생명을 꽃 피우는 그런 봄이.

몸이 나약해지니 생각도 점점 병들어가는 것 같았다. 쓸데없는
잔 생각만 많아져 쉽사리 잠을 이룰 수가 없었다.

조용한 침실 내에 전화벨 소리가 날카롭게 울려 퍼졌다. 일순
한 회장의 얼굴에 냉기가 흘렀다. 그렇다. 마음이 병들어 쉽게 잠
을 이루지 못하는 게 아니라 그는 저 전화 때문에 잠자리에 들 수
가 없던 것이었다.

소파에 앉아 무료하게 책을 뒤적이던 간병인은 튕기듯이 일어
나 무선전화기를 들어 올렸다.

"네."

짤막하게 전화를 받는 간병인을 눈여겨보던 한 회장은 슬그머
니 눈을 감고 들리는 목소리에 주의를 집중시켰다.

"아가씨가요?"

간병인은 새된 음성으로 버럭 소리를 질렀다. 곧 시끄러운 건
질색하는 한 회장을 의식하며 그녀는 나직이 목소리를 낮췄다.

"알았어요. 회장님께서 기다리시니 잊지 말고 전화하세요."

한 회장은 눈썹을 치켜세우며 어서 대답하라는 듯 휠체어 손잡
이를 내려쳤다.

"아가씨가 사장님이 초대하신 손님과의 저녁 식사 자리에 지금
막 동석했다고 합니다. 다른 날과 달리 환하게 웃으며 손님을 맞
이했다고 하는군요."

간병인은 조심스레 수화기를 내려놓으며 말을 건넸다. 어두운

창밖을 바라보던 한 회장은 턱이 으스러져라 거세게 어금니를 사려 물었다.

"수시로 전화하겠다고 했습니다."

한곳만 뚫어져라 주시하던 한 회장은 어둠 속에 고정되었던 시선을 거두고 힘겹게 손을 내저었다. 그만 나가보라는 손짓에 다소곳이 인사를 마친 간병인이 침실을 빠져나가고 나서야 한 회장은 주먹을 그러모아 쥐었다. 사납게 일그러진 그의 얼굴이 불편한 심기를 대변해 주고 있었다.

가정부의 전화는 그다지 좋은 소식을 전해주지는 않았다. 깊어가는 밤, 시커먼 밤하늘만큼이나 상황은 안 좋았다. 시간이 흐를수록 한 회장의 얼굴은 돌덩이마냥 뻣뻣하게 굳어가고 있었다.

거품이 가득 들어찬 대리석 욕조에 몸을 묻은 여진은 머리를 기대고 천장을 노려보았다. 저녁 내내 얼마나 긴장했는지 전신의 근육이 팽팽하게 당겨져 금방이라도 끊어질 듯 예민하게 반응했다.

잘했어, 잘한 거야.

스스로에게 속삭이며 지친 몸을 스르르 욕조 밑바닥으로 가라앉혔다. 얼마나 그렇게 있었을까. 숨이 막혀오기 시작했다. 하지만 태준을 눈앞에 두고 식사를 할 때보다는 낫다. 그땐 무슨 맛으로 밥을 먹었는지 모를 정도였으니까.

그런 분위기에서 웃으며 담소를 나눴지. 많이 발전했구나, 한여진.

"후우……."

물 밖에 얼굴을 내밀고 긴 숨을 들이삼켰다. 오래도록 숨을 쉬지 않아서인지 거친 숨소리가 욕실을 가득 메웠다. 거품이 들어가 따가워진 눈을 비비던 여진은 갑작스레 들리는 사람의 인기척에 헉 하고 억눌린 비명을 내질렀다.

언제 들어왔는지 남편이 문가에서 비스듬히 서서 그녀를 내려다보고 있었다. 재빨리 타월을 낚아채 대충 가슴을 가린 여진은 싸늘하게 입을 열었다.

"노크도 할 줄 몰라요?"

"했는데 대답이 없더군."

문가에서 몸을 뗀 민서는 한 걸음씩 여진에게로 다가섰다. 여진은 단번에 손을 들어 올려 그와의 거리를 차단했다.

"나가요."

"나갈 때 되면 나가지."

욕조에 다다른 그는 가장자리에 걸터앉아 가슴을 가린 여진의 손을 비웃듯 빈정거렸다.

"여자 신체 구조가 어떻게 생겼는지 이미 다 아는데 유난 떨지 마. 부부 사이에 뭘 가린다는 게 더 우습다고 생각하지 않아?"

타월을 움켜쥔 손을 바르르 떨며 여진은 홱 고개를 돌렸다.

"이 여자 저 여자 전전하던 당신과 달리 난 부끄러움을 알거든요."

"하, 한여진이 부끄러움이라. 오늘 사람 여러 번 놀래키는군."

민서는 여진이 쥐고 있던 타월을 휙 걷어내고 사납게 눈을 빛냈다. 눈부시도록 하얀 살결이 흐릿한 조명 아래에서 빛을 발하고 있었다.

여진은 매섭게 눈을 치뜨고 민서를 쏘아보았다.

"뭐 하는 짓이에요, 이거?"

"뭐, 대단히 아름다운 몸인 건 나도 인정하지. 그럼 본론으로 들어갈까?"

그는 거침없이 손을 뻗어 여진의 어깨선을 더듬고 쇄골을 훑어내렸다. 그런 그의 손을 거칠게 뿌리친 여진은 물방울이 사방에 튀는 것도 아랑곳하지 않고 벌떡 일어나 선반 위의 가운으로 몸을 가렸다.

"욕실에 볼일이 있는 것 같으니 제가 비켜 드리죠."

"이봐, 이봐, 한여진이. 너무 그러지 말라고."

물기를 닦아내지도 않고 재빨리 가운을 걸친 후 지체없이 나가는 그녀를 민서가 불렀다. 여진은 뒤도 돌아보지 않은 채 날카롭게 질타했다.

"다음부터는 노크했을 때 대답이 없으면 상대편에서 대답할 때까지 기다리는 인내를 기르도록 해요. 이렇게 허락없이 남의 방에 들어오는 거, 너무 무례하다고 생각하지 않아요?"

"먼저 유혹한 게 누군데 이러시나."

믿을 수 없다는 얼굴로 여진은 등을 돌려 남편을 응시했다. 유혹이라니, 누가? 여진의 입매가 싸늘히 얼어붙었다.

민서는 비아냥거리며 고개를 내저었다.

"아닌 척할 필요 없어. 다른 사람 앞에서는 잘도 방긋방긋 웃어대더니 그사이 다시 얼음공주로 되돌아온 거야?"

아……. 여진은 자신의 머리를 한 대 때리고 싶어졌다. 이 남자, 오해하고 있었다. 태준의 앞에서 지나치게 다정한 행동을 보인 것을. 여진은 가운을 여민 손에 힘을 주며 나직이 되쏘았다.

"오해하지 말아요. 손님을 접대해야 할 것 같아서 한 것뿐이니까."

"설마. 대단하신 한여진이 손님 접대라니. 그게 말이 된다고 생각해?"

민서는 와이셔츠 단추를 끄르며 말도 안 된다는 듯 혀를 찼다. 민서의 건장한 가슴팍이 드러나자 여진은 자신도 모르게 눈을 감고 변명조로 입을 뗐다.

"당신이 아내의 도리를 하라면서요? 그래서 당신이 바라는 대로 아내의 도리를 했는데 도대체 이건 무슨 경우죠?"

"노(no). 그건 아니지. 내가 바란 아내의 도리는 그런 게 아니었어. 당신도 알고 있을 텐데?"

느물거리는 말투가 기분 나빴다. 여진은 홱 턱을 치켜 올리고 소리쳤다.

"침실에서의 도리라면……."

여진의 말허리를 자르고 민서는 듣기 싫다는 듯 손을 내저었다.

"샤워는 아까 마쳤는데 당신이 한 번 더 하란다면 기꺼이 하지."

지나쳤어, 한여진.

여진은 식도 안으로 욕설을 삼켰다. 긴장된 순간을 모면하기 위해 너무 위험한 도박을 했나 보다. 가운을 여미고 젖은 머리카락을 타월로 감싼 그녀는 픽 실소를 머금었다. 민서가 위험한 장난질을 하려는 이 순간에도 떠오르는 생각이란 전혀 다른 것이었다. 민태준을 사이에 두고 팽팽한 줄다리기를 했던 순간이 불현듯 뇌리를 가득 메웠다.

"나가줘요. 당신과 이런 실랑이 벌이고 싶지 않아요."

힘없이 중얼거리며 침실로 나온 여진은 화장대 앞으로 다가섰다. 태준을 상대하느라 온몸의 진이 다 빠진 듯했다. 더 이상은 서 있을 기운도 남아 있지 않았다. 어서 민서가 나가기만을 기다릴 뿐이었다. 하지만 욕실에서 느릿느릿 걸어나오는 민서는 전혀 나갈 기미가 보이지 않았다.

여진은 한숨처럼 말을 쏟아냈다.

"그렇게 볼 것 없어요. 당신이 오해하니 다음부터는 손님이 와도 늘 그랬던 것처럼 내다보지도 않겠어요. 쓸데없는 오해는 짜증만 불러일으켜요. 그거 몰라서 이래요?"

"쓸데없는 오해? 누가 쓸데없는 오해를 하게 만들었는데!"

여진의 냉담한 반응에 민서는 버럭 고함을 내질렀다. 노려보던 여진의 눈빛이 싸늘하게 얼어붙자 민서는 목소리를 낮추고 말을 이었다.

"난 당신이 내 제의를 받아들인 줄 알았어. 그래서 다른 날과 달리 안 하던 행동을 하는 거라 여겼지. 그런데 뭐? 뭐라고?"

단호하게 민서의 말을 자르고 여진은 냉랭하게 되받아쳤다.

"그만! 못 들은 걸로 하죠."

그가 바라는 건 결국 하나다. 침대에서도 그를 거부하지 말아달

라는 것, 그의 아내로서 의무를 다하라는 것. 하! 생각만으로도 낯
빛이 창백하게 굳어갔고 구역질이 치밀었다. 마치 민서는 이런 순
간이 오길 기다렸던 것처럼 행동하고 있었다. 그녀의 실수를 빌미
삼아 꼬투리를 잡으려는 것처럼.

여진은 지쳤다는 듯 중얼거렸다.

"당신 제의는 그날로써 끝났어요. 난 싫다고 말했고, 당신은 내
말을 받아들였어요. 그런데 끝난 일로 왜 왈가왈부죠?"

브러시로 머리카락을 빗어 내리며 여진은 거울을 통해 보이는
민서의 시선을 외면했다.

"그럼 뭐야?"

낮게 가라앉았던 민서의 음성이 높아졌다. 여진은 빗질을 멈추
지 않은 채 거울 속 그의 모습에 눈길을 던졌다.

"뭐가요?"

"하지도 않던 안주인 노릇 한답시고 오늘 저녁 내 곁에서 알짱
거린 이유가 뭐냐고!"

"말했잖아요."

"아하, 그 잘난 아내의 도리?"

"네, 당신이 말하는 아내의 도리가 내 생각과 일치한다면, 아내
의 도리라고 해두죠."

브러시를 화장대에 올려놓고 여진은 스킨과 로션을 기계적으로
얼굴에 발랐다. 말없이 지켜보던 민서는 양손으로 얼굴을 문지르
고 거친 욕설을 씹어뱉었다.

"제기랄, 정말 사람 질리게 만드는군. 그럼 저녁 내내 보여준 행

동이 고작 민태준에 대한 접대였다는 말인가?”

나이트크림을 펴 바르던 여진의 손이 허공에서 멈췄다. 하지만 이내 자신의 페이스를 되찾은 여진은 티슈를 뽑아 손에 남은 크림을 닦아냈다. 이름만 들어도 반응을 보이는 건 곤란했다.

한여진, 정신 차려! 그녀는 채찍질을 가하듯 자신을 질타했다.

“네, 잘 아네요.”

목소리가 미세하게 떨리고 있었다. 여진은 지그시 혀를 물었다.

“두 시간이 넘도록 날 유혹하듯 바라본 게 안주인으로서의 접대였다?”

민서의 짜증 섞인 어조에 여진은 픽 코웃음을 쳤다.

“말은 바로 해야죠. 당신을 유혹하듯 바라보지는 않았어요.”

단 한 번도 남자를 유혹하듯 바라본 적은 없다. 단 한 번도. 그렇기에 여진은 민서의 말이 우습기만 했다.

“당신은 아니라고 하지만 내가 볼 때 당신은 남자를 원하는 것 같았거든. 마치 하룻밤 섹스를 원하는 것처럼.”

“당신은 여자라면 침대 외에서는 불필요한 존재라고 생각하죠? 당신 머리 속에는 침대에서의…… 잠자리밖에 안 떠오르죠?”

날카로운 혀가 거침없이 움직였다. 여진은 질끈 입술을 물고 민서를 쏘아보았다. 지긋지긋했다. 이런 쓸데없는 대화가, 무의미한 대화가 말도 못하게 지겹기만 했다.

“그래, 그래! 잘나신 한여진은 섹스를 무슨 더러운 짓거리라 생각하지. 좋아. 여기서 그만 해, 그만 하자고. 여자가 당신만 있는 건 아니니까.”

획 걸음을 돌린 민서는 여진이 꼴도 보기 싫다는 듯 거칠게 침실을 나왔다. 사나운 욕지기가 미처 어찌할 사이도 없이 튀어나오려 했다. 결혼한 지 몇 년이 흘렀건만 오늘만큼 아내라는 여자가 아름답게 보인 건 처음이었다. 그래서 난생처음 아내에게 욕망이 들끓었다. 그저 자신에게 매달리던 그런 흔해 빠진 여자가 아니라 온전히 아내, 한여진을 안고 싶은 욕망에 허리 아래가 고통스러울 정도였다. 그런데 그런 아내가 뭐라 했던가.

빌어먹을, 저런 여자를 저녁 내내 굶주린 듯 바라보았다는 말이지. 젠장할!

민서는 쾅 소리나게 문을 닫고 자신의 침실로 향했다. 탁자 위에 놓인 실버 빛깔의 휴대전화를 들어 올려 익숙한 손길로 버튼을 눌렀다. 오래지 않아 허스키한 여자의 음성이 흘러나왔다.

[여보세요?]

얼마 전 새롭게 시작한 베드 파트너이다. 일과 관련된 여자는 거부했지만 먼저 다가오는 여자를 거절할 만큼 바보는 아니었기에 민서는 기꺼이 비서실 직원인 여자와 깊은 관계가 되었다. 하긴 이렇게 자신의 말이라면 두 팔 벌려 환영해 줄 여자가 있는데 아내에게 왜 욕망을 느낀다는 말인가. 그것도 단 한 번이지만 오만 정이 떨어질 만큼 죽은 듯 누워 있기만 했던 아내의 몸을 떠올리자 묵직했던 허리 아래가 언제 그랬냐는 듯 시큰둥해졌다. 민서는 비웃음을 물고 여진의 존재를 머리에서 털어낸 후 입 밖으로 말을 밀어냈다.

"나야. 아까 화낸 것 미안해. 하지만 앞으로 두 번 다시 집에는 전화하지 마. 알았나?"

　[내가 미안해요, 민서 씨. 이제 화 풀렸어요? 당신이 연락도 없이 안 오니까 걱정이 돼서. 휴대폰도 안 되고.]

　변명조로 말하던 애리의 어조가 유혹하듯 달콤하게 변해갔다. 태준과 저녁 식사 중 난데없이 애리의 전화가 와서 얼마나 곤혹스러웠던가. 가정부의 눈치 빠른 대처로 조용히 무마시켰지만 그때의 화가 다 풀린 건 아니었다. 하지만 여진으로 인해 엉망이 되었던 부아를 다스리려면 애리라도 만나야 했다.

　"하여간 다시는 집으로 전화하지 마. 그리고 지금 갈 테니 기다려."

　일방적으로 자신의 할 말만 마친 채 폴더를 덮은 그는 잔뜩 흐트러진 셔츠를 벗고 드레스룸으로 걸음을 옮겼다. 오늘은 이 여자 집에서 밤을 지새워야겠다. 날이 밝을 때까지 여자를 탐해야지. 그리고 거기서 바로 출근하는 게 나을 듯했다. 여벌 옷은 애리의 집에 미리 준비해 두었기에 크게 불편할 것도 없었다. 하긴 민태준을 집으로 초대하지 않았다면 어차피 본가에 있지도 않았을 것이다. 불현듯 태준에게 화가 치밀었다. 아무리 생각해도 그놈은 마음에 들지 않았다. 하나부터 열까지 마음에 드는 게 하나도 없었다. 단 하나도.

　침실 창밖으로 민서가 나가는 모습을 지켜보던 여진은 폐 깊은 곳에서 시작되는 한숨을 길게 내쉬었다. 남편이라는 사람에게 못할 짓이라는 것을 그녀도 알고 있었다. 하지만 서로 암묵 하에 동의하지 않았던가. 부부라는 이름으로 서로에게 일절 터치하지 않고 살아가기로 약속하지 않았던가. 이제 와서 새삼스레 왜 부부의 이름을 들먹이는지 오히려 민서가 이해되지 않았다. 어차피 남보다 더 못한 관계라는 걸 알 만한 사람은 다 알고 있는데 말이다.

빠른 걸음으로 정원을 가로지르고 육중한 철문 사이로 사라지는 민서의 뒷모습을 다 지켜본 후에야 여진은 커튼을 쳤다. 그래, 이게 편했다. 그는 그에게 어울리는 여자에게, 자신은 이렇게 방관하는 자세로 멀찍이 떨어진 채 있는 게.

전혀 예상하지 못한 상태에서 들이닥친 태준의 존재에 너무 날카롭게 나선 긴 아닌지 걱정이 되기도 했지만 이젠 끝났다. 그를 다시 만난 이상 한 번쯤 거쳐야 할 관문과도 같은 거니까 어떻게 보면 잘한 일이기도 했다. 민서의 뜻밖의 행동에 말문이 막혔지만 그것도 잘 해결되지 않았는가.

민서가 뭐라 했던가. 저녁 시간 내내 유혹의 눈길을 보냈다 했지. 하, 말도 안 되는 억지였다. 그녀는 그런 돼먹지 않은 유혹의 눈길을 보내지 않았다. 그것도 석민서, 그에게는 결단코. 무엇보다 그녀는 그런 걸 어떻게 해야 하는지도 몰랐다. 단지, 내 것을 지키기 위해서 어쩔 수 없는 노릇이었다. 여기까지 오기가 얼마나 힘들었는데, 얼마나 이를 악물고 버텼는데 팔 년 만에 마주하게 된 태준과의 만남으로 모든 것을 수포로 돌릴 수는 없었다. 결코 그럴 수는 없었다.

여진은 어두운 방 안을 노려보며 속으로 되새겼다. 오늘 같은 일은 두 번 다시 없을 거라고, 태준이 또다시 자신의 앞에 나타나고 집으로 방문한다 해도 절대 어림도 없을 것이라고 다짐했다.

'내가 공들여 쌓은 탑을 무너뜨리려 하지 말아요, 민태준 씨. 여기까지 어떻게 왔는데, 어떻게 버텼는데, 어떻게 견뎠는데!'

커튼 자락을 쥐고 있는 여진의 손에 힘이 가득 실렸다. 당장이라도 무언가를 던져 버릴 듯 격한 감정을 다스리기 위해 커튼이 뜯어져 나가도록 꽉 움켜쥐어야만 했다.

"여기까지야, 민태준 씨. 당신에게 허용된 거리는…… 그 이상을 원한다면, 다치는 건 당신이야."

나직하게 울려 퍼지는 여진의 억눌린 음성은 쥐어짜듯 힘겹게 흘러나와 침실을 가득 메웠다.

"야! 야, 민태준!"

누군가 머리를 심하게 흔들었다. 아니, 몸을 뒤흔드는 것 같기도 했다. 태준은 깨질 듯한 머리를 감싸고 신음을 내뱉었다.

"누구야?"

"나다, 네 마누라. 밤새 얼마나 퍼마셨기에 해가 중천에 뜬 것도 모르냐?"

정우의 목소리가 귓가에 쩌렁쩌렁거리며 들려왔다. 젠장, 기차 화통을 삶아먹었나. 태준은 나직한 욕설을 씹어뱉으며 실눈을 뜨고 주변을 살폈다.

"설마 저 많은 술을 혼자 마셨다는 건 아니겠지?"

정우는 거실 여기저기에 나뒹구는 브랜디 병을 보며 고개를 절레절레 가로저었다. 말끔히 비운 게 세 병, 그리고 비우다 만 브랜디 반 병이 테이블과 바닥을 뒹굴고 있었다.

많이도 마셨군.

태준은 이맛살을 찌푸리며 몸을 일으켰다. 밤새 술을 마시다 그대로 거실에서 잠이 들었나 보다. 소파에서 일어나는 몸에서 뚝뚝거리며 관절 꺾이는 소리가 들려왔다.

"무슨 일이야? 천하의 민태준을 이렇게 망가뜨리고 나가떨어질 정도로 술을 마시게 만든 이유가 도대체 뭐야?"

"시끄러! 진짜 마누라라도 된 것처럼 떽떽거리지 좀 마. 머리가 울린다, 울려."

"미친 자식. 그럼 저 많은 술을 먹고 머리가 안 울리면 그게 사람이냐?"

주섬주섬 병을 치우던 정우는 이해할 수 없다는 듯 혀를 차댔다. 소파에 등을 기대고 비스듬히 앉아 있던 태준은 테이블에 손을 뻗어 담배를 찾았다. 그리고 빈 곽인 것을 알고는 정우에게 손을 내밀었다.

"담배."

정우가 불까지 붙여서 담배를 건네자 태준은 담배 연기를 길게 폐 깊은 곳으로 빨아 당겼다. 머리가 어질어질해졌다. 앉아 있는데도 마치 지진이라도 난 것마냥 주위 사물이 흔들리기 시작했다.

"담배 맛 한번 엉망이군."

한 모금 피우다 만 담배를 재떨이에 비벼 끄며 태준은 쓴 소리를 내뱉었다. 아무래도 사우나라도 가야 할 모양이다. 이렇게 술을 많이 마신 건 처음이었다. 오래전 그때, 그때도 이런 식으로 술을 마시지는 않았는데. 불현듯 떠오르는 해묵은 기억을 떨쳐 내려는 듯 태준은 거세게 고개를 가로저었다.

"뭐가 잘 안 돼? 선유에서 '노'라고 한 거야?"

걱정스러운 어투로 정우가 물었다. 태준은 피식 웃으며 소파에 머리를 기댔다. 아무래도 머리 속에서 공사라도 한판 벌이는 모양이었다. 쾅쾅 울려대는 소리에 머리가 깨질 듯 아파왔다.

"먼저 러브콜을 보내놓고 노라고 말하는 데가 어디 있어?"

"그럼?"

"자세한 말은 아직 안 했지만 선유에서 제작 맡기로 거의 얘기가 확정됐어."

"이야, 이거 대단한데? 조건은?"

파격적이라고 할 수 있었다. 영화 제작에 참여하는 대신 그 어떤 제재도 가하지 않겠다고 했다. 배우 섭외부터 크랭크인, 제작 발표회, 멀리 나아가서는 시사회까지 태준이 하겠다는 대로 적극 밀어주는 것으로 대화는 일단락되었다. 단 영화 전반에 걸쳐 나오는 모든 물건과 자동차, 집, 가전, 호텔 등등 그 외의 것은 선유의 것으로 하기로. 그의 영화에 브랜드 명이 나오는 것은 모두 선유의 브랜드로 하는 것. 그 외의 조건은 없었다. 물론 순 이익률에 대한 구체적인 이야기도 진행해 봐야 알겠지만 지금으로서는 분명히 파격적인 조건이라 할 수 있었다. 제아무리 국외 영화제에서 상을 받았다 하더라도 신인감독의 국내 첫 작품으로는 더할 나위 없는 찬스였다.

"없어."

"뭐?"

조건이 없다는 말을 믿을 수 없다는 듯 정우의 눈이 휘둥그레졌다. 그.

"까다롭게 이것저것 요구하는 건 없었어. 시나리오도 형식상 한번 검토해 보자고 했지만 뭐 스토리 흐름을 보려는 거지, 다른 이유는 없는 것 같고."

"제작비는?"

"전액."

태준의 단조로운 대답에 정우는 길게 휘파람을 불었다.

"죽이는군. 과연 선유야. 그래서, 혼자 축하주라도 마신 거야?"

웃음기 어린 목소리로 빈병을 훑어보던 정우가 물었다. 순간 태준의 안색이 차갑게 굳어졌다. 처음엔 그저 한 잔만 마시려고 브랜디를 따랐다. 하지만 언제부터인가 걷잡을 수 없이 술을 입 안으로 들이부었다. 그래, 술을 마신 게 아니라 마지막엔 술이 자신을 잡아먹기를 바라는 것처럼 태준은 겁없이 식도로 독한 브랜디를 쏟아 부었다. 술을 마시지 않고는 견딜 수가 없었다. 맨정신으로 눈을 뜨고 있다는 걸 참을 수가 없었기 때문이다.

소파에서 일어나자 머리가 핑그르르 돌았다. 간신히 중심을 잡고 일어선 태준을 만류하며 정우는 주변을 둘러보았다.

"왜? 뭐 필요한 것 있어?"

"커피라도 마시려고."

"앉아 있어, 인마. 그 정신으로 커피는 무슨."

주방으로 걸음을 옮기던 정우는 갑자기 생각난 듯 딱 하고 이마를 쳤다.

"그 집 분위기는 어땠어?"

난데없는 질문에 태준은 눈썹을 치켜 올렸다.

"무슨?"

"석 사장 부부 말이야. 칼 같은 남자와 얼음공주."

"얼음공주?"

태준은 멍하니 정우의 말을 되물었다. 정우는 몰랐냐는 듯 고개를 갸웃거렸다.

"얼음공주를 모르다니. 그러고서 그 집 분위기에 어떻게 견뎠냐? 나 같으면 질식했겠다. 내가 어제 미리 귀띔해 주려다가……."

"누가 얼음공주라는 거야?"

정우의 말을 가로막고 태준은 누구 이야기냐는 듯 다그쳤다.

"누구긴 누구야. 선유의 프린세스, 한여진이지."

주방으로 들어가 커피메이트에 커피를 내리던 정우의 목소리가 거실까지 고스란히 들어왔다.

"그 부부, 문제있는 거야 암암리에 소문 퍼져서 알 만한 사람은 다 알지."

문제? 그게 무슨 소리야?

소파에 머리를 기대고 있던 태준은 벌떡 몸을 일으켰다. 그 와중에도 정우의 주절거림은 계속되고 있었다.

"하긴 내가 여자라도 얼음공주가 되겠다. 남편이라는 작자가 허구한 날 밖으로만 도는데 누가 참아주겠어?"

태준은 비틀거리며 일어나 주방으로 걸어갔다. 분주하게 싱크대에서 머그컵을 찾아 준비하고 커피를 내리던 정우는 막힘없이 술술 말을 이었다.

"석 사장은 조심한다고 해도 그 남자랑 관계 맺었넌 여자들이 여기저기 떠벌리고 다니는데 비밀이 유지되냐? 세상에 비밀은 없는 법이거든."

"시끄러. 계집애도 아니고 남의 사생활에 왜 그렇게 관심이 많아?"

냉장고 문을 열어 생수병을 꺼내 든 태준은 벌컥벌컥 물을 들이키고 입가를 닦았다.

"그리고 그거 뜬소문 아냐? 문제라니? 석 사장이 밖으로만 돈다니? 어제 봤을 때만 해도 두 사람 다 지극히 평범한 부부던데 무슨 소리야?"

"노, 노. 내가 이놈의 연예계에 뛰어들어 집에서 쫓겨나다시피 했지만 가족 행사나 집안 행사엔 꼬박꼬박 참가하거든. 그런 곳에서 듣는 게 뭐겠어? 한다 하는 집안 치부를 눈으로 보고 귀로 듣고…… 들은풍월이 있으니 말하는 거지. 아마 모르긴 몰라도 석민서 사장과 한여진, 보통 부부는 아닐걸."

"됐다. 너랑 시답잖은 소리 할 바에야 잠이나 더 자는 게 낫지."

정우가 내미는 머그컵을 들고 거실로 나온 태준은 CD플레이어를 작동시켜 음악을 재생시켰다. 나직하게 울려 퍼지는 Sakamoto Ryuichi의 연주곡을 들으며 거실 창을 열고 베란다로 나갔다.

전날, 석민서와 한여진을 만나지 않았다면 정우의 말을 조금이나마 믿었을지도 모른다. 눈으로 보지 않은 이상 남들이 하는 말을 그대로 믿어버렸을지도 모르는 일이었다. 하지만 다 남의 말 하기 좋아하는 사람들이 지어낸 이야기일 뿐일 것이다. 석민서와 한여진은 세상 누구보다 잘 어울리는 모습으로 그를 비참하게 만들었다. 억지를 부려 집에까지 찾아든 그를 비웃듯이. 결국 어제 저녁 보았던 그들의 모습에 나가떨어질 때까지, 기억에서 그들의 모습이 삭제될 때까지 술을 마시지 않았던가.

어차피 남은 미련 따윈 존재하지 않았다. 그저 그녀의 서투른 연기를 관객이 되어 무심히 지켜보고 싶은 마음뿐이었다. 이제 그 마음마저 접어버려야 하나. 태준은 나른하게 내리쬐는 정오의 햇살을 만끽하며 눈을 감았다. 문득 여진의 부드러운 음성이 귓가를 스치고 지나갔다.

"어쩐 일은요. 손님이 오셨으니 당연히 내다봐야죠. 안 그런가요, 민 감독님?"

부드럽게 속삭이는 듯한 여진의 말투에 태준은 움찔하고 말았다. 민 감독, 민 감독이라. 턱이 으스러져라 어금니를 물고 태준은 의연하게 입을 열었다.

"몸이 안 좋다고 들었습니다. 굳이 무리하지 않아도 되는데 이렇게 나오셨군요."

"무리하는 것 아니니까 신경 쓰지 마세요."

태준의 말을 가로막으며 여진은 아무렇지 않은 척 응수했다. 그녀의 곁에서 묵묵히 저녁을 들던 민서가 불쑥 말을 꺼냈다.

"식사가 끝나면 민 감독님과 따로 이야기할 게 있어. 그땐 자리
좀 피해줘."

여진은 생긋 웃음을 배어 물고 흔쾌히 고개를 끄덕였다.

"물론이에요."

전날 창립 기념파티에서 봤던 것과 달리 여진은 생기가 넘쳐흘
렀다. 파티장에서는 밀랍인형처럼 창백하기만 하던 그녀가, 내내
떨리는 목소리로 이야기를 하던 그녀가 언제 그랬냐는 듯 전혀 다
른 사람이 되어 있었다.

당황하는 모습을 보기 위해 왔다. 한여진이 두려움에 떠는 모습
을 보기 위해 태준은 일부러 이런 자리를 만들었다. 하지만 그녀
는 그런 것에는 개의치 않는다는 듯 누구보다 당당해 보였다. 그
의 판단착오였다. 잠시나마 감정의 동요를 일으키는 것으로 너무
큰 기대를 했나 보다. 한여진은 민태준의 존재에 일절 흔들리지
않고 있었다.

태준은 목을 가다듬고 대화를 이어나갔다.

"그런데 몸이 많이 안 좋으신가 보군요. 파티장에서도 몸이 안
좋다고 자리를 비우셨는데, 그때 피곤하다고 하셨던가요?"

"아뇨. 두통이 심해서였어요."

여진은 태준의 말을 바로잡아 주듯 정정했다. 그는 픽 실소를
터뜨렸다. 하긴 두통이 날 만했을 것이다.

"그런데 감독님이 여긴 어쩐 일이세요? 우리 이이와 무슨 일이
라도 있어요?"

가정부가 일 인분을 더 차리는 동안 여진은 이것저것 물어보고 있었다. 희미한 공기의 떨림이 전해왔다. 태준은 보이지 않게 가슴을 억눌렀다. 피가 거꾸로 솟구치고, 살점이 토막토막 잘려 나가고 있었다.

우리 아이.

여진이 내뱉은 단어는 태준의 심장에 날카로운 비수가 되어 박혀왔다.

"관련이 깊지, 앞으로는."

민서의 대답에 창백하게 굳어져 가던 여진은 어느새 냉정함을 되찾았다.

"앞으로는? 그건 무슨 뜻이죠?"

"우리 회사에서 민 감독님 영화 제작을 맡기로 했거든."

"아아, 그렇군요."

한숨처럼 말을 쏟아내며 여진은 갈증이라도 난 듯 다급하게 생수를 들이켰다.

"저도 말은 많이 들었어요. 민 감독님, 대단한 실력이시라면서요? 그런데 당신, 투자만 하지 않았던가요? 난 그렇게 알고 있는데."

"이번엔 제작에까지 영역을 넓혀보려고. 그건 그렇고 당신이 어떻게 민 감독님을 알지?"

의외라는 듯 민서의 눈매가 날카롭게 빛났다. 여진은 당연한 걸 왜 물어보냐는 투로 무심하게 대꾸했다.

"비서실 직원들이 난리가 아니던걸요. 창립기념 파티 때, 휴게실에서 비서실 여직원 한 사람과 대화를 나눴거든요. 그 아가씨,

민 감독님 칭찬에 시간 가는 줄 모르더라고요. 그래서 알게 됐죠."

민서와 다정하게 이야기를 나누던 여진은 그제야 생각났다는 태준에게 시선을 던졌다.

"이런, 손님을 앞에 두고 너무 우리끼리만 이야길 나눴군요. 이해해 주세요, 민 감독님."

활짝 웃는 여진의 얼굴을 외면하며 태준은 테이블 아래에 놓인 손을 힘껏 움켜쥐었다. 거슬렸다, 민 감독이라는 호칭이. 그녀가 말끝마다 꼬박꼬박 부르는 민 감독이라는 호칭이 귀를 막아서라도 듣기 싫을 정도였다.

"괜찮으니 대화 나누십시오."

역시, 괜히 온 듯했다. 앉아 있는 것만으로도 엄청난 인내를 요구하는 만남이었다. 여진은 철저하게 그를 무시하려 하고 있었다.

"당신, 오늘 상당히…… 기분 좋은가 보군. 다른 날과 달리 말도 많이 하고."

여진을 유심히 바라보던 민서는 고개를 갸우뚱거리며 말을 꺼냈다. 여진은 어깨를 으쓱거렸다.

"그럼요. 안 좋을 일 없잖아요. 집에 손님까지 오셨는데. 더구나 그분이 세계가 주목하는 감독님이라면, 또 모든 여자들이 흠모해 마지않는 감독님이신데 기분이 좋을 수밖에요."

"그래, 멋있는 남자지."

잔뜩 비꼬듯 민서의 음성에서 빈정거림이 묻어나왔다. 그런 그의 뉘앙스를 느끼지 못한 여진은 동의하는 제스처를 취했다.

"멋있다는 거, 인정하죠."

"당신도 민 감독 추종자 중의 하나인가?"

"설마요. 전 결혼한 여자잖아요."

무슨 말도 안 되는 소리냐는 듯 여진은 난색을 표했다.

"결혼한 여자? 하긴 그렇지. 하하하."

어이없다는 듯 웃음을 터뜨린 민서의 입매가 사납게 비틀렸다. 마치 민태준 따위는 이 자리에 없다는 듯 그들은 철저하게 태준을 외면하고 무시하고 있었다. 태준은 여진을 바라보던 시선을 바닥으로 내리깔았다. 한여진, 그녀를 너무 얕잡아본 게 실수였다. 여진을 상처 주려다 오히려 그가 그녀의 페이스에 휘둘리고 말았다.

태준은 애써 초연하게 자리를 지켰다. 이 정도는 아무것도 아니다. 이보다 더한 것도 견뎌내지 않았던가. 태준은 헛기침을 내뱉으며 주의를 끌었다.

"두 분, 보기 좋으시군요."

여진의 눈빛이 반짝이며 빛을 발했다. 묘한 웃음을 짓는 여진을 보며 태준은 말을 이었다.

"다정해 보여서 보는 사람까지 기분이 좋아집니다."

영화를 찍다 보면 연기자보다 더 그럴듯한 연기력을 쌓아야 했다. 태준은 자신의 연기력에 박수라도 치고 싶었다.

"그런가요? 보기 좋다니, 듣는 사람도 좋군요."

태준의 인사치레를 민서는 무덤덤하게 받아들였다.

"사장님?"

식당 커튼 사이로 빠끔히 얼굴을 내민 가정부가 그들의 대화 사이에 끼어들었다. 종종걸음으로 민서에게 다가선 가정부는 허리를 숙여 귀엣말을 속삭였다. 조용히 듣고 있던 민서가 갑자기 벌떡 일어나 황급히 자리를 떴다. 식당을 막 빠져나가다 생각났다는 듯 그는 툭 던지듯 말했다.

"잠시 실례하겠습니다. 급한 전화가 와서."

민서가 나가고 한동안 긴 침묵이 흘렀다. 가정부는 더 필요한 것이 없냐고 의무적으로 물어본 후 조용히 사라졌고 식당에 남은 사람은 태준과 여진, 단 두 사람뿐이었다.

크리스털 생수 잔을 만지작거리는 여진을 보며 태준은 들릴 듯 말 듯 나직하게 뇌까렸다.

"이게 당신이 원하던 삶인가 보군."

홱 턱을 치켜 올린 여진은 신경질적으로 컵을 한쪽으로 밀쳤다.

"네. 그러니 내 '행복한 삶' 을 위협하려 들지 말아요."

여진은 최대한 감정을 억누르고 냉담하게 받아쳤다.

"왜 위협이라 생각하지?"

태준은 실소를 흘렸다.

"무언가 확인하러 온 것 아닌가요? 그게 위협이지, 달리 뭐가 있겠어요. 용건 끝났으면 빨리 사라져요."

"아니. 뭔가 잘못 알고 있나 본데, 난 당신을 위협하려고 온 게 아냐. 일 때문에 온 거지. 착각하지 마."

여진은 가만가만 고개를 내저었다.

"착각이 아니에요. 난 분명히 말했어요. 당신 모르는 사람이라고, 내 앞에 얼쩡거리지 말라고 말했었죠. 내 경고 무시한 사람은 바로 당신이에요. 도대체 여기까지 온 이유가 뭐예요? 분명히 말해 두죠, 민태준 씨. 마지막으로 하는 말이에요. 난 지금 충분히 행복하고, 당신을 다시 만나서 아주아주 불쾌해요. 거듭 부탁하지만 다시 만나는 일, 앞으로 없었으면 좋겠어요."

말을 마친 여진은 의자를 홱 밀치고 일어나 찬바람이 일 정도로 냉랭하게 태준을 지나쳤다. 그의 곁을 스쳐 지나가는 여진의 손목을 낚아챈 태준은 이를 갈듯 덧붙였다.

"나도 당신과 마주하는 일, 없길 바라는 사람이야. 하지만 당분간은 힘들겠군. 당신 남편의 제의를 받아들일까 하는 중이거든."

태준은 여진의 손목을 거칠게 잡았던 것만큼이나 놓아주는 것도 매몰차게 내던졌다. 여진의 눈매가 매섭게 치켜 올라갔다. 사나운 광채를 쏟아내는 여진의 눈빛을 마주하며 태준은 픽 비웃음을 머금었다.

"표정 관리해. 당신이 사랑해 마지않는 남편이 오는 중이야. 발자국 소리, 안 들려?"

여진의 입술이 파르르 경련을 일으켰다.

"당신, 정말…… 싫어."

"나 역시."

태준은 마지막 일격을 가하며 창백하게 굳어가는 여진의 표정을 잔인하게 즐겼다. 통화를 마친 민서가 들어와서도 그들 사이에 놓여진 팽팽한 대립은 계속되었다. 하지만 무엇 때문인지 나갈 때와 달리 잔뜩 기분이 상해 보였던 민서는 태준과 여진의 살얼음판 같은 신경전을 전혀 눈치채지 못한 듯했다.

"나 역시 당신…… 경멸해."

태준은 상념에서 깨어나며 씹어뱉듯 사납게 중얼거렸다.

"뭐? 뭐라 한 거야? 잘 안 들린다."

담배꽁초를 비벼 끄던 정우는 태준에게 눈길을 던졌다. 베란다 문을 닫고 거실로 들어선 태준은 고개를 저으며 시큰둥하게 말했다.

"너한테 한 말 아냐. 신경 꺼."

"그나저나 선유에는 오케이했겠지?"

"글쎄, 아직 최종 결정을 내린 건 아니니까."

바람을 쐬었더니 두통이 좀 가라앉는 것 같았다. 깨끗이 비운 커피 잔을 테이블에 올려놓고 태준은 소파에 기대어 길게 다리를 뻗었다. 그리고 미심쩍은 어투로 조심스레 물었다.

"근데 정말 그거 확인된 소리야?"

"뜬금없이 무슨 소리야? 뭘 확인해?"

"석민서 여자 관계 복잡하다는 거."

"왜? 아예 삼자대면이라도 해줘?"

정우는 별걸 다 궁금해한다는 투로 장난스럽게 맞받아쳤다. 눈을 감고 음악에 심취하기라도 한 양 깊은 사색에 잠겨 있던 태준은 딱 하고 손가락을 퉁겼다.

"그래, 네 말 중 하나는 인정하지."

"뭘?"

영화잡지를 뒤적이던 정우는 잡지에서 눈을 떼지 않은 채 되물었다.

"한여진, 차갑디차가운, 싸늘하디싸늘한 여자라는 거."

보고 있던 잡지를 탁 덮고 정우는 예리한 눈길로 태준을 살펴보았다. 여전히 눈을 감고 있어 표정을 관찰하기는 힘들었지만 태준의 음성에서는 평소와 달리 냉랭함이 묻어나오고 있었다.

"갑자기 무슨 소리를……."

정우의 말을 손짓으로 제지한 태준은 테이블에 걸친 다리를 치웠다. 그리고 상체를 일으켜 목 뒤로 깍짓손을 했다. 정우를 바라보는 태준의 눈빛은 마치 혼란스러웠던 마음을 깨끗하게 정리한 듯 결연히 빛나고 있었다.

"그래, 좋아. 선유 측의 러브콜, 받아들이지. 받아들이도록 하겠어."

정우는 환한 미소로 태준의 결정을 지지했다.

"잘 결정했다! 그럼 이제 난 빠져도 되는 건가? 괜찮은 스폰서 물어주려고 했더니 혼자 힘으로도 잘하는군."

어깨를 툭 치는 정우의 손을 뿌리치고 태준은 담배를 빼어 물었다. 라이터로 불을 밝히고 매캐한 담배 연기를 길게 빨아 당긴 그는 허공을 향해 하얀 담배 연기를 내뿜었다.

'날 싫어한다 했지, 한여진? 그런데 어쩌지? 나도 당신을 싫어하거든. 아니, 경멸하거든. 하지만 한여진은 한여진이고, 어디까지나 일은 일이지. 안 그래, 한여진?'

긴 한숨과 함께 담배 연기가 쉴 새 없이 공기 중으로 흩어져 나가 복잡다단한 태준의 심리를 그대로 드러내고 있었다.

1

No the power to remember, but its very opposite,
the power to forget, is a necessary condition for our existence

기억해 내는 힘이 아닌 잊는 힘이야말로
우리들이 살아가는 데 더 필요한 것이다

기억하는 건 어렵지 않다. 살아온 날들을 더듬어보면 되니까

하지만 무언가를 잊는 건 힘이 든다

지난날의 한 페이지를 완벽하게 **소**멸시킬 수 있는 건 아무것도 없으므로

"시나리오를 객관적인 시각으로 봐주고 또 각색을 도와줄 사람이 필요한데, 혹시 주변에 괜찮은 사람 있어?"

"음. 각색, 각색이라. 이쪽 사람이야 다 꿰고 있으니 찾아보면 금방 나오지. 하여간 한번 찾아보도록 할게."

"그래, 최대한 빨리. 나도 여기저기 말해 놨으니까 조만간 실력 있는 사람을 찾겠지."

태준은 데스크에 다리를 걸치고 등을 한껏 뒤로 젖힌 채 시나리오를 한 번 더 검토했다. 이미 보고 또 봐서 종이 모서리 부분은 너덜너덜해져 있었다. 고치고 또 고치며 수정을 가해서 하얀 종이였던 시나리오는 울긋불긋한 볼펜 자국이 군데군데 자리해 지저

분할 지경이었지만 태준은 잠시도 시나리오를 내려놓지 않았다. 선유 측의 배려로 마련된 제작사 사무실에 인사차 잠시 들렀던 정우도 태준의 부탁으로 몇 시간째 시나리오를 검토하던 중이었다.

볼펜을 이리저리 돌리던 정우는 여주인공의 대사 부분에서 탁 하고 볼펜을 내려쳤다.

"참, 여주인공 연우 역에는 정말 우리 프로덕션 소속인 재아로 결정 내렸어?"

"응. 이미 재아 씨와는 대충 이야기가 끝났지. 재아 씨도 시나리오를 보고는 당장 하고 싶어했고. 왜, 재아 씨가 얘기 안 해?"

태준은 집중력이 흐트러질까 걱정하며 시나리오에서 눈을 떼지 않은 채 대꾸했다.

"아니, 얘기하긴 했는데 혹시 그사이에 네 마음이 바뀌었을까 봐 그러지. 솔직히 재아 입장에서 보면 당연히 오케이지. 그럼 남주 역에 가장 유력한 유망주인 우지혁은 언제 만나기로 한 거야?"

"내일. 내일 낮 두 시에 미팅하기로 약속을 했거든."

"쉽게 응하디? 요즘 가장 잘 나가는 배우라서 몸값이 만만치 않을 텐데?"

"글쎄. 민태준이라고 일 관계로 한번 만났으면 좋겠다니까 기꺼이 응하던데?"

"흠, 역시."

무언가 음모를 꾸미기라도 하는 양 정우는 목소리를 한껏 낮췄다. 말을 마치고 시나리오에서 눈길을 뗀 태준은 픽 웃음을 터뜨렸다.

"역시? 뭐가 역시라는 거야?"

"뭐긴 뭐야. 민태준이 대단하다는 뜻이지. 우지혁을 전화 한 번으로 부를 수 있는 위치라, 역시 대단하다는 말밖에 안 나온다."

"시끄러. 장난 그만 하고 꼼꼼히 훑어보기나 해. 최종 수정이야. 물론 촬영 들어가다 보면 불가피하게 수정을 할 수도 있겠지만 지금으로서는 마지막이라고 생각하고 하는 거니까 좀 도와주라."

"그래, 그래. 알았다, 알았어."

양손을 번쩍 들고 항복을 선언하는 제스처를 취하던 정우는 곧 진지하게 시나리오에 몰두하며 입을 굳게 다물었다.

배우 섭외는 거의 마무리를 지은 단계였다. 주인공들의 유학 신에서 나올 외국인들도 모두 섭외가 끝났고 남은 건 우지혁, 그 남자 하나였다. 워낙 바쁜 배우라 시간을 맞추기 힘들어 그사이 스태프들까지 결정을 내린 상태였다. 파이낸싱까지 일찌감치 선유에서 마무리 지은 상태였기에 일은 일사천리로 진행되어 가고 있었다.

수십 번의 수정 끝에 최종 시나리오가 완성되었다.

그날 밤, 태준과 정우는 새벽 늦게까지 편안한 마음으로 술잔을 기울였다. 시나리오를 한 번 더 읽어봐 달라는 태준의 부탁에 투덜투덜거렸던 정우는 언제 그랬냐는 듯 기꺼이 수정에 동참해 주었고, 최종 수정을 마쳤을 때에는 누구보다 기뻐해 주었다.

밤이 깊어갈수록 영화를 주제로 한 그들의 대화는 깊이를 더해갔고 술병 역시 시간의 흐름을 보여주듯 길게 늘어져만 갔다.

"이 작가, 또 그림 한 점을 두고 갔네."

갤러리에 들어서자마자 시선을 확 끄는 그림을 보고는 여진은 자석에 이끌리듯 액자 앞으로 다가섰다.

"이번에도 연락처는 안 남겼어?"

"네."

은희는 어깨를 으쓱거렸다.

"참 이상한 사람이네. 자기 그림 맡기면서 이름도 알리지 않고 연락처도 안 주고. 도대체 뭐 하는 사람일까?"

"뭐 하는 사람이긴요. 무명 화가겠죠."

당연하다는 듯이 대답한 은희는 팔짱을 끼고 그림을 유심히 살폈다.

"멋있지 않아?"

여진은 넋을 잃고 작품을 바라보았다. 이번엔 산이다. 일전엔 바다를 배경으로 한 그림이더니, 오늘은 신록이 푸르른 산을 아련하게 그려놓았다. 초여름의 산을 묘사한 그림은 수풀이 우거진 나무와 금방이라도 푸드득거리며 날아갈 것만 같은 새들을 다소 거칠게 그려놓았다. 선이 거친 그림은 보는 이로 하여금 감정을 격하게 만든다. 말하자면 풍랑을 만난 배처럼. 거친 붓놀림이 잔잔하던 여진의 가슴에 보이지 않는 파문을 일으켰다.

그림 앞을 서성이던 은희가 여진의 말에 맞장구를 쳤다.

"멋있죠. 제가 봐도 반할 만한 솜씬걸요. 조금만 더 크면 전시회를 해도 될 만한 작가 같아요."

"그렇지? 언제 한번 여쭤봐, 전시회 열 생각은 없냐고."

"음, 관장님…… 이분 그림이 상당히 마음에 드시나 봐요? 처음으로 전시회를 다 거론하시고."

여진은 피식 웃으며 인정한다는 듯 고개를 끄덕였다. 갤러리를 운영 중이지만 난생처음 전시회에 관심이 생겼다. 이 작가 그림이라면 얼마든지 전시회에 신경을 쓸 수 있을 것 같았다.

"그런데 좀 곤란하대요."

"뭐가?"

입술을 뽀로퉁히 내민 은희는 무언가 아쉬운 듯 종알거렸다.

"전시회를 할 만큼 작품이 많지 않다고 하더라고요."

"직업 정신 투철하네. 나보다 먼저 물어보고."

"후후, 월급 받는 처지에 열심히 일해야죠."

은희의 어깨를 부드럽게 다독거려 준 여진은 삼층 개인실로 올라가려다 다시 그림 앞에 걸음을 돌렸다.

"참 이상해."

"뭐가요?"

혼잣말처럼 나직하게 내뱉는 말을 들었는지 어느새 자신의 자리로 돌아갔던 은희가 물었다. 여진은 아니라는 듯 고개를 가로저으면서도 계속 말을 이었다.

"이 작가 그림 말이야. 꼭…… 어디선가 본 듯한 느낌이 들거든. 뭐랄까, 장소. 그래, 장소! 저번엔 바다였지? 그 바다도 그렇지만 이 산도 마치 내가 가본 듯한 그런 곳 같아. 정말이지 그런 느낌이 들어."

"에이, 설마요. 작품이 너무 사실적이니까 현실과 그림을 혼동하는 것 아닐까요?"

은희는 말도 안 된다는 듯 손사래를 쳤다.

"글쎄, 그런가."

뭘까, 이 느낌은. 무엇이기에 이 그림을 보면 가슴이 저릿하게 아파오는 걸까. 여진은 그림에서 눈을 떼지 못한 채 혼자만의 생각에 골몰했다. 그림을 바라보면 그리운 누군가가 떠오르기라도 하는 것처럼……. 그렇다, 그리움. 그리움이다, 이 그림은. 비록 그녀가 그림을 볼 줄은 모른다 해도 느낄 수는 있었다. 이 그림에서는 뭔가 모를 애잔한 아픔이 배어나와 고스란히 그녀에게 전달되고 있었다.

"이 작가, 아마도 아픈 사랑을 하는 중인가 봐. 그림에서 그게 보여, 느껴져."

여진은 뜻 모를 말을 남기고 계단으로 올라갔다. 그림을 오랫동안 봐서인지 알 수 없는 감정이 켜켜이 쌓여가고 있는 기분이었다. 마치 비애(悲愛)와 같은 슬픔과 아픔이 해일처럼 몰려들었다.

슬픈 사랑. 그것만큼 고통스러운 건 없을 것이다. 행복한 사랑이 아닌, 새드엔딩으로 끝나는 사랑은 여러 사람의 가슴을 평생 아프게 한다. 죽는 그 순간까지 씻을 수 없는 상처를 남기며. 그림 하나가 여진의 얼어붙었던 마음을 일시에 뒤흔들어놓았다. 마음에 들지 않았다. 앞으로 저 작가의 그림은 될 수 있으면 거리를 두어야 할 것 같았다. 감정을 이끌어내는 것, 그것만큼 위험한 건 없었다.

삐이—

인터폰 소리가 길게 울리더니 곧 은희의 낭랑한 목소리가 인터폰에서 쏟아져 나왔다.

[관장님, 박영은 씨 전화입니다. 1번 전화인데 연결할까요?]

영은이가? 그림으로 침체되어 있던 여진의 기분이 익숙한 친구의 이름을 듣는 순간 환하게 바뀌었다.

"연결해 줘."

[여진이니?]

단박에 들려오는 친구의 목소리. 여진은 픽 웃으며 의자에 몸을 묻고 편안한 자세로 전화를 받았다.

"그래, 나야. 웬일이니, 전화를 다 하고?"

[네가 안 하니 내가 하는 수밖에. 바빠?]

"아니, 말해."

여진은 의자를 창가로 돌리고는 시선을 창밖으로 던졌다. 영은의 음성이 수화기를 타고 전해왔다.

[별건 아니고 시간 나면 얼굴이나 한번 보자고. 우리 만난 지 오래됐잖아.]

같은 대학을 다녔던 영은은 제법 친하다면 친한 친구였다. 하지만 영은이 결혼을 하고 난 후 남편을 따라 지방으로 내려가면서 서로 만나는 게 뜸해졌다. 이따금 친정나들이를 할 때나 간혹 얼굴을 볼 수 있는 처지였다.

여진은 알 만하다는 듯 입을 뗐다.

"어디니? 친정에 온 거야?"

[그렇지! 내가 집에 안 오고 어찌 너를 볼 수 있겠니.]

영은이 호들갑스럽게 맞장구를 쳤다. 그러고 보니 영은을 언제 만났더라……. 기억을 더듬던 여진은 미간을 곱게 접었다. 영은을 만난 지 반년이 넘은 듯했다.

"언제 볼까?"

딱히 급한 약속이 정해진 것도 아니었기에 여진은 바로 약속을 잡으려 했다.

[오, 한여진 씨. 마음에 들었어. 다른 때 같으면 내가 친정에 와도 바쁘다고 이리 빼고 저리 빼더니.]

영은의 목소리에서 웃음기가 배어나왔다. 여진은 고개를 설레설레 젓고 말았다. 만나자고 해도 난리다.

"놀리지 말고…… 언제 만날까? 아니, 아예 오늘 볼까?"

[음, 나야 괜찮지만 넌 늘 바쁘잖아. 괜찮아?]

"별로 바쁜 것 없어. 어디서 볼래?"

[네 갤러리 근처로 가지 뭐. 피렌체 어때?]

크게 요란하지도 않고 조용하면서도 아늑한 레스토랑 피렌체는 여진이 밖에서 식사를 하는 날이면 주로 가는 곳이었다. 여진은 흔쾌히 고개를 끄덕였다.

"그래, 피렌체로 해. 지금이 열한 시니까 두 시쯤 보자."

[그 시간이 좋겠네. 그럼 좀 이따 봐.]

통화를 마친 영은이 전화를 끊으려 하자 여진은 재빨리 덧붙였다.

"하나도 데리고 나올 거지? 못 본 지 오래됐더니 보고 싶다."

[당연히 데리고 가야지. 이 기집애가 나 없으면 죽는시늉을 하

잖니.]

영은은 앓는 소리를 하듯 툴툴거렸다.

"딸내미 보고 기집애가 뭐니?"

[그래, 그래. 알았어. 이따 얼굴 보고 이야기하자.]

전화를 끊고 시계를 보던 여진은 길게 한숨을 내쉬었다. 두 시까지 기다리는 게 왠지 지루할 것만 같았다.

"연락 받고 많이 놀랐습니다."

약속 시간에 나온 지혁은 태준이 앉은 테이블로 다가서며 손을 내밀었다. 태준은 싱긋 웃음을 배어 물고 일어나 지혁의 손을 맞잡았다. 운동으로 다져진 듯한 남자 특유의 단단한 손이 태준의 손끝을 타고 전해왔다.

"인사는 생략합시다. 우지혁 씨도 날 아는 것 같고, 나도 지혁 씨를 대충 알고 있고. 옆에 계신 분은 매니저라 들었는데, 맞죠?"

매니저라기에는 아직 어린 티가 가시지 않은 젊은 여자가 태준의 말에 동의하듯 활짝 미소를 지으며 고개를 숙였다.

"네, 최은채입니다."

"반갑습니다, 민태준이라고 합니다."

가볍게 악수를 나누고 세 사람은 자리에 앉았다. 곧 웨이터가 주문을 받으러 왔을 때 세 사람 모두 주스를 시켰다. 오렌지 주스가 테이블에 놓이고 나서야 태준은 시나리오를 내밀었다.

"짐작하셨겠지만 제 영화의 남자 주인공 배역에 우지혁 씨를 캐스팅하고 싶습니다. 지금 확답을 하지 않아도 괜찮습니다. 현

재 촬영 중인 영화가 막바지라고 들었거든요. 영화 끝내고 휴식
기도 있어야 할 테고. 어떻습니까, 먼저 시나리오부터 한번 보시
겠습니까?”

“이런! 영광이군요.”

지혁의 환한 미소는 남자인 태준이 보기에도 가슴이 설렐 정도
로 매력적인 마스크였다. 저렇게 부드러운 얼굴에서 스크린을 가
득 메우는 강한 카리스마가 흘러나온다는 말이지. 보면 볼수록 탐
나는 배우였다.

“만약 시나리오가 마음에 들어 계약을 하게 되면 촬영은 언제
부터 시작하는 거죠?”

조용하게 침묵을 지키던 매니저가 대화에 끼어들었다. 태준은
미리 준비해 두었다는 듯 망설임없이 대답했다.

“우지혁 씨의 스케줄에 조율이 가능합니다. 다른 배우들과는
애기가 끝난 상태고 스태프들도 모두 큐 사인만 떨어지길 기다리
고 있으니까요.”

“음, 그건 좀 곤란한데요.”

매니저인 은채는 난감한 표정을 감추지도 않은 말을 길게 늘였
다. 주스를 한 모금 들이킨 그녀가 천천히 말을 이었다.

“다름이 아니라 영화에 문제가 생겨서 추가 촬영이 아직 끝나
지 않은 상태여서요. 며칠 안에 끝나긴 하겠지만 민 감독님 말씀
대로 휴식기라는 것도 있고. 보통 영화 한 편이 끝나면 최소한 두
달은 쉬어야 다음 영화 촬영에 지장이 없는데. 아무래도 무리하게
되면 건강에 이상이 올 수도 있고 해서……”

“한 달로 합시다. 나도 그 이상은 기다릴 수 없으니.”

의중을 떠보는 듯한 은채의 조심스러운 말투에 태준은 불쑥 그녀의 말을 잘랐다. 그리고 지혁의 의사를 물어보듯 시나리오를 훑어보는 그에게 눈길을 던졌다.

지혁은 반쯤 펼쳐진 제법 두툼한 시나리오를 덮고 입을 열었다.

“일단 민태준 감독님의 명성 하나만으로도 이 자리에서 오케이 사인을 하고 싶군요. 다만 앞서 말씀드렸다시피 아직 촬영이 끝난 상태가 아니라서, 정확하게 뭐라 드릴 말씀이 없습니다.”

“그럼 시나리오부터 읽어보는 건 어떻습니까? 그리고 나서 다시 만납시다. 나도 오늘 이 자리에서 결정 보려고 한 건 아니니까 시간을 두고 차차 생각합시다. 괜찮겠죠?”

태준의 제안에 지혁과 은채는 동시에 고개를 끄덕였다.

“일주일 후에 봅시다. 그전에 시나리오를 다 읽으면 먼저 전화를 주시든지.”

“그렇게 하죠. 연락처는 일전에 남기신 그곳으로 하면 되는 겁니까?”

“네.”

간단하게 고갯짓으로 대답을 마친 태준은 자리에서 일어나는 지혁과 은채에게 인사를 전했다.

“다음에 봅시다.”

“만나뵙게 되어 반가웠습니다, 민 감독님.”

벗어두었던 재킷을 걸친 지혁은 손을 내밀었다. 힘차게 악수를 마치고 나가려던 지혁은 다시 자리에 앉는 태준을 이상하다는 듯 바라보았다.

"안 나가십니까?"

"아, 먼저 가십시오. 여기서 다른 약속이 있습니다."

태준은 손목시계에 시선을 던진 후, 피렌체 입구를 바라보았다. 약속 시간까지 이십여 분이 더 남아 있었다. 나가기도 뭣하고 그냥 앉아서 친구를 기다리는 게 훨씬 편할 듯싶었다.

"그렇군요. 그럼 다음에 또 뵙죠."

돌아선 그들이 나가면서 대화를 나누는 소리가 태준의 귀에 날아들었다. 태준은 픽 웃으며 팔짱을 끼고 그들의 뒷모습을 응시했다. 자신의 영화에 우지혁이 남자 주인공을 맡겠다고 연락이 오는 데 걸리는 시간은 이틀이면 충분할 것 같았다. 실제로 매니저의 낮은 목소리가 태준의 생각을 굳히는 데 일조를 가했다.

"지혁 씨만 괜찮다면 이번 영화 끝나면 바로 시작해요. 휴식기는 뒤로 미루고. 힘들어도 할 수 없어요. 이런 기회는 흔치 않으니까 피곤함 정도는 배제하는 게 어때요? 내가 최상의 컨디션을 만들어주기 위해 노력할 테니까, 바로 시작했으면 하는데. 괜찮죠?"

지혁의 대답은 안 들어도 충분히 짐작할 수 있었다. 태준은 멀어지는 그들의 모습을 보며 마음 편히 동욱을 기다리기로 했다.

레스토랑 주변을 둘러보며 하릴없이 시간을 때우던 그의 시야에 낯익은 무언가가 들어온 것은 그때였다. 입구에서 여진이 들어서고 있었다. 태준은 자신이 본 것을 믿을 수가 없다는 듯 눈을 가늘게 뜨고 확인했다. 하지만 확인이 필요한 것은 아니었다. 그가 앉은 자리에서 입구까지는 고작 스무 걸음도 되지 않는 거리였고 그의 시력은 양쪽 다 1.5로 대단히 좋은 편이었다.

몸에 밴 자연스러움과 우아함으로 웨이터의 안내를 받으며 레스토랑으로 들어서던 여진은 돌연 걸음을 멈추고 발 아래에 뿌리라도 내린 마냥 제자리에 우뚝 섰다. 태준은 실소를 물고 여진을 정시했다.

같은 서울 하늘 아래에 사니 이렇게 만날 수도 있는 거군.

잠시 걸음을 멈췄던 그녀가 언제 그랬냐는 듯 평정을 되찾고 싸늘하게 그를 지나쳤다. 그 어떤 눈빛도, 인사도 없이. 반갑다는 말을 기대한 것은 아니었다. 하지만 이렇게 냉랭한 반응은 유쾌하지 않았다. 아니, 빌어먹을 정도로 기분이 나빴다.

'그래. 철저하게 외면하겠다 이거지, 한여진?'

태준은 씁쓸하게 입술을 말아 올리며 생수 잔을 들어 올렸다. 갈증이 났다. 지독하게 목이 탔다. 하지만 물을 마셔도 타는 듯한 갈증은 해갈되지 않았다.

먼저 와서 기다리던 영은에게로 걸어가며 여진은 몇 번이고 뒤돌아보고 싶은 유혹을 이겨내기 위해 안간힘을 다했다. 여기서 그를 만나게 되다니, 이렇게 우연찮게 그를 만나게 되다니 도무지 정신을 차릴 수가 없었다. 이 정도에도 이렇게 흔들리는데 그가 선유와 손을 잡게 되면 어떻게 되는 걸까? 여진은 더럭 겁이 났다. 말려야 한다. 반대해야 한다. 그가 더 이상 자신의 사정거리에 들어오지 못하게.

"오래 기다렸니?"

영은의 맞은편에 앉으며 여진은 아무렇지 않은 척 입을 열었다. 아이 뒤치다꺼리를 하느라 정신없던 영은은 그제야 여진이 왔음을 알고는 혀를 내둘렀다.

"몰라. 온 지 좀 됐는데 기집애 때문에 혼이 반쯤은 나가서 시간 가는 줄도 몰랐어."

아이의 턱 주변을 손수건으로 닦아주던 영은은 시간을 확인하고는 고개를 내저었다.

"벌써 시간이 이렇게나 됐네. 그나저나 점심은 먹었니? 난 먹고 나왔는데."

"나도 먹었어, 우리 직원들과."

"그럼 간단하게 차나 한 잔 해. 또, 또! 하나야, 제발. 흘리지 말고 마시라고 했잖아!"

영은의 날카로운 음성이 점점 높아졌다. 영은을 지켜보는 동안 태준과의 만남으로 잠시 흐려졌던 이성이 서서히 제자리로 돌아오는 듯했다. 여진은 영은의 옆에 껌처럼 딱 달라붙어 있는 다섯 살배기 여자 아이의 볼을 살짝 꼬집었다.

"안녕, 꼬맹아. 그동안 잘 지냈니? 그사이 많이 컸네. 인물도 나고."

하나가 방긋 웃으며 장난꾸러기처럼 핑크 빛 혀를 쏙 내밀었다.

"이모도 많이 컸어요, 인물도 나고."

여진은 웃음을 터뜨리고 말았다.

"조그만 게 말하는 거 하고는. 그건 그렇고 우리 하나, 날이 갈수록 너무 예뻐지는데? 이러다 나중에 남자들이 줄줄 따라다니면 어쩌지?"

의식하지 않으려 해도 자꾸만 눈길이 태준에게 날아가려 했다. 여진은 겨우겨우 아이에게 관심을 집중시켰다.

영은은 말도 안 된다는 듯 코웃음을 쳤다.

"남자들? 말도 마. 이 기집애 견적 나올 것 생각하면 한숨만 나온다. 아니, 어떻게 내 얼굴에서 이런 못생긴 딸내미가 나올 수 있는 거니?"

말은 그렇게 해도 영은의 눈에는 딸을 향한 애정이 담뿍 배어나오고 있었다. 여진은 눈꼬리를 치켜 올리며 혀를 찼다.

"너, 엄마 맞니? 계모 아냐?"

"얘 하는 짓이 나를 계모로 만들어. 웬만한 사내애들보다 더 별나다니까."

"애들이 다 그렇지. 어디 하나만 그러니?"

여진은 하나의 부드러운 머리카락을 쓰다듬었다.

"애도 안 낳은 여자가 마치 아이 서넛은 돼 보이는 엄마처럼 말한다? 그건 그렇고 넌 왜 아이가 안 생기니? 결혼한 지 벌써 몇 년이야. 이젠 내가 다 걱정된다, 얘."

여진의 안색이 싸늘하게 얼어붙었다. 아이를 좋아하긴 했다. 하지만 아이를 낳을 생각은 없었다. 단 한 번도 그런 생각은 한 적이 없었다.

"네 남편도 잘 지내지?"

웨이터가 놓고 간 커피 잔에 설탕을 반 스푼 넣고 휘휘 젓던 영은이 물었다. 여진은 보일 듯 말 듯 고개를 끄덕였다. 민서와의 불화를 전혀 모르던 영은은 만날 때마다 그의 안부를 묻고는 했다. 늘 그렇듯 여진은 미미한 고갯짓만으로 대답을 대신했다.

"아버지는 어떠셔? 여전히 제주도에 계시는 중이니?"

"응."

"차도는?"

"눈에 띄는 차도는 없어. 그나마 반신불수여서 의사소통은 힘들어도 메모지로 서로의 뜻을 전하기는 하잖니. 그 정도만 해도 어디야."

"그래도…… 어서 나으셔야 네가 마음을 놓을 텐데. 너도 걱정이겠다."

그때 커피를 홀짝이며 중얼거리던 영은의 옆에서 하나가 기어이 사고를 저지르고 말았다. 짙은 녹색 키위 주스를 영은의 새하얀 치마에 엎지르고 만 것이다.

"아악! 내가 못살아, 못살아!"

영은의 새된 음성이 레스토랑을 가득 메웠다. 벌떡 일어나 발을 동동 구르며 수선을 피우는 영은을 여진은 조용하게 불렀다.

"박영은, 그만 악악거리고 화장실이나 가. 대충 닦고 오라고. 그러다 애 잡겠다."

애 등을 서너 대 후려치는 친구를 말리며 여진은 사고를 저지르고 잔뜩 풀이 죽은 하나를 달랬다.

"왜 그랬어. 엄마가 화났잖니. 예쁜 아이들은 엄마 말 잘 듣는 거야. 이젠 그러지 마, 알았지?"

하나가 울먹울먹거리며 고개를 끄덕였다. 새하얀 치맛단에 시

퍼렇게 번져 나가는 키위 주스를 보고 버럭 언성을 높였던 영은은
미친 듯이 화장실로 내달렸다. 그사이 여진은 하나를 위해 키위
주스를 한 잔 더 시키고, 영은이 앉았던 자리로 옮겨 앉아 스트로
우를 아이의 앙증맞은 입에 물려주었다.

혹시나 영은이 태준을 알아볼까 내내 염려했건만 다행히 영은
은 하나로 인해 정신이 쏙 빠진 듯했다. 여진은 놀란 가슴을 보이
지 않게 쓸어 내렸다.

아이라는 존재는 이유를 불문하고 감정의 끈을 느슨하게 만들
었다. 레스토랑에 들어설 때만 해도 민태준이라는 남자로 인해 촉
각을 곤두세웠던 여진은 언제 그랬냐 싶게 하나에게 폭 빠져들고
있었다.

"저게 누구야, 한여진 아냐?"

주스 잔을 들어 올린 태준의 손이 허공에서 멈췄다. 동욱은 놀
랍다는 듯이 흘끔거리며 곁눈질을 하고 있었다.

Shit!

태준은 들릴 듯 말 듯 욕설을 내뱉었다. 여진을 마주한 후 장소
를 옮기려고 일어섰을 땐 이미 동욱이 들어서고 있었다. 어쩔 수
없이 자리에 앉았지만 이렇게 단시간에 그녀를 알아볼 줄은 미처
몰랐다.

"저기 봐. 저 사람, 한여진 맞지?"

동욱은 주변 사람들이 다 들을 정도로 큰 소리로 떠들어댔다.
태준은 미간을 모으며 인상을 찌푸렸다.

"그래서, 정우가 소개해 준 사람보다 네가 소개해 준 심호선 씨와 코드가 맞더라. 덕분에 무사히 각색을 마쳤지. 좋은 사람 소개시켜 줘서……."

"무슨 딴소리야? 내가 고맙다는 인사 받으려고 소개시켜 줬냐. 됐고, 저기나 보라니까. 기억하지, 한여진?"

끈질기게 여진을 바라보는 동욱을 막을 방법은 없었다. 태준은 싸늘하게 입을 열었다.

"한여진? 그게 누군데?"

태준은 주위를 두리번거리다 누구를 말하는지 모르겠다는 듯 심드렁하게 대응했다. 내내 여진에게 시선을 고정시켰던 동욱은 믿을 수 없다는 듯 고개를 휙 돌렸다.

"몰라, 그런 사람."

태준은 담배를 빼어 물며 느릿하게 이죽거렸다. 동욱의 눈이 더 이상 커질 수 없을 정도로 휘둥그레졌다.

"민태준, 너……."

"쓸데없는 소리는 사절이다. 내가 모른다면 모르는 거야. 그러니 너도 신경 꺼."

후 하고 연기를 내뿜은 태준은 여진에게 눈길을 던지다 이내 고개를 돌렸다. 조그마한 아이와 무슨 이야기를 나누는지 그녀는 눈이 부시도록 환하게 웃고 있었다. 그녀의 미소에 순간 숨이 막히도록 가슴이 옥죄어들었다. 이런 느낌이 들게 하는 여진에게 불현듯 분노가 솟구쳤다.

'넌 날 모르는 사람이라고 하지만 우리를 아는 사람은 어쩔 거

지, 한여진? 그들에게도 하나하나 찾아가서, 우리는 모르는 사이라고 강요하고 변명할 텐가?'

테이블 모서리를 잡고 있는 태준의 손에 힘이 가득 실렸다. 슬며시 테이블에서 손을 떼고 주먹을 움켜쥐자 관절마디 꺾이는 소리가 희미하게 울려 퍼졌다.

의미심장하게 태준을 지켜보던 동욱은 조심스레 말을 던졌다.

"저길 보고도 그런 말이 나와?"

태준은 픽 조소를 머금었다.

"저기 뭐가 있는데?"

"몰라서 물어, 아니면 모르는 척하는 거야?"

냉랭한 태준의 반응을 이해할 수가 없다는 듯 동욱의 얼굴에는 난감함이 스쳐 지나갔다. 태준은 담배 연기를 길게 빨아 당기며 고개를 가로저었다. 그리고 시니컬하게 대꾸했다.

"안 보여. 됐지? 내 눈엔 아무도 안 보인다고."

동욱은 졌다는 듯이 손을 들어 올렸다. 싸늘하게 변한 태준을 믿을 수가 없었다. 팔 년이나 연락을 끊은 태준이지만 학창시절부터 맺고 끊음이 확실하던 친구였다. 그렇기에 민태준이라는 이름을 세상에 알렸을 때 동욱은 크게 놀라지도 않았다. 태준이라면 분명히 뭐가 되도 될 거라는 걸 짐작하고 있었으니까. 하지만 그에게도 단 하나 예외가 있었다. 일을 할 때 보여주는 칼 같은 냉정함은 지금이나 예전이나 변함이 없었지만, 예전엔 단 하나 예외가 있었다. 일보다 더 중요한 그 무엇……. 그걸 알고 있었기에 동욱은 여전히 태준의 무심한 행동을 받아들이기가 힘들었다.

'변했구나, 이 녀석. 세월이 흐르면서 너무 많이 변해 버렸어.'

동욱은 답답한 듯 가슴을 두드렸다. 한 번도 보지 못한 태준의 냉혹한 면모에 숨이 턱턱 막혀왔다. 자신도 모르게 여진을 흘끔거리던 동욱은 애써 시선을 거뒀다. 민태준이 모른다고 하는 여자라면, '그래. 모르는 여자겠지' 라고 되뇌며 그는 더 이상 여진을 거론하지 않았다.

지하 주차장에서 동욱과 인사를 나누고 헤어진 태준은 자신의 지프차가 세워진 곳으로 걸음을 돌렸다. 그때 어둠 속에서 불쑥 누군가 튀어나와 태준의 걸음을 가로막았다.

"잠깐 얘기 좀 할 수 있을까요?"

언제부터 기다렸는지 여진이 한 발자국 다가섰다. 난데없는 여진의 출연에 태준은 당황함을 감추고 툭 던지듯 물었다.

"무슨 일이야?"

"간단하게 말할게요. 다른 제작자를 구해요. 선유에서 손떼라고요."

"하!"

태준은 어이가 없다는 듯 비웃음을 터뜨렸다. 그런 그의 반응에도 아랑곳하지 않고 여진은 단호한 표정으로 고집스레 덧붙였다.

"굳이 제작자가 필요하다면 내가 알아봐 줄 수도 있어요. 하지만 선유는 안 돼요. 절대 안 돼!"

"왜? 왜 안 된다는 건데? 당신이 있어서? 한여진, 당신이 불편해서? 그런 거야?"

태준은 따지듯이 사납게 말을 쏟아냈다. 나직하게 한숨을 내쉬던 여진은 인정한다는 듯 이내 고개를 끄덕였다.

"네, 그래요. 사사건건 당신과 부딪치는 거…… 나, 불편하거든요? 지금도 오며가며 맞닥뜨리게 되는데 감독과 제작자로 만나게 되면 앞으로 더하겠죠. 나, 당신과 얽히기 싫어요. 일 관계라도 그런 만남은 피하고 싶어."

이마에 흘러내린 머리카락을 귀찮다는 듯 쓸어 넘긴 태준은 거친 욕설을 씹어뱉었다.

"착각하지 마, 한여진. 난 당신과 일하는 게 아니라 석민서와 일하는 거니까."

"그 사람이 내 남편이란 걸 안다면 그렇게 쉽게 말하지는 못하겠죠."

태준의 말에 뒤질세라 여진은 날카롭게 쏘아붙였다. 태준은 바지 주머니에 손을 찔러 넣고 삐딱하게 서서 빈정거렸다.

"그게 어쨌다는 건데? 석민서가 한여진 남편이라는 게 왜 문제가 되는 거지? 나와는 전혀 상관없는 사람들이야. 당신이나 당신 남편이나 상관없는 사람이라고. 주제넘게 내 일에 감 놔라 배 놔라 하지 마, 한여진. 당신, 내게 아무런 의미도 없는 사람이야. 알아?"

일순 여진의 안색이 창백하게 변해갔다. 여진의 얼굴이 하얗게 변해갈수록 태준의 가슴에는 정체를 알 수 없는 미묘한 아픔이 심장을 들쑤시고 있었다.

"그래, 그러니까 선유와 손잡지 말라고 충고하는 거예요. 내가, 당신에게 아무 의미 없는 사람인 거 아니까. 그러니까……"

차츰 여진의 중얼거림이 잦아들었다. 태준은 자동차 리모컨으로 시동을 걸고 재빨리 운전석에 올라탔다. 빌어먹을, 가슴이 욱신거리기 시작했다. 누군가 쥐어뜯고 헤집듯 고통스럽기까지 했다. 도망치듯 자동차 문을 닫았다. 막 출발하려던 그는 갑자기 윈도우를 내리고 정물화처럼 미동없이 서 있는 여진을 바라보았다.

"나도 충고 하나 하지, 한여진. 다시는 내 일에 나서지 마. 너, 그럴 자격 없어."

엑셀을 밟는 소리가 귀를 찢을 듯 요란하게 울려 퍼지며 지하 주차장을 가득 메웠다. 휑하니 빠져나가는 자동차를 바라보던 여진은 이를 악물고 손톱을 살에 박았다.

"알아, 내게 그럴 자격 없다는 거. 하지만 당신도 내 인생에 끼어들 자격 없어, 없다고. 도대체 몇 번을 말해야 알아듣겠어. 몇 번을!"

듣는 이 없는 공허한 외침이 지하 주차장을 맴돌다 한줄기 연기처럼 허공으로 사라졌다.

8

Jealousy, the jaundice of soul

질투는 영혼의 심술

질투란, 인간의 죄악 중 가장 추악한 것이다
그렇기에 행하면 안 되는 죄이지만, 영혼의 한 면을 움켜쥐고 있는
그것은 동전의 양면처럼 이따금 모습을 드러낸다
질투라는 것은 결국, 심술맞은 나의 또 다른 모습이다

숨 막히는 적막감이 침실을 감돌고 있었다. 몇 가지 보고를 올리던 민서는 한 회장이 다른 곳으로 시선을 돌리는 찰나 느슨하게 넥타이를 잡아당겼다. 매번 느끼는 거지만 이곳에 오면 숨이 막혀왔다. 턱턱 막히는 숨통이 목줄기를 틀어막고, 급기야 식도를 타고 사나운 욕설이 튀어나오게 했다. 민서는 지그시 어금니를 물고 애써 미소 지었다. 노인네 앞에서 못마땅함을 드러낼 수는 없었다. 곧 이사회를 통해 한 회장이 완벽하게 일선에서 손떼고 회장직에서 물러난 후, 민서 자신이 그 회장직에 오를 때까지 단 한 순간도 긴장을 늦춰서는 안 되었다. 민서의 손길이 다시금 실크 넥타이에 머물렀다. 느슨하게 풀어헤쳐진 넥타이는 어느새 단단

하게 조여져 있었다. 그때에 맞춰 창밖을 바라보던 한 회장은 고
개를 돌려 민서에게 흘끗 눈길을 던지더니 이내 무언가를 끄적거
리기 시작했다.

'제기랄.'

대충 하고 나가라 했으면 좋겠건만 한 회장은 뭐가 그렇게 궁금
한지 쓸데없는 것까지 세세하게 파고들었다.

『제작발표회는 언젠가?』

손에 느껴져 오는 매끄러운 가죽 촉감이 서늘했다. 민서는 긴
한숨을 내쉬며 고개를 주억거렸다. 드디어 끝나나 보다. 일주일에
한 번, 사업에 관한 보고와 이것저것 그 밖에 동향을 들려주면 최
종적으로 마무리 짓는 내용이 매번 영화 제작에 관한 것이었다.

시간은 빨리 흘러 민태준과 손을 잡은 후 제작은 벽에 부딪침없
이 진행되었다. 모든 권한을 감독에게 일임하라는 한 회장의 지시
를 따라서인지 오만해 보이던 민태준도 크게 고집을 부리는 일 없
이 조용히 일을 추진하고 있었다. 단 하나, 여주인공 캐스팅 건에
서 민서가 한 여배우를 넌지시 제시했을 때 불같이 화를 낸 것을
제외하면. 불쑥 험악한 욕지기가 튀어나오려 했다. 그때 당장 영
화에서 손을 뗄 거라고 했던 태준을 달래느라 민서는 마음에도 없
는 사과를 난생처음 해야 했다. 그냥 해본 말이라며 얼버무렸지만
일개 감독일 뿐인 사내가 감히 그에게 반기를 들었다는 것은 썩
내키지 않았다. 아니, 기분이 나빴다. 그것도 아주 많이.

"이틀 후입니다. 우리 호텔 비지니스 룸에서 기자회견을 가진
뒤 크리스털 룸에서 제작발표회 축하 파티 겸 조용한 자축이 있을

겁니다. 파티장에는 일부의 기자만 출입을 허락시켰고 다른 사람들은 출입을 제한할 것입니다."

"음."

한 회장은 휠체어 손잡이를 툭툭 두드리며 고개를 돌렸다. 뒷모습을 응시하던 민서는 테이블에 가죽 수첩을 내려놓고 고개를 숙여 인사를 했다. 드디어 해방이라는 생각에 무거운 마음을 추스르고 걸음을 돌리던 그는 낮게 들려오는 만년필이 사각거리는 소리에 인상을 찌푸리고 말았다.

'젠장. 아직도 안 끝났나.'

한 회장에게 몸을 돌린 민서의 입가에 딱딱한 웃음기가 새겨졌다. 입술 주변이 보이지 않게 경련을 일으켰다.

『일전에 민 감독을 초대했을 때, 여진이가 안주인 노릇을 록톡히 해냈다고?』

벌써 시간이 꽤 지나간 일을 묻는 한 회장을 의아하게 바라보며 민서는 간단하게 말문을 열었다.

"네."

무슨 생각을 하는지 한 회장의 표정은 무감각했다. 민서는 턱을 어루만지며 그날의 일을 떠올렸다.

평소와 달리 손님 대접을 훌륭히 해냈던 아내. 그 모습에 잠시 넋을 잃었었지. 대외적으로 꼭 필요한 자리에서나마 가끔 안주인 노릇을 해주었던 아내였지만 그날은 다른 날과 달리 더없이 다정해 보였고 한 남자의 아내로서 충실한 모습이었었다. 하긴 아내로서 충실한 모습이라는 생각에 민서는 픽 실소를 터뜨렸다. 자신이 남편으로서 그다지 충실한 남자가 아닌데 여진에게만 훌륭한 아내로서 책임을 다하라고 할 수는 없는 노릇이었다. 그러나 그는 밖에서 열심히 일하지 않는가. 선유를 최고의 기업으로 이끌기 위해 밤낮없이 일하는데 그까짓 몇몇 여자와 염문을 뿌린다 해서 뭐가 그리 큰 문제이겠는가. 더구나 여진은 전혀 개의치 않는 눈치이니 민서 역시 양심에 걸릴 게 하나도 없었다.

『특별히 별다른 행동은 없었나?』

혼자만의 상념에 빠져 있던 민서는 수첩이 앞에 내밀어지자 다소 당황해하며 글씨를 눈여겨보았다. 그러나 휘갈겨 쓴 글씨가 무엇을 뜻하는지 선뜻 이해가 되지 않았다.

"네? 무슨 말씀이신지……."

갑자기 한 회장은 손을 휘휘 저었다. 움직이지 못하는 왼손을 휠체어에 바짝 붙인 채 오른손을 강하게 내젓던 그는 '흐흠' 하고 마른기침을 내뱉었다. 오랫동안 민서를 날카롭게 주시하던 한 회장이 돌연 가까이 오라며 손짓을 했다. 잠깐 망설이던 민서는 이내 휠체어 주변으로 걸어가 걸음을 멈췄다. 곧 그의 앞에 수첩이 놓여졌다. 내용을 확인하던 민서의 얼굴에 긴장이 스치며 뻣뻣하게 굳어갔다. 찰나와 같은 순간이지만 그의 이마에 진땀이 배어들었다.

『요즘 외박이 잦다고?』

주먹을 움켜쥐고 있던 민서는 슬며시 손아귀에 힘을 풀고 경직된 입가의 입꼬리를 애써 치켜 올렸다. 한 회장의 붉게 충혈된 눈이 그를 꿰뚫어 보듯 날카롭게 빛나고 있었다.

“음, 그게…….”

변명거리를 찾아 말을 더듬던 민서의 곤란한 상황을 한 회장이 대신 정리해 주었다.

『회사, 일이 많이 바쁜가?』

민서는 재빨리 고개를 끄덕이며 변명조로 말했다.

“네. 아시다시피 이번에 자동차 수출 문제로 동남아에서 작은 차질을 빚는 바람에. 곧 마무리 지으면 밖에서 밤을 지새우는 일은 없을 겁니다.”

차갑게 안광을 빛내던 한 회장의 주름진 얼굴에 설핏 미소가 새겨졌다. 민서는 척추 뼈 사이로 흐르는 식은땀을 감지하며 보이지 않게 가슴을 쓸어냈다. 한동안 잠잠하다 했더니 다시 시작이다. 일거수일투족을 감시하는 듯한 눈길. 젠장, 민서는 거칠게 얼굴을 쓰다듬었다.

『자네만 믿네. 내 말뜻 알겠지?』

“네, 충분히 알고 있습니다.”

내용을 눈여겨보지도 않은 채 민서는 건성으로 대답했다. 흡족한 표정으로 한 회장이 손짓을 하자 민서는 정중하게 고개를 숙였다. 드디어 해방이다. 이 지긋지긋한 노인네에게서, 이 숨 막히는 공간에서. 민서는 지체없이 발길을 돌렸다.

“쉬십시오.”

탁탁—

문을 열고 나가려던 민서는 손으로 테이블을 두드리는 듯한 소리에 인상을 구기며 걸음을 돌렸다.

"하실 말씀이 남으셨는지요."

한 회장은 불편한 몸으로 긴 시간 무언가를 휘갈겨 썼다. 지루하게 기다리던 민서는 창밖으로 펼쳐진 별장 정원을 무심하게 응시하고 있었다. 겨울이 코앞에 다가왔다. 아직 눈이 내릴 계절은 아니지만 11월 초순의 날씨는 가을을 건너뛰고 겨울로 넘어온 듯했다. 침실 한쪽 벽면이 통유리로 되어 있는 창은 정원을 한눈에 내다보이게 했다. 여름이라면 연못에서 금빛 배를 힐끗힐끗 드러내며 유유하게 헤엄치는 잉어들이 보일 테지만, 지금은 텅 비어버린 연못 바닥밖에 보이지 않았다. 찬바람이 휘이잉 하는 소리와 함께 세차게 불어와 벌거벗은 나뭇가지들이 춤을 추듯 이리저리 바람을 따라 흔들렸다. 한참 동안 무료하게 창밖을 바라보던 민서의 앞에 수첩이 내밀어졌다.

『제작발표회에 여진이와 함께 가. 만약 몸이 아파서 못 간다고 하면 주치의라도 대동하고 참석해. 제작발표회는 민태준이 하자는 대로 해주고, 취재하러 온 기자들에겐 최고의 대접을 해주도록. 파티는 조촐하게 하되 모자람이 없도록 하게. 초대장 발송은 벌써 했겠지만, 영화 제작발표회 파티이니만큼 연예인을 대거 부르도록. 기자는 자네 말대로 일부만 제한해서 부르는 대신, 각 파트에서 가장 권위있는 기자들을 부르도록 해. 만약 쓸데없는 기사를 쓴다면 미리 차단하고. 기사는 영화가 만들어지기 전부터 사람들의 관심을 끌어야 하니 미리미리 말들을 잘 전해놓도록. 마지막으로 여진이와 꼭 참석하도록 하게. 제작발표회장에 여진이가 갈 필요는 없으니 파티장만이라도 꼭. 알겠나?』

이미 그가 다 지시해 놓은 일들이었다. 한 회장의 제의는 어려울 게 없었다. 아내와 함께 가는 것만 제외한다면. 여진과 함께 참석하라고 몇 번이나 강조하듯 하는 것도 유난스러운 일은 아니었다. 한 회장이 딸을 얼마나 끔찍하게 여기는지 모르는 사람은 아무도 없었다. 다만 아내가 쉽게 참석하겠다고 할지 의문이 들 뿐이었다. 여러 가지 생각이 뇌를 지배했지만 민서는 단호하게 입을 열었다.

"네, 알겠습니다."

문을 향해 한 회장이 손짓을 했다. 민서는 고개를 숙이고 별장 내부를 날렵하게 빠져나왔다. 만약 다시 한 번 한 회장이 부른다면 서슴없이 욕설이 튀어나올 것 같았다.

'지겨워. 매주 내려오는 것도 귀찮군.'

속으로 되뇌며 민서는 기다리고 있던 자동차에 몸을 싣고 시트에 머리를 기댔다. 그의 짜증스러운 음성이 냉랭하게 자동차 실내를 메웠다.

"빨리 출발해, 빨리."

"반갑습니다, 불멸의 연인의 감독 민태준입니다."

길게 이어진 직사각형의 단상에 앉은 태준은 가볍게 고갯짓을 하며 인사를 했다. 박수 소리가 크게 울려 퍼지고 여기저기서 번쩍이며 카메라 플래시가 터져 나왔다.

"남자 주인공 박인하 역의 우지혁입니다."

태준의 옆자리에 앉은 지혁은 마이크 앞에 입술을 모았다.

"박인하의 단 하나의 사랑, 우지혁 씨의 열렬한 사랑을 받게 될 정연우 역의 정재아입니다."

태준의 좌측에는 지혁이 자리를 했고, 반대편인 우측에는 재아가 앉아 있었다. 재아는 장난스레 말을 던지며 의자에서 일어나 단아하게 고개를 숙였다.

눈이 멀 정도로 눈부신 플래시가 쉴 새 없이 터져 나왔다. 그리고 그 외 조연들과 몇몇의 촬영팀이 인사를 계속하는 동안 카메라 플래시는 시끄러울 정도로 발표회장을 가득 메웠다.

인사가 끝난 후 각 신문사, 잡지사, 방송가 분류별로 앉은 기자들에게서 수많은 질문들이 흘러나왔다. 한꺼번에 많은 말들이 쏟아져 나와 무슨 소리인지 알아들을 수 없을 지경이었다.

태준은 손을 들어 올리고 잠시 좌중의 침묵을 요구했다. 이내 떠들썩한 발표회장에 고요한 침묵이 찾아왔다.

"한 분씩 말씀해 주십시오. 일 하루 이틀 하는 것도 아닌데 왜들 이러십니까. 기자회견 시간은 정확히 삼십 분입니다. 배우 사생활이나 이런저런 개인적인 질문은 가볍게 무시하겠습니다. 영화 전반에 관한 질문만 해주십시오. 알아듣겠습니까, 기자 분들?"

시원스러운 웃음으로 말을 마친 태준은 실내를 한번 둘러보고는 편안하게 의자에 등을 기댔다.

"MBS 연예가 리포터 안주희입니다. 불멸의 연인은 시작 전부터 초미의 관심을 불러일으키고 있는데요, 그 이유가 민태준 감독님이 국내에서 첫 메가폰을 잡는 영화이기 때문이라는 건 알고 계시죠? 또 최고의 배우라 불리는 우지혁 씨와 제작은 모두가 다 아는 선유에서 맡았고, 정말이지 쟁쟁하다는 말이 왜 있는지 이번 영화를 통해 알게 됐습니다. 먼저 제가 질문할 내용은 영화 스토리에 관한 건데, 남한 여자와 북한 남자의 이루어질 수 없는 사랑, 아픔 이런 내용이라고 들었습니다. 특별히 남북한 이야기를 쓰신 이유가 있으신지요, 민 감독님?"

단정하게 손을 들어 올리고 자신의 의사를 표현하기 위해 자리에서 일어난 여기자가 첫 번째로 질문을 던졌다. 태준의 앞에 수십 개의 마이크가 놓여져 있었다. 태준은 슬쩍 상체를 앞으로 내밀었다.

"영화 시작 전부터 세간의 관심 집중이 되니 솔직히 부담이 되긴 하네요. 음, 그건 그렇고 단순히 남자, 여자의 사랑이야기는 아닙니다. 세계 유일한 분단국가의 아픔과 그 안에 부모를 잃은, 자식을 잃은, 혹은 남편이나 아내를 잃은 가족사와 멀게 나아가서는 정치권에 대한 치열한 내용이 영화 전반에 걸쳐 나올 것이고, 그에 따라 남자 주인공과 여자 주인공이 필연적으로 만나게 되는 내용입니다. 자세한 건 뚜껑을 열어봐야 안다고, 인하와 연우의 직업이 보통 직업은 아니니 단순한 사랑이야기라고 못 박기에는 무리가 있을 겁니다."

일정한 높낮이로 평온하게 이야기하던 태준은 다음으로 넘어가자는 듯 다른 곳으로 눈길을 돌렸다.

"연예 스포츠 이형주 기잡니다. 끌레르몽 페랑 단편 영화제에서 심사위원들이 이구동성으로 민 감독님의 단편 영화를 극찬했다는데, 특히 화려하면서도 절제된 아름다움을 표현해 낸 영상미가 압권이라고 들었습니다. 이번 불멸의 연인에서도 민 감독님의 영상미를 볼 수 있을까요?"

"하하, 과찬이십니다. 그리고 덧붙이자면 작업을 하면서 장소 헌팅에 꽤 심혈을 기울였습니다. 배경이 아름다워야 뭐, 괜찮은 영상미를 카메라에 담을 수 있겠죠. 마음의 눈으로 본다면 아름답지 않은 곳이 있겠냐마는, 제가 신의 손도 아니고 아무것도 아닌 배경에서 아름다움을 찾아낼 수는 없지 않겠습니까? 이 기자님의 칭찬은 감사히 받겠습니다."

다른 기자가 손을 들었다. 화려한 메이크업으로 갸름한 얼굴을 매력적으로 가꾼 여기자는 자리에서 일어나자마자 지혁을 가리켰다.

"우지혁 씨에게 물어볼게요. 아시죠, 저? 연예 TV의 파파라치입니다. 일전에 뵀을 때, 저번 영화가 끝나면 한동안 쉬고 싶다고 하셨는데 바로 다음 작품을 시작한 계기가 있나요?"

제법 안면이 있는 사이인지 지혁은 어깨를 으쓱거리며 장난스레 말문을 열었다.

"아니, 제가 그런 말을 했던가요? 쉰다고라…… 하하, 쉬고 싶어도 쉴 수가 없었죠. 시나리오를 보는 순간 욕심이 났던 작품이라 촬영 중 쓰러지는 한이 있어도 박인하가 되고 싶었다면 이유가 될까요? 사실 솔직하게 말하자면 민 감독님의 제의를 받는 순간 거절할 수 없을 거라는 짐작은 하고 있었습니다. 시간이 없었기에 조금은 망설이기도 했지만 그 마음은 시나리오를 보는 순간 생각을 완전히 굳히게 만들었죠. 박인하를 연기하지 못하면 내 연기

인생에서 후회할 것 같기도 했고, 무엇보다 민 감독님과 함께 일을 해보는 게 소원이기도 했고요.”

농담처럼 말을 마무리 짓고 다음 질문은 재아에게 넘어갔다. 몇 가지 의무적인 질문이 오가는 동안 시간은 삼십 분을 훌쩍 넘어서고 있었다. 지혁의 매니저 은채는 지혁을 향해 손목시계를 가리켰다. 난감한 표정으로 주변을 둘러보던 지혁은 기자회견을 마치지도 않았는데 태준이 벌떡 자리에서 일어나자 고개를 젖히고 그를 주시했다.

태준은 보일 듯 말 듯 목례를 하고는 단호하게 입을 열었다.

“약속한 시간이 다 됐군요. 이후 자리를 옮겨야 해서 더 이상은 곤란합니다. 제작발표회라는 게 별다른 건 아닌데 이렇게 많은 분들이 참석해 주셔서 감사합니다. 그럼 오늘은 이쯤에서 마무리 지읍시다.”

휙 돌아서는 태준을 따라 단상에 앉아 있던 배우들과 스태프들이 우르르 일어났다. 순간 소란스러운 발표회장 틈에서 낭랑한 여자의 음성이 날아들었다.

“잠깐만요, 민 감독님. 무비저널의 이유미입니다. 두 번째 뵙죠? 저번에 만나실 때 다시 연락 주신다더니 많이 바쁘셨나 보네요.”

태준은 멈칫 걸음을 돌렸다. 바쁘게 쫓아다니느라 까마득히 잊고 있었지만 이유미라는 기자를 모르지는 않았다.

“이런! 미안합니다, 이 기자님. 잊고 있었군요.”

의자에서 일어난 유미는 괜찮다는 듯 밝게 미소 지으며 말을 이었다.

"다른 분에게는 질문을 마쳤고, 민 감독님만 남았는데……."

말을 흐리는 이 기자를 보며 태준은 약속을 지키지 못한 게 미안해서 시간 초과라는 것도 잊고 고개를 끄덕였다.

"질문하십시오."

"민 감독님, 한국대 출신이시죠?"

난데없는 물음에 태준의 짙은 눈썹이 활 모양을 이뤘다. 유미는 한 걸음씩 테이블에서 멀어져 태준의 앞으로 다가섰다. 그녀는 목소리를 나직하게 내리깔며 조심스레 물었다.

"제작을 선유에서 맡았다고 하기에 여쭤볼게요. 선유의 오너, 석민서 씨의 아내인 한여진 씨를 아시나요?"

"무슨……!"

유미의 속삭임은 다른 사람에게는 들리지 않을 정도로 낮게 흘러나왔다. 둔중한 것으로 뇌를 강타당하기라도 한 듯 태준은 황망히 유미를 바라보았다.

"그분도 한국대를 나오셨거든요. 제 고등학교 선배님 되셔서 개인적으로 아주 조금 알고 있죠."

"그래서요?"

태준은 서늘하게 말문을 열었다. 음성이 눈에 띄게 갈라져 나왔다.

"일전에 피렌체에서 민 감독님을 뵌 적이 있어요. 그곳 지하 주차장에서 주차를 시키던 중이었는데, 감독님이 누군가와 이야기를 나누시더라고요. 그분이 누구신지, 말 안 해도 아시겠죠?"

생긋 웃음을 배어 문 여자의 눈이 투명한 유리알처럼 반짝였다. 태준은 소리없이 욕설을 내뱉으며 경직되려는 안면근육을 간신히 느슨하게 풀었다.

"금시초문이군요. 그분이 한국대 나온 것은 처음 듣는 말입니다. 그날 이 기자님이 보셨다는 장면이 뭔지 짐작은 갑니다만, 어설픈 상상은 그만두시죠. 감독과 제작자의 아내로 안면이 있어서 잠깐 인사를 나눈 것뿐이니까."

태준은 오금을 박듯 한자한자 힘주어 말했다.

"아하, 그렇군요! 그런데 어설픈 상상이란 뭘 뜻하죠?"

정말 무슨 말인지 모르겠다는 듯 유미는 눈을 동그랗게 떴다. 태준은 그런 그녀의 앞에 바짝 다가서며 위압적으로 뇌까렸다.

"이유미 기자님, 분명히 기자회견 전에 말했을 텐데요. 개인적인 질문은 가볍게 무시하겠다고. 이 기자님의 기사는 잡지를 통해 몇 번 본 적이 있기에 능력을 인정합니다만, 파파라치도 아니고 이게 무슨 짓입니까?"

"민 감독님을 존경하기에 드리는 말이에요. 조심하세요. 감독님도 공인이고, 한여진 씨도 대외적으로는 공인이에요. 알아보는 사람이 극히 드물겠지만 의외로 저처럼 한눈에 알아보는 사람도 있으니까요. 뭘 캐자는 게 아니에요. 조심하라는 뜻이지."

태준은 유미의 진심을 파악하겠다는 듯 한참 동안 그녀를 정시했다. 그 어떤 사심도 보이지 않던 이 기자가 환하게 웃고 있었다. 태준은 눈짓으로 인사를 던졌다.

"충고, 고맙게 받겠습니다."

"별말씀을요."

말을 마친 유미는 이내 기자들 틈에 섞여 사라졌다. 이 기자의 뜻을 모르는 바는 아니지만 심기가 불편했다. 이유미라는 여자에게가 아니라, 이런 꼬투리를 잡히게 빌미를 던져 준 한여진이라는 여자에게 화가 치밀었다. 모르는 사람이라고 그렇게 당당하게 말하던 여진은 왜 거기서 아는 척을 해 일을 이렇게 만들었다는 말인가. 다른 사람도 아니고 그것도 하필이면 기자에게 들켜서. 태준은 험악한 욕지기를 식도 안으로 삼켰다.

'곤란하다면서, 한여진? 내가 한 짓이 아냐. 당신이 자초한 결과지.'

파티장으로 향하던 태준은 고개를 돌려 비즈니스 룸에 시선을 던졌다. 미처 나가지 못한 몇몇 기자들이 보였지만 유미는 눈에 띄지 않았다. 이유미 기자라, 믿어도 될까? 태준은 의문스러운 마음을 억누르고 파티장으로 올라가기 위해 엘리베이터에 몸을 실었다.

둥근 원형 테이블에는 하얀 테이블보가 깔끔하게 덮여져 있었다. 각 테이블마다 은으로 된 나이프와 포크가 정갈하게 놓여져 있었고, 목이 긴 와인 잔도 우아하게 세팅되어 있었다. 하얀 접시에는 가느다란 금테가 둥그렇게 둘러쳐져 심플한 접시의 고급스러움을 살짝 드러냈고, 그 테이블에 앉은 사람들은 하나같이 와인을 들이키며 이런저런 담소를 나누고 있었다.

무료하게 주변을 둘러보던 여진은 직사각형으로 길게 놓여진

테이블로 시선을 옮겼다. 앉아 있는 사람보다 여기저기 돌아다니며 인사를 나누는 사람들의 모습을 지켜보던 그녀는 문득 남편의 모습이 시야를 채우자 질끈 입술을 물고 고개를 돌렸다.

아침나절, 가지 않겠다고 침실 문을 걸어 잠갔다. 전날만 해도 끈질기게 가야 한다고 강요하던 남편의 말을 무시하며 가지 않겠노라 말하고 몸이 좋지 않다고 했을 때, 그는 기꺼이 알아듣는 척했었다. 하지만 날이 밝고 아침이 되었을 때, 그는 주치의까지 데리고 와서는 가야 한다고 하며 그녀에게 강제로 외출 준비를 시켰다.

열쇠로 문을 따고 들어온 민서는 헤어 디자이너 외 두 명의 여자를 더 방으로 밀어 넣었다. 그리고 여벌 열쇠를 손가락에 끼우고 이리저리 돌리며 싸늘하게 말했었다.

"당신 아버지 명령이야, 꼭 참석하라는. 아버지 말이라면 무엇이든지 듣는 한여진이, 거절하지는 않겠지?"

얇은 시폰 천의 검정 드레스를 들고 들어온 두 명의 여자를 내보내고, 여진은 헤어 디자이너의 도움만 받았다. 낯선 사람에게 옷 입는 것까지 도움을 받고 싶지는 않았다. 스멀스멀 치밀어 오르는 분개함을 추스르고 그녀는 나설 채비를 해야만 했다. 오고 싶지 않다 해서 안 올 수는 없었다. 아버지의 명령이라 하지 않는가. 질끈 물고 있는 아랫입술에서 아릿한 아픔이 전해왔다. 너무 세게 물었나 보다. 슬며시 잇새의 힘을 늦추고 생수를 들이켰다. 식도를 타고 내려가는 시원한 생수가 목을 적셔주기는 해도 지끈거리는 두통을 없애주지는 못했다.

여진은 관자놀이를 누르다 핸드백을 뒤적거려 두통약을 찾았다. 아무래도 파티장에 계속 남아 있으려면 미리 약이라도 먹어두는 게 나을 듯했다.

그 순간 어디선가 소란스러움이 흘러나와 파티장을 떠들썩하게 만들었다. 무심하게 소리의 근원지로 눈길을 돌리던 여진은 핸드백에서 멈칫 손을 떨어뜨렸다. 한 무리의 사람들이 크리스털 룸으로 들어오고 있었다. 워낙 텔레비전이나 매스컴과는 담을 쌓고 살지만 눈에 익은 몇몇 배우들이 입구를 지나 검붉은 융단을 밟고 파티장 안으로 들어서는 중이었다. 그 가운데 유독 한 사람만이 여진의 시야를 자극했다. 동공을 뚫고 각막에 새겨지는 남자의 곁에는 숨 막히게 아름다운 여배우가 나란히 걸음을 같이 하고 있었다.

홱 고개를 떨군 여진은 거칠게 핸드백을 뒤졌다. 도대체 어디 있는 거야? 핸드백에 들어 있는 내용물을 다 쏟아버리고 싶은 마음을 뒤로하고 여진은 미친 듯이 가방을 뒤지기에 여념이 없었다. 그러다 문득 바보 같은 생각이 스치고 지나갔다.

'도대체 뭘 찾고 있는 거지?'

한숨이 비집고 나왔다. 정말이지 한심할 지경이었다. 뭣 때문에 화가 나는지 알지도 못하는 사이 두통은 점점 심해지고 있었다. 아, 머리가 아프다. 그제야 여진은 찾고 있던 물건이 두통약이라는 것을 깨달았다. 머리가 깨어질 듯 아파왔다. 아무래도 오늘은 약을 챙기지 않고 나왔나 보다. 가방 안에는 약병 비슷한 것도 보이지 않았다.

태준의 곁으로 민서가 다가서고 있었다. 두 남자가 악수를 하고 뭐라 이야기를 나누는 모습을 지켜보던 여진은 두통약 찾는 것을 포기했다. 그리고 지나가는 웨이터에게 와인을 건네받았다. 맛을 음미할 사이도 없이 한잔을 입 안에 쏟아 붓고 연거푸 두 잔을 들이키고서야 정신이 들었다.

'술은 웬만하면 마시지 않으려 했는데.'

소리없이 중얼거리는 그녀의 곁에 언제 다가왔는지 민서가 털썩 주저앉았다. 미간을 찌푸린 그는 말끔하게 비워진 두 와인 잔을 보더니 툭 말을 던졌다.

"웬일이야, 술을 다 마시고?"

여진은 고개를 돌리며 민서를 외면했다. 그는 손끝으로 테이블을 툭툭 두드리며 그녀의 귓가에 다가와 속삭였다.

"술을 마시고 싶으면 집에서 마셔. 사람들 있는 데서 마시지 말고. 그리고 장인어른이 왜 당신을 여기 나오라고 한 건지 모르지는 않겠지? 웃어, 한여진. 그렇게 얼음 조각상처럼 굳어 있지 말고."

여진의 하얀 손이 바르르 떨렸다.

"내 곁에 바짝 붙어서 돌아다니며 행복한 듯 웃어. 지금부터 기사 한 줄, 사진 한 장, 방송 한 장면 한 장면까지 아버님은 눈여겨보실 거야. 계속 그렇게 냉랭하게 있을 건가?"

일어나 손을 내밀던 그는 모든 사람들이 보란 듯 매력적으로 미소 지었다. 그런 그의 강압적인 말투에도 불구하고 여진은 잠자코 앉아 있기만 했다.

민서는 여진의 손을 낚아채듯 움켜쥐고 이를 갈듯 명령했다.

"일어나. 그리고 내 팔에 손을 감아. 머리를 내 어깨에 기대는 것도 좋겠군. 행복한 부부의 모습 연출이야. 선유의 안주인 노릇, 해야 할 시간이 왔다고."

오기 싫었다. 그래서 오지 않으려 했다. 하지만…… 오지 않을 수가 없었다. 아버지의 지시에 의해 어쩔 수 없이 나왔다 해도 이렇게 앉아 있을 수만은 없는 노릇이었다. 여진은 결정을 내렸다는 듯 드레스 자락을 매만지며 일어나 민서의 손을 잡았다. 그리고 그의 강인한 팔에 자신의 팔을 감고 그가 시킨 대로 어깨에 살짝 머리를 기댔다.

"이렇게 말이죠?"

여진이 싸늘하게 뇌까렸다. 민서는 픽 실소를 머금고 고개를 주억거렸다.

"그렇지. 그리고 웃어, 웃으라고."

거울을 보면서 연습했던 대로 여진은 입꼬리를 치켜 올렸다. 입술 양끝이 미미하게 아파왔다.

"굿(Good)! 아름다운 한여진이, 연기력까지 뛰어나니 만약 배우가 됐다면 크게 됐을 거야, 하하."

민서의 빈정거림을 듣지 못한 척 여진은 그의 어깨에서 머리를 떼고 다른 사람들과 인사를 나눴다. 무슨 이야기를 나누는지 알지 못한 채 그저 의식적으로 말을 던지고 의무적으로 대답을 했다. 그런 그녀의 눈길은 여전히 한 남자에게 고정되어 있었다. 그리고 두통은 점점 더 가중되어 나중에는 아픔마저 느낄 수가 없게 되었다.

'보여줄게요, 당신에게. 이런 내 모습 보는 게 당신이 원하는 거라면, 기꺼이 보여 드리죠…… 아버지.'

턱을 잔뜩 치켜 올리고 민서의 팔을 휘감고 있던 여진의 손아귀에 어느새 힘이 가득 실렸다.

"기억하시겠어요, 사장님?"

강렬한 레드 빛깔의 드레스를 화려하게 차려입은 여자가 다가왔다. 여진은 고개를 갸웃거리며 민서를 바라보았다. 남편의 얼굴이 얼음물을 뒤집어쓴 듯 차갑게 얼어붙고 있었다.

"누구시더라?"

그가 홱 걸음을 돌리자 여진은 민서의 걸음에 맞춰 몸을 돌릴 수밖에 없었다. 뒤에서 여자의 비아냥거림이 화살처럼 날아들었다.

"이런, 섭섭하네. 벌써 나를 잊었다니. 반년 전 선유전자 제품 모델 일을 했었는데. 그것도 일 년간 전속으로. 아직도 모르시겠어요?"

"다음에 이야기하지."

툭 말을 던지고 재빨리 자리를 모면하려는 민서의 행동에 여진은 피식 웃음을 토해내고 말았다. 누구인지 대충 짐작이 갔다. 그러고 보니 어디선가 본 얼굴이다. 텔레비전에서인가? 여진은 등을 돌려 여자에게 시선을 던졌다. 와인 빛깔로 정성스럽게 립스틱을 칠한 여자의 입술이 포물선을 그리고 있었다.

"내 전화번호, 기억하고 있나요?"

여자는 콧소리를 내며 민서에게 다가섰다. 여진의 손을 떨궈낸 민서는 여자의 팔을 거세게 거머쥐었다. 그리고는 여진을 보지도 않은 채 덧붙였다.

"당신은 테이블에 가 있어!"

그제야 눈치챘다는 듯 여자는 호호 낮은 웃음을 토해냈다.

"이런! 사모님이신가 보네. 죄송해요, 사모님. 오해하지 마세요. 그러니까 우리는……."

여진의 눈동자에 비웃음이 스치고 지나갔다. 진한 메이크업. 가슴과 등을 드러내는 것으로도 모자라 허벅지까지 훤히 드러내는 여자가 남편의 취향이라는 말인가? 수준 좀 높여야겠군. 민서를 보는 여진의 눈에는 경멸이 가득했다.

"좋은 시간 보내세요."

여진은 고개를 살짝 숙이고 몸을 돌렸다. 한 걸음 발을 뗐을 때, 민서의 냉랭한 음성이 귓가를 스치고 지나갔다.

"이게 무슨 짓이야! 나가서 얘기해. 여기서 이러지 말고."

민서의 거친 손길에 끌려 나가던 여자는 가냘픈 목소리로 저항했다.

"이거 놓고 가요. 내가 무슨 죄인인가. 이런 자리가 아니면 당신을 볼 수 없으니 그렇죠. 너무 화내지 말아요, 민서 씨."

뒤도 돌아보지 않고 여진은 테라스로 향했다. 파티장 공기는 탁했고, 바이올린 선율은 숨 막히도록 음침했다. 한 걸음 옮길 때마다 부딪칠 정도로 사람들은 많았고 아는 척하는 이들도 많았다. 건성으로 인사를 받으며 나온 밖은 찬바람이 휘몰아치고 있어 정신이 번쩍 들게 했다.

도심 한가운데 위치한 선유 소유의 호텔은 작은 숲을 옮겨다 놓은 듯 수많은 나무를 심어놓았다. 그래서인지 테라스 주변은 숲속에 있는 듯한 착각에 휩싸이게 했다. 지금은 마른 가지만 앙상했지만 그것만으로도 충분히 운치있는 장면을 연출해 내고 있었다.

발코니로 걸어나가던 여진의 걸음이 멈춘 것은 그때였다. 어둠속에 누군가 있었다. 그것도 한 사람이 아니라 두 사람. 여자가 남자의 목에 팔을 감고 키스를 나누는 모습이 여진의 눈에 선명하게 새겨졌다.

여진은 황급히 고개를 떨어뜨리고 방금 빠져나온 파티장으로 눈길을 돌렸다. 괜히 나온 듯했다. 다른 사람의 애정 행각을 보게 될 줄 알았다면 답답한 파티장에 남아 있는 게 훨씬 낫을 것이다. 소리나지 않게 걸음을 떼던 여진은 어둠 속에서 마주치는 남자의 눈빛에 얼어붙듯 움직임을 멈췄다. 온몸의 피가 발밑으로 빠져나가는 듯했다. 스위치가 꺼지듯 모든 사고가 일제히 멈추고 있었다.

여자가 진하게 키스를 퍼붓는 동안 잠잠히 있던 태준은 여진과 눈이 마주치자 사악하게 눈을 빛내며 여자의 가녀린 허리에 팔을 두르고 있었다. 발밑에 뿌리라도 내린 마냥 한 걸음도 움직일 수가 없었다. 숨을 쉴 수도 없고 뭐라 입을 열 수도 없었다. 여자는 파티 내내 태준의 곁에 딱 달라붙어 있던 여자다. 두통의 원인이 되었던 여자. 여진은 어둠 속에 서 있는 두 사람을 노려보았다. 싸늘하게 얼어붙은 눈빛이 형형한 빛을 내뿜으며 주위를 에워쌌다.

서둘러 시선을 바닥으로 내렸다. 심장이 잘게 토막토막 잘려 나가는 듯 신음이 튀어나오려 했다.

이렇게 가까운 곳에서 다른 사람이 키스를 나누는 것을 지켜본 적은 없었다. 이렇게 적나라한 애무의 손길도 본 적이 없었다. 그것도 수많은 사람들 중에 하필이면 태준의 키스 현장을 목격하게 되다니. 희미한 공기의 떨림이 파장을 일으키며 퍼져 나갔다. 나무토막처럼 뻣뻣하게 굳은 몸을 애써 움직였다. 간신히 뒤를 돌아 테라스 문을 열어젖혔다. 하얀 손에는 핏기가 하나도 없어 마치 유령의 그것 같았다. 문을 부술 듯이 격하게 닫고 휙휙 크리스털 룸을 빠져나왔다. 몇몇 사람이 그녀를 붙잡았지만 여진은 냉정하게 그들을 차단하고 휴게실을 찾아 복도로 나섰다.

'왜 하필이면 내 앞에서야. 왜 꼭 내 앞에서 그래야 하지, 당신? 내가 없는 곳에서는 뭘 해도 괜찮은데, 왜 하필이면 내가 보는 앞에서 다른 여자를 안는 거야! 왜!'

태준은 거칠게 여자를 밀쳐 내고 수트 상의 주머니에 꽂아두었던 실크 소재의 행커치프를 꺼내 입술을 닦아냈다. 불쾌하다는 듯 그의 얼굴은 냉랭하게 굳어 있었다. 테라스 난간에 올려놓았던 와인 잔에 남은 와인을 들이킨 그는 멍하니 자신을 바라보는 여배우에게 설교하듯 입을 열었다.

"한 가지 알아둘 게 있어, 이연아 씨. 나와 영화를 함께 하려면 분명히 새겨들어야 할 거야. 난 여자가 내 몸에 닿는 걸 극도로 싫어해. 극복해 냈다 생각했는데 아닌가 봐. 누가 내 몸에 닿는 거,

찝찝하고 불쾌해. 그러니 촬영 중에 날 유혹하려는 어리석은 짓은
하지 않는 게 좋을 거야.”

　조연급 여배우인 연아를 향해 싸늘하게 말을 마친 태준은 그녀
를 남겨두고 성큼 걸음을 옮겼다. 연아는 나가려는 태준의 팔을
다급하게 잡으며 쏘아붙였다.

　“열렬한 키스를 퍼붓던 남자의 변명치고는 궁색하군요. 내가
매력적이지 않다고 하는 거예요, 지금?”

　“전혀!”

　태준은 단호하게 대답하며 테라스 창에 시선을 던졌다. 분주하
게 오가는 많은 사람들 틈에서 그가 찾는 사람의 모습은 보이지
않았다. 태준은 고개를 내저으며 말을 이었다.

　“말했다시피, 난 누가 날 만지는 걸 싫어해. 덧붙여 내가 다른
사람을 만지는 것도 별로 즐기지 않고.”

　“그럼 내 키스에 즉각 거부하지 않은 건 왜죠? 감독님도 흔쾌히
받아들였잖아요!”

　연아는 분하다는 듯이 소리쳤다. 고운 얼굴이 일그러지고 목소
리가 한 톤 높아졌다. 태준은 자신의 어리석음에 한숨을 내쉬었
다.

　“살아가다 보면…… 가끔 연기가 필요할 때가 있는 법이거든.
연아 씨, 당신을 이용했다는 거, 인정하겠어. 미안하다고 사과도
하겠어. 하지만 연기자로서 날 감독이 아니라 남자로 의식한 당신
이나 그런 당신을 잠깐이나마 이용하려 한 나나 서로 피차일반이
니 너무 기분 나빠하지는 않았으면 좋겠군.”

태준이 막 테라스를 벗어나려던 무렵 연아의 희미한 음성이 날아들었다.

"감독으로 보지 않았어요. 남자로 봤어. 당신, 너무 매력적이니까, 너무 멋있으니까. 모든 걸 내던지고 이렇게 유혹하는 여자를 내팽개치는 감독님, 남자 맞아요? 기꺼이 주겠다는데 싫다고 내치는 감독님, 남자 맞냐고요!"

테라스 문고리를 살짝 돌리며 태준은 낮게 속삭였다.

"마음에도 없는 여자를 안는 게 연아 씨가 말하는 남자라면, 난 그런 남자는 사양하겠어."

남겨진 연아가 거친 욕설을 내뱉었지만 태준은 여유롭게 미소 지으며 손을 흔들고는 파티장으로 나왔다. 하지만 어디에도 합류하고 싶은 생각은 들지 않았다. 파티장 한가운데에는 어느새 친해진 정우와 지혁, 그리고 은채가 웃으며 이야기를 나누고 있었지만 태준은 밖으로 걸음을 돌렸다. 아무래도 오늘은 이만 자리를 떠야 할 것 같았다. 더 이상 웃는 낯으로 이곳에 있을 수가 없었다.

잘도 내 앞에서 다른 남자의 팔에 매달려 웃고 있었지.

태준은 슬며시 주먹에 힘을 가했다. 무언가라도 때려 부숴야만 직성이 풀릴 것 같았다. 나가려는 그의 행동을 눈치채고 정우가 의자에서 일어나려 했다. 태준은 앉아 있으라는 손짓을 해 보였다. 휴대폰을 꺼내 흔들어 보이며 나중에 전화하겠다는 무언의 메시지를 보내고 웨이터와 지배인의 도움을 받아 복도로 나왔다.

엘리베이터를 찾아 두리번거리던 그의 시야에 복도 벽에 기대어 있던 여진의 창백한 모습이 들어왔다. 못 본 척 고개를 돌리고

엘리베이터가 있는 쪽으로 움직였다. 하지만 서너 걸음도 떼지 못
한 채 엘리베이터의 반대편에 서 있는 여진에게로 걸음을 돌리고
말았다. 그의 입에서 사나운 욕설이 비집고 나왔다.

한 손은 이마를 짚고 나머지 한 손은 벽을 짚은 여진은 그의 존
재를 감지하지 못했는지 가느다란 한숨만 내쉬고 있었다. 검은색
이브닝드레스를 입은 그녀의 어깨가 하얗게 드러나 샹들리에 아
래에서 빛을 발하며 산산이 부서졌다. 태준은 겨우겨우 손을 뻗어
여진의 어깨에 손을 얹었다. 놀란 그녀가 홱 뒤를 돌아보았다. 그
녀의 두 눈에서 시퍼런 채광이 쏟아져 나왔다.

태준은 무심함을 가장해 지나가는 어투로 물어보았다.

"어디 아픈 거야? 안색이 안 좋아."

"놔요, 이거!"

여진은 홱 손을 뿌리쳤다. 그리고는 매몰차게 쏘아붙였다.

"함부로 내 몸에 손대지 말아요!"

태준은 픽 실소를 흘리고 말았다. 여진은 그의 손을 마치 더러
운 병균 대하듯 했다. 순간 전신을 강타하는 분노가 상상을 초월
할 지경이었다. 태준은 약 올리듯 그녀의 어깨에 다시 손을 얹었
다. 부드러운 피부 촉감이 손끝을 타고 와 가슴 밑바닥까지 전해
졌다. 아찔해지는 정신을 가다듬고 그는 사납게 되쏘았다.

"나도 당신 손대고 싶어서 이러는 거 아냐. 당신이 금방이라도
바닥에 처박힐 것 같아서 그러는 거지. 얼굴이 안 좋아. 핏기가 하
나도 없잖아."

"신경 쓰지 말아요. 누가 신경 써달래? 아까 재미 보던 그 여자

나 신경 쓸 것이지, 왜 여기 와서 질척거려요?”

날카로운 목소리가 복도를 메웠다. 태준은 재빨리 주변을 살펴보았다. 파티가 한창이라 그런지 복도는 개미 한 마리 얼씬거리지 않았다.

“이런! 봤어?”

태준은 몰랐다는 듯 이죽거렸다.

“보라고 일부러 광고한 것 아닌가요?”

여진은 같잖지도 않다는 듯 비웃음을 토했다.

“노, 노. 설마. 당신이 보고 있을 줄은 몰랐지. 인기척이라도 하지 그랬어? 그랬다면 일찍 끝냈을 텐데.”

“아뇨. 일찍 안 끝내도 돼요. 좋은 구경 했는데요 뭘. 그럼 남은 시간 즐겁게 보내세요.”

벽을 짚고 있던 손을 떼자 여진은 힘없이 휘청거리고 말았다. 단박에 그가 손을 내밀어 부축하자 그녀는 야멸차게 태준의 손을 털어내고 두어 걸음 뒤로 물러났다.

“경고했어요, 내 몸에 손대지 말라고. 당신 손 닿는 거 불쾌해. 역겹고 더러워!”

태준의 얼굴이 검붉게 달아올랐다. 거칠게 몸을 돌린 그는 씹어뱉듯 말을 입 밖으로 밀어냈다.

“나라고 좋아서 손댄 거 아니라고 했어. 좋아! 어디 가다가 처박히든 쓰러지든 마음대로 해봐!”

버럭 소리를 지르고 걸어가는 그의 귀에 여진의 가냘픈 음성이 들려왔다.

"나…… 머리가 아파."

태준은 걸음을 멈추고 말았다. 희미하게 떨려 나오는 그녀의 음성이 귀를 헤집고 뇌를 관통했다.

"부축 따위 안 해줘도 되니까 두통약이나 좀 구해줄래요? 아무 약이라도 좋아, 머리만 안 아프다면."

태준은 고개를 갸웃거렸다. 두통이라니? 그러고 보니 저번에도 두통이 심하다고 들은 것 같았다. 태준의 미간에 깊은 주름이 새겨졌다.

"기다려, 꼼짝 말고."

파티 총 책임자를 통해 구한 두통약 두 알과 생수를 들고 여진이 있는 곳에 갔을 때까지 그녀는 그 자세 그대로 벽에 기대어 있었다. 도대체 얼마나 아프기에 안색이 저토록 창백한 걸까? 얼마나 아프기에 목소리마저 다 죽어가는 사람처럼 힘이 없을까? 문득 걱정스러움이 앞섰으나 태준은 강하게 고개를 내저으며 되지도 않은 생각을 잘라냈다.

"두 알 한꺼번에 다 먹어."

다른 때와 달리 그의 말을 얌전히 따르는 여진을 보면서 태준은 불쑥 정체를 알 수 없는 통증에 신음이 튀어나오려 했다. 심장 부근이 저릿하게 아파왔다. 손으로 가슴을 짓누르던 태준의 동공에 한 무리의 사람들이 들어왔다.

"젠장!"

사나운 욕설을 내뱉으며 태준은 여진에게서 몇 걸음 물러났다. 기자들이었다. 그것도 날카로운 질문을 해댄 이유미 기자와 그 외

눈에 익은 몇몇의 기자들. 파티장을 빠져나오던 유미와 태준의 눈빛이 허공에서 마주쳤다. 태준은 이를 갈며 여진에게 고개를 숙였다. 두려움이라도 느꼈는지 여진의 눈동자가 희미하게 흔들리고 있었다. 태준은 기자들을 의식해 겨우 말을 꺼냈다.

"그럼 저 먼저 가보겠습니다. 다음에 또 뵙죠, 사모님."

들으란 듯이 커다란 음성으로 말을 마친 태준은 엘리베이터를 기다리는 기자들과 합류했다. 유미가 의외라는 듯이 미간을 모으더니 아는 척을 했다. 태준은 태연자약하게 싱긋 미소를 보냈다.

몇몇 사람들에게 둘러싸여 있는 태준의 모습을 흐릿한 눈으로 지켜보던 여진은 한숨처럼 말을 쏟아냈다.

"당신이 사모님이라 부르는 소리, 정말 듣기 싫다. 정말…… 싫어."

어느새 태준은 사람들과 함께 엘리베이터를 타고 내려가고 있었다, 그녀에게는 눈길 한 번 던지지 않은 채.

Absence makes the heart grow fonder
떨어져 있으면 더욱 그립다

증오하는 대상도, 미워하고 또 미워하는 대상도

멀리 떨어져 있으면 그리운가 보다

빌어먹게도 떨어져 있어서…… 더 그리운 건가 보다

『불멸의 연인.

해외 신을 촬영하기 위해 연기자와 전 스태프들 독일 프랑크프루트로 출국. 입국은 이달 말경으로 예정이다. 불가피하게 촬영이 연장될 경우 입국이 늦어질 수도 있다고 한 민태준 감독은 인천국제공항에서 마지막 인사를 남기고…….』

헤드라인 기사를 슬쩍 곁눈질로 보던 여진은 입국 날짜를 확인하고는 자그맣게 한숨을 토했다. 스포츠신문 한 면에는 태준의 옆모습이 흐릿하게 실려 있었다. 사진 찍히는 걸 꺼려하는 사람인데 어떻게 잘 참고 있었다는 생각에 여진은 풋 웃음을 터뜨렸다. 하지만 희미한 사진이라 하나 그의 표정은 상당히 못마땅함을 참고 있는 것이 여실히 드러나 있었다.

그러면 그렇지. 여진은 속으로 중얼거리고 말았다. 티 테이블에 스포츠신문을 올려놓고 창가로 다가가 마시던 차를 마저 마셨다. 기사를 보는 동안 식어버린 모카커피가 식도를 타고 부드러운 뒷맛을 남기며 사라졌다.

오전 아홉 시. 이 시간이면 으레 갤러리에 나갈 준비를 하느라 분주한 시간이다. 헌데 오늘은 웬일인지 아무것도 흥이 나질 않았다. 원래 신경 쓰지도 않던 갤러리라고 한다면 할 말이 없겠지만 오늘은 유독 더한 것 같았다. 차라리 사진이나 찍으러 갔으면, 어디 먼 곳으로. 할 수 있다면 비행기를 타고 누군가가 있다는 그곳 바다 건너 어딘가로……. 창밖 너머 정원에 시선을 고정시키고 있던 여진은 자신의 생각에 흠칫 놀라며 얇은 커튼 천을 꽉 움켜쥐었다.

'무슨 생각인 거야!'

스스로를 질책하며 멀찍이 떨어진 화장대 거울에 시선을 던진 여진은 실소를 내뱉고 말았다. 그래, 바다 건너. 갈 때가 되긴 했다. 한동안 가지 못했으니 하루빨리 가봐야 했다. 원하는 곳은 아니지만, 가고 싶은 곳은 아니지만 그곳도 분명 바다 건너이긴 하리라. 홱 몸을 돌리고 입고 있던 랄프로렌의 실크 타이 블라우스 위에 울 검정 재킷을 걸쳤다. 화장대 앞으로 다가가 자신의 모습을 점검한 여진은 주름 하나 나 있지 않은 바지와 블라우스, 그리고 마지막으로 목에 두른 머플러를 대강 훑어보고는 거울에서 눈을 뗐다. 연하게 바른 투명한 립글로스가 입술 위에서 반짝이며 생동감있어 보이게 했지만, 그것 외에는 혈색이 창백해서인지 곧 쓰러질 듯 유약해 보이기만 해 불쑥 짜증이 일었다.

"이제 나가시는 거예요?"

현관으로 나가자 가정부가 다가와 살갑게 인사를 건넸다. 여진은 가볍게 고갯짓을 했다.

"네."

"사장님은 오늘도 안 들어오시는 건지."

머뭇거리는 음성이 여진의 걸음을 잡아챘다. 여진은 뒤도 돌아보지 않은 채 싸늘하게 말을 이었다.

"글쎄요. 들어와야 들어오는 거겠죠. 기다리지 마세요. 들어올 때 되면 어련히 알아서 들어오려고요."

"그래도 사모님이 전화라도 한번 해보심이……."

여진은 냉랭하게 현관문을 닫았다. 뒤에 남겨진 가정부의 허무한 말이 들려올 듯했지만 가로막힌 문 때문인지 더 이상 가정부의 음성은 들려오지 않았다.

전화? 전화라고?

여진은 피식 실소를 터뜨리고 말았다. 부친의 주치의인 김 박사와 통화를 하다 민서에게 물어볼 것이 있어 간밤에 전화를 했었다. 그리고 의도하지 않았지만 그의 현재진행형인 여자의 목소리를 불가피하게 듣고 말았다. 어이없는 웃음이 또 튀어나왔다. 여진은 전혀 기분이 나쁘지 않았다. 오히려 무슨 코미디를 보는 것처럼 웃기기만 했다. 전혀 어색하지 않게 전화를 받던 미지의 여

자. 그리고 당당하게 수화기를 넘겨받았던 남편, 민서. 간단하게 통화를 마치고 전화를 끊는 순간, 여진은 생각했다. 이대로 이 남자가 돌아오지 않았으면 좋겠다고.

근 일주일 가까이 집에 들어오지 않는 남편이다. 그 일주일 동안 여진은 단 한 번도 그를 기다린 적이 없었다. 질투도, 관심도 석민서라는 남자에게는 존재하지 않는 감정이었다. 애초부터, 그를 만났던 그 순간부터. 남편이 다른 여자와 나란히 있는 걸 봐도 전혀 기분이 안 나쁜 걸 어떻게 설명하면 좋을까. 깊은 밤 남편의 곁에 다른 여자가 있다는 사실에도 전혀 동요하지 않는다는 건 어떻게 해명해야 하는 걸까.

하지만 어둠 속에서 다른 여자와 키스하던 한 남자. 그 남자를 봤을 때 전신에 감돌던 그 분노 어린 기분은 뭐라 정의 내리면 좋을까? 머리가 깨어질 듯 아프고, 가슴이 터질 듯 답답했다. 해답은 없었다, 그녀 자신이 문제일 뿐.

어지러이 집중력을 흩트리는 이런저런 생각에 한숨이 절로 나왔다. 어느새 갤러리에 다 와가고 있었다. 사거리에서 신호를 받고 좌회전을 한 여진은 주차장에 차를 세우고 자동차에서 내려섰다. 어느새 옷깃을 파고드는 바람이 점점 더 차가워지고 있었다.

갤러리에 들어서자 손님과 상담을 나누고 있던 은희와 다른 두 명의 직원이 그녀에게 눈인사를 던졌다. 여진은 턱짓으로 인사를 되돌리고 몸을 돌려 삼층으로 향했다. 문득 몸을 돌리던 여진은 걸음을 멈추고 말았다. 늘 그녀의 시선을 유혹하듯 붙잡고 있던 그림 한 점이 없어진 것이다. 출퇴근과 함께 늘 계단을 오르내리며 보았던 그림. 바다를 배경으로 그렸던 그림은 어딘가로 자취를 감추고 처음 보는 그림이 걸려 있었다. 여진의 미간이 찌푸려지며 짜증스러운 한숨이 새어나왔다.

"은희 씨!"

여진은 나직하지만 강한 어조로 은희를 불렀다. 상담 중이던 은희가 고객에게 양해를 구하고 빠른 걸음으로 다가왔다.

"네, 관장님. 무슨 문제 있으세요?"

"여기 그림…… 여기 있던 그림 어떻게 했어?"

여진은 새로운 그림이 걸려 있는 자리를 가리키며 검지를 치켜세웠다.

"아, 그 그림요? 그거 팔렸어요."

자랑스럽게 이야기하는 은희의 얼굴에 잔잔한 웃음이 새겨졌다.

"팔려?"

"방배도 이신영 사모님 아시죠? 그분이 사가셨어요. 오늘 아침 일찍 지나는 길에 들르셨다고 하셨는데 그 그림이 눈에 확 들어온다며 그 자리에서 사가셨죠."

"그래?"

무언가 허전한 기분에 여진의 목소리가 잦아들고 있었다. 그림에 정이 든 것도 아닌데 왜일까. 새로 걸린 낯선 그림은 마음에 들지 않았다. 내키지 않는 눈길로 그림을 훑어본 여진은 지나가는 투로 물었다.

"이 작품은 어느 작가 분 거지?"

"에? 모르셨어요? 이번 달에 7인 향토 작가 작품 전시회에 그림을 내놓으실 이영호 화백님 작품인데."

은희는 정말 몰랐냐는 듯 눈썹을 치켜 올렸다. 관심없다는 듯 여진은 고개를 가로저었다.

"그랬구나. 그건 그렇고 이 자리, 그 사람 다른 작품 있지? 그걸로 걸어줘. 이영호 작가님 작품은 다른 곳에 걸고."

"네?"

은희가 되물었지만 여진은 등을 돌리는 것으로 대답을 회피했다. 자신의 개인실로 올라가던 여진은 부드럽게 덧붙였다.

"지금 해줘, 지금."

그림과 여진의 뒷모습을 번갈아 바라보던 은희는 멍하니 고개를 끄덕였다.

"네, 그럴게요."

계단을 오르내리다 보면 유독 시선이 가는 그림이 한두 작품 있기 마련이다. 이번처럼 특별한 경우는 처음이지만. 여진은 힐끔 눈길을 던져 문제의 그림이 있던 자리를 보았다. 큐레이터 중 한 사람인 광수가 어느새 있던 그림을 떼어내고 다른 그림을 걸고 있었다. 그제야 기분이 나아졌다. 하지만 썩 좋은 건 아니었다. 마치 아끼던 그림 하나를 누군가에게 강제로 강탈당한 듯한 느낌이 들어 불쾌하기까지 했다.

방배동 이신영이라, 제법 안면이 있는 사람이었다. 중요한 모임에서 자주 부딪쳤던 중년 부인. 인자한 미소로 항상 그녀를 편안하게 대해주었던 사람. 가죽 의자에 앉은 여진은 재빨리 수첩을 뒤적거려 이신영을 찾았다. 얼마 되지 않아 '이신영'이라는 이름 석 자가 눈에 들어왔다.

여진은 탁 하고 거칠게 수첩을 덮어버렸다. 도대체 무슨 짓인지 알 수가 없었다. 그 그림의 주인은 이제 이신영이었다. 원래 자신의 것도 아니지 않았던가. 그저 그림을 팔아주는 중개인 역할밖에 더했는가. 하지만 찝찝하게도 누군가에게, 그림을 사간 이신영이라는 사람에게 여진은 마치 자신의 물건을 도둑맞은 기분이었다. 아쉬움, 안타까움 그 모든 감정이 그녀를 짜증스럽게 했다. 고작 그림 하나가, 겨우 그림 한 점이 잠잠하던 그녀의 가슴을 일시에 뒤흔들어놓았다.

가느다란 손을 뻗어 인터폰을 눌렀다. 이내 은희의 목소리가 인터폰을 타고 울려 나왔다.

"은희 씨. 광수 씨에게 얘기해서 그 작가 그림 걸지 말고 그대로 포장하라고 해주겠어?"

[네?]

무슨 뜻인지 모르겠다는 듯 은희가 반문했다. 여진은 침착하게 말을 이었다.

"그 이름없는 작가 그림 말이야, 그거 내가 살 거야. 그러니 포장해서 내 차에 실어줘. 모두 몇 점이지?"

[다섯 점요. 그사이 두고 간 그림이 제법 되거든요. 근데 왜 관장님이 그분 그림을…….]

"그건 묻지 말고 내 차에 실어줘. 그리고 그 작가 오면 그냥 그림 팔렸다고만 해."

[아아, 네.]

마지못해 대답하는 은희의 음성을 뒤로하고 여진은 인터폰 버튼을 눌러 대화를 종료시켰다. 이런 아쉬운 감정이 들 바엔 차라리 모든 그림을 그녀가 소유하는 게 나을 듯했다. 어떤 알 수 없는 이끌림. 누가 그렸는지 알지도 못하는 그림은 그녀에게 이유 모를 그리움을 몰고 왔다.

꼭 예전에 자신이 가본 듯한 장소, 그림 속의 배경이 된 장소는 늘 여진에게 진한 향수를 불러일으켰다. 진작 그림들을 집으로 옮겨놓을 것을. 아까운 그림 한 점만 다른 사람에게 양보한 꼴이 되고 말았다.

이신영이라…….

어느새 여진은 한번 보고 외워 버린 이신영의 전화번호를 힘주어 꾹꾹 누르고 있었다.

별장 입구에 들어서는 여진을 보며 한 회장은 간병인을 손짓으로 불렀다. 재빠른 몸짓으로 다가온 간병인은 수첩을 내밀고 그의 발 아래에 허리를 굽혔다.

『여진이 들어오면 바로 나가게.』

"네."

가죽 수첩을 허벅지 위에 올려놓고 한 회장은 여전히 정원을 바라보았다. 멀리 파도가 일렁이는 바다를 지켜보는 동안 십여 분의 시간이 흐른 듯했지만 여진은 아직 침실에 들어오지 않고 있었다. 아마도 가정부와 대화를 나누고 있나 보다고 생각하며 그는 간병인에게 침대로 옮겨달라고 손짓을 했다.

딸아이가 마지막으로 제주에 다녀간 지가 정확히 한 달 하고 보름 전이다. 그때도 겨우 묻는 말에 대답만 하고 무언가에 쫓기다시피 서둘러 별장을 빠져나갔다. 차가운 얼굴로, 얼굴보다 더 차가운 음성으로 '네', '아니요' 라는 말만 내뱉은 후 돌아서던 딸의 모습을 상기하는 것만으로도 한 회장은 씁쓸해했다. 오늘도 마찬가지일 것이다. 특별히 오래 있지도 않을 것이고, 따로 물어보는 것도 없을 것이다, 딸아이는. 그저 자식 된 도리로 일정한 시간이 되면 빠끔히 얼굴을 보이고 뒤도 돌아보지 않은 채 사라지겠지. 간병인의 능숙한 손놀림으로 침대에 기댄 한 회장은 연한 베이지톤의 벽지를 보며 스르르 눈을 감았다. 아무래도 가정부와의 대화가 길어지나 보다.

간병인은 연방 문을 바라보며 조급증을 냈다.

"아가씨를 불러올까요?"

한 회장은 됐다는 듯 오른손을 들어 내저었다.

"도착한 지 한참 된 것 같은데 아가씨는 안 들어오고 뭐 하는……."

똑똑—

간병인의 중얼거림과 함께 나직한 노크 소리가 들려왔다. 한 회장은 날카롭게 눈을 빛내며 간병인을 바라보았다. 이내 간병인은 고개를 숙이고 침실을 나갔고 기다렸다는 듯이 여진이 들어섰다. 얇은 살얼음이 낀 듯한 서늘한 눈동자. 제일 처음 한 회장의 눈에 들어온 것은 여진의 냉담한 눈빛이었다. 가슴 밑바닥까지 얼려 버릴 듯한 눈빛. 한 회장은 홱 고개를 꺾고 여진을 외면했다.

"잘 지내셨죠?"

메마른 기침을 쏟아내고 질문을 던진 여진은 부친의 곁으로 가지 않고 창가로 다가섰다.

"어디 불편한 곳은 없으시고요?"

대답이 없을 거라는 걸 알면서도 여진은 계속 말을 이었다. 준비한 말을 마치면 미련없이 떠날 것이다. 그리고 또 한동안 내려오지 않을 것이다. 굳게 닫힌 창 너머로 아스라이 짙푸른 바다가 펼쳐져 있었다. 침실에 들어서자마자 답답하던 가슴이 그나마 바다를 바라보는 동안 많이 진정되었다. 창을 열어 차가운 바람을 쐬고 싶었지만 금방 나갈 것을 염두에 두고 여진은 창밖을 바라보기만 했다.

"흐음……."

부친의 탁한 숨소리에 여진은 천천히 등을 돌렸다. 사이드 테이블에 손을 뻗은 한 회장이 수첩을 잡으려 했다.

"곧 올라갈 거예요. 오래 못 있어요."

여진은 차갑게 눈을 빛내며 짤막하게 입을 열었다. 부친과의 대화를 차단하겠다는 듯 음성은 단호했다. 이맛살을 찌푸리는 부친의 표정을 보면서도 여진은 자신의 뜻을 굽히지 않았다. 하지만 침대 맡에 아버지가 쓴 수첩이 툭 떨어지는 순간, 그녀는 뻣뻣하게 굳어버리고 말았다.

『민 서방이 영화 제작을 한다고 들었다.』

수첩을 쥐고 있는 여진의 손에 점차 감각이 사라졌다. 마디가

새하얘질 정도로 수첩을 꽉 움켜쥐고 있던 여진은 애써 미소를 지
으며 부친의 앞에 수첩을 내밀었다.

"글쎄요. 그이가 하는 일에 전 관심이 없어서……."

말끝을 흐린 여진은 곧 부친과의 시선을 회피했다. 날카로운 눈
빛, 모든 걸 꿰뚫어 볼 듯한 눈빛을 당해낼 재간이 없었다. 슥삭슥
삭거리는 소리가 재차 들려왔다. 마치 뇌를 갉아먹을 듯한 만년필
을 굴리는 소리가 그녀의 신경을 예민하게 긁어대고 있었다.

『요즘은 어떻게 지내는 게냐?』

여진은 한참 동안 수첩을 내려다보았다. 다 알면서 새삼스레 뭘
물어보는 건지 짐작이 되지 않았다. 감정이 내비치지 않은 냉랭한
눈빛으로 부친을 대하자 이내 아버지는 수첩을 들고 다른 무언가
를 적기 시작했다.

"다음에 올게요. 오늘은……."

김 박사의 전언이 없었다면 한 두어 달 건너뛰려 했다. 일주일
에 한 번씩 간병인을 통해 부친의 건강 상태를 체크하고 있었으니
굳이 내려올 필요성을 느끼지도 못했다. 더구나 제주에는 가급적
오고 싶지 않았고 부친의 얼굴 역시 될 수 있으면 마주하고 싶지
않았다.

"여, 여…… 지……."

문고리를 돌리려는 찰나 부친의 까칠한 음성이 들려왔다. 모질
게 등을 돌리고 싶었다. 듣지 못한 척 이대로 걸음을 내딛고 싶었
다. 하지만 차마 그럴 수가 없었다. 힘겹게 움켜쥐고 있던 문고리
에서 손을 떼고 몸을 돌렸다. 허공에 손을 들어 올린 아버지가 이

리 가까이 오라는 듯 손짓을 하고 있었다. 긴 한숨을 내쉬고 여진은 침대가로 다가갔다.

"간병인을 부를까요?"

고개를 내저은 한 회장은 가죽 수첩을 내밀었다. 대충 훑어보던 여진의 눈빛이 싸늘하게 얼어붙기 시작했다.

『석 서방과는 아무 문제 없이 잘 지내고 있는 게지?』

여진은 피식 웃음을 터뜨리고 말았다. 침대에 기대고 있던 부친은 그녀의 비틀린 웃음을 보더니 무언가를 다시 끄적이려 했다. 여진은 부친의 손에 들린 수첩을 빼앗아 들고는 고개를 가로저었다.

"그만 하세요. 아무 문제 없으니까."

또박또박 부러뜨릴 듯 힘주어 말하며 여진은 수첩을 침대에서 멀리 떨어진 휠체어에 던져 놓았다. 그리고는 들릴 듯 말 듯 나직하게 속삭였다.

"문제가 있을 리 없잖아요? 걱정 마세요. 아버지가 바라시는 대로, 그 사람과는 늘 그렇듯 아주 잘, 아주아주 잘…… 지내고 있으니까요."

이를 악물고 한 자씩 내뱉던 여진은 마지막 말과 함께 휙 등을 돌렸다. 다른 때와 달리 오늘은 말이 많았다. 이러면 안 된다. 말이 많아지면 감상적이 될 수도 있었다. 자칫하면 힘없이 누워 있는 부친에게 연민의 감정을 느낄 수도 있을 것이다. 벌써부터 마음이 불편해지기 시작하지 않았던가. 어서 벗어나야 한다, 이곳을. 부친의 곁을 한시 바삐 벗어나야 한다. 걸음을 재촉하는 여진의 귓가에 부친의 갈라진 음성이 탁하게 들려왔다.

"너, 널……."

굳어버린 혀로 말하는 게 쉽지 않았지만 한 회장은 띄엄띄엄 입을 열었다.

"항상, 믿는…… 다."

지켜보는 사람이 힘들 정도로 힘겹게 말을 하는 부친을 보며 여진은 실소를 배어 물었다.

"네, 믿으세요. 나도 날 믿기 위해 하루하루 노력 중이니까."

무언가를 눈치챘다는 뜻이다, 이런 말을 하는 것은. 여진은 굳어지려는 표정을 관리하며 담담하게 대꾸했다. 하긴 아버지가 아무것도 모른 채 누워 지낸다는 건 말이 되지 않을 것이다. 이미 영화는 세상을 시끄럽게 하며 시작되고 있었고 그 영화의 감독이 누구라는 건 세 살 먹은 어린아이도 알 수 있을 만큼 연일 매스컴에서 방송을 하고 있었다. 더구나 '선유' 의 제작이라는 것으로, 방송은 물론 잡지와 신문기사에까지 앞 다투어 거론되고 있었다. 그런 면에서 부친이 그저 '믿는다' 라는 말로 끝을 맺은 건 어찌 보면 다행이었다. 그녀가 지금껏 잘해오고 있다는 뜻이니까.

여진은 겨우겨우 입꼬리를 끌어 올려 미소 비슷한 것을 연출해 냈다.

"쉬세요. 다음에 내려올게요."

바다가 필요하다. 숨 쉴 수 있는 탁 트인 공간이 필요했다. 이미 별장에 오기 전, 추억이 잠든 그곳에 들러 부친을 만나기 위해 마음을 다스렸지만 서울로 올라가기 전에 다시 한 번 그곳에 가야 할 것 같았다. 절벽 아래에서 용솟음치듯 부딪치는 파도의 장관을 보며 답답한 가슴을 잠시 쉬어가야 할 듯했다.

별장을 벗어나는 여진의 얼굴에 암울한 그림자가 드리워졌다. 정말이지 바다가 그리웠다. 아버지를 만나고 돌아설 때면 찢어지고 부서진 가슴을 달래줄 수 있는 바다가 절실히 그리워지고는 했다. 오늘은 그 바다가 더욱 그리워지고 있었다.

프랑크프루트에 도착한 지도 거의 보름이 넘어가고 있었다. 촬영은 순조롭게 이어졌고 현지 배우들도 적극 협조해 별 어려움이 없었지만 태준은 독일에 온 이후로 단 하루도 편히 잠을 이룰 수가 없었다. 촬영에 쫓겨 하루 서너 시간 눈 붙이는 것도 힘들 정도로 바빴지만 그 서너 시간도 잠을 잘 수는 없었다. 기껏해야 침대에서 뒤척거리든지 또는 술을 마시며 보내든지 하며 무의미하게 시간을 허비할 뿐이었다.

처음엔 시차 때문인가 했다. 하지만 외국에서 오래 살았던 그였기에 시차에 적응하지 못한다는 것은 말이 되지 않았다. 더구나 보름이라는 시간이 흘렀으면 이젠 시차에 익숙해질 때도 되지 않았던가. 연기자와 전 스태프 모두가 잠을 자는 시간임에도 불구하고 태준은 하릴없이 호텔 테라스에 몸을 기댄 채 깊어가는 밤하늘을 지켜보고 있었다. 오래도록 시커먼 하늘에 시선을 박고 있던 그의 귀에 희미한 벨소리가 울려 퍼졌다. 현지 시각으로 새벽 한 시가 넘어가는 시각에 누군가 벨을 누르고 있었다.

"민 감독 나야, 나!"

여러 차례 벨을 눌러도 대답이 없자 문밖에서 힘찬 남자의 음성
이 들려왔다. 태준은 자는 척하며 방문자를 받아들이지 않으려다
지혁의 목소리에 현관으로 다가갔다. 어안렌즈에 지혁의 얼굴이
선명하게 담겨져 있었다.

"새벽부터 촬영 있다고 일찍 재웠더니, 안 자고 뭐 하는 짓이
야?"

브랜디 한 병을 들고 들어오던 지혁은 냅다 태준의 가슴에 병을
안기고 소파에 털썩 주저앉았다.

"요즘 통 잠을 못 자는 것 같기에 재워주려고 왔지. 그거 마시고
푹 자라고."

서로 동갑이라는 것을 알게 된 후로 태준과 지혁은 편하게 말을
놓고 있었다. 마치 오래된 친구처럼 그들은 스스럼없이 서로를 대
했다.

"은채 씨가 가만히 있나? 컨디션이 어쩌고 하며 뭐라 했을 것
같은데?"

지혁은 쿡쿡 웃으며 고개를 가로저었다.

"아니. 오히려 은채가 가보라고 등 떠밀었어. 너 요즘 무슨 일
있는 것 같다고 인생 상담 좀 해주라던데?"

"하!"

태준은 이마를 탁 치고는 글라스 두 개를 준비해 지혁의 맞은편
에 앉았다. 안주도 없이 브랜디 뚜껑을 열고 갈색 액체를 글라스
에 가득 채운 그들은 가볍게 잔을 부딪쳤다. 맑게 울려 퍼지는 유
리잔의 소리를 들으며 태준은 입 안으로 독한 브랜디를 쏟아 부었

다. 뜨거운 것이 식도를 타고 빠른 속도로 내려가기 시작했다. 기갈난 사람처럼 태준은 연거푸 브랜디를 마셨고, 그런 그를 조용히 지켜보던 지혁은 입술만 축인 채 글라스를 테이블에 내려놓았다.

태준의 눈치를 살피며 지혁은 조심스레 입을 열었다.

"무슨…… 문제 있는 거야?"

태준은 눈썹을 치켜 올리고는 조각상 같은 지혁의 얼굴을 정시했다. 지혁의 눈가에 걱정스러움이 가득 배어나오고 있었다. 태준은 별소리 다 듣겠다는 듯 고개를 가로저었다.

"혹시 영화에 문제라도……."

"아니, 그런 건 아냐. 너도 알 텐데, 영화에 문제가 없다는 건?"

"그럼? 뭐가 문제인 거지?"

집요하게 파고드는 지혁의 눈길을 외면하며 태준은 묵묵히 술잔을 비웠다. 너무 많이 마시는 건 곤란했다. 새벽 네 시부터 촬영이 잡혀 있었고 어쩌면 오늘 하루도 쉴 틈 없는 강행군이 이어질지도 몰랐다. 적당히 마셔야 한다는 걸 알면서도 태준은 술잔을 비우기에 여념이 없었다.

"은채가 많이 걱정하더라. 독일에 온 후로 너, 갈수록 얼굴이 안 좋다고."

"그렇게 표가 나나? 조심한다고 조심했는데."

빈속에 마신 술은 벌써 위험신호를 보내고 있었다. 태준은 자신이 알지도 못하는 사이 속엣말을 내뱉고 말았다.

"다른 사람은 눈치 못 챘을걸? 나도 은채가 말하지 않았으면 몰랐을 거야."

글라스를 빙글빙글 돌리던 지혁은 자랑스레 말하며 브랜디를 한 모금 마셨다. 태준은 픽 웃음을 물고 동의했다.

"그래. 최은채 씨, 사람 보는 데 탁월한 능력을 가졌지. 그럼 은채 씨에게만 들킨 건가?"

"그렇다고 볼 수 있지."

잔을 채워주는 지혁을 보며 태준은 담배를 빼어 물었다. 지혁의 매니저인 은채는 매니저라기보다 촬영장의 분위기 메이커였다. 침체된다 싶으면 특유의 발랄함으로 분위기를 띄워주고 엔지(NG)가 많이 나서 험악해지는 분위기는 또 부드럽게 풀어주기도 했다. 서로 힘이 들어 짜증을 낼 때에도 그녀만큼은 환한 미소로 사람들의 짜증스러운 마음을 부드럽게 어루만져 주고 있었다. 그래서일까? 그녀는 눈치마저도 빨랐다.

"뭐가 문젠지는 모르지만 빨리 털어버려. 한 달 일정으로 왔는데 더 오래 있으면 우리 손해잖아. 나야 이 영화 찍기로 한 다음부터 일체 방송을 쉬고 있지만 다른 배우들은 안 그렇거든. 이미 다음 스케줄 잡힌 배우들도 있어. 재아 씨 같은 경우도 내달에 프랑스로 화보 촬영차 잠깐 다녀와야 한다고 들었고……."

"문제 같은 것 없어. 그리고 설령 문제가 있어도 촬영에 차질은 없을 거야. 걱정 마."

"그러면 다행이지만……."

말끝을 얼버무린 지혁은 남은 브랜디를 단번에 비우고 소파에 머리를 기댔다.

"아아, 피곤하다!"

“가서 자. 나도 이것만 마시고 잘 테니까.”

태준은 잔을 흔들며 장난스레 말했다. 잔뜩 인상을 찌푸리고 있던 지혁이 관자놀이를 누르며 지나치듯 물었다.

“혹시 두통약 가진 거 있어?”

“두통약?”

불현듯 섬광처럼 누군가의 얼굴이 스치고 지나갔다. 글라스를 쥐고 있는 태준의 손에 힘이 들어갔다. 지혁은 소파에서 일어나며 무심하게 말을 이었다.

“촬영 때문에 신경을 곤두세워서 그런지 이상하게 머리가 아프네. 두통은 잘 없는 편인데. 거기다 이번엔 은채가 비상약을 두고 왔거든. 머리가 너무 아파서 잠도 잘 안 와.”

“로비에 한번 말해 보지 그래?”

“내가 말이 통하면 벌써 했지!”

답답하다는 듯이 지혁은 혀를 찼다.

“룸에 가 있어. 내가 갖다 주라고 할게.”

태준은 싱긋 웃으며 지혁의 어깨를 두드렸다.

“땡큐! 역시 배우를 아끼는 건 감독밖에 없다니까.”

밖으로 나가려던 지혁은 전화기를 들어 올리는 태준을 보며 조심스레 입을 열었다.

“혹시…….”

태준은 검지를 세워 입술에 붙인 후 지혁의 말을 가로막았다. 로비 전화가 연결이 되자 태준은 막힘없이 입을 열었다.

“Entschuldigung. Können Sie bitte eine Packung

Aspirin auf das Zimmer 2010 schicken? Mein Freund dort hat Kopfschmerzen(실례합니다. 2010호로 아스피린 가져다 주실 수 있습니까? 거기에 있는 제 친구가 두통이 있어서요)."

통화를 마친 후에야 태준은 고개를 돌렸다.

"혹시 뭐?"

그때까지 문가에 서 있던 지혁이 망설이듯 입을 열었다.

"혹시…… 말벗이 필요하면 얘기하라고. 혼자 끙끙 앓지 말고."

"하하, 그러지."

태준의 시원스러운 대답을 뒤로하고 지혁은 묵직한 마음으로 현관문을 닫았다. 꼬박 열네 시간을 촬영하느라 피로가 산더미처럼 쌓여 있었다. 어서 침대에 몸을 파묻고 한잠 푹 자고 싶은 생각밖에 들지 않았다. 은채만 아니라면 대수롭지 않게 넘어갔겠지만 아닌 게 아니라 한밤중에 마주한 태준의 얼굴에는 무언가 고통스러운 흔적이 역력했다. 누구도 범접할 수 없는 그만의 위험한 분위기는 보는 사람마저 위태롭게 만들었다. 자신의 룸으로 가면서도 지혁은 몇 번이나 태준이 있는 룸을 걱정스레 뒤돌아보았다.

체인을 걸어 잠그고 소파에 앉은 태준은 지혁이 남기고 간 브랜디를 들이켰다. 문득 뇌를 빼곡히 메우는 누군가의 얼굴에 가슴이 서걱거렸다.

그녀도 머리가 아프다고 한 적이 있다. 그의 손이 닿는 걸 극도로 꺼려하던 그녀도, 당장 꺼지라고 하던 그녀도 그날은 힘없는 목소리로 머리가 아프다고 했었다. 두통약을 좀 구해달라고. 그 이후로 여진을 본 적은 없었다. 바쁜 일정에 쫓겨 하루 24시간이 부족했고, 그러던 중 독일행이 정해져 우연을 기대할 수도 없었다. 이제 두통은 좀 괜찮아졌을까. 그 일로부터 벌써 한 달이 넘는 시간이 흘렀음에도 불구하고 여진이 걱정되기 시작했다. 설마 아직도 머리가 아프거나 하지는 않겠지, 하는 어처구니없는 생각이 점점 꼬리에 꼬리를 물고 그를 괴롭히고 있었다.

"젠장!"

말끔히 비워진 글라스를 테이블에 거칠게 내려놓으며 태준은 험악한 욕지기를 내뱉었다. 이국의 밤은 감상에 젖게 하나 보다. 빈속에 들이부은 술은 망각하고 있던 옛 기억을 하나하나 일깨우고 있었다. 감겨진 눈 사이로 여진의 얼굴이 선명하게 떠올랐다. 태준은 더욱 힘 주어 눈을 감았다. 여자의 잔영을 털어내듯, 눈에 아로새겨지는 그녀의 영상을 잘라내듯.

얼마나 시간이 경과되었을까. 태준은 결국 휴대폰을 들고 말았다. 얼마 전, 석민서 사장을 통해 알게 된 번호를 하나하나 누르는 손에 긴장이 묻어나왔다. 마지막 번호를 남겨두고 폴더를 덮으며 그는 거칠게 머리카락을 쓸어 올렸다. 이 무슨 미친 짓이란 말인가. 이 시간에 전화를 하다니, 그것도 다른 사람도 아닌 한여진, 그 빌어먹을 여자라니!

스스로에게 참을 수 없을 만큼 화가 났다. 통제할 수 없을 만큼 분노가 치밀었다. 겨우 이것밖에 안 되는 자신에게 실망을 금할 수가 없었다. 하지만…… 태준은 다시 폴더를 열었다.

"나…… 머리가 아파. 부축 따위 안 해줘도 되니까, 두통약이나 좀 구해줄래요? 아무 약이라도 좋아, 머리만 안 아프다면.”

　여진의 음성이 귓가에서 맴돌고 있었다. 지친 듯 속삭이던 그녀의 나직한 목소리가 그로 하여금 무언가에 이끌려 전화를 하게 만들고 있었다. 문득 정신을 차렸을 땐, 이미 휴대폰 너머에서 신호음이 울려 퍼질 때였다. 그리고 그것은 취기로 몽롱해져 가던 그의 정신을, 며칠 동안 잠을 이루지 못해 흐려졌던 그의 이성을 일시에 제자리로 돌려놓았다.

　“Shit!”

　사납게 휴대폰을 내던졌다. 더 이상 신호음은 들리지 않았지만 여진의 잔영을 털어낼 수는 없었다. 빌어먹을, 머리가 아프든 말든 무슨 상관이라고 이렇게 신경을 곤두세운다는 말인가. 병에 남은 브랜디는 얼마 되지 않았다. 태준은 한 방울도 남김없이 잔에 쏟아 부었다. 잔이 철철 넘쳤지만 의식하지 못했다. 그의 눈길은 여전히 구석에 처박힌 휴대폰에 고정되어 있었다.

　“여보세요? 여보세요? 전화를 하셨으면 말씀을 하셔야죠. 여보세요?”

　아침 열 시가 다 되어가는 시간이었다. 늦은 출근을 하려던 여진은 침실을 막 빠져나오다 응접실에서 전화를 받는 가정부의 행동에 살짝 눈살을 찌푸렸다. 같은 말을 반복하는 걸 보니 누군가 장난 전화를 한 듯했다.

　“무슨 일이에요?”

수화기를 들고 있던 가정부는 영문을 모르겠다는 듯 고개를 가로저었다.

"전화를 받았는데 말이 없어서요."

"지금도 아무 말이 없어요?"

"지금은 뚜우 하는 신호음만 들리는걸요?"

여진은 답답하다는 듯 가정부를 응시했다. 그걸 말이라고 하는 건가, 지금?

"끊긴 거잖아요. 거기다 대고 여보세요 하면 뭘 해요. 이미 상대는 전화를 끊은 것 같은데."

"그런가요?"

가정부가 무안한 듯 살짝 얼굴을 붉히며 어설픈 미소를 지었다. 여진은 가정부의 어린아이 같은 행동에 고개를 절레절레 저으며 현관으로 향했다. 밖으로 나가려던 여진은 우뚝 걸음을 멈추고 응접실로 내달렸다. 그리고 탁자 위에 놓인 전화기를 유심히 노려보았다.

"아무 말도 하지 않던가요?"

"네?"

식당으로 들어가려던 가정부는 무슨 뜻이냐는 듯 눈을 둥그렇게 뜨고 되물었다.

"전화를 받았을 때 아무 말도 없었냐고요."

"네, 한마디도 하지 않던걸요."

여진은 슬며시 입술을 물었다. 무언가 기분이 좋지 않았다. 덧붙이는 음성이 손으로 느낄 수 있을 만큼 떨리고 있었다.

“전에도 끊는 전화가 자주 왔었나요?”

“아뇨. 한 번도 없었는걸요. 오늘이 처음이에요.”

“네, 그렇군요.”

전화기에 시선을 고정시키고 있던 여진은 목이 떨어져라 도리질을 해댔다. 어이없는 상상일 뿐이다. 갑자기 여기서 왜 그가 생각난다는 말인가. 누군가 전화를 잘못했겠지. 잘못했을 거야. 주문을 걸듯 속으로 되뇌었다.

“나가볼게요.”

“다녀오세요, 사모님.”

현관으로 나가는 동안 여진은 수없이 뒤를 돌아보아야 했다. 꼭 전화벨이 다시 울릴 것만 같아 전화기에서 눈을 뗄 수가 없었다. 하지만 야속하게도 전화기는 길고 긴 침묵을 지키고 있을 뿐 더 이상 벨이 울리지는 않았다. 중요한 무언가가 손에서 소리도 없이 빠져나가는 것 같았다. 마치 손에 잡힐 듯 잡히지 않는 한줄기 연기처럼……

A broken hand works, but not a broken heart
부러진 손은 고칠 수 있지만, 상처받은 마음은 어찌할 도리가 없다

신체의 일부를 다쳤다면 이토록 고통스럽지는 않을 것이
하지만 누군가로 인해 상흔이 새겨진 마음의 병은 시간이 흘러도
결코 치유될 수 없는 불치병이 되고 만다

불과 몇 분 전까지 열락의 도가니였다고는 믿어지지 않을 만큼 싸늘한 정적이 흘렀다. 욕실에서 샤워를 마치고 나오던 민서는 커다란 타월 한 장만 허리에 걸친 채, 침실 바닥에 떨어진 수트를 뒤져 통장 하나와 도장을 꺼냈다. 지친 기색으로 침대에 누워 있던 여자의 머리맡에 통장을 휙 던진 그는 허리에 둘러진 타월을 거둬내고 몸에 남아 있는 물기를 닦아냈다.

"뭐예요, 이거?"

비스듬히 일어나 쿠션에 몸을 기댄 여자가 물었다. 민서는 여자의 손에 들려진 통장을 보며 무덤덤하게 입을 열었다.

"쓸 만한 가게 하나 차릴 돈은 될 거야. 이 아파트, 당신 명의로

바꿔놨고 돈도 넉넉히 넣어뒀으니 살기에 그다지 불편함은 없을 거야."

"무슨 뜻이죠?"

애리의 음성이 가느다랗게 떨렸다.

"다 알면서 입 아프게 설명하게 만들지 마. 애초에 말했지? 지겨우면 두말없이 헤어지자고."

오금을 박듯 민서는 단호하게 말했다. 애리의 얼굴에서 점차 핏기가 가시기 시작했다. 통장을 들고 있던 그녀의 손이 눈에 띄게 떨리고 있었다.

"벌써, 내가 지겨워졌어요?"

관계를 맺을 때와 달리 일이 끝나면 그는 소름이 끼칠 만큼 냉정했다. 이미 두 달 동안 살을 맞대고 지냈기에 새삼스러울 것도 없지만 오늘은 다른 날과 달리 더 차가운 그의 모습에 애리는 적응이 되지 않았다. 불과 몇 분 전, 뜨거운 몸짓으로 자신의 몸속을 파고들던 남자라고는 믿기지 않을 정도였다.

"벌써라니. 제법 오래됐어. 예전부터 끝내고 싶었는데 당신이 매달릴까 봐 그나마 시간을 조금 더 준 거야."

선심이라도 쓰듯 말하며 그는 넥타이 매듭을 묶었다. 애리는 피식 자조적인 웃음을 배어 물고 허탈하게 속삭였다.

"오래됐는데 날 위해서 관계를 유지했다라……."

"서운해할까 봐 넉넉히 챙겨뒀으니 알아서 결정해. 단, 매달리지 마. 그럼 곤란해."

어차피 오래도록 유지될 관계가 아니라는 건 알고 있었다. 회사

내에서 암암리에 퍼지던 소문에 의하면 석민서의 섹스 파트너는 석 달을 넘기기 힘들다는 말이 기정사실처럼 돌고 있었다. 그런 면에서 보면 그 소문은 헛소문이라고 볼 수 있었다. 그와 관계를 맺은 지 이제 겨우 두 달밖에 안 됐으니까. 아니면 석 달까지 가기에는 그녀의 기교가 부족했던지. 애리는 씁쓸한 웃음을 지우지 않은 채 침대 등받이에 몸을 기댔다. 어느새 옷을 말끔히 차려입은 그가 화장대 앞에서 흐트러진 머리카락을 정리하고 있었다.

"집은…… 우리 거래에 포함된 거였고, 그럼 이 돈은 뭐죠?"

마치 몸 파는 여자가 된 기분이었다. 애리는 날카로워지는 목소리를 가다듬기 위해 마른기침을 내뱉었다. 통장에 흘끗 눈길을 던진 민서의 입가에 비웃음이 번져 나갔다.

"알면서 묻는 건 무슨 의도지?"

"모르니까 묻는 거예요."

애리는 고집스레 말하며 통장을 침대 발치로 내던졌다. 가정이 있는 남자를 유혹했을 때, 이 정도는 각오하고 시작했다. 하지만 막상 눈앞의 현실로 다가오자 기분이 말도 못하게 비참했다.

"이번 주 중으로 회사에서 나가!"

화장대에서 홱 몸을 돌린 민서는 바지 주머니에 손을 찔러 넣고 명령조로 말했다. 애리의 눈이 휘둥그렇게 변해갔다.

"네? 회사에서 나가라뇨?"

애리의 새된 목소리가 침실을 빼곡히 메웠다. 눈살을 찌푸린 그는 단정하게 매어진 넥타이를 신경질적으로 느슨하게 당겼다.

"회장님이 눈치챈 것 같아. 당신이 있으면 거치적거려서 불편한 일이 생길 것 같거든. 필요없는 싹은 일찌감치 도려내야지. 이 래서 사내 여자와는 얽히지 않으려고 했는데, 쯧! 그러니 이왕 정 리하는 것 이쯤에서 깨끗하게 정리하자고.”

회장님……. 불현듯 오래전 창립 파티장에서 마주쳤던 그의 아 내 한여진이 떠올랐다. 그가 회장님이라 부르는 사람의 딸. 그때 그 여자가 뭐라 했던가. 석민서의 밑바탕은 그의 것이 아니라 한 수한 회장의 것이라 했던가? 애리는 그제야 모든 걸 이해했다는 듯 고개를 주억거렸다. 그리고 아쉬움을 담아 중얼거렸다.

“그럼 여기서 끝인가요? 이대로?”

단호하게 고갯짓으로 대답을 대신하는 민서를 보며 애리는 불 쑥 욕지기가 치밀어 올랐다.

“만약 내가…… 당신 아이라도 가졌으면 어쩌죠?”

“무슨 개소리야?”

민서의 음성이 단박에 낮아졌다. 지독하게 가라앉은 목소리를 의식하며 애리는 어깨를 으쓱거렸다.

“지난 두 달 동안 거의 잠자리를 했는데 임신이 안 된다는 보장 은 없잖아요? 당신도 알다시피, 당신은 상당히 거칠고 정열적인 남잔데…….”

“쓸데없는 짓 하면 무사하지 못할 거야. 임신, 임신이라 했나? 어디 다른 사내놈 애새끼라도 가졌다고 한번 난동 부려봐. 그땐 쥐도 새도 모르게 없애줄 테니까.”

등골 사이로 식은땀이 주르륵 흘러내렸다. 말로만 하는 소리가 아니라 그는 진심으로 그런 짓을 저지르기라도 하는 양 두 눈 가득 살기 어린 독기를 내뿜고 있었다.

"그냥 한번 해본 소리예요. 민감하게 받아들이긴. 나중에라도 내가 생각나면 찾아와요. 민서 씨라면 기꺼이 받아줄 테니까."

수트 상의를 집어 든 그는 침실을 벗어나며 미련없이 손사래를 쳤다.

"천만에. 그런 일은 없을 거야. 그러니 당신도 일찌감치 새로운 상대를 알아보는 게 좋을 거야."

침실 문이 닫히려는 찰나, 애리는 침대에서 벌떡 몸을 일으켰다. 옷가지 하나 걸치지 않은 우윳빛 나신의 몸으로 민서에게 다가선 그녀는 그의 귓가에 입술을 모으고 사악하게 속살거렸다.

"당신 이러는 거, 한여진이 알까? 그 자존심으로 똘똘 뭉쳐진 사모님이 밖에서 남편이 무슨 짓을 하는지 알고 있을까요?"

애리를 거칠게 밀쳐 낸 민서의 입가에 차가운 웃음이 새겨졌다.

"알아도 그만, 몰라도 그만이야. 아니, 안다고 해도 그 여자가 어쩌겠어? 그리고 다시 말해 두지만 이번 주 내로 회사 그만둬. 알았어?"

"……그러죠."

애리가 대답하는 순간 민서는 지체없이 아파트를 빠져나갔다. 엘리베이터를 타고 지하 주차장으로 내려가는 동안 애리가 마지막으로 남긴 말 때문에 심기가 불편해진 그는 솟구치는 분노를 다스리기 위해 주먹을 꽉 움켜쥐어야 했다. 마디 꺾이는 소리가 귓가에 들려왔지만 손아귀의 힘을 늦추지는 않았다. 한여진이 알면? 민서는 씨근덕거리며 이를 갈았다.

처음에는 그럭저럭 괜찮은 여자였다. 얼굴도 반반했고 몸매도 그만하면 쓸 만했다. 적당히 순종적이며 원하기만 한다면 기꺼이 침대에 누워 그를 기쁘게도 해주었다. 하지만 그 관계가 오래 유지되지는 않았다. 손가락만 까딱하면 몸을 내주던 여자가 언제부터인가 슬슬 지겨워지고 있었다. 끈 달린 인형처럼, 때로는 리모컨으로 조종할 수 있는 장난감처럼 여자는 시시해지고 있었다. 어쩌면 한 회장이 눈치를 챘다는 건 핑계일지도 모른다. 그는 애리에게 지겨움을 느끼고 있었다.

이제 한 회장의 눈 밖에 나지 않기 위해 한여진에게 신경 쓰는 척해야 하는 건가? 자동차에 오른 민서는 시동을 걸다 픽 웃고 말았다. 애리보다 차라리 자신의 손길을 거부하는 한여진이라는 여자가 더 흥미를 부추겼다. 이미 귀찮아진 존재보다는 정복욕을 자극하는 여자가 더 매력적이지 않은가. 이사회를 통해 회장 자리로 오르기 전까지는 잠시도 마음을 놓을 수는 없다. 더구나 한 회장은 보이지 않게 압력을 가하고 있었다. 슬슬 아이를 가지라는 말까지 하며……. 밤거리를 빠른 속도로 내달리던 민서는 전날 마주했던 한 회장의 마지막 말을 떠올리며 쓴웃음을 삼켰다.

『요즘 회사 내에 좋지 않은 소문이 들리더군. 그건 그렇고 아이를 가질 때가 되지 않았나? 젊은 남녀가 결혼한 지 몇 년이 지났는데 아직도 아이가 없다면 주변에서 뭐라 하겠는가?』

좋지 않은 소문이라면 애리를 말하는 것이리라. 애리는 정리했으니 이제 문제없겠고 남은 문제는 아이였다. 아이라, 한여진과의 사이에서 자신의 2세라. 썩 나쁘지는 않았다. 민서는 한 손으로 핸들을 유연하게 돌리며 턱을 매만졌다.

"하늘을 봐야 별을 딴다는 말이 괜히 있는 건 아니군."

윈도우 너머의 거리를 빠르게 질주하던 민서는 혼잣말을 내뱉으며 나직하게 한숨을 내쉬었다. 길고 긴 한숨이 입술을 가르고 나와 열려진 창문 틈새로 차가운 바람을 타고 흩어졌다.

눈을 뜨자마자 버릇처럼 사이드 테이블에 놓여진 미니 캘린더로 눈이 갔다. 빨간 테두리를 두른 날짜는 없었지만 여진의 머리 속에는 그날이 각인되어 있듯 선명했다. 이제 그가 돌아올 때도 다 되어가는 건가. 하긴 온다고 해도 만날 수 있는 사람이 아니다. 아니, 만나서는 안 되는 사람이다. 하지만 눈이 가는 건 어쩔 수가 없었다. 마음이 움직이는 건 어쩔 수가 없었다. 여진은 슬그머니 침대 시트를 부여잡았다. 마치 갈래 갈래로 나뉘는 자신의 마음을 다잡기라도 하듯 손에 힘을 주었다.

잠옷 위에 가운을 걸치고 밤사이 흐트러진 긴 머리카락을 정리했다. 치렁치렁한 머리카락이 허리께까지 닿아 반짝이며 윤기를 더하고 있었지만 귀찮기만 했다. 하나로 동여매기 위해 머리카락을 한데 모아보았다. 그러나 머리숱이 많아서인지 그마저도 쉽지 않았다. 대충 빗질만으로 정리를 마치고 침실을 나온 여진은 식당으로 들어가다 멈칫하고 말았다.

언제 들어왔는지 남편이 아침을 들고 있었다. 연한 그레이 빛깔

의 와이셔츠와 사선 무늬가 들어간 푸른빛이 도는 넥타이를 멋들
어지게 차려입은 그가 한 손에는 신문을 들고 다른 손으로는 국을
뜨고 있었다. 여진은 자신도 모르게 살짝 미간을 찌푸렸다. 근 보
름 만인가? 일주일이 넘게 외박을 하던 민서는 어느 날 훌쩍 들어
와 옷가지만 챙겨 그대로 다시 나간 후 집에 들어오지 않았다. 그
리고 나서 들어온 게 오늘이었다. 마치 아무 일도 없었다는 듯 민
서는 태연하게 행동하고 있었다. 늘 반복되는 아침처럼 덤덤하게
아침을 드는 모습을 지켜보던 여진은 무심하게 남편을 지나쳐 커
피메이트에 내려진 커피를 한 잔 빼 들었다.

달칵거리며 수저를 내려놓는 소리가 동굴 속의 울림처럼 커다
랗게 울려 퍼졌다. 여진은 아무런 소리도 듣지 못한 척 커피 잔을
찻잔에 받쳐 식당을 빠져나왔다. 그런 그녀의 뒤에서 민서의 굵은
음성이 채찍처럼 날아들었다.

"키우던 개가 몇날 며칠 집을 나갔다 돌아와도 반기는 게 이치
인데, 사람을 보고 인사도 하지 않는 건 너무한다고 생각하지 않
나?"

여진은 픽 코웃음을 치며 민서에게로 몸을 틀었다. 식사를 마쳤
는지 물을 마시던 그가 두 눈을 부릅뜨고 있었다. 그녀의 웃음이
점점 깊어졌다.

"당신은 사람이지 개가 아니잖아요."

그녀의 싸늘한 대응에 민서의 음성이 단박에 높아졌다.

"뭐야?"

"말 그대로예요. 개는, 혹여 길이라도 잃어버릴까 봐 주인이 걱

정이나 한다지만, 당신이 집을 잃어버릴 일도 없는데 내가 왜 걱정을 하겠어요? 걱정을 안 했으니 반가울 게 없는 건 당연한 일이고요."

의자에서 벌떡 일어난 민서는 성큼 여진의 코앞으로 다가섰다. 여진은 전혀 주눅 들지 않은 얼굴로 빈정거렸다.

"이것 봐요, 석민서 씨. 새삼스레 왜 이래요? 밖에 나가서 당신 하고 싶은 대로 즐기다 들어와 놓고 지금 이건 무슨 추태죠? 서로 불편하지 않게 모르는 척하는 것뿐인데 왜 그게 기분 나쁘다고 화를 내는 건데요?"

"입 다물어."

잇새로 한자한자 씹어뱉듯 민서가 말했다. 여진은 턱을 치켜세우며 도전적으로 그를 직시했다.

"혹시 간밤의 여자가 당신을 만족시켜 주지 못해서 그런 거라면 지금이라도 나가서 다른 상대를 구해봐요. 눈감아줄 테니까."

홱 돌아서는 그녀의 팔을 민서가 날쌔게 잡아챘다. 순간 뜨거운 물기가 피부 위로 확 끼쳐들었다. 거칠게 잡는 그의 손길에 의해 커피가 잠옷 소매를 흥건히 적셔놓았다.

"뭐 하는 짓이에요, 이거!"

야멸차게 민서의 손을 털어낸 여진은 식탁에 손을 뻗어 냅킨을 찾아 손등과 손목, 그리고 소매를 닦아냈다.

"정상적인 아내라면……."

한 걸음 다가선 그는 그녀의 머리카락을 어루만지며 들릴 듯 말 듯 속삭였다. 여진의 목 뒤로 솜털이 올올이 곤두서며 신경조직이 일제히 팽팽하게 당겨졌다. 민서가 그녀의 귓가에 바짝 다가와 말을 이었다.

"남편이 보름이 넘게 외박을 한 후 집에 들어오면 바가지를 긁기 마련이지. 어디서 누구와 뭘 했냐느니 하면서 말이야."

탁 하고 민서를 밀쳐 낸 여진은 비웃음을 토했다. 그녀의 눈빛이 매섭게 변하고 있었다.

"언제 우리가 정상적인 부부였던가요? 바랄 걸 바라세요."

차라리 모르는 척 식사를 마치고 나가는 게 더 석민서다운 짓이다. 한 번도 하지 않던 짓을 하는 그를 이해하지 못하겠다는 듯 여진은 한참 동안 그를 노려보다 쏟아진 커피 잔을 내버려 두고 식당을 나가려 했다. 하지만 채 한 걸음도 떼지 못하고 그녀는 제자리에 굳어버리고 말았다.

"아이가 생기면 정상적인 부부가 되겠지."

전신의 피가 역류하고 있었다. 아니, 일정한 속도로 혈관을 타고 돌던 검붉은 피가 발 아래로 소리도 없이 빠져나가는 기분이었다. 사색이 된 얼굴로 여진은 천천히 고개를 돌렸다. 가까이 다가온 그가 싸늘하게 입매를 일그러뜨리며 그녀의 볼을 톡톡 두드렸다. 굳어버린 몸이었기에 그의 손을 쳐낼 수가 없었다. 멍하니 그를 바라보기만 할 뿐 여진은 입도 벙긋할 수가 없었다.

"장인어른이 그러시더군, 아이를 가지라고. 어때, 한여진? 슬슬 정상적인 부부 역할 해보고 싶은 마음 없나? 난 당신이라면 그럭저럭 괜찮을 것……."

"아, 아버지가요?"

　미세하게 흔들리는 목소리가 마음에 들지 않았다. 마른기침으로 목을 가다듬어 보지만 떨리는 음성은 나아지지 않았다.

　"언제요? 언제 그런 말씀을……."

　"엊그제."

　간단명료하게 대답을 마친 그가 볼을 쓰다듬던 손을 아래로 떨어뜨려 그녀의 목덜미를 훑었다. 그의 손이 지나가는 피부 위로 소름이 오스스 돋아나는 것만 같아 여진은 이를 악물었다.

　"당신 여자 많잖아요. 밖에서 낳아와요. 키우는 건 내가 할 테니까."

　간신히 쥐어짜듯 말을 마친 여진은 한 걸음 뒤로 물러섰다. 손가락 하나 까딱할 힘이 남아 있지 않아 그를 밀칠 수도, 떼어낼 수도 없었다. 그저 뒤로 물러나는 것만이 그녀가 할 수 있는 최대한의 방어였다.

　"방금, 뭐라 했어?"

　그가 소름 끼치도록 나직하게 입을 열었다. 민서의 미간에 시퍼런 혈관이 툭 불거져 나왔다.

　"밖에서 낳아오라고 했어요. 당신, 아이를 원한다면 내게 이럴 게 아니라……."

　"입 다물어, 한여진. 내 아이를 낳을 여자는 당신이야. 장인어른이 원하는 아이는, 당신과 나 사이에서 태어나는 아이라고! 몰라서 그러나?"

　그녀의 말을 가로막은 그가 돌연 언성을 높였다.

　이거였어! 날 믿는다고 되지도 않게 중얼거리던 아버지의 말뜻

은! 여진은 심한 배신감을 느꼈다. 전신을 감도는 분노에 자기제
어를 하지 못할 지경이었다. 아이라고, 아이라고! 목이 터져라 비
명이라도 지르고 싶었다. 눈앞에 부친이 있다면 목이 떨어져 나가
라 뒤흔들고 싶었다. 도대체 내게 왜 이러냐고, 원하는 게 뭐냐고,
그만큼 원하는 대로 해줬으면 되지 않았냐고 따지고 싶었다. 하지
만 여진은 알고 있었다. 결코 그럴 수 없음을. 목구멍까지 하고 싶
은 말이 꾸역꾸역 차올라도 단 한 마디도 할 수 없고, 따질 수 없
음을 모르지는 않았다. 그러나…… 아이는 안 된다. 절대 아이만
은 안 되는 일이었다.

“뭐야, 한여진? 꿀 먹은 벙어리라도 되셨나?”

민서의 놀리는 듯한 말투에 정신을 차린 여진은 황급히 머리를
가로저었다. 안개 속을 거닐 듯 머리 속이 뿌옇게 변해가고 있었
다. 정신 차려야 해! 그녀는 자신에게 주문을 걸듯 입속으로 중얼
거렸다.

“내 방을 정리하든지 당신 방을 정리하든지 둘 중에 하나는 정
리해. 아이를 가지려면 각방을 쓸 수는 없지. 안 그래?”

그가 마지막 일격을 가하고는 유유히 식당을 나가고 있었다. 그
의 뒷모습을 노려보던 여진은 나직하게, 더 할 수 없이 싸늘하게
입을 열었다.

“아이는 없어요.”

막 식당을 빠져나가려던 민서가 고개를 돌려 그녀를 바라보았
다. 그녀의 거절에 기분이 상했다는 듯 그는 무언가를 때려 부술
듯 주먹을 그러모아 쥐고 있었다.

“당신과의 사이에서, 아이는 없어! 없을 거라고요! 내 말 명심해요. 아이를 원한다면 밖에서 낳아요. 얼마든지 키워줄 수 있어. 하지만 내게 강요하지 말아요. 당신 아이를 낳으라니, 당신과의 사이에서 아이까지 낳으라니…….”

여진의 음성이 점점 평정을 잃고 고조되어 갔다.

“오늘 밤이야, 한여진, 오늘 밤! 당신이 그럴수록 날 자극하는 거라는 것 모르나? 그래, 어디 실컷 싫다고 해봐. 오늘 밤이 디데이(D-Day)가 될 테니까.”

손가락을 탁 튕긴 그는 여진을 위아래로 훑어보더니 입가에 냉소를 머금었다. 그의 잔인한 모습에 여진은 머리 속이 아득해지듯 비틀거리고 말았다. 페이드아웃이 된 화면처럼 눈앞이 점점 시커멓게 변해갔다.

그가 나가며 마지막 쐐기를 박았다.

“저녁에 보지.”

현관문이 닫히는 것을 망연히 지켜보던 여진은 입술을 비집고 나오는 신음을 애써 식도 안으로 삼켰다.

“하! 대단해, 석민서 씨. 대단하시네요, 아버지…….”

여진은 스르르 식당 바닥에 주저앉고 말았다. 마치 누군가와 기력을 다해 싸운 것처럼 전신의 기운이 다 빠져나간 듯했다. 민서에게 원한은 없었다. 애초부터 물과 기름처럼 겉돌았을 뿐 그에게 쌓인 감정 따위는 존재하지 않았다. 하지만 이런다면 그녀는 그를 미워할 수밖에 없다. 이럴수록 그를 원망할 수밖에 없었다. 아니, 자기 자신을 미워할 수밖에 없었다. 할 수 있다면 지구 밖으로 내동댕이치고 싶을 만큼 한여진이라는 존재가 저주스러울 정도로 싫었다. 그러나 어쩔 수 없는 선택이었다. 어쩔 수 없는…….

기진맥진한 한숨 소리가 텅 빈 식당을 가득 메우고 그녀의 황폐한 가슴을 아프도록 잔인하게 휘저어놓았다.

"자자, 그동안 낯선 이국땅에서 촬영하느라 고생한 스태프들을 위하여!"

일제히 잔을 높이 치켜든 그들은 분위기를 주도하는 조감독 상현의 주문에 따라 큰 소리로 '위하여'를 외치고는 단번에 잔을 비웠다.

"정말 말도 통하지 않는 이 빌어먹을 나라에 와서 한 달 동안 얼마나 고생이 많았습니까. 자자, 마셔요, 마셔. 오늘 신나게 마시고 내일은 죽읍시다."

독일 신 마지막 장면까지 촬영을 마친 그들은 이미 초저녁부터 술판을 벌였다. 벌써 취기가 달아올라 얼굴이 붉어지고 혀가 꼬인 사람들도 제법 되었지만 상현이 붙들고 늘어지는 바람에 아무도 자리를 뜨지 못하고 억지로 술을 마셔야 했다. 그중에 태준도 포함되어 있었다. 적당히 오른 술기운은 그의 피로에 전혀 도움이 되지 않았다. 오히려 해만 끼칠 뿐이었다. 눈치 봐서 자리를 뜨고 싶어도 배우나 스태프나 누구 하나 자리를 비우지 않고 있는데, 감독 혼자만 자리를 비우기도 뭣해서 그는 어쩔 수 없이 다른 사람들과 함께 술잔을 비우고 있었다.

"그래도 감독님이 계셨기에 얼마나 다행이에요. 독어를 제법 유창하게 하시던데, 몇 개 국어를 마스터하신 건가요?"

촬영감독 이지훈이 물었다. 태준은 픽 웃으며 손을 내저었다.

"유창은 무슨. 그냥 바디랭귀지를 면하는 정도지."

슬슬 몸이 붕 뜨고 있었다. 저녁을 먹는 둥 마는 둥 하고 시작한 술자리라서 그런지 모두들 일찌감치 풀어졌고 태준 역시 제멋대로 혀가 꼬이는 기분에 극도로 말을 아꼈다. 그의 곁에 연아가 다가와 술잔을 내밀었다. 태준은 고개를 가로저었다.

"그만 마시겠어. 지금도 너무 많이 마신 것 같거든."

거절에도 불구하고 연아는 막무가내로 잔을 내밀고 브랜디를 따르려 했다. 태준이 아예 잔을 테이블에 엎어놓자 연아가 벌떡 일어나 조감독을 목이 터져라 불렀다.

"조감독님, 감독님이 술을 그만 마시겠다는데 어쩌죠?"

"어쩌긴. 입 벌리고 그냥 부어버려."

벌겋게 달아오른 얼굴로 장난스레 말하던 상현은 개구쟁이 같은 미소를 지었다.

"감독님, 오늘은 빼는 거 없습니다. 살면 다같이 살고, 죽으면 다같이 죽는 거예요. 마시세요, 일단 마시고 내일 일은 내일 생각합시다. 어차피 내일 오후에 비행기 탈 텐데 뭐가 걱정입니까?"

"그것 봐요."

연아는 날름 혀를 내밀고 태준이 엎어놓은 잔에 브랜디를 따라 그의 앞에 흔들었다. 갈색 액체가 투명한 유리잔에서 조금씩 흘러 넘치고 있었다. 필요이상으로 바짝 매달리는 연아를 불편하게 받아들이던 태준은 그녀가 내미는 잔을 받아 듦과 동시에 맞은편에 앉은 재아의 옆자리로 몸을 옮겼다. 뒤통수에 날카롭게 꽂히는 연아의 시선을 감지했지만 그는 무시하는 것으로 싸늘하게 대응했다.

"독일 신이 생각 외로 긴데, 나중에 상영 시간 초과로 잘라내야 하는 거 아녜요?"

술잔을 기울이던 재아가 걱정스레 물었다. 태준은 고개를 주억거리며 입을 열었다.

"그건 그때 가서 생각해야지. 일단 독일 신을 다 찍어둬야 다음 촬영이 편하니까. 독일 신 하나 찍겠다고 전 스태프가 다시 독일로 날아올 수는 없지 않겠어? 어쨌든 고생했어, 재아 씨."

"뭘요, 감독님이 제일 고생하셨죠."

재아와 이런저런 이야기를 나누는 사이 누군가 목청을 높여 주위를 끌었다.

"자, 마이크 테스트, 마이크 테스트. 여기를 주목해 주십쇼."

누군가 했더니 아니나 다를까 상현이었다. 거나하게 마신 걸 숨길 생각도 없는지 비틀비틀 걸어다니던 상현은 브랜디 병을 마치 마이크처럼 들고 다니며 말을 이었다.

"프랑크프루트의 밤은 깊어가고! 창밖에 부슬부슬 비도 옵니다! 자아, 여기 우리의 마지막 밤을 밝혀줄 촛불도 있으니 가벼운 놀이나 하나 해보는 게 어떻겠습니까?"

또 무슨 장난을 하자는 건지, 태준은 속으로 중얼거리며 상현의 행동을 지켜보았다. 스태프와 연기자, 총 마흔 명이 넘는 사람들의 시선이 일제히 상현에게 고정되어 있었다.

상현은 뒤적뒤적거리며 주머니에서 무언가를 빼내 조명 아래에서 흔들어댔다. 은색 수저가 불빛 아래에서 반짝이고 있었다. 여기저기서 야유와 욕설이 날아들었다.

"에이, 그게 뭐야!"

"때려치워라, 때려치워! 뭔가를 기대한 우리가 잘못이지."

"자, 조용하십쇼. 학창시절에 즐겨했던 그 놀이! 애들은 가라, 애들은 가! 모두 양심에 손을 얹고 진실게임을 시작하겠습니다. 주최 측은 접니다. 이의는 제기하지 마십시오. 받아들이지 않겠습니다. 모두 게임 방법은 알고 있겠죠? 숟가락이 테이블 위에서 돌아가다 멈추는 곳에 앉은 사람이 진실만을, 다시 한 번 말합니다. 진실만을, 말하는 게임입니다."

태준은 슬그머니 자리에서 일어났다. 앉아 있던 사람들의 시선이 일제히 그에게 날아들었다. 태준은 멋쩍은 미소를 지으며 변명하듯 말했다.

"난 피곤해서 이만 일어나야겠군. 남은 분들이나 즐거운 시간 보내도록."

인사를 마치고 나가려는 그의 손을 너도나도 붙잡았다. 거미줄처럼 끈질기게 매달리는 사람들의 손에서 벗어나지 못한 태준은 결국 엉거주춤 자리에 앉고 말았다.

"나참. 이봐, 조감독. 그런 것 말고 좀 참신한 거 없나? 이 나이에 진실게임이라니 웃기잖아."

이왕 자리에 앉은 태준은 면박 주듯 말했지만 상현은 전혀 동요하지 않은 채 저 혼자 신이 나서 수저를 테이블에 올려놓고 돌리고 있었다.

"감독님, 지방 방송은 꺼주십시오. 지금은 신성한 진실게임 시간입니다."

"차라리 야자타임을 하는 게 낫지!"

촛불 아래에서 은빛 수저가 빙글빙글 돌아가고 있었다. 야유를 퍼붓던 사람들도, 유치하다고 혀를 내두르던 사람들도 무언가에 홀리듯 수저에 시선을 던지고 모두들 침묵을 지키고 있었다. 빙글빙글 돌던 수저가 점점 움직임이 둔해졌다. 그리고 천천히 멈추기 시작했다. 갑자기 와아 하며 탄성이 터져 나왔다.

"네! 일번 타자 정재아 씨! 축하드립니다, 자리에서 일어나 주십시오!"

머뭇머뭇거리며 자리에서 일어난 재아는 입을 삐죽였다.

"왜 내가 첫 타야, 젠장!"

"운명입니다. 자, 첫 번째 질문은 뭐로 할까요? 여러분들 의견을 받겠습니다."

태준은 피식 웃으며 의자에 머리를 기댔다. 나갈 수 없다면 여기서 눈을 붙이는 게 나을 듯했다. 서로 정신없이 놀고 있으니 잠시 눈 좀 붙이다고 해도 눈치챌 사람은 없을 듯했다.

"첫 타인데 가볍게 나가지 뭐. 첫사랑이나 불어라!"

"네. 정재아 씨, 들으셨죠? 첫사랑을 고하랍니다. 언제, 누구와 어떻게 육하원칙으로 말씀해 주십시오."

눈을 감고 있으면서도 태준은 그들의 대화를 묵묵히 듣고 있었다. 첫사랑, 첫사랑이라……. 누군가의 얼굴이 떠올라 그의 눈가에 미세한 경련이 일었다.

"나 이거 말했다가 정재아의 숨겨진 과거 어쩌고저쩌고 하며 스캔들 터지는 거 아냐?"

재아의 조심스러운 말투가 바(Bar)를 가득 메웠다. 여기저기서 웃음소리가 터져 나왔다.

"여긴 기자 없으니 걱정 붙들어매."

첫사랑, 태준은 떠들썩하게 들려오는 목소리들을 무시하고 혼자만의 상념에 빠져들었다. 잠이 들고 싶었건만 갑작스레 떠오르는 얼굴로 인해 그는 시간과 공간을 이동하고 말았다. 마치 다른 곳에 있듯, 다른 시간대에 있듯 가슴에 저릿한 통증이 일파만파로 퍼져 나갔다. 아득해지는 생각의 끄트머리에서 정신을 차린 건, 이제까지와는 사뭇 다를 정도로 사람들의 음성이 고조되어 있었기 때문이다. 꽤 오랫동안 여자의 생각에 얽매여 있었나 보다. 태준은 뇌리를 빽빽이 메우는 어느 여자의 얼굴을 지우고 주변을 둘러보았다.

"네, 연출부 스크립터의 첫경험을 들어봤습니다. 그럼 다시 수저를 돌릴까요?"

첫경험까지 들춰냈나? 스크립터 유준욱의 얼굴이 붉게 상기되어 있었다. 순진하게 불라는 대로 다 불었나 보다. 준욱의 이마에는 송골송골 땀까지 맺혀 있었다. 태준은 픽 웃으며 스르르 다시 눈을 감았다. 수저 돌아가는 소리가 들려왔다. 모두들 숨을 죽이고 있는지 테이블 위를 빙빙 돌아가는 금속성 소리만이 커다랗게 울려 퍼졌고 이어 상현이 괴성을 질렀다.

"네, 당첨! 우지혁 씨! 언제 걸리나 했습니다. 비켜가나 했더니

운 나쁘게도 걸리고 말았군요. 자아, 일어서십시오!"

아예 조감독 혼자 살판이 났다. 태준은 지혁이라는 소리에 슬그머니 눈을 뜨며 안됐다는 듯 고개를 절레절레 내저었다. 마지못해 자리에서 일어나던 지혁이 그의 눈길을 보더니 한숨을 쉬는 시늉을 했다.

"우지혁 씨는 가벼운 걸로 가지 맙시다. 그래도 국내에서 제일 인기있는 배우인데 이 기회에 파파라치처럼 뭔가 큰 걸 한번 캐보자고요. 자, 뭘 물어볼까요?"

상현의 은밀한 말투에 소도구 담당을 맡은 전미희가 양손에 입을 모으고 큰 소리로 말했다.

"여자 관계! 유독 여자들에게 냉정하다고 정평이 나 있는데. 어디선가 들었어요, 지혁 씨 인생에는 오직 한 여자밖에 없다고. 정말 지혁 씨 인생에는 은채 씨 한 사람밖에 없나요? 은채 씨를 만나기 전에도 말예요. 솔직담백하게 말해 봐요. 겉모습으로 봐선 지혁 씨 여자들 엄청 꼬일 것 같은 얼굴이잖아요. 그렇게 잘생겼는데 과거에 여자가 없었다는 건 말이 안 되죠."

당돌하다 싶을 정도로 당당하게 말을 마친 미희는 어깨를 으쓱거리며 지혁의 대답을 기다렸다. 태준은 미희를 향한 시선을 거둬 지혁을 바라보았다. 순간 태준의 눈이 가느다랗게 변해갔다. 지혁의 안색이 평소와는 달리 백지장처럼 창백하게 변하더니 급기야 사색이 되어가고 있었다.

"노코멘트 하겠습니다!"

불쑥 은채의 음성이 좌중을 평정했다.

"뭐야, 그런 게 어딨어!"

미희가 입을 삐죽이며 불만을 토로했다. 자리에서 일어난 은채는 지혁의 팔에 팔짱을 끼며 애교스럽게 말을 이었다.

"그 물음에 꼭 답이 듣고 싶으시다면 다음에 저 없을 때 질문해 주세요. 저야 당연히 지혁 씨의 여자는 저밖에 없다고 믿지만, 만약 다른 여자가 있었다는 말을 듣게 된다면…… 살인날 것 같거든요. 그러니 저 없을 때 물어주세요. 아셨죠?"

찡긋 윙크를 던지며 말을 마친 은채는 모두 들으란 듯이 큰 소리로 지혁에게 말했다.

"우리가 너무 다정해 보이니까 다들 질투나나 봐요. 지혁 씨랑 나, 여기서 진하게 키스하는 사고라도 한번 저질러 볼까요?"

석상처럼 굳어 있던 지혁은 멍한 눈길로 은채를 응시했다. 은채가 생긋 웃으며 지혁의 입술 주변으로 다가가자 여기저기에서 손사래를 치며 시끄럽게 야유를 퍼부었다.

"됐다, 됐어! 그만 넘어갑시다요."

"누구 염장 지를 일 있어요? 무슨 말을 못한다니까. 대충 넘어가요!"

숟가락이 다시 회전을 시작했다. 태준은 지혁을 바라보던 눈길을 거두며 감독 특유의 눈치로 그에게 무언가가 있음을 직감했다. 우지혁에게 무언가가 있음을……. 혼자만의 생각에 고립되어 다른 사람들과 어울리지 못하던 사이, 주변이 소란스러워졌다. 아예 난장판이라도 된 듯 몇몇 사람들은 술잔으로 테이블을 내려치고 발을 동동 구르는 이들도 있었다.

그때 재아가 태준의 팔을 툭툭 쳤다.

"일어나세요, 감독님."

무슨 영문인지 모르겠다는 듯 태준은 미간을 모았다. 순간 그의 눈에 은빛 수저가 들어왔다. 수저의 방향이 정확히 자신을 가리키고 있었다. 이런…… 태준은 나직한 신음을 내뱉으며 고개를 내저었다.

"난 됐어. 안 해. 안 한다고!"

"안 나오면 쳐들어갑니다. 어서 일어서 주십시오. 뭐, 감독 특혜로 앉으셔서 질문을 받으셔도 됩니다. 자아, 질문하십시오. 누가 하겠습니까?"

태준은 난감하다는 듯 턱을 어루만졌다. 상현이 주위를 두리번거리자 연아가 목을 가다듬고 손을 들었다.

"제가 하죠. 일전에 감독님이 그러셨죠. 감독님은 누가 자신의 몸에 손대는 걸 싫어한다고. 혹시 특별한 이유라도 있는 건가요?"

두 눈을 정시하고 묻는 연아를 외면하며 태준은 싸늘하게 입을 열었다.

"글쎄."

"노! 그런 불성실한 대답은 접수하지 않겠어요. 다시 물을게요. 세상 사람 전부 다 싫다는 뜻인가요, 아니면 예외라는 게 있나요?"

묘하게 말끝을 흐리며 그녀가 비아냥거렸다. 마치 키스를 거부당한 그때의 분풀이라도 하겠다는 양, 연아는 집요하게 파고들고 있었다. 태준은 픽 실소를 머금고 주변을 둘러보았다.

“진실게임은 진실만을 말해야 하는 건가?”

상현과 연아가 목이 부러져라 고개를 끄덕였다. 그리고 호기심이 동하는지 다른 스태프들도 태준을 뚫어져라 바라보고 있었다.

“물론이죠!”

상현은 뜸들이지 말고 말하라는 듯 채근했다.

“진실게임이라. 프라이버시 침해라고 생각하지만 뭐, 좋아. 한 사람…… 예외는 있지. 내가 만지는 것도, 나를 만지는 것도 허용되는 사람이.”

그의 대답에 빨려들듯 누군가 다른 사람이 질문을 던졌다.

“오직 그 한 사람만?”

태준은 한마디 말도 없이 고갯짓을 했다.

“그 사람이 지겨워지면 어쩔 거예요? 살다 보면 지겨워지는 날이 분명 올 텐데.”

연아가 도전적으로 쏘아붙였다.

“그 사람이 지겨워지는 날이 과연 오기는 할까…….”

생각에 잠기듯 태준은 한 템포 말을 늦췄다.

“하지만 중요한 건, 그 사람은 더 이상 내가 만질 수 없는 곳에 있지. 손댈 수 없는 곳에.”

음울하게 중얼거리던 태준은 거칠게 의자에서 일어났다. 술이 과했나 보다, 이렇게 쓸데없는 말까지 늘어놓은 걸 보면.

“그만 가서 쉬어야겠군. 이제 붙잡지는 않겠지?”

미련없이 자리를 벗어나는 그를 만류하는 이는 아무도 없었다. 하지만 연아의 음성이 테이블에서 멀어지는 그의 움직임을 멈추게 했다.

"죽었어요? 그 사람, 죽은 거예요?"

태준은 슬며시 어금니를 사려 물었다. 바(Bar) 벽면을 노려보는 그의 눈빛이 싸늘하게 얼어붙었다.

"내 마음속에서는 이미 죽은 지 오래야."

"뭐야? 죽었다는 거야, 말았다는 거야?"

연아의 토라진 음성이 귀를 메웠지만 태준은 걸음을 멈추지 않았다. 남겨진 사람들이 두런두런 말을 나누는 것을 뒤로하고 태준은 자신의 룸으로 향했다. 날이 밝으면 후회할지도 모른다, 오늘 이 자리에서 내뱉은 말들을. 하지만 술기운을 빌려서라도 한 번쯤 입 밖으로 끄집어내고 싶은 말들이었다. 자신의 속내를 한 번쯤은 내보이고 싶었다. 하지만 결과는 참담했다.

태준은 자조적인 웃음을 배어 물고 룸 문을 열어젖혔다. 지친 듯 그대로 바닥에 주저앉은 그는 한숨을 쉬듯 나직이 뇌까렸다.

"차라리 죽어버렸다면 만지고 싶다는 욕심 따위는 안 생기겠지, 빌어먹을!"

태준은 질끈 눈을 감고 생각에 잠겼다. 뭐가 다르겠는가. 마음속에서는 이미 죽어버렸는데, 살아 있든 죽어버렸든 그의 마음속에는 존재하지 않는 여자인데 무슨 상관이랴. 문에 머리를 기대고 길게 다리를 뻗었다. 침대까지 기어가기엔 몸이 너무 피곤했다. 이대로 눈을 감고 죽은 듯이 잠을 청하고 싶은 엉망인 밤이었다.

사랑받지 못하는 것은 슬프다

그러나 더욱더 슬픈 것은 사랑할 수 없다는 것이다

사랑을 받지 못해서 슬프고, 사랑을 할 수 없어서 더 슬프다

하지만 그보다 더 슬프고 더 절망적인 것은

아직도 '사랑'이라는 단어를 거론한다는 것이다

사랑······ 개나 물어가라지!

춘천 공지천 호수 주변은 촬영하는 사람들과 구경하는 사람들로 북적북적거렸다. 물밀듯이 밀려드는 사람들을 제한하느라 영화 관계자들은 분주했고 목을 쭉 빼고 구경하는 이들은 한걸음이라도 더 다가가서 보려는 듯 혈안이 되어 있었다.

먼 곳에 떨어져서 그 모습을 지켜보던 여진은 핸들을 잡고 있는 손을 경쾌하게 두드렸다. 제법 먼 곳이라 하나 그의 얼굴은 선명하게 잘 보였다. 그녀의 입가에 잔잔한 미소가 새겨졌다. 제작사라는 이유가 좋을 때도 있었다. 그가 어디 있는지, 무엇을 하는지 알고 싶어하지 않아도 자연스레 귀에 들어왔다. 그래서 그녀는 지금 이 자리에 있게 되었다. 근 한 달 가까이 집에 들어가지 않고

별장에서 생활하던 여진은 갤러리에도 일체 출입을 하지 않은 채 하루하루를 무료하게 보내고 있던 중이었다. 남편에게 '아이'라는 말을 들은 그날 이후로 잠시 여행을 간다는 핑계를 대며 집을 나와 있는 상태였다. 하지만 딱히 갈 만한 곳도 없었고 가고 싶은 곳도 없었다. 그러던 중 우연찮게 태준의 촬영 스케줄을 듣게 되었고 여진은 될 수 있으면 그의 스케줄에 맞춰 행동하고 있었다. 물론, 그가 전혀 눈치채지 못하도록 철저하게 조심하면서.

호숫가에 두 남녀가 서 있었다. 그들을 둘러싸고 조명이니 음향이니 쉴 새 없이 돌아가고 있었다.

"컷!"

쥐 죽은 듯 조용하던 호숫가에 태준의 고함이 크게 메아리쳤다. 여진은 그의 음성을 조금이라도 더 들으려는 듯 창밖으로 고개를 내밀었다.

"이 신은 무표정하게 바라보라 했잖아. 어떤 감정도 내비치면 안 돼. 애잔하고, 애절한 그런 감정 따위 다 때려치우라고 몇 번이나 말했어! 그저 눈을 마주하는 거야. 서로 바라보는 것뿐이라고! 그러다 회상 신 들어가고, 독일 신으로 넘어가서 과거로 가는 거야. 그 후에 회상에서 깨어난 다음에 애잔하게 바라보는 거라고 했잖아, 젠장! 일이 분만 참으면 되는데 그것도 못해? 무표정하게 바라봐, 무표정하게!"

벌써 몇 번이나 엔지가 나서인지 태준은 버럭 화를 내고 있었다. 두 남녀 연기자들이 너무 감정에 몰입해서인지 태준은 감정을 배제하라고 난리였다. 빙긋 웃음을 머금고 여진은 자동차 시트에

머리를 기댔다. 더 오래도록 창밖을 바라보고 싶었지만 행여 누군
가 알아볼까 싶어 신중하게 행동했다.

여기저기서 미리 영화 내용을 들었던 그녀이기에 여진은 대충
상황 파악이 되었다. 하지만 태준의 말에 동의할 수는 없었다. 십
년 만에 재회한 연인이 어떻게 아무런 감정 없이 서로를 바라보겠
는가. 서로가 싫어서 헤어진 것도 아니고, 어쩔 수 없이 헤어졌다
면 재회는 더한 애틋함으로 다가올 것이다. 그러나…… 여진은 가
만히 고개를 가로저었다. 그렇지 않은 사람들도 있을 것이다. 반
가운 것을 반갑다고 표현 못하고, 행복한 것을 행복하게 표현 못
하는 것처럼.

얼마나 그렇게 있었을까. 오케이 사인이 떨어지고 곧이어 태준
은 다른 것을 요구를 했다. 그의 말에 따라 남자 배우와 여자 배우
가 사람들 앞에서 능숙하게 서로를 끌어안았다. 모여드는 사람들
은 점점 더 많아졌고 여진의 시야는 시간이 흐를수록 좁혀져 가고
있었다. 태준은 확성기를 내려놓고 누군가를 불렀다. 멀리서 보아
도 그의 짜증스런 표정이 여실히 눈에 들어왔다. 태준이 뭐라 했
는지 가만히 그의 말을 듣던 남자가 구경꾼들을 밖으로 몰아내고
있었다. 촬영에 방해가 되는지 사람들을 내보낸 후에야 카메라는
다시 돌아가기 시작했다.

한곳에 주차하고 있던 여진은 훨씬 지켜보는 게 유리해졌다. 기
다란 테두리를 만들어 사람들의 거리를 제한한 촬영팀은 촬영장
맞은편 방향에 차를 세우고 있는 그녀의 차는 거들떠보지도 않고
있었다.

　작은 간이의자에 앉아 있던 태준은 벌떡 일어났다. 그의 손에 들려져 있던 확성기가 바닥에 내팽개쳐졌다. 무언가 마음에 들지 않는지 남자 배우를 밀어내고 냅다 여자 배우를 품에 끌어안는 그의 행동이 사뭇 거칠었다.

　순간 휘파람이 길게 울려 퍼졌다.

　"어이, 민 감독! 나중에 영화배우로 나서는 게 어때? 연기가 하루 이틀 해본 솜씨가 아닌데?"

　밀려났던 남자 배우가 우스갯소리를 던졌다. 그제야 여진은 남자 배우를 눈여겨보았다. 그러고 보니 스크린에서 제법 인기를 끌었던 사람이다. 이름이 우지혁이던가? 철저하게 사생활을 감춘 채 연예계 생활을 하는 그는 재계에서도 제법 이름을 떨치고 있는 남자였다. MBS 최대주주의 사위. 얼핏 듣기로는 그렇게 전해들은 것 같았다. 워낙 남의 일에 관심이 없어서 건성으로 들었지만 그 정도는 여진도 알고 있는 사실이었다. 우지혁이나 그의 아내, 그리고 아내라 불리는 그녀의 집안에서 사생활을 노출시키지 않기 위해 베일에 감싸둬서 그렇지 알 만한 사람들은 모두 알고 있는 사실이었다. 우지혁이라는 배우가 누구의 사위인지, 그의 아내가 누구의 딸인지 알 만한 사람은 모두 알고 있었다.

　여진의 눈길이 다시 태준에게 날아들었다. 여배우와 포옹을 나누던 그가 여자의 등을 부드럽게 쓸어 내리고 있었다. 순간 얄궂게도 부아가 치밀었다. 별거 아닌 일인데, 그야말로 그저 일일 뿐인데 아직도 기억의 한 자락에 남아 있는 영상이 떠올라 그녀를 괴롭혔다. 제작발표회 파티에서 누군가와 키스를 나누던 그의 모

습. 그 모습이 오래도록 그녀의 뇌리에서 떠나지 않은 채 잊을 만
하면 되살아나곤 했다.

태준의 가슴에 머리를 기대고 있던 여배우가 가만히 고개를 들
어 그를 응시하고 있었다. 태준 역시 그녀를 응시한 채 사람들을
향해 무어라 지시를 내리더니 이내 촬영을 계속 진행했다. 태준의
자리에 우지혁이 섰고, 여배우와 긴 포옹을 나눴던 태준은 어느새
간이의자로 돌아가 있었다. 그가 한결 부드러워진 표정으로 촬영
에 임하고 있었다.

몇 번의 엔지 끝에 오케이 사인이 떨어지고 태준과 했던 것처럼
진한 포옹을 나누던 두 배우가 모니터 앞으로 다가섰다. 방금 끝
낸 장면을 확인하려는 듯 모니터 앞으로 사람들이 하나둘씩 모여
들었다. 그들은 서로 웃으며 연기를 평했고 태준 역시 환하게 웃
고 있었다. 여진의 입술이 자연스럽게 곡선을 그렸다. 그때 태준
의 등 뒤로 누군가 다가가더니 뒤에서 살며시 그를 껴안는 모습이
여진의 각막에 새겨졌다. 누군지 굳이 확인하지 않아도 알 수 있
을 것 같았다.

그의 품에 안겨서, 그의 입술을 느꼈던 여자.

날카로운 단도가 심장을 뚫고 지나가는 느낌에 그녀는 신음을
삼켰다. 그리고는 핸들을 꽉 움켜쥐었다. 손톱이 살에 박히도록
꽉 움켜쥔 핸들을 손에서 놓고 여진은 황급히 시동을 걸었다.

자동차는 하늘을 가득 메우는 엑셀 소음을 남기며 사람들이 가
득 모여든 호수에서 멀어졌다.

"에이, 누구야, 촬영장에서 저렇게 무식하게 운전하는 게?"

누군가 투덜거리는 소리에 태준은 모니터에서 눈을 떼고 거머리처럼 딱 달라붙은 연아의 손길을 털어냈다.

"귀찮아. 떨어져."

연아가 입술을 삐죽이 내밀었다. 태준은 연아를 사납게 노려보고는 모니터로 눈길을 돌렸다. 그런 그의 곁에서 오랜만에 간식거리를 사들고 촬영장에 나온 정우가 고개를 갸우뚱거리며 도로가를 바라보았다.

"저거…… 선유의 한여진 차 아냐?"

정우는 좀 전에 보았던 롤스로이스 팬텀을 기억하며 중얼거렸다. 얼핏 보았지만 기종과 색깔이 그녀의 차로 알아보는 데 일조를 가했다. 언젠가 무슨 파티장에 한여진이 자동차를 타고 온 날, 여기저기서 국내에서 몇 안 되는 고가의 자동차라고 부러움 섞인 어투로 수군거리는 것을 정우는 그 자리에서 들었다. 하얀색 롤스로이스 팬텀. 아무나 탈 수 있는 차가 아니었다. 그날 얼핏 봤지만 자동차 넘버도 확실한 것 같았다. 정우는 멀어지는 자동차에 멍하니 시선을 고정시켰다.

"그런데 저 여자가 여긴 웬일이지? 지나가던 길이었나?"

"누구? 누구라 했어, 지금?"

간이의자에 앉아 있던 태준은 벌떡 일어나 정우가 바라보는 곳을 보며 눈을 가늘게 떴다. 하지만 도로는 이미 한적하게 비어 있었다.

"한여진. 너도 봤을 것 아냐, 석 사장 아내."

"확실해?"

태준은 도로에서 눈을 떼지 않은 채 정우의 대답을 재촉했다.

"확실해. 저게 어디 보통 자동차냐? 차 한 대 가격이 육억을 가뿐하게 넘는 자동찬데. 그것도 그렇지만 일전에 저 여자의 차 넘버를 우연히 본 적이 있거든. 아마 한여진 차, 맞을걸? 그런데 정말 여기는 웬일이지?"

일순 가슴에 싸한 바람이 불어닥쳤다. 태준은 얼굴을 일그러뜨리며 무너지듯 자리에 앉았다. 다음 신에 들어가기 전 모니터를 마쳐야 하는데 화면이 전혀 눈에 들어오지 않았다. 그녀가 왔다고, 여기에? 한여진이 이곳에 있었다고?

사납게 카메라를 노려보며 정신을 집중시키는 그의 앞에 하얀 종이컵이 내밀어졌다. 연아가 방긋 웃으며 김이 모락모락 나는 커피를 내밀고는 부드럽게 그의 팔에 매달렸다. 태준은 연아의 팔을 거칠게 뿌리치고 버럭 소리를 질렀다.

"한 번만 더 귀찮게 얽혀들면 일이고 뭐고 없을 줄 알아!"

바닥에 쏟아진 커피를 보던 연아의 얼굴이 붉게 물들었다. 연아가 사납게 눈매를 치켜 올리며 태준을 노려보았다. 갑자기 가라앉은 분위기에 누구도 입을 떼지 못하고 조심스레 서로를 바라보았다. 태준은 나직하게 욕지기를 내뱉으며 툭 말을 던졌다.

"이십 분간 휴식!"

정체 모를 감정이 가슴을 빼곡히 메워 나갔다. 누군가를 향한 분노가 금방이라도 폭발할 듯했다. 태준은 속으로 욕설을 삼키며 사람들이 없는 곳을 찾았다. 호숫가 한쪽에 위치한 벤치에는 사람들도 없을 뿐만 아니라 조용하기까지 해 그의 어그러진 심기를 달래기에는 충분한 장소로 보였다.

　벤치에 주저앉은 그는 싸늘한 한기에 옷깃을 여몄다. 촬영에 쫓기느라 시간가는 줄도 모르는 사이 벌써 겨울이었다. 눈코 뜰 새 없이 바빠 한 해가 지나가고 또 다른 해가 왔다는 것도 자각하지 못했건만 살을 엘 듯한 날씨가 계절이 변하고 시간이 흘렀음을 가르쳐 주었다. 일할 때는 촬영에 신경을 곤두세우느라 추위도 느끼지 못했는데 가만히 있으니 입김이 절로 나오고 이가 딱딱 부딪쳤다. 이 추위에 그 여자는 왜 여기까지 왔다는 말인가. 감기라도 걸리면 어쩌려고……. 도무지 종잡을 수가 없었다, 한여진이라는 여자를. 그토록 매정하게 그녀의 앞에 나타나지 말라고 해놓고, 그는 모르는 사람이라고 몇 번이고 반복했던 그녀가 이곳에 왔다니. 믿어지지 않았다. 하지만 정우의 눈썰미를 볼 때 결코 헛소리는 아닐 것이다. 정우가 봤다면 한여진은 이곳에 있었다는 소리다.

　"이유가 뭐야, 한여진? 여기까지 찾아온 이유가 뭐냐고!"

　여기서 흔들리면 안 된다. 어쩌면 정우의 말처럼 우연히 지나치다 눈에 띌 수도 있었다. 그러므로 대수롭지 않게 여기면 그만이다. 혼란스러운 머리를 정리하는 그의 귓가에 나직한 기침 소리가 들려왔다. 태준은 짜증스레 기침 소리가 들린 곳으로 시선을 돌렸다.

　"흠흠."

　은채가 해맑게 미소 지으며 다가섰다.

　"앉아도 돼요? 나도 다리 아픈데……."

　말끝을 얼버무리며 손가락으로 벤치를 가리키던 은채가 그의 눈치를 살폈다. 태준은 피식 웃으며 옆으로 조금 비켜 앉았다.

“앉아요.”

태준의 곁에 앉은 은채는 이온음료 캔을 내밀며 입을 열었다.

“기분 나쁜 일 있어요?”

태준은 씁쓸하게 입매를 굳혔다. 캔을 따고 음료수를 한 모금 마신 그녀가 말을 이었다.

“제가 나설 일은 아니지만 안 좋은 일이 있다면 털어버리세요. 앙금이 남은 감정으로 촬영에 임할 수는 없잖아요.”

달래듯 속삭이는 은채의 부드러운 음성에 태준은 불편했던 심기를 애써 가라앉혔다. 그녀의 말이 맞았다. 엉망인 기분으로는 촬영을 계속해 나갈 수 없었다. 아무래도 정신이 흐트러졌을 때에는 영화에 집중할 수 없기 때문이었다.

“그리고 연아 씨 아마도 감독님에게 관심있나 봐요. 하긴 스태프나 배우나 미혼 여자라면 지금 다 감독님을 넘보고 있어요. 감독님도 모르지는 않겠죠? 그나마 연아 씨가 너무 솔직한 성격이다 보니까 숨김없이 다가서는 것뿐, 나쁜 뜻은 없는 것 같아요. 너무 그렇게 거절하지만 말고 좋게도 봐주세요. 어쨌든 여잔데, 사람들 앞에서 그렇게 무안당하면 부끄럽고 속상하고 뭐, 그럴 거 같거든요.”

손에 쥐어진 캔을 이리저리 돌리던 태준은 문득 목이 타는 듯한 갈증에 서둘러 캔을 따고 음료수를 깨끗이 비웠다. 그리고 탁하게 가라앉은 음성으로 말문을 열었다.

“좋게 이해할 수도 있겠죠. 네, 기분 나쁘지만 참을 수도 있고요.

참으라면, 그녀의 손길까지 무시할 수도 있습니다. 하지만……."

태준은 말을 끝맺지 못한 채 허공을 노려보았다. 한여진이 왔었단다, 이곳에. 여진의 쓸쓸한 얼굴이 떠올라 가슴이 서걱거렸다. 태준은 각혈하듯 힘겹게 말을 이었다.

"하지만 연아 씨가 내 주변에 있다는 이유로 누군가가 오해하는 거, 그걸 원하지 않을 뿐입니다."

은채가 반짝 눈을 빛내며 그를 응시했다. 태준은 슬며시 어금니를 물고 은채의 눈길을 비껴 다른 곳을 바라보았다. 지나치게 맑은 사람이라 그런지 꼭꼭 숨기고 감추었던 속엣말이 채 걸러지지 않고 그대로 튀어나와 무안할 지경이었다.

"누가…… 봤어요?"

그의 눈치를 살피던 은채가 조심스레 물어보았다. 태준은 고개를 가로저으며 긴 한숨을 내쉬었다.

"글쎄요. 내 눈으로 확인하지 못했으니 본 건지 안 본 건지 나도 장담은 못해요."

괴롭히고 싶었다. 그녀의 일그러진 얼굴을 보고 싶었고 당황하는 모습을 보고 싶었다. 자신을 보고 싶지 않다 해서 억지로 일을 핑계 삼아 그녀의 집까지 찾아가기도 했지만 다른 여자를 내세워서까지 그녀를 괴롭히고 싶지는 않았다. 그것으로 인해 그녀가 괴로워할지 오히려 편안해할지 모르지만, 태준은 연아와 연관된 모습을 다른 사람도 아닌 한여진에게 만큼은 보여주고 싶지 않았다. 더구나 치기 어린 마음으로 여진의 앞에서 연아와 키스까지 나누지 않았던가.

차라리 다른 방법으로 그녀를 고통스럽게 하는 거라면 기꺼이 할 수 있었다. 자신을 귀찮다고 한다면 지겹도록 그녀의 앞에 모습을 드러낼 것이고, 부담스러워한다면 더 더욱 그녀를 곤경에 처하게 할 것이다. 하지만 정말이지 다른 여자는 내세우고 싶지 않았다. 그런 치졸한 방법을 쓰고 싶지는 않았다.

사뭇 심각해진 분위기를 의식한 은채는 망설이듯 입을 열었다.

"감독님 심장에…… 누가 있는 거로군요. 그렇죠? 그래서 다른 여자가 다가서면 강한 거부반응을 일으키는 것 같은데, 내 말이 맞나요?"

근처에 있는 쓰레기통에 빈 캔을 휙 던진 태준은 바람처럼 몸을 일으켰다.

"휴식시간 끝났군요. 슬슬 시작해 볼까요?"

은근슬쩍 질문의 답을 회피하는 태준을 보며 은채는 이해한다는 듯 고개를 끄덕였다.

"이제 기분은 좀 괜찮아졌어요?"

"하하, 썩 좋진 않습니다. 기분도 엉망인데 지혁이나 갈굴까 봅니다."

은채가 신음을 내뱉으며 성호를 그었다.

"안 돼요. 차라리 절 갈구세요."

태준은 시원스럽게 웃음을 터뜨리며 은채와 나란히 촬영장으로 걸음을 옮겼다. 문득 그의 시선이 도로가를 향했다. 드문드문 지나치는 차량 행렬을 지켜보던 그의 눈빛이 무언가를 찾듯 두리번거리다 실망감을 안고 어둡게 물들어갔다.

"부산에요? 그럼 그이는 언제 온다고 했는데요?"

여진은 수화기를 귀에 바짝 붙였다. 오늘은 집에 들어갈 거라고 전화를 하던 참이었건만 때마침 남편은 집을 비웠다고 했다.

[한 이삼 일 걸린다고 하던걸요?]

또 새로운 여자가 생겼나. 여진은 픽 실소를 흘리며 알았다는 듯 간략하게 입을 뗐다.

"도착하면 여덟 시쯤 될 것 같아요. 저녁은 준비하지 마세요. 알아서 해결하고 들어갈게요."

[네. 그럼 조심해서 오세요.]

언제까지고 피할 수만은 없는 문제였다. 강하게 나가서라도 반대를 하든지 그게 안 되면 아쉽지만 부친에게 매달리는 수밖에 없었다. 아이 만큼은 포기해 달라고, 다른 건 얼마든지 들어주겠으니 그것만큼은 포기해 달라고 애원이라도 해야 했다. 다시는 부친에게 부탁을 하거나 매달리고 싶지 않았다. 그러나 길이 없다면 선택의 여지도 없었다. 머리를 숙이고 부탁하는 수밖에.

통화를 마치고 한동안 소파에 기대어 있던 여진은 입고 있던 니트 위에 두꺼운 점퍼를 걸쳤다. 그리고 카메라를 준비해 밖으로 나갔다. 코트를 입을까 하다가 점퍼를 입었는데 다행히 잘 결정한 것 같았다. 별장 안은 온기로 따뜻했지만 밖은 뼛속까지 파고드는 냉기가 흐르고 있었다. 하얀 입김을 뿜어내며 한 걸음 한 걸음 조심스레 발을 뗐다.

별장은 산으로 둘러싸인 곳에 위치해 있었다. 워낙에 사람들이 찾아오는 걸 꺼려하던 부친이 별장 주변의 땅을 모두 매입해 일반인 출입금지를 해놓아 아무도 드나드는 사람이 없었다. 통나무로 지어진 별장 뒤로 돌아가면 지금은 꽁꽁 얼어버렸지만 산속에 얕은 시냇물도 있었다. 여진은 그곳에 가는 걸 가장 좋아했고 이 별장을 찾은 것도 그 이유에서였다.

인적이 드문 산은 한적했다. 날이 추워서인지 생명체는 하나도 없는 듯했다. 새도 보이지 않았고 나무들도 죽은 듯이 메말라 있었다. 눈이라도 내리면 조금 나을 듯했지만 올해는 눈이 귀한 계절인지 날만 지독하게 추울 뿐 눈은 내리지 않았다. 겨울이 되고 눈을 구경한 게 겨우 서너 번이 될까 말까 한 것 같았다. 돌부리를 밟고, 얼어붙은 흙길을 걸으며 고즈넉한 산과 하나가 되듯 여진은 조금씩 산속으로 들어갔다. 땅에는 지난 가을에 떨어진 낙엽들이 바싹 말라 있었고 살짝이라도 밟으면 종잇조각처럼 구겨져 짓이 겨졌다. 어깨에 걸친 카메라가 손끝에 닿았다. 뭔가를 찍기 위해 나왔는데 딱히 눈에 들어오는 게 없었다. 뺨이 얼얼해졌다. 생각 외로 겨울의 한파는 너무 추웠다. 감각이 사라지려는 손끝에 호오 하고 입김을 불었다.

어느새 시냇가에 다 온 듯했다. 울퉁불퉁한 돌무더기 위에 카메라를 올려놓고 그 옆에 앉자 냉기가 옷깃을 침투해 들어왔다. 추위를 무시하고 여진은 하늘을 올려다보았다. 파란하늘은 눈이 부시게 빛나고 있었다. 지그시 눈을 감고 양손을 바닥에 짚었다. 미처 장갑을 준비하지 못해 손이 시렸지만 상관없었다. 이렇게 눈을 감고 있으면 그리운 누군가가 바로 곁에 있는 것 같아 세상 모든 시름을 잊을 수 있을 것만 같았다. 휘이잉 하는 칼바람 소리가 귓가를 스치고 지나갔다. 그리고 바람 소리와 함께 누군가의 음성이 들려와 여진은 감은 눈에 더욱 힘을 주었다. 마치 눈을 뜨면 목소리가 사라지기라도 하는 양, 그녀는 꿈을 꾸듯 두 눈을 꼭 감고 있었다.

“사진을 찍을 땐, 여진아…… 카메라와 나, 그리고 피사체가 하나가 돼야 하는 거야. 눈으로만 카메라에 담을 영상을 보지 말고 마음으로도 느껴봐. 그러면 풀 한 포기조차 아름답고 사랑스럽게 느껴질 거야. 자, 눈을 감고 네가 찍고 싶은 걸 생각해 봐…….”

눈가에 투명한 물기가 번져 나갔다. 주섬주섬 자리에서 일어난 여진은 카메라를 들었다. 앵글에 잡히는 모든 것들을 휘익 지나치다 울창하게 뻗은 소나무에 카메라가 멈춰 섰다. 손을 내밀어 딱딱하고 서늘한 느낌의 나무줄기를 어루만졌다. 다시 그의 목소리가 들려오는 듯했다.

사진 찍는 법을 가르쳐 줬었지. 카메라가 어떻게 생겼는지 알지도 못하던 내게 너무도 많은 걸 가르쳐 주었지. 왜 내 앞에 나타난 걸까. 그냥 나 혼자 생각하고 또 생각하다 시간이 아주 많이 흐르면 잊으려 했는데…… 왜 하필이면 내 앞에 다시 나타난 걸까.

여진은 흐릿해지는 시선을 들어 하늘을 바라보았다. 매일 아침 그녀는 자신에게 주문을 건다. 오늘은 독해지자고, 오늘은 그를 떠올리지 말자고. 하지만 늘 ‘오늘은’ 하고 주문을 걸 뿐 정작 독

하게 먹은 마음은 점점 나약해지고 있었다. 시간이 흐를수록 무너
져 내리고 있었다. 하지만 그건 그녀 혼자만 있을 때였다. 만약 그
가 눈앞에 있다면 절대 약한 모습 따위는 보이지 않을 거였다. 무
너지는 또 다른 모습 또한 들키지 않을 거였다. 다른 사람도 아닌
그 앞에서 자신의 속마음을 드러낼 수는 없었다. 절대 그에게만큼
은 들키고 싶지 않았다. 두 얼굴이라고 해도 좋고, 가면을 썼다고
해도 좋았다. 듣기 싫은 얼음공주라고 불리는 것도 괜찮았다. 그
에게 숨길 수만 있다면…….

"한잔하지 않겠어?"

촬영을 마치고 돌아서려는 그를 정우가 붙잡았다. 태준은 혀를
쯧쯧 찼다.

"내일 새벽부터 촬영있어. 술은 무슨 술."

"간단하게 한잔만 하지 뭐. 너랑 한잔하려고 일부러 없는 시간
쪼개서 간식까지 바리바리 사 왔는데."

"됐다, 너나 많이 마셔."

빡빡한 일정으로 스케줄이 잡혀 있어 잠시도 시간을 헛되이 쓸
수는 없었다. 더구나 신경을 느슨하게 풀어버리는 알코올은 태준
이 가장 멀리해야 할 것이었다. 벌써 한두 사람씩 촬영장을 벗어
나, 남은 사람은 기껏해야 뒷정리를 하는 이들과 정우, 그리고 태
준뿐이었다.

정우는 근심 어린 음성으로 물었다.

"너 오늘 뭐가 문제인 거야?"

태준의 미간에 가로줄이 새겨졌다.

"무슨 뜻이야?"

정우가 예리하게 눈을 빛내며 그를 정시했다. 태준은 정우의 눈길을 피하지 않고 맞받아치며 되물었다.

"뭐가? 뭐가 문제라는 거야?"

태준의 음성에 짜증이 묻어나왔다.

"오늘 촬영장 분위기, 완전히 아이스링크였잖아. 전 스태프들이 입도 벙긋하지 못하고 네 눈치만 봤던 거, 너 몰라? 이연아 때문은 아닌 것 같고 다른 이유가 있는 것 같은데……."

"그런 것 없어!"

정우의 말허리를 자른 태준은 싸늘하게 대꾸했다. 홱 몸을 돌리고 주차장으로 향하며 태준은 손을 흔들었다.

"쓸데없는 참견 말고 너도 일찍 집에나 들어가."

"그냥 가면 어쩌냐. 일부러 시간 내서 왔는데. 그나저나 너, 답답해 보인다? 무지 복잡해 보여. 답답할 땐 술이 최곤데. 어때, 아직도 생각없어?"

정우의 끈질긴 유혹에도 불구하고 태준은 뒤도 돌아보지 않은 채 말했다.

"답답할 땐…… 드라이브가 최고지. 술 마실 바에야 드라이브나 하겠다. 다음에 보자."

자동차에 오른 태준은 시동을 걸지 못하고 핸들에 얼굴을 파묻었다. 남의 눈에 보일 정도로 흔들리고 있다는 말인가. 답답해 보이고, 복잡해 보이는 게 무신경한 정우의 눈에도 보인다는 말인

가. 태준은 지그시 어금니를 물었다.

똑똑―

누군가 윈도우를 두드리는 소리에 태준은 짜증스레 고개를 들었다. 정우가 따라왔을 거라 여기고 창밖을 노려보던 그는 연아의 등장에 얼굴을 일그러뜨렸다. 오늘따라 엉기는 사람들이 지나치게 많았다.

"뭐야?"

스르르 윈도우를 내리고 태준이 물었다.

"오늘 내 행동, 지나쳤다면 사과할게요."

의외로 담담하게 입을 뗀 연아는 생긋 웃음을 배어 물며 미안한 듯 드문드문 말을 끊었다.

"감독님이 사람들과의 접촉을 싫어한다면, 전 지나치게 접촉을 즐기는 사람 중에 하나거든요. 기분 나쁘셨다면 다음부터는 조심할게요. 그렇지만 아까처럼 사람들 앞에서 모멸감을 안겨주지는 말아요. 정말…… 낯 뜨거웠거든요."

"나도 사과하지."

내키지 않았지만 태준도 시큰둥하게 사과를 되돌렸다. 연아는 도리질을 해대며 난색을 표했다.

"억지로 하지 않아도 돼요. 문제는 제게 있었는데요 뭘. 그럼 내일부터는 다시 감독님의 쿨한 모습을 볼 수 있는 건가요?"

"이런, 쿨하게 대처하라고 윽박지르는 것 같군."

연아가 눈을 반짝였다.

"그렇게 웃으세요. 그 모습이 훨씬 보기 좋아요. 콧대 높은 내가, 감독님의 그런 면에 반했으니까.”

열려진 창문 틈으로 연아는 손을 내밀었다.

“앞으로 귀찮게 하지 않을게요. 촬영 마치는 그날까지 잘해봐
요, 감독님.”

“그러지.”

연아의 따뜻한 손을 맞잡고 태준은 악수를 마쳤다. 고개를 숙이
는 그녀를 남겨두고 태준은 재빨리 시동을 걸고 주차장을 벗어났
다. 연아의 사과로 불쾌했던 기분은 호전되어야 하건만 전혀 효과
가 없었다. 그녀의 앞에서는 웃는 낯으로 대했지만 문제는 연아가
아니라 정작 다른 곳에 있었다.

정말 드라이브라도 해야 할 것 같았다. 빠른 속도로 미친 듯이
질주하다 보면 뭔가 명쾌한 해답이 나올지도 모른다. 지금의 이
암담하고 막막한 심정을 해결해 줄 방안이 떠오를지도 모르는 일
이었다. 엑셀을 밟는 그의 다리에 힘이 가득 실렸다. 자동차 속도
계가 무섭게 올라가고 있었다.

“하, 망할!”

태준은 눈에 익은 장소를 보며 험악한 욕지기를 내뱉었다. 그저
달리고 싶었다. 목적지도 없이 달리다 길이 끝나는 곳이 있으면
거기서 차를 돌려 집으로 돌아가려 했다. 하지만 길은 끝나지 않
았고 그가 목적지로 정한 곳은 아이러니하게도 다시는 발걸음을
하고 싶지 않았던 한여진, 그녀의 집 앞이었다.

황당했다. 아니, 화가 치밀었고 분노가 치솟았다. 어리석은 자

신에게 분개할 수밖에 없었다. 무엇 때문에 여기까지 왔는지 납득이 되질 않았다. 무의식 중에 한 행동이기에 더 화가 났다. 이젠 아무것도 아니라 치부한 여자가 왜 이렇게 사사건건 그의 생각을 지배하고 이성을 마비시키는지 이해가 되지 않았다.

얼마나 잔인한 여자였던가.

얼마나 냉정하게 돌아선 여자였던가.

그런 여자를, 평생이 흘러도 지워지지 않을 지독한 상처만을 안겨주었던 여자를 왜 미워하고 증오하지 못하고 이렇게 그림자처럼 맴돌고 있을까. 태준은 격하게 핸들을 내리찍었다. 손끝을 타고 저릿한 아픔이 찾아들었다.

깊어가는 새벽, 달도 구름 속에 잠들어 지나가는 사람은 하나도 없었다. 주변을 둘러보던 태준은 시커먼 하늘을 바라보며 운전석 문을 열었다. 보안이 철저하게 이루어진 삼층 건물은 어둠 속에서 더 빛을 발하며 그의 눈에 아로새겨졌다.

군데군데 불을 밝히고 있는 집을 바라보면서 태준은 담배를 빼어 물었다. 필터를 지그시 물고 있다 그제야 생각났다는 듯 서둘러 불을 붙였다. 매캐한 담배 연기가 혀끝을 타고 폐부 깊은 곳으로 빨려 들어갔다. 심장 끝까지 담배 연기를 빨아 당긴 그는 긴 한숨과 함께 연기를 내뱉었다. 까만 밤, 대기를 가르고 부서진 담배 연기가 바람을 따라 흘러갔다. 또다시 깊게 숨을 들이쉬었다. 연기가 가슴을 휘저었다. 각막에 새겨지는 집은 눈을 감아도 훤히 내부를 그릴 수 있을 것 같았다.

오늘만이다. 오늘 단 하루만이다. 오늘만 이곳에서 그녀의 흔적을 더듬고, 그녀의 주위를 배회하겠다.

다 타버린 담배꽁초를 발치로 떨어뜨리며 태준은 자동차에 등을 기댔다. 주머니에 손을 찔러 넣고 고개를 젖혔다. 높게 솟은 집 안 어딘가에 그녀가 있을 터였다. 그녀가, 사랑해 마지않는 남편과 나란히 있을 터였다. 일순 태준의 짙은 눈썹이 꿈틀거렸다. 다듬은 듯 정교한 턱 선에 미세한 경련이 일었다. 태준은 슬며시 어금니를 물었다. 불쑥 욕설이 튀어나올 것 같아 목젖이 울릴 정도로 거칠게 침도 삼켰다. 그러나 식도를 타고 꾸역꾸역 올라오는 욕지기는 들릴 듯 말 듯 입술을 비집고 흩어져 나왔다.

이곳에 오면 그를 비참하게만 할 뿐이었다. 그것을 뻔히 알면서도 찾아왔고, 골수 깊이 파고드는 분노를 감지하면서도 돌아서지 못하고 있었다. 무얼까. 그녀는 무엇이기에 자신에게 이런 돼먹지 못한 감정을 가르쳐 주는 것일까.

또 하나의 담배가 발치로 떨어졌다.

목이 따가웠다. 얼마나 피웠는지 따끔한 목이 가슴까지 통증을 몰고 왔다. 그러나 태준은 버릇처럼 주머니를 뒤져 또다시 담배에 불을 붙였다. 기계적으로 연기를 빨아들이고 내뱉었다. 이 담배를 다 피우면 떠나겠노라 다짐하며 피우기 시작한 게 벌써 네 개비였다. 아니, 다섯 개비째던가? 태준은 슬쩍 시선을 내리깔고 짓이겨진 담배를 바라보았다. 정확히 여섯 개비였다. 시간이 제법 흘렀나 보다. 구름에 가려졌던 달이 삐죽이 고개를 내밀고 있었다.

"후우……."

한숨 사이로 연기가 길게 뿜어져 나왔다. 그녀가 있는 집 안 어딘가에서 불빛이 하나 꺼졌다. 오래도록 자리를 지키던 태준은 마지막 담배를 바닥으로 날리며 자동차에 올라탔다. 감상적인 마음은 오늘로 정리해야 한다. 혹시 그녀가 또다시 촬영장에 온다 해도, 만약 오늘처럼 보지 못하는 게 아니라 그 얼굴을 마주한다 해도 이처럼 밑바닥까지 흔들리는 건 곤란했다. 정말…… 곤란했다.

나른해지는 몸의 감각에 잠이 쏟아질 것 같았다. 여진은 서둘러 샤워를 마치고 욕실을 나오며, 한 손으로는 가운을 여미고 다른 손으로는 욕실 불을 껐다. 미니 바(Bar)로 다가가 와인을 한 잔 따른 그녀는 젖은 머리카락을 말릴 생각도 하지 않은 채 곧장 삼층으로 향했다. 서재에서 마음 편히 쉬는 게 좋을 듯했다. 역시, 자신의 집이긴 하나 너무 답답한 곳이다. 차라리 별장에서 지낼 때가 훨씬 편하고 즐거웠다. 누구의 눈치도 보지 않고 그녀가 하고 싶은 대로 했던 곳. 하루에 한 번 별장 관리인이 다녀가면 누구도 찾아오지 않던 곳이 벌써 그리워지고 있었다.

서재 창가에 서서 커튼을 열었다. 입술을 적시듯 마신 향긋한 와인이 기분 좋게 식도를 따라 내려갔다. 혀끝을 감도는 달콤한 향이 가슴의 답답함을 조금은 녹여주었다. 한 모금씩 입술만 축이는 정도로 와인을 홀짝이던 여진은 정원을 내다보던 시선을 육중한 철문 너머 있는 바깥세상에 고정시켰다. 삼층 서재에서 보면 집 앞이 훤히 내다보였다. 그러나 가로등불이 꺼져서인지 오늘따라 캄캄한 게 아무것도 보이지 않았다. 하지만 어스름 비치는 달빛과 정원을 밝히는 조명 덕분에 겨우겨우 사물을 구분할 정도는 되었다.

　이리저리 배회하던 여진의 눈길이 순간 움직임을 멈추고 한곳에 정지했다. 눈을 깜빡이지도 않고 창밖을 노려보았다. 손에서 와인 잔이 소리도 없이 떨어져 나가 카펫을 적셨다. 여진은 다급하게 창문을 열어젖혔다. 한겨울 찬바람이 득달같이 들어와 커튼이 펄럭였다. 시야를 방해하는 커튼 자락을 붙잡고 여진은 어둠 속에 서 있는 무언가를 주시했다.

　짙은 어둠 속에 지프차 한 대가 주차되어 있었다. 그 차의 운전석이 열리고 시커먼 그림자 하나가 자동차 안으로 사라져 갔다.

　서재 밖으로 내달리던 여진은 가운만 입고 있는 자신의 옷차림을 훑어보고는 의자에 걸쳐진 숄을 어깨에 둘렀다. 옷을 갈아입을 여유 따위는 없었다. 한시 바삐 나가봐야 한다. 자신이 본 게 맞는지 확인해야만 했다. 서두르느라 목덜미에 축축한 땀이 느껴졌다. 긴 머리카락이 목덜미에 들러붙었지만 그것을 떼지도 않은 채 여진은 정신없이 정원으로 뛰어나갔다.

　그 순간 자동차 출발하는 소리가 화살처럼 귀에 박혔다. 여진은 걸음의 폭을 늦추지 않았다. 더 빨리 달리고 더 숨가쁘게 문을 열었다. 하지만 문을 열었을 때 그녀를 반기는 것은 싸늘한 바람이 전부였다. 텅 빈 공간에 불어닥치는 바람은 그녀의 가슴을 사납게 할퀴고 지나갔다. 여진은 스르르 바닥에 주저앉고 말았다. 괜한 기우일 뿐일지도 모르는데, 어쩌면 헛된 바람일지도 모르는데, 한바탕 꾸고 나면 허무한 꿈일지도 모르는데 왠지 모르게 가슴이 거세게 뛰고 있었다. 맥박이 재빠르게 상승하고 있었다. 고개를 떨구는 여진의 시야에 무언가가 들어왔다.

아스팔트 바닥에 소복이 쌓여 있는 담배꽁초들. 누군가 피우다 만 담배는 구둣발로 짓이긴 듯 바닥 여기저기에 흩어져 있었다. 지그시 입술을 물고 여진은 바닥에서 일어났다. 그리고 자동차가 서 있었던 곳으로 걸음을 옮기며 그녀는 한숨을 내뱉듯 낮게 속삭였다.

"당신의 바람 한자락이 느껴지는 건…… 내 착각일까. 내게…… 다녀간 거야? 그런 거야, 당신?"

누구도 침범하지 못하도록 단단하고 견고하게 쌓아올린 마음의 벽에 점점 금이 가고 있었다. 소리도 없이 균열이 가는 심장은 그녀의 가슴을 잔인하게 헤집어놓았다.

12

No one can call back yesterday

어느 누구도 어제를 불러올 수는 없다

신의 영역이 미치지 않는 곳. 하지만 나는 이따금 꿈을 꾼다

시간을 되돌릴 수만 있다면, 하고……

태준은 벌써 삼십 분이 넘게 별장 이미지 사진을 살펴보고 있었다. 장소 헌팅을 하면서 찍었던 사진은 죄다 마음에 들지 않았다. 보았던 사진을 짜증스레 처음부터 다시 훑어보았다. 역시나 마음에 드는 사진은 눈에 띄지 않았다. 이중에서 한 군데 고르려고 했는데 이러면 촬영에 차질이 생길 터였다. 마음이 조급했다. 오늘은 마침 촬영이 없는 날이라 느긋하게 사진을 들여다볼 여유가 있었지만 지금 당장 별장을 헌팅하고 촬영 협조를 구해야 했다. 손에 끼워진 볼펜으로 데스크를 툭툭 두드리며 그는 골몰히 생각에 잠겼다.

마음에 든다 싶으면 주변에 다른 별장이 다닥다닥 붙어 있었고,

좀 한적한 곳에 위치해 있다 싶으면 별장 외관이 허름한 것이 영
화면에 받지 않을 것 같았다. 데스크를 두드리는 손길이 점점 거
칠어졌다.

"뭐 해?"

어깨 너머로 바라보던 정우가 흥미롭다는 듯 사진에 시선을 고
정시켰다.

"좀 괜찮은 데 없을까?"

"뭐가?"

태준이 보던 사진을 빼앗아 든 정우는 빠른 손길로 사진을 넘겼
다.

"별장."

"아아! 드디어 그 신이야? 음, 별장 신이라면 제법 근사한 곳이
어야 할 텐데, 여기 있는 사진들은…… 영 아니올시다로군."

시나리오 검토를 맡았던 정우는 고개를 절레절레 흔들며 사진
을 획 던졌다.

"그렇지? 나도 그렇게 생각해. 입지 조건과 광선 조건, 전체적
인 분위기가 하나도 안 들어맞아. 사전 답사를 할 땐 그럭저럭 괜
찮을 것 같았는데 비디오나 사진은 건질 게 없어."

"찾고 있는 이미지는 정했어?"

태준은 서류 더미에 파묻혀 있는 콘티를 건네며 의자에서 일어
났다. 한참 동안 콘티를 들여다보던 정우가 혀를 찼다.

"정부 고위 관리가 쓰는 별장이라는 스토리 때문인지 꽤 근사
하게 뽑아놨군. 이런 이미지를 찾을 수나 있을까?"

"찾아야지."

밤새 한숨도 잠을 자지 못했던 태준은 소파에 길게 드러누우며 지그시 눈을 감았다. 눈이 충혈될 정도로 피로가 쌓였지만 잠시도 쉴 틈이 없었다.

"남양주 종합 촬영소는 어때? 웬만한 세트는 다 마련되어 있는데."

"가봤지. 근데 없어."

나른하게 잠이 밀려들었다. 무거워지는 눈꺼풀을 밀어 올리며 태준은 천장을 응시했다.

"석 사장은 어때? 그 사람 정도라면 네가 찾는 별장을 소유하고 있을지도 모르잖아. 한번 말해 봐. 적극 협조해 준다고 했으니 장소 하나 물색하는 건 일도 아닐 것 같은데."

쏟아지던 잠이 싸악 달아났다. 태준은 벌떡 일어나 앉으며 담배를 빼물었다. 감독과 제작자로 만나는 게 영 껄끄러운 남자였다. 석민서, 그는.

"혼자 힘으로 하는 데까지 해보고."

태준은 심드렁하게 대꾸했다. 맞은편에 앉아 테이블에 다리를 올리던 정우가 갑자기 이마를 탁 치며 탄식을 내뱉었다.

"참! 내일 우리 아버지 생신이시다."

태준의 짙은 눈썹이 미간에 모아졌다.

"근데? 그게 갑자기 생각난 거야?"

별 뜬금없는 소리 다 듣겠다는 듯 태준은 픽 웃음을 터뜨렸다. 정우가 고개를 가로저으며 묘하게 눈을 빛냈다.

"노, 노. 그게 아니라 내일 같이 가자고."

"내가 거길 왜 가?"

정우는 야릇한 미소를 지으며 자신만만한 표정으로 다리를 꼬았다.

"우리 아버지 인맥을 이용하면 네가 찾는 이미지의 별장을 찾을 수 있을지도 몰라. 너 알다시피 난 쥐뿔 가진 게 없지만 아버진 다르거든."

태준의 눈에 빛이 스며들었다. 듣던 중 반가운 소리였다.

"그냥 너 혼자 물어보면 안 돼? 한 번도 찾아보지 않던 놈이 생신이라고 떡 나타나서 장소 좀 알아봐 주십시오, 하면 어지간히 좋아하시겠다. 수고스럽겠지만 네가……."

"안 되지, 그건!"

정우는 화들짝 놀라는 태세로 태준의 말허리를 잘랐다.

"내가 알아봐 달라고 하면 대번에 재떨이부터 날아올 거다. 이 놈의 연예계에 뛰어든 후부터 난 자식 취급도 못 받는다고 했잖아. 그나마 넌 우리 아버지도 좋게 보는 중이고 네가 말하면 못 이기는 척 받아들이실지도 몰라. 하여간, 내일 같이 가자. 준비하고 있어."

"나참, 귀찮게 하는군."

재떨이에 담배를 비벼 끄고 소파에 머리를 기댄 태준은 쓴 소리를 내뱉었다.

"내일 저녁에 집에서 조촐하게 저녁이나 들 건데 사람들이 얼마나 올지는 모르겠다. 부담 갖지 말고 와. 나도 오랜만에 본가에

가는 거라서 좀 불편하긴 하지만 친구를 위해서 이 한몸 희생해야
지.”

집안 행사가 있을 때에나 마지못해 본가 출입을 하던 정우가 먼
저 가자고 성화를 부렸다. 태준은 시간이 별로 없다는 걸 인지하
고는 어쩔 수 없이 고개를 주억거렸다.

“그러지. 뭐 준비할 건 없어?”

“우리 노친네, 술 좋아하신다. 근사한 걸로 한 병 사면 끝이야.”

“네가 술 좋아하는 게 아버님을 닮아서 그런 거군. 하여간 알았
다. 밑져야 본전인데 가보자.”

별장을 구하지 못한다고 해도 친구 부친 생신에 잠시 인사를 드
리러 가는 거다 여기면 불편할 것도 없었다. 잠깐 얼굴이나 보려
고 들렀다던 정우는 내일 보자는 인사를 남긴 채 횅하니 사라졌
다. 약속 시간을 메모해 둔 태준은 여태 촬영했던 필름을 확인하
기 위해 곧 자리를 떴다.

숨이 막혀왔다. 잠결에 누군가 가슴을 짓누르는 듯한 느낌에 여
진은 몸을 뒤척이며 시트를 더듬었다. 하지만 잠이 오지 않아 복
용한 수면제가 말썽을 일으켰는지 몸이 말을 듣지 않았다. 손끝
하나 까딱일 수 없고 숨조차 내쉴 수 없을 만큼 움직임이 둔해져
있었다. 겨우겨우 눈꺼풀을 밀어 올렸다. 그 순간 어둠 속에서 무
언가가 움직였다. 아니, 정신을 차리고 보았을 때 여진은 나직한
비명을 내지르고 말았다. 침실에 그가 있었다. 그것도 자신의 몸
위에 민서의 몸이 포개져 있었다.

여진은 경악하듯 민서를 쏘아보았다.

“뭐…… 예요. 지금, 뭐 하는 짓이에요?”

탁하게 갈라진 음성이 침실을 메웠다. 말이 끝나자마자 우악스런 손길이 무자비하게 그녀의 입술을 틀어막았다.

“조용히 있어.”

여진은 거세게 고개를 내저었다.

“소리 지를 거예요. 비켜요!”

달빛을 받아 어둡게 물든 민서의 얼굴에 냉소가 스치고 지나갔다.

“마음대로!”

그의 손길이 나이트가운을 들추었다. 허벅지 아래에서 느껴지는 손길에 여진은 혀가 떨어져 나가라 입을 앙다물었다. 소리를 지를 순 없었다. 소리를 지르면 지는 거였다. 이 남자에게, 자신의 남편에게 지는 거였다.

“이러지 말아요. 아니, 기다려요. 제발, 제발…… 내게도 시간을 줘요.”

“시간은 이미 몇 년을 줬어. 그리고 더 이상 남은 시간도 없고.”

그는 완강했다. 어떤 말을 해도 물러서지 않을 태세였다. 민서의 손이 허벅지를 더듬으며 점점 올라오고 있었다. 불쑥 잊으려 했던 지난날이 떠올랐다. 기억에서 제외시킨 신혼 여행지에서의 악몽 같던 첫날밤이 뇌리를 강타했다. 여진은 초연하게 말하기 위해 안간힘을 다했다.

“그때도…… 기다려 달라 했는데 당신은 단 하루의 시간도 내게 주지 않았어. 내가, 내가 마음의 준비를 할 때까지만이라도 여유를 달라고 했는데 당신은 안 된다고 했지. 오늘도 그럴 건가요? 내가 싫다고 해도 강제로 날 안을 건가요? 그래요?"

거짓말처럼 그의 손길이 움직임을 멈추었다. 여진은 들리지 않게 안도의 한숨을 내쉬었다. 상체를 일으킨 그가 사납게 눈을 빛내며 으르렁거렸다.

"강제는 아니었어. 당신도 원했잖아."

"네. 내 옷이 당신 손에 찢겨져 나가는 것보다 내 손으로 벗는 게 더 낫다고 생각했죠. 하지만 당신을 원한 적은 없었어요!"

여진은 이를 악다물고 싸늘하게 받아쳤다. 아무것도 걸치지 않은 민서의 몸이 그녀에게서 떨어져 나갔다. 그는 여진이 한 번도 들어본 적 없는 험악한 욕설을 내뱉고 있었다.

"나라고 당신을 원해서 안은 줄 아나? 이 결혼을 완벽하게 매듭짓기 위해서였지, 미치도록 당신을 원해서 몸을 탐한 건 아냐. 정략결혼이라는 게 그렇잖아? 확실한 도장이 없으면 언제 어떻게 될지 누가 알아?"

이를 갈듯 말하며 침대에서 내려선 그는 오만하게 서서 그녀를 내려다보았다. 여진은 잔뜩 말려 올라간 나이트가운을 끌어 내리며 간신히 침대에서 일어나 그를 정시했다. 그녀의 매서운 눈에서 시퍼런 채광이 쏟아져 나왔다.

"그래요. 그 '도장' 이라는 걸 찍었으니 그만 해요! 여기서 더 뭘 바라는 거죠? 내가 어떻게 하길 바라는데요!"

여진은 평정을 잃고 침실이 떠나가라 소리를 질렀다. 악다구니

를 쓰듯 했던 말을 반복하며 민서를 향한 적대감을 고스란히 드러
냈다. 이럴 수는 없었다. 이렇게 강제로 다가서는 건 말이 안 된
다. 그들은 부부였다. 형식적인 부부였지만, 서류상의 부부였지만
분명 부부라는 이름으로 맺어진 사이였다. 하지만 그 부부라는 방
패로 민서는 이러면 안 되는 것이다. 제아무리 타당한 이유가 있
어도 절대 용서할 수 없고, 용납할 수 없었다.

여진은 지그시 입술을 물고 침실 문을 가리켰다.

"나가요. 다시 한 번 내게 이런 짓을 하면…… 그땐 당신이라도
용서 안 해."

침대 맡에서 가운을 걸치던 그가 냉랭하게 이죽거렸다.

"참 이상하지? 다른 여자들은 내게 안기려고 안달을 하는데 한
여진은 왜 거부만 하는 걸까? 왜 내가 다가서는 걸 그토록 꺼려하
는 걸까?"

"난, 당신의 그 수많은 다른 여자들이 아니니까요."

민서의 눈빛을 비끼지 않고 당당하게 받아친 여진은 비웃듯 말
했다. 그의 턱 근육이 꿈틀하며 못마땅함을 드러냈다.

"그래, 그거야. 그래서 더 당신이 갖고 싶어. 도망치려고만 하
는 당신이, 내 손길을 벗어나려고만 하는 당신이 얼마나 유혹적인
지 당신, 알고 있나?"

"알고 싶지 않아요."

민서는 허리를 굽혀 여진의 머리카락을 움켜쥐었다. 여진의 고
개를 뒤로 꺾고 코앞으로 바짝 다가간 그는 피식 웃으며 말을 이
었다.

"당신이 그토록 거세게 아이는 없다, 라고만 하지 않았어도 나도 이런 짓까지는 안 했어. 내 아내를, 그것도 잠이 든 여자를 강제로 덮치는 게 유쾌한 일인 줄 아나? 나도 싫어. 나도 싫으니까, 당신이 포기해. 난 아이를 원해. 당신이 낳은 아이를."

뜨거운 입김이 얼굴에 쏟아지는가 했더니 순식간에 그녀의 입술에 닿았다. 여진의 머리를 한껏 뒤로 젖힌 민서는 그 어떤 거부의 몸짓도 받아들이지 않겠다는 듯 난폭하게 키스를 퍼부었다.

여진은 전신의 힘을 끌어 모아 그를 밀쳐 내며 입술을 악물었다.

"열어!"

머리카락을 움켜쥔 손아귀에 힘을 가득 실은 그가 명령했다.

"입술을 열라고."

여진은 한마디도 하지 않고 그의 손을 털어내기 위해 몸을 틀었다. 하지만 거센 그의 손길에 반항 한번 해보지 못하고 오히려 그의 품에 갇히고 말았다.

"빌어먹을, 뭐가 됐든 좋아! 지금은 당신이 필요해. 아이는 핑계라고 해도 좋아. 지금 이 순간 당신을 원해, 원한다고!"

여진을 침대로 쓰러뜨린 민서는 다급하게 그녀의 입술을 더듬었다. 키스를 피하기 위해 고개를 돌리던 여진의 시야에 그림 한 점이 들어왔다. 갤러리에서 가져온 이름없는 작가의 그림이었다. 왈칵 눈물이 쏟아지려 했다. 여진은 마법에 걸린 사람처럼 천천히 입을 열었다.

"만약, 내 마음속에 다른 사람이 있으니 포기해 달라고 한다면…… 당신, 그땐 이해해 주겠어요?"

벽에 걸린 그림에 시선을 고정시킨 여진은 겨우겨우 말을 이었다.

"당신을 받아들일 수 없는 것도, 당신 아이를 낳아줄 수 없는 것도, 모두 내 마음속에 다른 사람이 존재해서 그런 거라고 하면…… 당신 어쩌겠어요?"

그림을 바라보자 불현듯 눈시울이 붉어졌다. 눈에서 무언가 뜨거운 것이 흘러내리려 했다. 누구지, 당신은? 누군데 당신 그림은 항상 날 아프게 하는 걸까. 왜 보는 것만으로도 그리움에 허기가 지게 하는 걸까. 이신영에게서 되찾아온 일출 그림은 그녀의 눈에 아프도록 깊숙이 파고들고 있었다.

"하, 뭐야, 이거?"

벌떡 몸을 일으킨 그가 소름 끼치도록 서늘하게 목소리를 깔았다.

"날 자극하려고 일부러 하는 말이야, 아니면 진심으로 하는 말이야?"

여진은 그림에서 눈을 돌려 흐릿하게 와 닿는 민서를 바라보았다. 그의 얼굴이 딱딱하게 경직되어 있었다. 민서의 서슬 퍼런 두 눈에는 걷잡을 수 없는 격노한 불길이 치솟고 있었다.

위험해!

본능적인 속삭임이 귓가에 울려 퍼졌다. 여진은 민서의 모습을 지우듯 눈을 감았다.

"죽고 싶으면 무슨 짓인들 못하겠어, 한여진이. 당신 마음속에 다른 사람이 있으면, 이라 했나? 만약이라는 명사를 붙일 필요도 없어. 죽여 버릴 테니까! 한여진 당신이나 당신 마음속에 있다는 놈이나 내 자리를 위태롭게 하는 사람이라면…… 망설임없이 없애 버리겠어."

여진은 지그시 어금니를 사려 물었다. 순간적인 실수로 헛소리가 나왔다. 그런 말을 하면 안 되는 건데, 절대 입 밖으로 꺼내서는 안 되는 말인데 그만 금기를 깨뜨리고 말았다.

눈을 가늘게 치뜬 민서는 빈정거리듯 입을 열었다.

"설마…… 얼음공주 한여진을 녹인 사내가 있다는 뜻은 아니겠지?"

"네, 아니에요. 그냥, 그냥 한번 해본 소리였어요."

칼끝 위를 서 있듯 위험천만한 순간을 모면하기 위해 여진은 서둘러 대답했다. 그의 눈이 번쩍이며 사납게 빛을 발했다.

"당신이 이토록 질색을 하니 나도 한발 물러서겠어. 좋아, 당신이 원하는 대로 시간을 주지. 하지만 너무 오래 기다리게는 하지 마. 알다시피 난 인내심이 부족한 사내거든. 더구나 장인어른의 말을 거역하고 싶지는 않아. 빠른 시간 안에 결정 내리는 게 좋을 거야."

나직하게 말을 남기고 침실을 나가던 그가 돌연 걸음을 멈췄다.

"내일 중요한 모임이 있으니까 준비하고 기다려."

"어디 가고 싶은 생각 없……"

"아이 문제를 한발 물러서 줬어, 한여진. 이것마저 거절하면 재미없을 거야."

　민서는 완강한 태세로 한자한자 힘주어 말했다. 슬며시 주먹을 움켜쥔 여진은 어렵사리 말문을 열었다.

"준비하고, 있을게요."

　그녀의 대답을 들은 후에야 민서는 쾅 소리를 내며 문을 닫고 사라졌다. 여진은 비척비척 일어나 욕실로 걸어갔다. 샤워기 아래에 서서 옷도 벗지 않고 물을 틀었다. 차가운 물줄기가 떨어져 내려, 민서의 손이 닿았던 곳을 남김없이 씻어 내리고 있었다. 정신이 번쩍 들 정도로 차가운 물은 그녀의 옷을 적시고 뼛속 깊이 파고들었다. 이가 딱딱 부딪힐 정도로 물이 차갑다는 것을 감지하지 못한 여진은 대리석 벽에 몸을 기댔다. 머리 위로 물줄기가 쉴 새 없이 떨어져 내리고 있었다.

　당장 아버지를 만나야 한다. 그 얼굴을 마주하기 싫다고 차일피일 미룰 문제가 아니었다. 쏟아지는 물줄기 아래에서 여진은 이를 악물고 거울을 노려보았다. 상처 입은 눈빛의 여자가 자신을 바라보고 있었다.

　전통 한옥으로 지어진 집은 사람들로 넘쳐 나고 있었다. 간단한 저녁초대라던 민서의 말과는 달리 대청마루에는 기다란 상이 펼쳐져 있었고 그 위에는 온갖 산해진미가 차려져 있었다. 마치 고급 한식당을 옮겨놓은 듯한 정교한 도자기 그릇과 수백 가지의 음식들은 간단한 저녁초대라는 말을 무색케 했다.

"허허, 석 사장, 이렇게 어려운 걸음 하지 않아도 되는데 예까지 찾아왔구먼."

나이 지긋한 노인이 반갑게 그들을 맞았다. 여진은 공손히 고개를 숙였다. 그녀의 곁에서 시원스럽게 웃음 짓던 민서는 허리를 굽히며 노인에게 손을 내밀었다.

"생신 축하드립니다."

미리 준비한 듯한 상자를 내밀며 그가 말을 이었다.

"오늘은 제 처도 함께 왔습니다. 건강하십시오."

"어이쿠! 한 회장의 무남독녀로군요. 와줘서 고맙소이다."

"별말씀을요."

여진은 부드럽게 대꾸하며 애써 미소를 지었다. 어딜 가나 따라붙는 한 회장의 무남독녀라는 말이 그녀의 숨통을 틀어막았다.

"사랑채로 가세. 우리는 따로 식사를 하지."

먼저 앞서는 노인을 민서가 가만히 제지했다.

"그전에 드릴 말씀이 있습니다."

노인의 얼굴에 의문이 가득 묻어나왔다.

"무슨?"

"부산 부지 매각 건에 관한 것인데, 최 사장님이 아시다시피 선유에서 이번에 대규모 호텔 확장 공사를 추진 중입니다. 그래서……."

"안채로 드세."

최 사장이 인자하게 웃으며 앞장섰다. 뒤따르는 민서를 보며 여진은 소리 죽여 입을 열었다.

"전 여기 있을게요. 중요한 이야기인 것 같은데 두 분이서 말씀 나누세요."

"이런! 귀한 손님이 오셨는데 대접이 이렇게 허술해서야, 쯧쯧.

에서 기다리시오. 내 안사람에게 따로 자리를 마련하라고 이르리다."

여진은 손을 내저으며 난색을 표했다.

"아니에요. 편히 말씀 나누세요. 들어오면서 보니 화단을 잘 가꾸셨더라고요. 전 거기 있을게요."

노인의 눈길이 대청마루를 지나 밖으로 날아갔다. 손수 가꿨는지 그의 입가에 머문 미소가 깊어지며 자잘한 주름을 만들었다.

"가을이라면 볼 게 있겠지만 지금은 그다지 볼 만한 게 없을 거요. 겨울 나름대로의 운치가 있긴 하지만. 그럼 천천히 둘러보시오. 아, 뜰이 꽤 넓소이다. 집이 오래된 거라 어두우니 조심하면서 둘러보는 게 좋을 거요."

말을 마치고 뒷짐을 진 채 걸어가는 노인의 뒤를 민서가 따라가고 있었다. 여진은 대청마루 여기저기에 서 있는 사람들을 뒤로하고 화단으로 내려갔다. 노인의 말처럼 어두운 화단은 꽤 넓었다.

바닥에 흐드러지게 흩날리는 잎은 국화잎과 난이었다. 얼마나 정성스럽게 가꿨는지 뜰에는 갖가지 국화꽃이 심어져 있었다. 노인의 말대로 고아한 정취가 담뿍 배어나오는 정원은 처연한 분위기를 담고 있었다. 가을을 대표하는 꽃이 국화라 일컫지만, 서리와 추위에 강한 한국(寒菊)이 추운 날씨에도 불구하고 흐드러지게 피어나 보는 이의 눈을 즐겁게 했다. 노란 꽃잎을 활짝 피운 한국(寒菊)은 진한 국향을 내뿜으며 그녀를 점점 취하게 만들었다. 여진은 눈을 감고 숨을 깊게 들이쉬었다. 폐 깊숙이 국화 향기가 전달되었다. 달빛에 취하듯, 국향에 취하듯 그녀의 걸음은 시간이 흐를수록 느릿하게 변했고 조금씩 더뎌지고 있었다.

달빛을 따라 안뜰을 거닐고 점점 안으로 들어가자 겨울에도 생명력을 잃지 않는 소나무와 참나무가 뜰을 가득 메우고 있었다. 불빛 하나 없이, 그저 집 안에서 흘러나오는 빛에만 의지한 뒤뜰은 처량할 만큼 고즈넉했다. 한 걸음 한 걸음 부드러운 흙을 조심조심 밟으며 여진은 멀리서 들리는 사람들의 소란스러움을 조금씩 잊어나갔다.

은은한 달빛이 인도하는 길은 점점 울창한 나무로 뒤덮여 있었다. 안뜰이 난과 국화로 가꿔졌다면 뒤뜰은 은행나무와 느티나무, 향나무와 때를 잃은 단풍나무가 한가득 심어져 있었다. 너무 어두운 곳까지 들어왔다는 생각에 걸음을 돌리려던 여진은 갑작스레 들리는 바스락거리는 소리에 눈을 휘둥그레 뜨고 주변을 둘러보았다.

마른 잎사귀를 밟는 소리가 들리고 뒤이어 나무 뒤에서 사람의 그림자가 불쑥 튀어나왔다. 여진은 주춤 뒤로 물러서다 어스름 형상을 드러내는 사람의 얼굴에 그만 숨을 멈추고 말았다.

민태준…… 그였다.

그 역시 놀랐는지 입술에 매달려 있던 담배가 바닥으로 툭 떨어져 내렸다. 그녀의 모든 신체기관이 일제히 작동을 멈추었다. 일정한 간격으로 뛰고 있던 맥박도 움직임을 멈추고 멀리서 들리던 사람들의 소음도 거짓말처럼 사라졌다. 귀가 윙윙거리고 뇌수가 먹먹했다. 눈앞이 아득해지고 발 딛고 선 땅은 지진이라도 난 듯 흔들리고 있었다.

이 사람, 참 많이 보고 싶어했다.

이 남자, 너무도 그리워했다.

멀찍이 떨어져서가 아니라 가까운 곳에서 보기를 정말이지 너무나 원했었다. 하지만 꿈결처럼 마주하게 된 그는 결코 반갑다고 내색할 수가 없었다. 순식간에 여진의 얼굴이 차갑게 얼어붙었다.

희뿌연 달빛이 태준의 얼굴 위에서 부서졌다. 한참 동안이나 미동 없이 서 있던 그가 탁하게 가라앉은 어조로 입을 열었다.

"이런…… 한여진, 우리 인연도 보통 인연은 아닌가 봐. 이렇게 뜻밖의 장소에서 마주치다니 말이야."

"실례할게요, 민 감독님."

보일 듯 말 듯 고갯짓으로 인사를 마치고 여진은 홱 몸을 돌렸다. 날렵하게 다가선 태준이 그녀의 팔을 거칠게 낚아챘다.

"그렇게 서둘러 도망가면 내가 심술을 부리고 싶어지잖아."

그의 음성에서 비아냥거림이 묻어나왔다. 여진은 냉랭하게 쏘아붙였다.

"놓으세요."

"못 놓겠다면?"

그녀의 팔을 움켜쥐고 있던 그가 놓지 못하겠다는 걸 보여주듯 손아귀에 힘을 실었다. 옥죄이는 태준의 손길을 감당할 자신이 없어 여진은 매몰차게 그의 손을 뿌리쳤다. 그녀는 태준을 남겨두고 위태롭게 걸음을 내디뎠다.

"뭐 하나 물어보지."

등 뒤에서 그의 음성이 날아들었다.

"일전에…… 촬영장에 온 적 있나?"

간신히 지탱하고 서 있던 다리에 힘이 빠졌다. 여진은 슬그머니 눈을 감고 제멋대로 날뛰는 심장을 다스리듯 나직이 심호흡을 내뱉었다.

"아뇨."

아득해지는 이성의 한 자락을 부여잡고 겨우겨우 대답을 마친 그녀는 도망치듯 몸을 움직였다.

"하, 그런가."

그의 비웃음이 무딘 칼날처럼 심장에 와서 박혔다. 신음이 튀어나올 것 같았다. 입술을 비집고 아프고 고통스러운 비명이 갈라져 나올 것만 같아 여진은 혀끝이 아리도록 잇새에 힘을 주었다. 순간 묘한 반발심이 고개를 쳐들었다. 사악한 악마의 속삭임이 그녀를 유혹하고 있었다.

여진은 몸을 돌려 나무에 등을 기대고 있는 태준을 정시했다.

"나도, 뭐 하나 물어봐도 돼요?"

늦었다 싶을 때에는 이미 입 밖으로 말을 쏟아낸 후였다. 주워 담을 수도 없는 말을 내뱉고 후회를 하고 있을 무렵, 태준이 성큼 다가와서 다그쳤다.

"뭐? 뭐가 궁금하다는 거지?"

여진은 마른침을 삼켰다.

"일전에, 우리 집 앞에서 시간을 보낸 적…… 있나요?"

희미하게 떨리는 목소리가 그녀의 귀에도 선명하게 들렸다. 괜히 물어보았다. 만약 아니라고 한다면 가슴이 아플 것 같았다.

“아니.”

역시, 그는 아니라고 했다. 그럼 그날 밤, 어둠 속에 서 있었던 사람은 누군가. 자신의 심장을 미친 듯이 뛰게 만든 사람은 누구란 말인가. 정말 한낱 꿈이었을까. 여진은 간신히 입술을 끌어 올리며 미소를 짓기 위해 노력했다. 입가 근육이 파르르 떨리고 있었다.

“그렇군요. 미안해요, 쓸데없는 것을 물어서…….”

“그래, 맞아.”

그녀의 말허리를 자르고 태준이 불쑥 끼어들었다. 한 걸음씩 여진에게 바짝 다가서며 그는 나직나직 말을 계속했다.

“당신 집 앞에서 꽤 오랜 시간을 보낸 적 있었지. 한참을 서성거린 적이 있었어.”

심장이 제자리를 이탈했다. 원래 자리에 있어야 할 심장이 시뻘건 선혈을 낭자하며 발치로 툭 떨어지는 기분이었다. 갑자기 걷잡을 수 없이 화가 났다. 머리끝까지 부아가 치밀었다. 잠시잠깐, 어둠 속에 있던 사람이 그가 맞다 해서 느낀 희열은 얼음물을 뒤집어쓰듯 순식간에 감정의 폭이 뒤집어지고 말았다.

“왜요?”

여진은 따지듯이 사납게 물었다.

“왜 그랬어요, 왜 찾아왔던 건데요? 왜 남의 집 주변을…….”

여진의 음성이 점점 히스테릭하게 변해갔다. 차마 말을 끝맺지 못하고 그를 노려보자 태준은 그녀의 팔을 거머쥐고 낮게 읊조렸다.

“왜라고 했나? 정말…… 내 대답을 듣길 원해?”

안 돼, 듣지 마!

그녀 안에 잠들어 있던 누군가가 소리쳤다. 하지만 여진은 가만히 고개를 끄덕였다. 듣고 싶었다, 그의 대답을.

묵묵히 그녀를 내려다보던 태준의 입가에 서늘한 미소가 새겨졌다.

"후회하지 마, 내게 대답을 종용한 것을."

말을 마친 그가 고개를 숙였다. 그리고 그의 뜨거운 숨결이 그녀의 입술에 닿았다. 그제야 사태를 파악한 여진이 뒤로 주춤 물러섰지만 태준은 나무 쪽으로 그녀를 밀치며 거침없이 입술을 포갰다. 그를 밀어내야 한다. 이러면 안 된다는 걸 누구보다 잘 알고 있는 그가 거침없이 행동하고 있었다. 여진은 재빨리 태준의 품에서 벗어나려 했다.

"태준 씨, 안 돼……."

그 순간 그의 뜨거운 혀가 부드럽게 그녀의 입술을 터치했다. 등에 와 닿는 딱딱한 느낌의 나무, 자신의 팔을 옥죄고 있는 그의 손, 그리고 숨결을 삼키는 그의 입술…… 그 모든 것이 꿈처럼 눈앞에 펼쳐졌다.

그를 밀친다는 것은 거짓이다. 그에게 벗어나야 한다는 것도 새빨간 거짓말이다. 지금은 아무도 없었다. 뒤뜰은 어둠에 잠겨 있었고 사람들은 먼 곳에 떨어져 있었다. 그들이 무엇을 해도 세상 사람들은 모를 터였다.

여진은 그를 초대하듯 천천히 입술을 열었다. 기다렸다는 듯이 그의 혀가 그녀의 입술을 쓸어 올리고 가지런한 치열을 훑었다. 망설이듯 머뭇거리던 그가 그녀의 혀를 낚아채고 그의 입 안으로 빨아들였다. 부드럽게, 부드럽게, 그들의 숨결이 하나가 되었다. 여진의 나직한 한숨이 그의 입 안으로 흡수되었고, 태준의 거칠어진 숨결이 그녀의 입 안으로 스며들었다.

태준은 여진이 움직이지 못하도록 결박하듯 움켜쥐고 있던 팔을 풀어 그녀의 가녀린 허리를 안았다. 여진의 숨결을 남김없이 들이마시려는 듯 태준은 더욱더 깊이 그녀에게 파고들었다. 머리 끝까지 숨이 차 올라 폐가 터질 듯했지만 입술을 떼지 않았다. 뗄 수가 없었다. 지금이 아니면 다시는 그녀의 숨결을 느낄 수 없을지도 모른다는 절박함이 그를 점차 거칠게 만들었다.

태준의 입술이 여진의 턱을 더듬고 아래로 내려가 목덜미를 훑었다. 진주처럼 매끄러운 피부를 입술로 느끼고, 혀로 느끼며 태준은 여진의 가녀린 허리를 자신의 곁으로 바짝 끌어당겼다. 두 사람의 몸은 바람 한 점 들어갈 수 없을 만큼 서로에게 단단히 밀착되어 있었다.

"태준 씨, 그만, 그만 해요."

여진이 들릴 듯 말 듯 속삭였다. 태준은 어둡게 물든 눈을 들어 여진을 바라보았다. 탁하게 갈라진 그의 음성이 뒤뜰을 메웠다.

"내 이름, 불러봐."

"태준 씨……."

"다시."

여진의 쇄골을 혀끝으로 더듬으며 태준이 재촉했다. 이어 미세하게 떨리는 여진의 음성이 태준의 귓가에 내려앉았다.

"태준 씨."

고개를 들고 그녀를 정시하던 그가 입을 열었다.

"한 번만 더 민 감독이라고 부르면, 그땐 목을 꺾어버리겠어."

낮게 중얼거린 그는 그녀의 입술 위에서 속삭였다.

"내 이름…… 잊지 않아서 고마워. 그 이름으로 불러줘서……
정말 고마워."

깃털이 내려앉듯 부드럽게 터치를 하며 그의 입술이 다시금 그
녀를 찾았다. 달콤하고 뜨거워, 자신의 이성을 송두리째 뒤흔들어
놓는 그녀의 숨결이 너무도 간절히 필요했다. 여진이 입술을 열고
조심스레 혀를 내밀었다. 태준은 목 깊은 곳에서 울려 나오는 신
음을 흘리며 여진의 혀를 입 안으로 빨아들였다. 삼킬 듯이 거세
게 서로의 혀가 얽혀들었다. 헤어날 수 없는 깊은 바다에 빠지듯
그들은 서로에게 함몰되어 갔다.

그때, 어디에선가 발자국 소리가 들려왔다. 금기를 깨뜨린 그들
의 주변에서 마른 잎을 밟는 소리가 선명하게 울려 퍼지고 있었
다. 아직은 놓아줄 수 없었다. 아직은 그녀를 품에서 보내고 싶지
않았다. 하지만 선택의 여지는 애초부터 없었다. 그녀는 자신의
여자가 아니었다. 그녀는 다른 남자의…… 여자였다. 인정하기 싫
지만 그건 부정할 수 없는 사실이었다. 발자국 소리가 점점 가까
워지고 있었다. 태준은 마지막으로 여진의 입술에 낙인을 찍듯 뜨
거운 키스를 퍼붓고 뒷걸음질쳤다.

"빌어먹을."

먼저 떨어져 나간 태준은 여진에게서 서너 걸음 뒤로 물러서서
주변을 경계하듯 둘러보았다. 그제야 인기척을 느낀 여진이 창백

하게 굳어갔다. 그녀의 얼굴에서 핏기가 사라지고 있었다.

희뿌연 달빛이 내려앉은 어둠 속에서 사람의 그림자가 길게 드리워졌다. 곧이어 민서의 음성이 뒤뜰에 퍼져 나갔다.

"당신, 여기 있나?"

큰 소리로 외치던 민서가 눈앞에 나타난 순간, 여진은 얼어붙었고 그녀를 지켜보던 태준도 정물화처럼 움직임을 멈추었다.

울창하게 드리워진 나뭇가지를 손으로 치우며 뒤뜰로 들어서던 민서는 의외의 광경에 걸음을 멈추고 말았다. 한여진과 민태준, 두 사람이 그의 시야에 들어왔다. 세 사람의 시선이 한데 얽혀들었다. 트라이앵글의 삼각형처럼 세 사람의 구도가 묘한 분위기를 타고 아슬아슬하게 자리를 잡았다. 팽팽하게 당겨진 고무줄을 잡고 있듯 누구 하나 입을 열지 않았다.

얼마간의 시간이 흘렀을까. 민서는 헛기침을 내뱉고 말문을 열었다.

"여긴 어쩐 일입니까, 민 감독님?"

고요한 곳에 울려 퍼지는 민서의 음성은 살을 엘 듯 냉랭했다. 태준은 재빨리 굳어버린 인상을 펴고 대답했다.

"친구 부친의 생신이라 인사차 들렀습니다."

"그렇군요. 그런데 당신은 여기서 뭘 하던 중이었지?"

고개를 끄덕이던 민서는 태준을 향해 고정되었던 시선을 여진에게 돌렸다. 날카롭게 번뜩이는 그의 눈길이 한 치의 오차 없이 여진에게 날아들었다. 여진의 입가에 미세한 경련이 일었다.

"머리가 아파서 산책하던 중이었어요. 그러다가 태준…… 아니, 민 감독님을 만나서 인사를……"

"뜻밖의 장소에서 만나 반갑다는 인사를 나눴습니다."

우물쭈물하는 여진의 말을 정정하듯 태준은 어색하게 이어지는 대화를 종료시켰다. 민서의 눈길이 여진에게, 그리고 태준에게 차례로 이동했다.

"그럼 전 먼저 안으로 들어가겠습니다. 다음에 또 뵙죠."

턱짓으로 인사를 마친 태준은 민서의 대꾸도 듣지 않은 채 저벅저벅 어둠 속으로 사라져 갔다. 태준의 뒷모습이 보이지 않을 때까지 기다린 민서는 그제야 홱 고개를 돌리고 죽일 듯이 여진을 노려보았다.

"당신 마음속에 있다던 놈이, 저놈인가?"

나무를 짚고 서 있던 여진의 몸이 휘청거렸다. 여진은 지그시 입술을 물고 황망히 말문을 열었다.

"무슨 오해를……"

한 손을 들어 여진의 말을 가로챈 민서는 성큼 그녀의 앞으로 다가섰다.

"한여진, 얼음가면을 쓰는 건 능숙해도 거짓말은 젬병이지. 민태준, 민태준이라."

태준이 사라진 곳으로 눈길을 던진 그는 했던 말을 몇 번이나 되새기며 사납게 이를 갈았다.

"쓸데없는 소리 말아요!"

여진은 단호하게 되받아친 후 도망치듯 민서를 지나쳐 뒤뜰을 걸어나갔다. 몇 걸음 떼지 않았을 때, 민서의 음산한 목소리가 그녀의 귀에 전달되었다.

"민태준, 입술. 그놈 입술에……."

여진은 발밑에 뿌리라도 내린 마냥 꼼짝도 할 수가 없었다. 태준의 입술? 그의 입술이 왜? 손가락 마디마디가 떨려왔다. 숨도 쉴 수 없을 만큼 심장이 미친 듯이 폭주하고 있었다. 여진은 태준의 숨결이 남겨진 입술을 더듬으려다 재빨리 손을 떨어뜨렸다.

"그놈 입술에…… 제기랄! 좋아, 한순간 불장난은 용서해 줄 수 있어. 나도 여태 한 짓거리가 있으니까 이번만큼은 못 본 척 넘어가주지. 하지만 그 이상은 위험해. 위험하다고, 한여진. 알아들었나? 내 경고, 새겨듣는 게 좋을 거야."

석상처럼 서 있는 여진을 툭 밀친 민서는 넘어지듯 휘청이는 그녀를 부축하려고 하지도 않은 채 어두컴컴한 뒤뜰을 먼저 빠져나갔다. 동굴 속의 울림처럼 멀어지는 민서의 발자국 소리를 들으며 여진은 조심스레 자신의 입술을 어루만졌다.

못 봤을 것이다. 민서가 보지는 못했을 것이다. 그저 넘겨짚듯 물어보고 다그친 것이겠지. 불안한 마음을 애써 다독이고 억눌렀다. 민서가 왔을 때 태준과 그녀는 이미 멀찍이 떨어져 있었다. 눈치챘다는 건 있을 수 없는 일이다. 그제야 여진은 입술에 신경이 모아졌다. 뜨겁게 달아오른 입술이 자신의 것이 아닌 것만 같았다. 아직도 그의 숨결이 남아 있는 것 같아 입술을 매만지는 그녀의 손끝에는 아쉬움, 그리고 고통스러운 떨림이 한가득 묻어나왔다.

"내 이름, 불러봐."

태준의 목소리가 바로 곁에서 들려오는 듯했다. 여진은 그가 곁
에 서 있기라도 하는 양 들릴 듯 말 듯 속삭였다.

"태준 씨."

"다시."

채근하는 듯한 그의 말투.

"태준 씨, 태준 씨, 태준 씨."

울컥 가슴이 옥죄어들었다. 눈앞이 희뿌옇게 변해갔다. 여진은
눈에 힘을 주고 어두운 밤하늘을 올려다보았다. 눈물이 얼어버렸
으면, 한겨울 차가운 바람에 눈물마저 얼어버렸으면 하고 여진은
간절히 기도했다. 하지만 메말라 버렸다고 여긴 눈물은 어느새 제
기능을 충실히 이행하고 있었다.

"뭘 보는 거야?"

사랑채로 들어가는 여진을 지켜보던 태준은 슬그머니 시선을
거둬 정우를 바라보았다.

"아냐, 아무것도."

"그래, 정원을 둘러본 소감이 어때? 우리 노친네가 돈 수억 들
여 가꾼 거다."

정우의 말을 흘려들으며 태준은 다시 사랑채로 눈길을 돌렸다.
굳게 닫혀 버린 사랑채 미닫이문을 뚫어져라 바라보던 그는 슬며

시 주먹을 그러모아 쥐었다. 손바닥에서 습한 땀이 전해왔다.

자신의 것이 될 수 없다는 것을 알고 있었다, 한여진이라는 여자는. 이미 다른 남자의 여자인 것 또한 알고 있었다. 그래서 포기해야 하는 것도 알고 있었고 마음을 접어야 하는 것도 너무나 잘 알고 있었다. 하지만 석민서와 나란히 사랑채로 들어가던 그녀의 뒷모습은 그에게 지워지지 않을 잔인한 상처를 남기고 있었다.

"그건 그렇고, 내가 콘티를 우리 노친네에게 먼저 보여줬는데 네가 찾는 그런 곳이 한 군데 있단다. 우리 아버지 소유는 아니고 얼마 전에 고모가 사들인 별장인데 너 필요하면 얼마든지 빌려주겠다고 하시더라."

"그래?"

그토록 찾았던 별장을 물색했는데도 태준은 시큰둥하게 반응했다. 그의 반응을 눈치채지 못한 정우는 집에서 담근 국화주를 홀짝이며 계속 말을 이었다.

"근데 그 별장이 제주도에 있다는데 괜찮아?"

"이미지만 맞아떨어지면 거리 정도야 문제될 건 없어."

반질반질 윤이 나는 나무 기둥에 몸을 기댄 태준은 양손으로 얼굴을 문질렀다. 그리고 손이 입술에 닿자, 한동안 멍하니 밤하늘을 응시했다. 차갑게 식어버린 입술 어딘가에 그녀의 흔적이 남아 있는 것만 같았다.

왜 그녀여야만 하는 걸까. 왜 꼭 한여진이어야만 하는 걸까. 그토록 저주를 퍼부었던 그녀를 왜 마음에서 비워내지 못하는 걸까. 늘 자신에게 패배감만 안겨주는 여진을, 지독한 상실감만 안겨주는 여진을 왜 깨끗하게 지우지 못하는 걸까. 태준은 자신에게 묻고 싶었다. 하지만 대답할 수가 없었다. 말을 못하는 벙어리라도 된 마냥 그는 굳게 입술을 다물었다.

밀려드는 사람들로 인해 잠시 머리를 식히려고 뒤뜰을 찾을 때만 해도 그녀를 만나게 되리라고는 꿈에도 짐작하지 못했다. 그녀를 생각하기는 했었다. 아주 잠시, 그녀의 얼굴을 떠올리며 눈을 감고 기억의 일부분을 들춰내고 있었다. 그때 난데없이 들리는 인기척에 놀라 혼자만의 시간을 방해받았다는 불쾌한 얼굴로 몸을 돌리는 순간 꿈결처럼 그녀가 서 있었다. 심장이 파열하는 느낌. 조각조각나서 산산이 부서지는 느낌. 빌어먹게도 한여진은 그에게 그걸 가르쳐 주었다.

빌어먹을, 빌어먹을! 이번이 마지막이다. 진정 이번이 마지막이어야 한다. 한여진에게 휘둘리는 건 이번이 마지막으로 그만 막을 내려야 했다.

정우는 자그마한 도자기 잔을 내려놓으며 기지개를 켰다.

"아, 이놈의 집은 오기만 하면 숨이 막힌다니까. 그건 그렇고 촬영은 언제 시작할 거야?"

상념에게 깨어난 태준은 황급히 정우에게 관심을 돌렸다. 그러나 그의 눈길은 여전히 여진이 사라진 사랑채에 머물러 있었다.

"촬영? 글쎄. 사전답사부터 먼저 하고 괜찮으면 배우들 스케줄 맞춰서 바로 출발해야지."

피곤한 듯 목을 이리저리 돌리던 정우가 고개를 끄덕였다.

"으음, 바다 건너 독일을 다녀왔으니 이제 제주로 날아가는 건가."

"바빠지겠군."

시니컬한 태준의 음성이 무심하게 흘러나왔다. 제주라……. 무의식 중에 피하던 곳. 그곳에 결국은 가야 하나.

사랑채 미닫이문이 열리고 여진과 민서가 나오고 있었다. 찬바람이 일듯 냉랭히 지나치는 여진을 보며 태준은 이를 갈고 말았다. 그래, 원래 이런 여자다, 한여진은. 태준의 눈빛이 빙하처럼 싸늘히 식어내렸다.

태준을 툭 치고 지나가던 민서는 돌연 걸음을 멈추고 빙그레 웃음을 지었다.

"능력 좋으시더군요, 민 감독님."

뜻 모를 말을 남기고 민서가 멀어지자 정우는 무슨 소리냐는 듯 민서와 태준을 번갈아보았다.

"뭐야? 뭐가 능력이 좋다는 거야?"

"석 사장이 하는 말 따위, 관심없어."

태준은 여진의 뒷모습을 노려보며 정우의 물음을 일축했다. 정말이다. 석민서는 민태준의 관심사에 들지 못했다. 그리고 한여진도 그의 관심사에 포함된 게 아니었다. 자기 자신에게 주문을 걸듯 태준은 입속으로 중얼거렸다. 한여진은 아무것도 아니다, 아무것도 아니다, 라고. 하지만 아이러니하게도 그의 시선은 여진의 뒷모습만을 담고 있었다. 다른 것은 눈에 들어오지 않는다는 듯 오직 그녀만을 되새기고 있었다.

13

감정이란 것은 끝이 없는 것인지도 모른다

왜냐하면 감정은 표현하면 할수록 더욱 그것을 표현할 수밖에 없기 때문이다

때론 표현하지 않아도 끝이 없을 때가 있다

사악하기 그지없는 감정이란 것은 그 상대를 만나지 않아도,

그 상대에게 표현하지 않아도 끝없이 이어질 때가 있다

그것이 분노이든 그리움이든……

"아아, 인터뷰 내내 웃느라고 얼굴 근육이 다 얼얼하네."

호텔 스카이라운지에서 나오던 재아는 볼을 두드리며 턱을 이리저리 돌렸다. 태준은 싱긋 웃으며 엘리베이터 버튼을 눌렀다. 숫자판에 불이 들어오고 일층에서부터 서서히 엘리베이터가 올라오고 있었다.

"뭐 하러 그렇게 웃어. 적당히 하지."

"어머, 사진을 찍는데 그럼 뚱한 얼굴로 있어요?"

태준의 타박에 재아는 말도 안 된다는 듯 고개를 내저었다.

"그래도 그렇지. 너무 웃었어, 재아 씬."

지혁은 놀리듯 끼어들었다. 졌다는 듯 재아가 양손을 번쩍 치켜

들었다.

"좋아요, 좋아. 사진기자가 내 팬이라고 해서 예쁘게 보이려고 좀 무리하게 웃었어요. 됐죠?"

태준과 지혁은 동시에 웃음을 터뜨렸다. 엘리베이터가 멈춰 서고 몇몇의 사람이 내리는 동안 양쪽으로 길을 비켜주던 그들은 곧 엘리베이터에 몸을 싣고 아래로 내려갔다.

"촬영도 촬영이지만 영화 개봉도 하기 전에 이렇게 인터뷰가 쇄도하는 경우는 이번이 처음이야."

지혁은 지쳤다는 듯 엘리베이터 벽에 기대서며 한숨을 내쉬었다. 그건 태준 역시 마찬가지였다. 보통은 영화 주인공들만 인터뷰를 하기 마련인데 '불멸의 연인'은 꼭 감독도 함께 인터뷰하기를 원해 매번 태준을 난감하게 만들었다.

"아아, 난 정말 집에 가서 쉬고 싶은 생각밖에 안 들어요. 오늘도 새벽 다섯 시부터 촬영했는데 밤늦게는 인터뷰까지 잡혀 있었고. 요즘은 절대적으로 수면 시간이 부족해. 이게 다 감독님 탓이에요."

신세한탄을 늘어놓던 재아가 갑자기 화살을 태준에게 돌렸다.

"다음부터는 인기있는 감독님과는 일을 하지 말든지 해야지, 이거야 원. 몸이 두 개라도 모자랄 판이니."

긴 한숨을 내쉬던 재아는 태준을 보더니 혀를 쏙 내밀었다. 중간중간 멈춰 서던 엘리베이터가 일층에 섰다. 태준은 엘리베이터에서 내리며 약 올리듯 물었다.

"그래서 나랑 일하기 싫어?"

재아가 펄쩍 뛰어오르며 도리질을 했다.

"설마요! 무슨 그런 섭섭한 말씀을."

태준은 하하 웃으며 로비를 지나쳤다. 그 순간 낯익은 사람의 얼굴이 시야에 들어왔다. 태준은 얼어붙듯 제자리에 멈춰 서고 말았다.

"어, 석민서 사장 아냐?"

회전문을 통해 들어오는 민서를 보았는지 지혁이 길게 휘파람을 불며 아는 척을 했다. 태준은 지그시 입술을 물고 로비를 뚫어져라 주시했다.

석민서, 그가 호텔에 있었다. 다 늦은 시간, 이미 밤 열 시가 넘어가고 있는데 그가 웬 여자를 대동하고 호텔 안으로 흐느적거리며 들어오고 있었다. 술에 취했는지 여자에 취했는지 그는 호텔 벨보이의 부축을 받으며 엘리베이터에 올라타고 있었다.

그 모습을 지켜보던 태준은 자신도 모르게 주먹을 움켜쥐고 말았다. 당장이라도 달려가 민서를 한 대 치기라도 하는 양, 치솟아오르는 격분을 참지 못해 주먹이 부르르 떨리고 있었다. 그의 곁에서 재아의 혀 차는 소리가 낮게 들려왔다.

"우리 영화 제작자니까 될 수 있으면 이런 말은 안 하려 했는데, 정말 상종 못할 남자라니까."

완벽하게 메이크업을 한 재아의 얼굴이 못마땅함을 여실히 드러내며 일그러졌다.

"석 사장이 여긴 왜 온 거지?"

태준은 민서가 타고 간 엘리베이터를 사납게 노려보며 이를 갈았다.

"몰라서 물어? 아무리 이 호텔이 석 사장 소유라지만 이 시간에, 여자랑 왔다면 뻔한 거잖아."

지혁은 관심없다는 듯 무심하게 대꾸하고 앞장서서 걸어나갔다. 그때 잊고 있던 정우의 목소리가 섬광처럼 태준의 귀에 파고들었다. 언제였던가, 석민서의 여자 관계가 복잡하다고 했던 정우의 말이 그 순간 태준의 뇌를 지배했다.

'뭐야, 그럼 헛소문이 아니고 사실이라는 거야?'

태준의 눈빛이 북풍한설처럼 냉담하게 변해갔다.

"어이, 민태준! 민 감독, 안 오고 거기서 뭐 해?"

장승처럼 서 있던 그를 지혁이 불렀다. 이미 저만치 앞장서 가던 지혁과 재아가 그를 기다리고 있었다. 고장난 로봇처럼 태준은 다리를 움직이기가 힘들었다. 겨우겨우 걸음을 내딛고 그들과 합류했을 때, 재아가 한심하다는 듯 입을 열었다.

"제작발표회 파티 때 보니까, 그 아내 되는 사람도 상당한 미인이던데 왜 저런 여자들과 염문을 뿌리는지 이해가 안 돼요. 그때 못 봤죠, 파티에 초대됐던 사람 중에 선유전자 제품 모델을 했던 강미라가 난동부린 거? 뭐, 난동이랄 건 없지만 부부가 나란히 서 있는데 가서 헛소리를 늘어놓더라고요. 그때 석민서 아내 되는 사람이 엄청 충격을 받았을 텐데도 꽤나 담담하게 행동하던데, 얼마나 그런 생활에 익숙하면 그러겠어요? 나참. 같잖아서. 결혼을 했으면 가정을 지킬 것이지, 남자들은 도대체 왜들 그러죠? 내가 이래서 결혼하고 싶은 마음이 안 생긴다니까."

재아는 진저리를 치며 말을 마쳤다. 태준은 재아가 말하는 '그날'의 일을 떠올리며 어금니를 사려 물었다. 꽤 오래전의 일이지만 어제 일처럼 선명하게 기억났다.

그래서였나? 그래서 그날 머리가 아프다고 한 거였나? 그래서 내게, 두통약을 구해달라고 한 거였나, 한여진? 당신 남편의 숨겨진 여자를 봐서, 그래서 고통스러웠던 거였어?

주차장에 다다라 매니저가 대기하고 있던 밴에 올라탄 재아는 손을 흔들며 인사를 던졌다.

"내일 제주도에서 봬요. 전 라디오 녹음할 게 있어서 좀 늦게 출발할 것 같아요. 대신 늦진 않을게요."

쏜살같이 빠져나가는 밴을 보며 태준은 비척비척 자신의 차로 걸음을 옮겼다. 눈앞에 지프차가 나타나자 태준은 화를 억누르지 못하고 자동차에 주먹을 내리꽂았다. 퍽 하는 소리와 함께 둔중한 아픔이 손끝을 타고 전해왔다.

- "Shit!"

통제할 수 없는 분노, 그것이 혈관 구석구석을 타고 돌아 그를 벼랑으로 내몰았다. 황급히 다가선 지혁이 만류했지만 태준은 그를 뿌리치고 거센 주먹질을 멈추지 않았다.

지혁의 고함이 주차장에 메아리쳤다.

"그만둬! 뭐 하는 짓이야? 왜 그래? 갑자기 왜 그리냐고, 민태준!"

그런 여자가 하나 있었다. 너무 소중해서 함부로 손 내밀어 만져 본 적 없던 여자가. 너무도 귀해서 보는 것조차 아까웠던 여자가 있었다. 온몸이 으스러져라 안고 싶어도 그저 아끼고, 또 아끼기만 했던 여자가……. 그런데 그런 여자를 가진 남자가, 자신은 세상을 다 줘도 바꾸고 싶지 않은 여자를 가진 남자가 감히 다른 여자를 품에 안고 그녀에게 상처를 주고 있었다. 그는 눈에 담는 것조차 아까워했던 여자를 석민서는 잔혹하게 외면하고 등한시하고 있었다.

처음부터 그의 것은 없었다. 많은 것을 원하지도, 바라지도 않았건만 단 하나 원하는 것마저 그의 것이 되지는 않았다. 세상도 필요 없고, 모든 것이 필요없었다. 오직 단 하나, 단 한 사람…… 그것만 원했지만 세상은 그것마저 허락하지 않았다. 그런데 그 단 한 사람 곁에 있는 남자는 소중한 것이 무엇인지 모르는 무지한 눈을 가졌나보다. 그녀가 얼마나 귀한 보물인지 멍청한 사내는 모르고 있나 보다. 호텔에서 마주한 민서는 태준의 뇌 속에 있는 무언가를 삐끗하게 만들었다. 그리고 꼭꼭 감춰두고 묻어두려 했던 묵은 감정을 일시에 헤집어놓으며 거대한 불길을 형성해 폭발시켰다.

뭐야, 한여진! 너 뭣 때문에 저런 남자를 남편이라고 하는 거야!

마지막으로 차를 쾅 내려친 태준은 굳어버린 혀를 움직여 겨우 겨우 말을 밀어냈다.

"뭐가 안정된 삶이라는 거야! 이게 네가 말하던 그 잘난 안정된 삶이라는 거야? 이게 네가 말하던 그 빌어먹을 사랑이고, 행복이라는 거야? 겨우 저런 남자에게 마음을 주고, 네 인생을 걸었어? 너 바보야? 너, 이거밖에 안 되는 여자였어? 망할 한여진, 빌어먹을 한여진!"

태준의 격노한 음성을 듣던 지혁은 돌처럼 딱딱하게 굳어갔다. 태준을 말리던 손길이 허공으로 툭 떨어졌다. 그리고 황급히 주변을 둘러보며 지혁은 태준의 입을 가로막았다.

"민태준, 소리 낮춰. 사람들이 듣잖아."

그제야 정신을 차린 태준은 호텔 입구를 사납게 노려보다 지혁에게 말 한마디 남기지 않고 자동차에 올라탔다. 자동차가 튕기듯이 주차장을 빠져나갔다. 망연히 서 있던 지혁의 귀에 찢어질 듯한 엑셀 소음이 길게 울려 퍼졌다.

"뭐야, 민태준. 너, 그리고 한여진이라는 여자, 도대체 무슨 사이야."

지혁은 길고 긴 한숨을 내쉬며 혼잣말을 내뱉었다. 함께 일하는 동안 이토록 처참하게 이성을 잃어버린 태준의 모습은 처음이었다. 늘 완벽할 정도로 자신의 감정을 잘 컨트롤하던 태준이 오늘은 상처 입은 영혼을 밑바닥까지 고스란히 내비치고 있었다. 위험하다. 태준을 잘 알기에 더 걱정할 수밖에 없었다. 여자에게 조금도 빈틈을 보이지 않는 남자가 바로 민태준이다. 옆에서 지켜보는 사람마저 고개를 내저을 정도로 지독하리만치 여자에게 냉정하기로 유명했다. 그런 태준이 자기 감정을 제어하지 못하고 이성을 잃은 상대는 다름 아니게도 한여진이었다.

한여진. 재계에서도 손꼽히는 '선유그룹' 한수한 회장의 하나밖에 없는 딸. 선유의 프린세스. 그리고 한수한 회장이 직접 후계자로 지목한 석민서 사장의 아내. 다른 남자의…… 여자. 위험할 수밖에 없었다. 태준은 지금 자신의 모든 것을 잃을지도 모르는 위험한 게임을 하고 있었다. 천 길 아래 낭떠러지에 위태롭게 서 있는 태준을 바라보듯, 지혁은 오래도록 태준이 사라진 주차장 입구를 응시했다. 태준의 모습은 찾을 수 없었지만, 그의 격분한 음성은 여전히 지혁의 귓가에 메아리치고 있었다.

"민서 씨, 천천히. 천천히 해요, 우리."

여자가 콧소리를 내며 유혹하듯 말했다. 민서는 다급하게 여자의 옷을 찢어발기듯 벗겨냈다. 무언가 잊을 수 있는 게 필요했다. 지금 이 순간, 모든 것을 망각할 수 있을 정도의 격정적인 욕망의 배출구가 필요했다.

드러나는 여자의 뽀얀 가슴을 덥석 물었다. 뾰족이 솟아난 유두를 사납게 물어뜯자 여자는 가르랑거리는 소리를 내며 매달렸다. 여자의 거추장스러운 스커트를 벗겨내고 얇은 브리프를 걷어내자 기다렸다는 듯 검은 숲이 드러났다. 전희도 없이 여자의 뜨거운 몸 안으로 무작정 삽입을 하며 민서는 참고 참았던 신음을 내뱉었다.

이거다. 이 순간만큼은 잊을 수 있었다. 정신없이 일에 매달려도 잊혀지지 않던 어느 영상이 여자를 안는 순간 말끔히 사라졌다. 민서는 거세게 돌진했다. 여자가 교성을 내지르며 하얀 허벅지를 그의 허리에 휘감았다. 여자의 다리를 어깨에 걸치고 민서는 더욱 깊숙이 여자의 안으로 파고들었다. 눈을 감고 폐 깊은 곳에서 시작되는 한숨을 몰아쉬었다. 거친 숨결이 호텔 룸을 가득 메왔다.

"이러지 말아요, 민서 씨. 너무 아파."

여자는 속삭이듯 말하며 부드럽게 해달라고 애원했다.

"이러지 말아요. 내 몸에 손대지 말아요. 나가요……."

불현듯 자신의 몸 아래에 깔린 여자의 음성을 비집고 여진의 싸늘한 목소리가 들려왔다. 민서는 더욱 난폭하게 여자를 소유해 나갔다. 한여진이 아니라도 여자는 얼마든지 있었다. 그 여자가 아니라도 자신을 만족시켜 줄 여자는 넘쳐흐를 정도로 많았다. 쾌락에 젖어든 민서는 덫에 걸린 짐승처럼 울부짖으며 신음을 흘렸다. 오르가즘의 정점에 도달하듯 거칠다고 싫은 소리를 하던 그녀도 어느새 상체를 뒤로 젖히고는 민서와 하나가 되어갔다. 뜨겁게 죄이는 여자의 몸 안에서 무아지경에 빠지듯 내내 눈을 감고 있던 민서는 더욱 포악하게 여자를 점령하면서 슬며시 눈을 떴다. 일순, 파도처럼 출렁이던 그의 몸짓이 고장난 것마냥 움직임을 정지했다. 잊고 있던 한 장면이 필름처럼 휙 스쳐 지나갔다.

한여진, 그리고 그 빌어먹을 민태준.

지그시 이를 물었다. 또 이 모양이다. 그날 이후로는 여자를 제대로 안을 수가 없었다. 안을 때마다 되살아나는 영상에 매번 실패를 거듭하고 있었다. 어둠 속에 서 있던 두 사람의 모습은 지울 수 없는 파편처럼 그의 가슴 깊은 곳에 생채기를 만들었다. 여자의 탐스럽고 아름다운 몸에 발정난 수컷처럼 파고들었지만 순식간에 흥미가 떨어졌다. 우윳빛 허벅지가 유혹하듯 벌어져 있었지만 민서는 여자의 몸 안에서 자신을 빼냈다. 하체에 찬 기운이 훅 끼쳐들었다.

"민서 씨?"

갑작스러운 그의 돌변에 거친 숨결을 토하던 여자가 금붕어마냥 입을 벙긋거렸다.

"재미없어."

민서는 재빨리 침대에서 내려서며 툭 던지듯 말했다. 재미없다, 그것보다 더 이 상황을 명쾌하게 해석할 수 있는 게 어디 있겠는가. 여자를 안으면 잊을 수 있을 것이라 여겼다. 다른 여자를 안는 순간만큼은 다른 놈 곁에 서 있던 여진의 모습을 뇌리에서 떨쳐낼 수 있을 것이라 여겼건만 아니었다. 오히려 또렷하게 되살아날 뿐이었다.

자신은 한 번도 본 적 없던 여진의 붉게 상기된 얼굴. 삼키고 싶을 만큼 유혹적으로 부풀어 오른 석류 알처럼 붉디붉은 입술. 그리고…… 그 곁에는 민태준, 그가 있었다. 아내의 입술에서 뭉개진 연한 산호빛 립스틱이 그놈 입술에 희미하게 번져 있었다.

"제길!"

배신감에 치가 떨렸다. 그때는 아무것도 아니라며 돌아섰지만 날이 갈수록 지독한 소유욕이 고개를 쳐들었다. 그녀가, 한여진이 다른 놈을 바라보고 있었다. 자신에게는 언제나 빙하덩어리처럼 차가운 모습만을 보이던 그녀가 다른 놈에게 입술을 내주었다. 그녀가 다른 놈을 마음에 품고 있다고 말하는 것으로도 모자라 감히 키스까지 나눴다.

민태준, 그놈인가? 당신 마음에 있다던 놈이, 바로 그놈이었어?

태준의 조각처럼 잘생긴 얼굴을 짓이기고 싶었다. 아내의 입술을 탐한 태준을 갈기갈기 찢어발기고 싶었다. 하지만 무엇보다 통제할 수 없는 건, 한여진을 죽이고 싶다는 거였다. 자신을 이토록 광포하게 만든 그녀를 바스러뜨리고 싶었다. 조각조각 남김없이, 뼛가루조차 찾을 수 없을 정도로 그녀를 흔적없이 없애 버리고 싶었다.

고즈넉한 뒤뜰에서 태준과 나란히 서 있던 여진의 모습은 민서가 미처 모르고 있던 또 하나의 모습을 일깨워 주었다. 그리고 그건 시간이 흐를수록 잔혹하게 변해갔다.

흰 눈발이 흩날리고 있었다. 차창에 부딪치는 눈발을 뚫고 태준은 미친 듯이 질주했다. 자동차 계기판의 속도는 눈에 들어오지 않았다. 지나가는 차들이 경적을 울려도 무시하고 태준은 미로 속을 헤매듯, 이리저리 유연하게 다른 차량을 피하며 위험한 곡예를 거듭했다. 차갑게 빛나는 안광이 정면을 주시하고 있었다. 하지만 보이는 건 창밖의 밤거리가 아니라 여자를 품에 안고 있던 석민서, 그였다. 흐느적거리며 여자를 안고 있던 민서를 떠올리자 태준의 눈빛이 더욱 싸늘하게 식어갔다.

석민서는 한여진의 남편이다. 그는 한 여자의 남편이었다. 그런데, 다른 여자를 안고 있었다. 다른 여자를 안고 깊은 밤 호텔에 들어서고 있었다. 여진은 어딘가에 내동댕이치고, 아내라 부르는 여자는 어딘가에 처박아놓고 다른 여자와 함께 하던 민서를 생각하자 불쑥 구토가 치밀었다.

왜 그녀여야만 하는지 그도 알 수가 없었다. 왜 자신의 신경은 모두 한여진에게 곤두서 있고, 예민하게 반응하는지 그도 이해할 수가 없다. 정의 내릴 수 없는 이 감정을 무어라 불러야 할지 그도 난감하기만 했다.

끼이익, 요란한 소리를 내며 어둠이 내려앉은 갓길 어딘가에 자동차를 급정거시켰다. 여진의 얼굴이 눈에 아른거리자 더 이상 운전을 계속할 수가 없었다. 태준은 주머니를 뒤적거려 휴대폰을 꺼냈다. 폴더를 열고 버튼을 누르는 손이 미세하게 떨리고 있었다. 탁 하고 거칠게 폴더를 접은 그는 사나운 욕설을 씹어뱉었다.

묻고 싶었다. 당신은 알고 있냐고, 이런 자신의 감정이 무엇인지 당신은 알고 있냐고 물어보고 싶었다. 이미 팔 년 전에 끝난 감정이라 여겼다. 팔 년이나 지났기에 퇴색하고 닳고 닳아 남아 있는 것 따위는 해묵은 기억밖에 없을 거라고 여겼다. 그랬건만 그게 아닌가 보다. 아직도 자신의 가슴에는 남 앞에서는 함부로 꺼내 보일 수 없는 무언가가 남아서 뿌리를 깊이 내리고 있었나 보다.

성급히 손을 뻗어 다시 폴더를 열었다. 바스러뜨릴 듯 힘을 주고 버튼을 눌렀다. 이 순간이 지나면 전화를 하지 못할 것 같았다. 지금 당장 그녀에게 전화를 걸어야 했다. 그녀에게 물어보아야만 했다. 하지만 한 번의 신호음이 울리자 태준은 황급히 전화를 끊었다. 안 된다. 너무 늦은 시각이었다. 그녀가 불편할지도 모르는 일이었다. 언제부터 그녀를 걱정했다고, 하는 비웃음이 터져 나왔다. 오히려 그녀를 곤경에 빠뜨리려고 혈안이 되었던 민태준이 왜 이렇게 망가진 걸까. 절망적인 한숨이 비어져 나왔다.

잘라내고 싶었다. 도려내고 싶었다. 타는 듯한 갈증, 팔 년 동안의 허기짐, 굶주림, 여진을 떠올리기만 하면 자연적으로 따라붙는 이 집요한 심장의 울림을 싹도 남기지 않고 잘라내고 싶었다. 하지만 잘라낼 수 있을까. 과연 그렇게 할 수 있을까.

태준은 창을 열고 시린 찬바람을 들이마셨다. 흰 눈송이가 벚꽃이 흩날리듯 바람에 나부끼고 있었다. 아득해지는 이성의 한 자락을 부여잡고 여진의 창백한 모습이 되살아났다. 태준은 눈을 감고 말았다. 그녀의 모습을 지우듯 질끈 눈에 힘을 주었다. 하지만 선연하게 되살아난 그녀는 서글픈 눈동자를 하고 있어, 그의 가슴을 아리게 만들었다.

당신, 행복해? 내 앞에서 보여주었던 그 행복한 모습들, 거짓이 아닌 진실인 것 맞아? 맞는 거야?

정상적인 사고회로는 이미 불가능했다. 분별있는 행동을 하기에는 이미 이성이라는 것은 그의 영역을 벗어나고 있었다. 입 안이 바짝바짝 타 들어갔다. 혀가 메말라 쩍쩍 갈라지는 것만 같았다. 하지만 이 순간 필요한 건 한 방울의 물이 아니라 한여진, 그녀였다. 아니, 더 솔직하게 말하자면 그녀의 뜨거운 입술, 달콤한 숨결, 그것만 있으면 지금의 이 지독한 갈증과 갈망은 씻은 듯이 해갈될 것만 같았다. 죄악이라고 손가락질을 한대도 어쩔 수 없었다. 그는 그녀를…… 원하고 있었다.

골수 깊이 파묻힌 미움과 증오는 또 다른 이름으로 그를 괴롭히고, 질퍽한 늪으로 밀어 넣었다. 엄청난 고통을 동반한 아픔이 해일처럼 엄습했다. 핸들에 얼굴을 박고 있던 태준은 신음을 내뱉듯 힘겹게 입술을 달싹였다.

"한여진, 여진아……."

왜 당신에게 벗어나지 못하냐고 묻지 마라, 나도 모르니까. 왜 한여진이라는 이름 석 자를 가슴에서 비워내지 못하냐고 따지지 마라, 나도 이런 나를 이해할 수 없으니까. 다른 남자의 여자가 되어버린 여자를 왜 이토록 간절히 원하는지 욕하지 마라, 내가 대신 나를 욕하고 벌할 테니까.

태준은 가슴속에서 회오리치는 수많은 질문과 답을 단절하고 고개를 들었다. 원하면 안 되는 여자를 원해서 힘들어하는 건 그의 몫, 남편의 방탕한 생활로 인해 가슴앓이를 하는 건 그녀의 몫. 분명한 건 그들의 길은 서로 다르다는 것이었다. 두 개의 평행선처럼 절대로 이어질 수 없는 것. 멀리서 바라볼 수는 있어도 하나가 될 수 없는 것, 그게 표면상에 드러난 그들의 관계였다.

다시 한 번 한숨처럼 그녀의 이름을 읊조렸다.

"여진아."

하지만 태준이 망설이고 부른 애달픈 이름 하나는 지나가는 자동차 소음에 파묻혀 흔적도 없이 사그라졌다.

침실 창가에 서서 창밖을 내다보던 여진은 갑작스레 민서가 들이닥치자 매섭게 눈을 치뜨고 말았다.

“노크하라고 했을 텐데요.”

민서가 성큼 다가서자 여진은 가운을 여미며 걸음을 피했다. 시뻘겋게 달아오른 얼굴, 거친 숨소리, 무엇보다 코끝에 와 닿는 역한 알코올 냄새가 여진을 불쾌하게 만들었다. 민서는 벌써 며칠째 술에 절어 사는 듯했다. 단 하루도 술을 마시지 않는 날이 없었다. 생활의 일부분처럼 외박을 일삼던 그가 언제부터인가 집에 꼬박꼬박 들어왔다. 그것도 몸을 가누지 못할 정도로 술에 취해서.

여진은 미간을 찡그리며 홱 고개를 돌렸다.

“또 술 마셨어요?”

“마셨지.”

붉게 충혈된 민서의 눈동자가 여진에게 고정되어 있었다.

“그럼 가서 자요, 여기서 이럴 게 아니라.”

하루하루 시비를 걸기 위해 사는 것처럼 민서는 틈만 나면 그녀의 곁을 맴돌았다. 비틀거리다 못해 지독한 술 냄새마저 풍기는 민서가 부담스럽다는 듯 여진의 음성에는 날이 섰다.

“피곤해요. 난 잘 테니까 볼일있으면 내일 이야기해요.”

여진은 나가라는 듯 문가에 눈길을 던졌다. 민서는 고개를 내저으며 그녀의 앞으로 걸음을 옮겼다. 여진이 피하려고 하자 그는 재규어처럼 날렵하게 그녀의 손을 낚아챘다.

“왜 이래요!”

여진은 단박에 민서의 손을 쳐냈다. 민서가 툭 던지듯 말문을 열었다.

“모르겠어.”

잔뜩 혀가 꼬인 발음으로 민서는 횡설수설거렸다.

“정말 모르겠어, 내가 왜 이러는지. 당신은 알고 있나?”

여진은 나직이 한숨을 쉬었다. 귀찮다, 그의 모든 것이. 그와 나누는 의미없는 대화가 귀찮기만 했다.

“많이 취한 것 같아요. 그만 가서 자요.”

“대답을 듣기 전에는 못 나가.”

그가 사납게 눈을 부라렸다.

“무슨 대답요?”

여진은 짜증스레 되물었다. 하지만 민서는 말을 잇는 대신 침실을 서성거리며 거칠게 머리카락을 쓸어 올리기만 했다. 한참 동안 위태롭게 왔다 갔다를 반복하던 그가 걸음을 멈추고 냉랭한 어조로 물었다.

“그날…… 그 자식과 무슨 짓을 했지, 한여진?”

무심하게 서 있던 여진은 심장이 툭 떨어짐을 느꼈다. 민서의 싸늘한 눈빛이 짐승의 그것처럼 위험하게 번들거리고 있었다. 여진은 마른침을 삼키고 애써 평온함을 가장했다.

“그게, 무슨 말이죠? 난데없이 무슨 소리예요?”

민서는 실소를 터뜨렸다.

“못 알아듣는 척하지 마! 최 사장님 댁에서 민태준 그놈과 뭘 하고 있었냐고 묻고 있잖아!”

집이 떠나가라 고함을 지른 그는 음산하게 목소리를 내리깔았다.

“나도 묻고 싶지 않았어. 그냥 무시하고 지나가려 했어. 그런데…… 묻지 않으니까 내가 견딜 수가 없어. 별별 상상이 다 되는 게, 도저히 안 물어볼 수가 없다고! 대답해 봐, 그놈이랑 뭘 하고 있었던 거지?”

“아무 일도 없었다고 했잖아요. 그저 인사만 나눴다고…….”

“거짓말을 하려면 좀 그럴듯하게 해.”

그녀의 말을 가로챈 민서가 빈정거렸다.

“꼭 내 입으로 얘기해야 하나? 그 더러운 짓거리를 내 입으로 말해야만 하는 건가? 한여진이, 나를 상대로 장난하나?”

민서의 서슬 퍼런 행동에 여진은 혀끝을 물었다. 무언가 알고 있다, 이 남자. 심장이 걷잡을 수 없이 빠르게 뛰었다. 민서가 그녀의 어깨를 아프도록 꽉 움켜쥐었다. 손아귀에 힘을 가득 실어, 그녀의 뼈를 으스러뜨리겠다는 듯 점점 포악하게 힘을 가했다.

“갑자기 왜 이래요. 조용히 있다가 이제 와서 이러는 이유가 뭐예요.”

여진은 신음을 내뱉지 않기 위해 안간힘을 다했다.

“내가 조용히 있었다고 생각하나, 당신은?”

잇새로 한자한자 씹어뱉으며 그는 얼굴을 일그러뜨렸다.

“아무것도 아니라고 무시하려 했지. 까짓것 키스 정돈데 뭐 어떻겠냐고 넓은 아량으로 이해하려고도 했어. 그래서 당신과 민태준이 나란히 있을 때에도 태연하게 돌아섰지. 그런데 시간이 흐를수록 기분이 더러워. 말도 못하게 더러워서, 그 자식을 죽도록 패주고 싶을 정도야.”

“당신은 그런 말 할 자격 없어요.”

여진은 낮지만 단호하게 받아쳤다. 민서가 코웃음을 치며 입매를 굳혔다.

"당신이라는 여자가 나를 밖으로 나가라고 등을 밀지 않았던가?"

"설령 그렇다고 해도 이렇게 날 몰아세울 수는 없어요."

"하, 몰아세워? 내가 지금 몰아세우지 않게 생겼어? 그 일 이후 다른 여자를 안으려고 할 때마다 떠오르는 게 뭔지 알아? 젠장! 당신과 그 빌어먹을 민태준 얼굴이 아른거려서 아무것도 할 수가 없어. 눈앞에 있는 여자에게 욕망도 생기지 않고 안고 싶은 마음도 일시에 사라져 버려. 한여진, 이게 다 당신 때문이야! 당신 때문이라고!"

여진은 비웃음을 가득 물고 대응했다.

"또 욕구불만에 관한 건가요? 지겨워, 정말 지긋지긋해! 당신이 여자에게 욕정이 생기든 말든 그걸 왜 내게 따져요? 그 여자가 마음에 안 들면 다른 여자를 찾으면 되잖아. 그 여자도 아니면 또 다른 여자를 찾으면 되잖아!"

"이러면서 내게 여자가 많았다고 탓할 자격이 있나, 한여진? 이제 다 정리하겠어. 깨끗하게, 남김없이 정리하지. 다른 여자는 필요없어. 당신이면 돼."

명령처럼 내뱉는 그의 말투에 여진은 턱을 바짝 치켜세웠다.

"안 된다고 했어요. 당신은 싫다고 분명히 말했어요."

"그럼…… 그놈은 된다는 뜻인가?"

여진은 입술을 굳게 다물어 버렸다. 대답할 가치를 느끼지 못했다. 긴 침묵이 흐르는 동안 그의 눈매가 점차 가늘게 변해갔다. 그리고 그는 물어뜯을 듯이 으르렁거렸다.

"까불지 마, 한여진. 당신은 내 여자야. 당신 마음에 어떤 놈이 들어앉아 있든 당신이 내 여자라는 거에는 변함없어. 죽는 그 순간까지, 아니, 죽어서도 당신이라는 여자, 내 손에서 안 놔. 못 놔!"

취했다, 그는. 평소의 그라면 이런 말은 하지 않을 것이다. 그저 취중에 나온 헛소리일 뿐이다. 여진은 두려워지는 마음을 애써 떨쳐 냈다.

"많이 취한 것 같아요. 정말이지 그만 가서 자는 게 나을 것 같네요."

돌아서는 여진을 벽으로 확 밀친 민서는 나직하게 입을 뗐다.

"아이 문제는 어떻게 하기로 했어? 아직도 기다려야 하나?"

"조금만 더 기다려요."

"기다려라, 기다려라, 젠장할! 도대체 누구를 위해 기다리라는 거지? 민태준, 그 자식 때문인가?"

여진은 이야기의 주제를 회피하며 대꾸했다.

"내일, 아버지를 만나러 가는 날이에요. 아이를 거론한 건, 없었던 일로 해달라고 할게요. 안심해요."

"하! 뭐야, 나더러 기다리라는 게 그런 뜻이었어?"

어이없다는 듯 민서는 거칠게 얼굴을 쓸어 내렸다.

"제발 우리 이러지 말아요. 의미도 없는 말다툼 하지 말자고요. 갑자기 당신이 왜 내게 지대한 관심을 쏟는지 모르겠지만 나, 불편해요. 그리고 싫어요. 당신 관심, 당신 눈길, 부담스러워요. 예전처럼 서로 모르는 척 살아요. 그게 편해."

"그럼 내 앞에서 민태준과 다정히 있지를 말았어야지."

민서가 격하게 쏘아붙였다. 여진은 슬며시 눈을 내리깔았다. 이건 질투가 아니다. 그가 행하는 지금의 행동은, 오래전부터 내려오는 수컷이라는 종족의 제 것을 지키려는 욕심에 불과했다. 절대 질투가 아니다. 그는 질투를 해서는 안 되는 것이다. 불안을 점점 증폭시키듯 민서가 소름 끼치도록 서늘한 목소리로 말을 이었다.

"말해 봐, 어디까지 갔어? 만난 지 얼마 안 되니 잠을 잔 건 아니겠지? 벌써 한몸이 된 건 아니겠지? 설마 그놈에게 안긴 건 아니겠지! 대답해, 대답하라고!"

이성을 잃은 듯 핏발이 선 눈으로 노려보던 그는 여진의 어깨를 사정없이 뒤흔들었다. 목이 떨어져 나갈 것 같았다. 머리가 흔들리고, 생각이 흔들렸다. 민태준, 그와 어디까지 갔냐고? 여진은 서글픈 미소를 머금고 민서를 향한 분노와 적대감을 담아 말했다.

"정말이지 그러길 원했어. 그 사람과 하나가 되길 간절히 원한 적이 있었어. 안길 수만 있었다면 이미 오래전에 그 사람의 여자가 됐을 거야. 당신이 듣고 싶어 하는 대답이…… 이거, 맞나요?"

순간 민서는 타오르는 분노와 질투심을 제어하지 못하고 손을 높이 치켜들어 여진의 뺨을 갈겼다. 미처 이런 반격을 예상하지 못했던 여진은 고개가 홱 꺾일 때 자신도 모르게 입술을 물었다. 곧 지독한 아픔이 얼굴을 강타했다. 불로 지진 듯한 뺨, 그리고 찢어진 듯한 입술. 바닥에 깔린 카펫을 노려보던 여진은 지그시 혀를 물었다. 찢겨진 입술에서 피가 배어나오는지 끈적한 무언가가 입 안으로 들어왔다. 손으로 입술을 더듬자 시뻘건 피가 묻어나왔다. 여진은 픽 웃고 말았다.

"이제…… 갈 때까지 가보자, 이건가요?"

"입 다물어! 당신이 날 자극한 거야."

"네, 내가 자극했어요. 하지만 그게 손찌검을 당할 이유라고는 생각 안 해요."

"조용히 해. 더 맞기 싫으면 그 나불대는 입부터 다물어!"

그의 손이 또다시 천장을 향해 힘껏 올라갔다. 높이 치켜 올려진 손을 보며 여진은 눈을 감았다. 그리고 더 할 수 없이 싸늘하게 말을 던졌다.

"미안하지만 내일, 아버지를 만나면 말하겠어요. 더는 못 참겠다고, 더 이상 이대로 살 수는 없다고, 당신과…… 이혼하겠다고 말하겠어요."

말을 마친 여진은 냉소를 머금고 침실 문을 닫았다. 닫히는 문 사이로 그가 티 테이블을 짚으며 휘청거리고 있었다. 이렇게 된 이상 민서와 한공간에 있을 수는 없었다. 그가 침실에서 나가지 않는다면 그녀라도 나와야 했다.

여진은 게스트 룸을 지나쳐 삼층으로 올라갔다. 계단 난간을 짚던 손을 들어 얼얼한 뺨을 어루만졌다. 태어나서 난생처음 누군가에게 맞았다는 충격과 아픔은 문제가 안 되었다. 문제는 적(敵)이 두 명이나 된다는 것이었다. 민태준, 그를 향해 시퍼런 칼날을 내세우는 적이 하루아침에 한 사람 더 늘고 말았다. 그녀의 부주의로 민서마저 태준의 적이 되어버렸다. 끝이 보이지 않는 암담함에 여진은 그대로 탈진해 쓰러질 것만 같았다.

"이야, 정말 끝내주는 경치인데요?"
짐을 풀던 조감독 상현이 감탄사를 연발했다.
"도대체 얼마나 돈이 많으면 이런 별장을 살 수 있을까?"
별장 안을 휘익 둘러본 상현은 카메라 가방과 그 외 다른 장비가 든 가방을 바닥에 내려놓고 이층으로 올라갔다. 상현이 별장 내관에 반했다면 태준은 별장 외관에 반해 있었다. 눈부시게 하얀 벽으로 치장한 별장은 눈 덮인 산 중턱에 자리 잡아 바다를 한눈에 내다볼 수 있게 했다. 기본적인 건물의 구조가 사각형인 네모라면, 이 별장은 둥근 원형을 뼈대로 만든 것처럼 잔디밭 한가운데에 성처럼 우뚝 솟아 사전답사 시 태준의 눈을 현혹시켰다. 까다로운 그를 그 자리에서 오케이하게 만든 건물이었다.
거실은 사람들로 인해 북적거렸다. 연출부, 촬영부, 미술, 녹음, 특수효과 등 각 스태프들이 자신들의 짐을 부리느라 정신이 없었다. 태준은 수트케이스를 밀쳐 놓고 거실 창으로 다가갔다. 통유리로 뒤덮인 창은 먼지 한 점 없이 투명하게 바깥세상을 비추고 있었다.
제주다. 얼마 만에 이곳에 온지 모른다. 낯선 이국의 땅에 있을 때, 이따금 이곳을 추억했었다. 이곳의 하늘을 그리워하고, 이곳의 바다를 그리워했다. 그리고 그때 자신의 곁에 있었던 여자를 미치도록 그리워하고, 그리워한 만큼 증오하기도 했다.

에메랄드 빛 바다가 태양 아래에서 너울거리며 춤을 추고 하얀 파도를 토해냈다. 잔잔히 휘몰아치는 바다를 내다보던 태준은 돌연 몸을 틀었다.

"짐정리 하고 있어. 난 잠시 나갔다 올 테니까."

"에? 어딜 가시는데요? 바로 촬영 안 들어가요?"

촬영감독이 의아하다는 듯 물었다. 태준은 스태프들을 휙 둘러보고는 어깨를 으쓱거렸다.

"어차피 스태프들만 먼저 온 상태잖아. 배우들은 좀 이따 올 거고. 중요 인물인 재아 씨도 오후에나 도착한다 했으니 카메라와 그 외 장비점검 마치면 푹 쉬고 있어."

"와우!"

이층 계단 난간을 타고 쭉 미끄러져 내려오던 상현은 탄성을 내질렀다.

"정말입니까, 감독님? 진짜 쉬어도 되는 건가요?"

"뭘 그렇게 좋아해?"

"하하하! 어디 가시는지 모르지만 천천히 다녀오세요, 천천히. 이왕 제주도에 왔는데 그 유명한 회를 못 먹으면 말이 안 되죠. 먼저 배부터 채우고 일이든 뭐든 합시다요."

태준은 피식 웃으며 상현의 어깨를 내려쳤다.

"회를 먹든 낚시를 하든 상관없는데 제발 술만 마시지 마. 조감독 술 마시니까 강아지가 친구 하자고 덤비겠더라."

독일에서의 밤을 떠올리며 태준은 고개를 내저었다. 상현은 질색을 하며 펄쩍 뛰어올랐지만 여기저기서 날아드는 다른 스태프

들의 동의 어린 말에 더 이상 입을 떼지 못하고 두 손을 번쩍 치켜
들었다.

"네, 네. 술은 마시지 않겠습니다."

항복을 선언하듯 말을 마친 상현이 입맛을 다셨다.

"아아, 회에는 소주가 최곤데."

별장을 나가던 태준은 아쉬운 듯 중얼거리는 상현에게 말을 던
졌다.

"제주 신 마치면 회에다 소주는 내가 사지."

스태프들의 환호성을 뒤로하고 나가려는 태준을 조명감독이 큰
소리로 불렀다.

"감독님! 그럼 언제쯤 도착하시는 겁니까?"

"한두 시간 안에 돌아올 거야. 오래 걸리지 않을 테니까, 근처에
가서 간단하게 점심이나 들도록 해."

잠깐이면 된다. 오래 있지 않을 것이다. 그저 한번 둘러보고 싶
을 뿐이었다. 과거의 추억을 간직하고 있는 그곳을 한 번쯤 다시
찾고 싶은 마음뿐이었다. 정우에게 별장이 제주도에 있다는 말을
들었을 때부터 가봐야지, 하고 생각했던 곳. 사전답사를 하러 왔
을 때에는 시간이 부족해 바로 서울로 올라가야 했지만 오늘은 그
곳을 둘러보고 싶었다.

타임머신이 있어야지만 과거로 갈 수 있는 건 아니다. 오래전
추억의 장소에 가보는 것도 시간여행이 될 수 있었다. 태준은 지
금, 시간 여행을 하러 가는 중이었다. 하지만 시간 여행을 떠나는
그의 얼굴에는 즐거움 대신 짙은 그림자가 드리워졌다. 별장 오솔

길을 내려가던 느릿한 걸음이 점차 빨라졌다. 한겨울의 매서운 바람이 어서 그곳으로 가보라고 등을 떠미는 듯했다.

『안 된다.』

부친이 건네는 수첩을 받아 든 여진은 찢어발기듯 꽉 움켜쥐었다. 안 된다는 걸 알고 있었다. 허락하지 않을 거라는 것도 알고 있었다. 하지만 실낱같은 희망이라도 품고 내뱉었던 말은 일언지하에 거절당했다.

"끝까지 절, 코너로 몰아넣을 건가요?"

여진의 음성이 희미하게 떨려 나왔다. 한 회장은 고개를 돌려 여진과의 대화를 차단했다.

"저 죽는 거…… 보고 싶으세요!"

부친의 뒷모습을 보며 여진은 새된 소리를 질렀다. 묵묵히 휠체어에 앉아 창밖만 바라보는 부친에게 다가선 여진이 막 입을 열려고 하자 한 회장이 먼저 손을 내밀었다. 수첩을 건네달라는 뜻이었기에 여진은 말없이 수첩을 쥐어주고 잘근잘근 입술을 물어뜯었다. 부친이 의사소통을 대신해 글을 쓰는 동안 억겁의 시간이 흐른 듯했다.

얼마나 기다렸을까, 짙은 갈색 가죽 수첩이 그녀의 앞에 놓여졌다. 여진은 홱 낚아채듯 수첩의 글씨를 읽어나갔다. 그녀의 눈매에 파르르 경련이 일었다.

『그 녀석이 돌아왔더구나.』

짧은 글귀가 눈에 파고들어 심장 밑바닥을 관통하고 지나갔다.

그녀의 손에서 수첩이 툭 떨어져 내렸다.

"그 사람은 상관없어요."

여진은 탁하게 가라앉은 음성으로 쏘아붙였다. 한 회장은 고개를 가로저었다.

"그 사람은 이 일과 상관없다고 했잖아요! 내가 지쳤어요. 내가 지쳐서, 더 이상 민서 씨와 살 수가 없어요. 제발, 제발, 아버지…… 그 사람을 이 일에 결부시키지 마세요. 이제 그 사람, 내게 아무것도 아니에요. 그 무엇도 아니라고요!"

한 회장의 고갯짓이 거세어졌다. 듣기 싫다는 듯 한 손을 들어 허공을 가로젓기도 했다. 여진은 발악하듯 핏대를 세웠다.

"내가 어떻게 하기를 바라세요. 말해 보세요. 어디 한번 말씀해 보세요."

한 회장의 눈길이 바닥에 떨어진 수첩에 날아들었다. 여진은 허리를 굽히고 집어 든 수첩을 떨리는 손으로 부친의 허벅지에 올렸다. 한 회장의 오른손이 지면 위를 날아다녔다.

『아이를 가져라. 그럼 네가 원하는 이혼을 허락해 주마.』

눈앞에 펼쳐진 글씨가 너울너울 춤을 추고 있었다. 바닥이 빙글빙글 돌고 천장이 무너질 듯 내려앉고 있었다. 여진은 위태롭게 흔들리며 바닥에 주저앉았다.

"아이를 낳으면…… 이혼을 해도 된다고요? 하! 말도 안 돼."

이건 또 다른 족쇄일 뿐이다. 벗어나지 못하도록 단단하게 옭아매는 족쇄. 발버둥칠수록 깊은 상처만 되새기는 질기디질긴 족쇄. 지난 밤, 민서의 손찌검에 찢어진 입술이 채 아물지도 않았건만 여진은 피가 배어나올 정도로 거세게 입술을 물었다.

『그 녀석은 이제 정말 너에겐 아무것도 아닌 인물이 된 거냐.』

자신의 앞에 내밀어진 수첩을 노려보며 여진은 히스테릭하게 소리를 질렀다.

"네, 네, 네! 상관없어요. 내가 이혼하고 싶다고 하는 이유와 그는 손톱만큼도 상관없어요. 어떻게 하면 믿으시겠어요? 내 마음속에 그가 없다는 걸 어떻게 하면 믿으시겠어요, 아버지! 보여 드릴까요? 가슴이라도 갈라 드릴까요?"

한 회장의 일그러진 입매를 비집고 들릴 듯 말 듯 긴 한숨이 새어나왔다.

『정말 상관없다는 말이지.』

대답하기도 지쳤다는 듯 여진은 미미하게 고갯짓을 보였다. 부친의 앙상한 손이 다시금 그녀의 숨통을 틀어막을 듯 무언가를 끄적였다.

『다쳐도 상관없다는 말이지.』

여진의 안색이 밀랍인형처럼 창백하게 변해갔다. 숨을 멈추고, 움직임을 멈춘 그녀는 망연히 부친을 응시했다.

"무슨 짓이에요. 무슨 말씀이에요. 상관없다고 했잖아요. 저와는 전혀 연관없는 사람이라고 했잖아요. 근데 그가 왜 다쳐요. 상관없는데, 상관없다고 했는데 그가 왜 다쳐요!"

드문드문 말을 끊으며 여진은 쥐어짜듯 겨우 목소리를 냈다. 한 회장의 얼굴에 설핏 미소가 감돌다 이내 자취를 감추었다.

『아이를 가져라, 네가 원하는 사람의.』

수첩의 내용을 확인하던 여진은 발작적인 웃음을 터뜨렸다.

"그 사람, 민서 씨, 한 번도 원한 적 없어요. 누구보다 아버지가 잘 아실 텐데요? 이런 식으로 제게 강요하지 말아요."

여진을 향한 시선을 거둔 한 회장은 간헐적인 기침을 쏟아내며 입을 열었다.

"그만, 가…… 거라."

여진은 고개를 가로저으며 못 나가겠다는 듯 부친의 휠체어를 홱 돌렸다. 어느새 들어온 간병인이 여진의 거친 행동에 득달같이 언성을 높였다.

"회장님이 말씀 끝났다고 나가라 하십니다, 아가씨."

"조용히 해요, 입 다물어요! 당신이 뭔데 나서는 거야. 이대로는 못 나가요, 아버지. 내가 아직 할 말이 남았어요. 아직 하지 못한 말이 남아 있다고 했잖아요!"

여진의 부르짖음을 듣지 못한 듯 간병인은 한 회장의 휠체어를 끌고 밖으로 나가고 있었다. 붙잡으려고 했지만 간병인은 매서운 손길로 여진의 손을 쳐냈다. 바닥으로 무너져 내리며 그녀는 비명을 지르지 않기 위해 입술을 틀어막아야 했다.

"이러지 말아요, 아버지. 이렇게 잔인하게 괴롭히지 말아요. 상관없다는데, 내가 상관없다는데 왜 그가 다쳐요. 그 사람이 다치면 나, 어쩌라고…… 그 사람이 다치면 나, 어떻게 살아가라고. 아이를 가지라 했나요. 아이를 가지면…… 그가 안전할 수 있다는 소리인가요. 그래요?"

텅 빈 침실에 홀로 남은 여진은 새어나오는 흐느낌을 이를 악물고 억눌렀다. 아버지가 자신의 말을 듣지 못한다는 걸 알면서도 여진은 고장난 테이프처럼 했던 말을 반복하며 스스로에게 물었다. 아이를 가지면 그가 안전할 수 있냐고. 정말이냐고 묻고 또 물었다. 그러나 대답해 주는 이는 아무도 없었다.

이미 묻어버린 감정이었다. 오래전에 묻고 또 묻어버린 감정이었다. 죽이고 또 죽여 그런 감정이 자신에게 있었다는 것조차 희미할 지경이었다. 되살리면 안 되는 감정이기에, 느끼면 안 되는 그런 감정이기에 그녀는 늘 죽은 심장을 붙잡고 죽은 듯이 살아왔다. 한데, 부친은 다른 것을 원했다. 그녀의 뺨에 투명한 물기가 방울방울 떨어져 내렸다.

그리운 사람은 따로 있는데, 보고픈 사람은 언제나 먼 곳에 있는데, 이젠 그립고 보고픈 사람을 가슴에 묻고 다른 남자의 아이를 낳으라고 종용하고 있었다. 손 내밀어 만져 보고 싶은 사람은 손을 내밀 수가 없는데, 손이 닿는 것조차 싫은 사람의 아이를 낳으라고 거센 압력을 가하고 있었다. 한 번도 지금의 이 마음을 입밖으로 꺼내본 적은 없건만, 행여나 애달픈 그리움이 새어나올까 그 입마저 봉해 버렸건만 아버지는 막다른 길로 그녀를 내몰고 있었다.

"모르시죠, 아버지. 제가 얼마나, 얼마나 그 사람을……."

터져 나오는 울음을 참고 여진은 슬픔을 잠재웠다. 소리 내어 말하면 안 된다. 그를 위험에 처하게 할 수는 없었다. 하지만 이 순간만큼은 그가 필요했다. 너무도 간절히 그를 원했다. 먼발치라도 좋았다. 잠깐이라도 그를 볼 수만 있다면 껍데기뿐인 영혼이라도 기꺼이 버릴 수 있을 것 같았다. 다른 남자의 아이를 낳아야만 그가 안전할 수 있다면, 마지막으로 한 번만. 단 한 번만…….

검붉은 육모꼴의 돌기둥이 병풍처럼 둘러쳐져 있는 지삿개 주상절리는 태준의 기억 속에 존재해 있는 그 모습 그대로 조금도 변함없이 그를 반겼다. 돌기둥 사이로 하얗게 부서지는 포말도, 시원스레 불어닥치는 바닷바람도 어느 것 하나 변한 게 없었다. 긴 시간이 흘렀건만 조금도 변하지 않은 바다를 둘러보는 태준의 눈가가 촉촉이 젖어들었다.

이곳은 추억이 잠든 곳. 한 번씩 들춰보는 앨범처럼 힘들 때마다 기억의 한 자락을 더듬어 펼쳐 보았던 곳. 그러나 추억은 남았을지 몰라도 그녀는 남아 있지 않았다.

불현듯 바닷바람을 타고 누군가의 달콤한 목소리가 속삭이듯 아련하게 들려오는 듯했다.

"태준 씬 축복받은 사람이야. 예술 분야는 꽉 잡고 있잖아. 영화도 그렇고, 미술도 그렇고. 그런데 나, 심술나려고 해. 여행 가자고 하고선 하루 종일 그림이나 그리고……."

새침하게 종알거리던 그녀의 모습이 마치 어제 일처럼 선명하게 되살아났다. 태준의 입매에 웃음이 매달렸다. 하지만 회상에서 깨어난 현실은 너무도 잔혹했다. 그녀는 없었고, 찬바람만이 세차게 휘몰아치고 있었다.

사랑했었다. 젊은 날을 다 바쳐 그 여자 하나만을 사랑하고 또 사랑했다. 그때는, 그 사랑이 영원할 거라 믿을 만큼 어리석기도 했었다. 꿈 하나만으로 세상을 사는 줄 알았고, 사랑만 있으면 그 어떤 난관도 이겨낼 수 있을 거라 여겼던 한심한 시절이었다. 하나, 지금은 아니다. 그의 소중한 사랑은 짓밟혔고, 그가 사랑했던 여자는 다른 남자의 손을 잡았다.

"시간이 제아무리 흘러도 여긴 변한 게 없다. 그런데 내 곁에 있던 너는 없어. 바다와 산, 하늘과 파도, 태양, 그 모든 게 그대로인데 너는 없어. 어디에도, 너는…… 없다."

쓰디쓰게 중얼거리며 걸음을 돌리던 태준은 멀리서 걸어오는 사람의 형상에 우뚝 움직임을 멈추고 말았다. 긴 머리카락을 나부끼며 누군가가 다가오고 있었다. 그 누군가의 얼굴이 그의 동공에 각인될 무렵, 여자의 움직임 역시 석상처럼 굳어버렸다.

부서지는 바다 한가운데에서 두 사람의 시선이 서로에게 얽혀들었다. 태준은 낮은 탄식을 터뜨리듯 그녀의 이름을 소리 죽여 불렀다.

"한여진."

꿈인 듯해서 목소리가 탁하게 갈라져 나왔다. 너무나 간절히 원해서 환영이 나타난 걸지도 모른다고 태준은 눈을 감았다 떴다. 그러나 그녀는 그대로 있었다. 숨도 쉬지 않고 그녀는 그를 바라보고 있었다.

"여진아……."

태준이 한 걸음 내디디자 그녀가 휙 몸을 돌렸다. 그러나 앞으로 걸어나가지 못하고 그녀는 천천히 다시 몸을 틀었다. 그에게로 다가서며 그녀가 입술을 달싹였다.

"나, 여기 오기 전에 기도를 했어. 마지막으로 당신, 한 번만 보게 해달라고. 그런 내 기도를 누가 들었나 봐. 다행이야, 이렇게 당신을 보고 갈 수 있어서……."

여진이 환하게 웃으며 그에게 손을 내밀었다. 태준은 삼킬 듯이 그녀를 바라보며 손을 맞잡았다. 따스하게 감기던 여진의 손이 짧은 악수를 남기고 이내 멀어졌다.

"갈게."

머뭇거리며 그녀는 등을 돌렸다. 태준은 다급하게 뻗어나가는 손을 접고 가라앉은 음성으로 겨우 입을 열었다.

"당신…… 행복해?"

뒤돌아선 그녀의 어깨가 움찔거렸다.

"당신, 아니, 너, 정말 행복하니?"

가냘픈 그녀의 어깨가 미세하게 떨리고 있었다. 태준은 화를 터뜨리듯 말을 이었다.

"네 남편이 너, 행복하게 해주는 거, 맞아?"

여진은 살짝 고개를 돌리며 보일 듯 말 듯 희미하게 미소를 지었다.

"그래, 행복해. 정말 행복해. 그 사람이 나 행복하게 해주는 거, 맞아."

태준은 질끈 눈을 감았다. 여진의 대답을 듣지 않겠다는 듯 눈을 감고 그녀의 모습을 지웠다. 그의 탁한 어조가 메마르게 튀어나왔다.

"거짓말. 네 남편이 너 말고 다른 여자를 만나는데, 괜찮다는 거야? 그걸 다 보고서도 행복하다는 거야?"

여진의 입가에 머물렀던 미소가 흔적도 없이 사라졌다.

"어디서 그런 얘기를…… 괜찮아, 상관없어. 알 만한 사람이 왜 그런 걸 물어? 우리 같은 사람들, 가끔 있는 일이야. 원래 가진 게 많으면 그걸 보고 달려드는 불나방이 있으니까. 그것 때문에 행복하지 않을 이유는 없어. 하루살이 같은 여자들 때문에 내가 가진 모든 것을 손에서 놓을 수는 없잖아. 정말이야. 행복해, 나는."

여진이 벽을 쌓듯 단호하게 말을 마치고 돌아서려는 찰나, 태준은 그녀의 손목을 낚아채고 자신의 품으로 끌어당겼다. 벗어나려고 발버둥치는 여진을 으스러져라 끌어안으며 태준은 팔에 힘을 주었다.

"가면 벗어, 한여진. 내 앞에서만이라도 그 차가운 가면 벗어버려. 하루만, 하루만 잊으면 안 될까? 네가 누군지, 누구 딸인지, 누구 아내인지…… 하루만 잊고 내 곁에 있으면 안 되는 거니? 시간을 예전으로 되돌려, 이곳에서 우리 그때처럼 단 하루만 지내면 안 되는 걸까?"

거세게 반항하던 여진의 움직임이 잦아들었다. 여진은 태준이 했던 말을 따라하듯 혀를 굴렸다.

"하루만?"

그녀의 나직한 음성이 태준의 귓가에 내려앉았다. 태준은 고개를 끄덕였다.

"그래, 하루만. 이곳에 왔을 때, 널 생각했다. 생각하지 않으려 했는데 그럴수록 더 또렷하게 기억이 났지. 그리고 돌아서려는 순간 신기루처럼 나타난 널 봤을 때, 네가 욕심났어. 너, 힘들면 그 가면 벗고 내 곁에서 하루만 쉬어. 내 어깨 빌려줄 테니까, 하루만 쉬어가. 이런 걸 바라면 나, 죄받는 걸까?"

태준은 간절한 염원을 담아 속삭였다. 그의 가슴에 얼굴을 묻고 있던 여진이 고개를 들었다.

"만약, 누군가가 꼭 죄를 받아야 한다면 내가 대신…… 그 죄 받을게. 나, 오늘 하루만 태준 씨 여자 할게. 그럴게."

여진은 태준의 목에 팔을 두르고, 그의 뜨거운 입술에 자신의 입술을 포갰다. 태준은 참고 참았던 격한 신음을 흘리며 다급하게 그녀의 입술을 삼켰다. 서로의 숨결을 앗으려는 듯 두 사람의 거친 호흡이 하나로 연결되어 오랫동안 참아왔던 그리움을 남김없이 토해냈다.

14

Love, the itch, and a cough can not be hid

사랑하는 것, 가려운 곳을 긁는 것, 그리고 기침을 하는 것은 결코 숨길 수 없다

감추려고 할수록 드러나는 것. 숨기려고 할수록 더 힘든 것

가려운 곳은 시원스레 긁으면 그만이지만,

기침은 잠깐 뱉으면 그만이지만,

사랑은……

"집에 전화 연결해."

[네, 사장님.]

인터폰 버튼을 길게 누르고 지시를 내린 민서는 초조한 듯 마호가니 데스크를 손으로 두드렸다. 잠시 후, 삐이 하는 소리가 들려왔다.

[연결됐습니다, 사장님. 3번 전화입니다.]

비서의 낭랑한 음성을 뒤로하고 그는 수화기를 들어 올렸다.

[네, 한남동입니다.]

가정부의 어눌한 말투에 민서는 짜증스레 입을 열었다.

"와이프 좀 바꿔주십시오."

[사장님이세요? 사모님 제주도 가신다고 나가셨는데…….]

말끝을 길게 늘이는 가정부의 말을 채 다 듣지도 않고 민서는 수화기를 내팽개쳤다. 데스크 아래로 수화기가 대롱대롱 매달려 이리저리 흔들렸다.

"결국 갔다 이거군!"

이혼을 하겠다고 엄포를 놓던 여진을 떠올리자 민서의 표정이 참혹하게 일그러졌다. 때리려던 마음은 없었다. 단 한 번도 여자에게 손찌검을 가할 만큼 이성을 잃은 적은 없었다. 하지만 어제는, 그도 정신을 놓았다. 이성을 놓았고, 판단력을 상실했다. 묘한 배신감, 끝도 없이 이어지는 모멸감, 그 모든 것이 해일처럼 덮쳐왔다. 민태준에게 밀렸다는 치졸한 패배감을 인정하고 싶지 않았다. 그런 놈에게 밀렸다는 걸, 결코 받아들이고 싶지 않았다.

민서는 으드득 이를 갈고 말았다. 그놈을 원한다 했다. 감히 자신의 앞에서 한여진이라는 여자가, 민태준이라는 놈에게 안기고 싶다는 말을 주절댔었다. 그 순간을 되새기는 것만으로도 그의 눈에 독기 서린 살기가 피어올랐다. 처음 볼 때부터 민태준은 마음에 들지 않았다. 가진 것도 없으면서 건방지고 오만해 영 마땅치 않았다. 하지만 그 실력 하나만 보고 제작을 아끼지 않았다. 한 회장의 무언의 압력이 있기도 했지만 민서 역시 태준의 실력만큼은 높이 평가하고 있었다. 하지만 여자를 후리는 실력까지 겸비하고 있으리라고는 미처 예상하지 못했다. 더구나 차갑기 그지없는 얼음공주 한여진을 유혹하다니.

어이없는 웃음이 입술을 비집고 흘러나왔다. 감히 감독 주제에 제작자의 아내와 눈이 맞아? 밟아버린다. 짓이겨 버리겠다. 갈기 갈기 찢어발겨 영화계에서 발 디딜 틈 없이 만들어 버리겠다. 민서는 주먹을 그러모아 쥐고 데스크를 내리찍었다.

"이대로는 못 넘어가, 민태준. 내 것에 눈독을 들여? 네놈 주제에 감히 내 것을 넘봐?"

사나운 어조로 씹어뱉으며 민서는 인터폰을 바스러뜨릴 듯 거세게 눌렀다.

"지금 당장 제주에 갈 수 있게 준비해."

[네, 알겠습니다.]

가죽의자에서 일어난 민서는 코트에 팔을 꿰며 나직하게 읊조렸다.

"일단 사과는 하겠어, 한여진. 당신과 이혼할 수는 없으니 사과는 하지. 하지만 한 번만 더 그따위 소리를 지껄이면 어떻게 된다는 것 정도는 나도 가르쳐 줘야 서로 공평하지 않겠어?"

지금 출발하면 여진을 만날 수 있을지도 모른다. 아니, 만나지 못한다 해도 한 회장에게 무어라 변명은 해야 할 것 같았다. 여진이 이혼이라는 말을 어떻게 거론했을지 모르니 뒷정리라도 해야 할 듯했다. 이혼은 안 된다. 더구나 민태준이라는 놈 때문에 이혼을 할 수는 없었다. 사장실을 벗어나는 그의 전신에서 위험스러운 기운이 뿜어져 나왔다.

우도에서 배를 갈아타고 관광용 잠수함 '마리아호'에 승선 준비를 마친 여진과 태준은 사람들의 물결에 따라 노란색의 기다란 잠수함을 탈 차례를 기다렸다. 걱정이라도 하는 듯 얼굴에 수심이 가득 찬 여진을 곁눈질로 보며 태준은 그녀의 어깨를 어루만졌다.

"아무것도 생각하지 마. 오늘은 우리만 생각하기로 하자, 우리만."

잠수함에 먼저 오른 태준은 여진의 따스한 손을 이끌어주며 부드럽게 속삭였다. 여진의 얼굴에 쓸쓸한 미소가 감돌았다.

"오늘은 우리만, 오늘만큼은 우리만……."

여진은 태준의 말을 되뇌며 안내요원이 지정하는 자리에 앉았다. 해저 30m 아래를 돌게 될 잠수함은 사람들을 싣고 서서히 바다 밑으로 잠수를 시도했다. 안내요원의 길고 긴 설명이 이어졌다. 양가로 손바닥만한 창이 나 있는 잠수함의 한쪽은 바다 밑 열대어가 있었고, 반대편은 갖가지 색채를 띤 산호초가 뒤덮여 있어 사람들의 눈을 현혹시켰다.

바다 아래에서 잠수요원이 유유히 헤엄을 치며 지나가자 그 뒤로 하얀 고기떼가 그림처럼 이어지고 있었다. 사람들은 탄성을 터뜨리며 창가에 바짝 얼굴을 붙였다. 바닷물이 썩 맑지는 않았지만 열대어와 산호초를 보는 데에는 크게 지장이 없었다.

여진은 다른 여행객들과 같이 손바닥만한 창에 시선을 던졌다. 그 순간 그녀의 손 안에 태준의 긴 손가락이 얽혀들었다. 여진은 살며시 태준의 손을 움켜쥐었다. 창가를 바라보던 그가 고개를 돌려 싱긋 미소를 지었다. 가슴이 저릿했다. 이 사람의 미소, 이 아름다운 미소를 보기까지 너무 많은 시간을 아파해야 했다.

"괜찮아?"

태준은 여진을 위아래로 훑어보며 물었다.

"뭐가?"

"멀미할 것 같지 않아?"

태준의 걱정스러운 어투에 여진은 피식 웃고 말았다.

"아니, 괜찮아."

"다행이다. 배 처음 타는 사람은 멀미 심하게 한다던데."

안심했다는 듯 태준은 길게 안도의 한숨을 내쉬었다. 그들의 곁에서 마이크를 들고 있던 안내요원이 무어라 말하며 손짓을 했다.

"잠시 후에 다시 한 번 잠수부가 들어갈 겁니다. 그때 열대어 떼를 보시고 지금은 왼쪽 편에 있는 산호초를 보십시오. 산호초는……."

사람들의 시선이 일제히 안내요원의 손길을 따라 움직였다. 좁은 공간에서 사람들이 서로 어깨를 부대껴 가며 바다 아래의 풍경에 넋을 빼앗기고 있었다. 여진은 다른 사람들처럼 산호초를 보는 채 하며 태준을 바라보았다. 아름다운 자연의 바다 속은 그녀의 흥미를 끌지 못했다. 그저 그녀는 태준의 모든 것에 신경을 올올이 곤두세우고 있었다. 조각처럼 흠 하나 없는 그의 옆모습, 손으로 느낄 수 있을 것 같은 그의 더운 숨결, 그 모든 것이 꿈처럼 아련하게 다가왔다.

"예쁘죠?"

여진의 곁에 있던 여자가 말을 걸었다. 여진은 재빨리 태준을 향한 시선을 거두고 처음 보는 여자에게 눈길을 던졌다.

"네? 아, 네."

낯선 여자의 친밀한 행동에 여진은 말을 얼버무렸다. 여자는 태준과 여진을 눈여겨보더니 활짝 미소를 건넸다.

"신혼여행 오셨나 봐요. 우리도 신혼여행이에요."

여자가 자신의 곁에 앉은 남자를 가리켰다. 여진은 입술을 깨물며 얼굴을 붉혔다. 신혼여행. 누군가 가슴을 난도질하고 있었다. 살점을 한점한점 도려내듯 너무나 아파서 신음이 튀어나오려 했다. 여진은 이를 악다물고 이어지는 여자의 말을 들었다.

"사이판이나 호주로 가려고 했는데 이 남자가 결사반대를 해서 제주도에 왔어요. 근데 여기도 괜찮네요. 멋있죠?"

"네, 멋져요."

호주는 여진이 다녀온 곳이었다. 하지만 그곳이 멋있었다는 건 한 번도 느끼지 못했다. 꼬박 보름을 호텔 안에서만 지냈으니까. 밖으로 나가 호주 일대를 둘러볼 필요성도 느끼지 못하던 때였다. 하릴없이 호텔 발코니에서 바라본 호주는 아름다운 것과는 거리가 멀어 여진에게는 감옥처럼 답답하기만 했던 곳이었다. 호주보다는 차라리 여기 제주가 더 아름다웠고, 숨이 막히던 민서의 곁보다는 여기 태준의 곁이 훨씬 더 행복한 충만감을 느끼게 해주었다. 하루뿐인 유예기간이지만, 그래서 그 하루가 더 소중하고 절실하게 다가왔다.

"호주, 별로 안 좋아요."

여진이 나직이 말하자 여자는 눈썹을 치켜 올렸다.

"예전에 가봤는데 볼 게 없었거든요."

"아아, 가보셨구나."

여자는 고개를 주억거리며 여진에게 카메라를 내밀었다.

"죄송하지만 사진 좀 찍어주실래요?"

여진은 카메라를 받고 자리에서 일어났다. 조금씩 흔들리는 잠수함에서 여진의 몸이 한쪽으로 기울어졌다. 조용히 침묵을 지키고 있던 태준은 재빨리 여진의 손에서 카메라를 빼앗았다.

"앉아 있어. 일어서면 위험해. 제가 대신 찍어드릴게요."

두 남녀가 서로를 꼭 끌어안고 눈이 부시도록 환하게 웃고 있었다. 태준은 앉은 채로 능숙하게 셔터를 눌렀다.

"어두워서 잘 안 나올지도 모르겠군요."

카메라를 건네며 태준이 말했다. 여자의 곁에 있던 남자가 괜찮다는 듯 고맙다는 말과 함께 고개를 숙였다.

짧은 시간 동안 바다 아래를 탐험한 잠수함이 서서히 물 위로 떠올랐다. 한꺼번에 많은 사람들이 내려 육지로 이동할 배에 올라탔다. 여진은 잠수함 안에서 말을 걸었던 신혼부부에게 보일 듯 말 듯 목례를 하고 태준의 곁으로 다가갔다. 한겨울의 시린 바닷바람이 코끝을 스치고 그녀의 긴 머리카락을 엉망으로 흐트러뜨렸다.

"어디 가고 싶은 데 없어?"

갑판에 선 태준은 여진의 헝클어진 머리카락을 정리해 주었다. 여진은 그의 손길을 느끼기 위해 가만히 눈을 감고 있었다.

"태준 씨?"

"난 별로……."

여진은 말갛게 웃음을 터뜨리고는 배를 두리번거렸다. 곧 그녀가 찾는 사람이 시야에 들어왔다. 여진은 망설임없이 발을 뗐다.

"잠깐만 기다려."

태준은 난간에 기댄 채 여진을 정시했다. 활짝 핀 모란꽃처럼 여진의 얼굴에는 생기가 가득 차 있었다. 주상절리에서 마주쳤을 때와는 달리, 그녀는 조금씩 얼굴에 감돌던 그림자를 거둬내고 있었다. 여진의 빛처럼 화사한 모습을 보자 왠지 모르게 심장 한쪽이 먹먹해졌다. 저 미소를 자신은 지켜줄 수가 없었다. 하루만, 단 하루만 바라볼 수 있을 뿐 지키는 건 그의 몫이 아니었다. 평생을 지켜주고 싶은데, 죽어서도 지켜주고 싶은 게 있다면 그녀일 텐데 누구보다 여진이 거부하고 있었다. 그걸 알기에 태준은 선뜻 지켜준다는 말을 할 수가 없었다. 지켜주고 싶다는 마음을 감히 드러낼 수가 없었다.

잠수함에서 사진을 찍어달라고 부탁했던 한 쌍의 남녀와 여진이 긴 대화를 나누고 있었다. 무슨 이야기를 하는지 여진은 진지하게 듣는 듯했다. 메모지에 뭔가를 적어가며 골몰히 고개를 끄덕이는 모습이 태준의 눈에 들어왔다. 신혼부부와 인사를 나눈 여진은 난간에 서 있는 태준에게 다가오며 하얀 메모지를 팔랑거렸다.

"이게 뭐게?"

여진은 장난꾸러기 같은 해맑은 미소를 짓고 있었다. 아이 같은 여진의 행동에 태준은 싱긋 웃고 말았다.

"뭔데?"

"어디 갈 만한데 없을까 하고 물어봤더니, 저분이 여기 가면 볼 만한 게 많대. 오늘이 신혼여행 마지막이라서 제주도는 거의 다

둘러봤는데 여기 적어준 데가 그나마 제일 좋은 곳이래.”

태준은 하얀 종이에 적힌 깨알 같은 글씨를 읽어나가다 고개를
내젓고 말았다. 여진이 왜 그러냐는 듯 눈을 동그랗게 떴다.

“괜찮은 데만 간추린 게 아니라, 제주도 명물이란 명물은 다 적
어놨네. 여길 다 가보자고 하는 거야, 지금?”

『여미지 식물원, 천지연 폭포, 탐라목석원, 섭지코지, 제주 민속
촌, 성산 일출봉…….』

많이도 적어놨다. 가볼 만한 데만 특별히 골라준 게 아니라 여
자가 가본 곳을 하나하나 다 나열해 놓은 것 같았다.

“안 되는 거야?”

여진이 서운한 듯 되묻자 태준은 재빨리 손을 내저었다.

“아니, 안 될 건 없지만 여기 다 다니면 너 피곤해. 몇 군데만 정
해서 가보자.”

“아냐, 괜찮아. 다 가보고 싶어.”

기대감에 찬 여진의 눈을 보며 태준은 졌다는 듯 한숨을 내쉬었
다.

“너만 괜찮다면 뭐. 그럼 렌터카부터 대여해야겠네. 걸어다닐
순 없잖아.”

휴대폰을 꺼내는 태준의 손을 가로막고 여진이 덧붙였다.

“렌터카 말고 택시 타는 게 좋대. 좋은 아저씨 만나면 알아서 다
데려다 준다고 하던걸?”

여진은 멀찍이 떨어진 곳에서 남자의 품에 안겨 있는 여자를 가리켰다.

"별걸 다 가르쳐 주는군."

태준은 픽 웃고는 휴대폰 폴더를 열었다.

"그래도 우린 렌터카로 해. 택시 타면 우리 둘이 못 있잖아."

태준의 설명에 여진은 고개를 끄덕이고는 난간에 몸을 기댔다. 배가 출렁이며 주변의 섬을 몇 바퀴 돌고 육지로 돌아가고 있었다. 렌터카를 예약하는 태준의 말을 들으며 여진은 속삭이듯 입을 열었다.

"제주에 자주 내려왔어도 이런 곳이 있는 줄은 몰랐어."

"왜?"

"도착하기 무섭게 서울로 돌아갔거든."

여진의 시선이 찬바람이 휘몰아치는 바다에 고정되어 있었다. 잠시 침묵을 지키던 태준은 우울하게 변해가는 여진을 걱정스레 바라보았다. 밝고 환하던 그녀의 모습이 순식간에 차갑게 변하고 있었다.

"아버지가 편찮으시다며? 여기 계시다는 얘기는 얼핏 들은 것 같은데 어디 많이 편찮으신……."

"아니, 괜찮아. 몸은 안 좋아도 여전히 정정하시니까."

여진은 지그시 어금니를 물고 내뱉었다. 몸이 안 좋다는 건 그저 육체적으로 조금 불편할 뿐이다. 부친은 그저 육체적으로 조금 불편할 뿐, 여전히 모든 사람들 위를 군림하고 있었다. 손끝으로 명령을 내리고, 명령에 불복하면 거침없이 잔인한 칼을 휘두르는 것처럼. 매번 그 칼에 위협을 받고 상처를 입었지만 늘 여진은 힘겹고 아프기만 했다. 이제는 익숙해질 때도 됐는데, 이제는 면역이 될 때도 됐는데 여전히 핏빛 울음을 토할 정도로 고통스럽기만 했다.

무거운 정적을 깨뜨리고 돌연 여진은 분위기를 바꿨다.

"우리도 저거 할까, 태준 씨?"

여기저기 눈에 띄는 사람들을 가리키며 그녀는 장난스레 눈을 반짝였다. 태준은 여진이 가리키는 방향으로 눈을 돌리며 미간을 모았다. 추위에도 불구하고 갑판에 나와 있는 사람들은 지극히 평범해 크게 눈에 띄는 게 없었다.

"뭐?"

"저거, 저 사람들처럼 우리도 커플룩이라는 것 입어볼까?"

태준의 눈가가 잔잔하게 잦아들었다. 비슷비슷한 옷차림을 한 신혼부부들이 각기 한 쌍이라는 걸 보여주듯 같은 바지에, 같은 티셔츠를 입고 있었다. 점퍼마저 색깔만 다를 뿐 같은 디자인이라 마치 쌍둥이 같은 시각 효과를 자아냈다. 마냥 행복해 보이는 사람들이 그의 눈에 아로 박혀들었다.

"제주 시가지부터 가야겠네, 그럼."

혼잣말처럼 내뱉는 태준의 말에 여진은 생긋 미소를 배어 물었다.

"모자도 사. 선글라스도 사고."

"그래, 그렇게 해."

여진은 살며시 태준의 곁에 다가섰다. 그는 그녀의 손을 부드럽게 움켜쥐고 주변 경관을 보여주듯 천천히 주위의 섬을 스쳐 지나가는 바닷가로 눈을 돌렸다. 뱃고동이 길게 울려 퍼졌다. 하얀 물살이 물보라를 일으키며 배가 지나가는 흔적을 말끔히 지워주고 있었다.

여진은 태준의 어깨에 머리를 기대고 나직하게 속살거렸다.

"정말…… 좋다."

"출발했다구요?"

별장에 들어서던 민서의 음성이 싸늘하게 얼어붙었다.

"네. 오신 지 얼마 안 되어서 바로 가셨어요. 점심이라도 들고 가시라 했는데 막무가내로 가시더라고요."

에이프런에 손을 문지르던 가정부가 안절부절못하며 대답했다. 민서는 응접실 소파에 털썩 앉고는 담배를 빼어 물었다. 불을 붙이고 연기를 내뿜던 그는 한 회장의 침실을 흘끗 바라보며 눈썹을 치켜 올렸다.

"장인어른은요?"

"주무세요. 사장님 오셨다고 말씀드릴까요?"

"아뇨, 기다리죠."

어차피 아직까지 있을 거라는 기대는 하지 않았다. 하지만 요행이라도 바랐건만 그녀는 벌써 떠나고 없었다. 마치 숨바꼭질을 하는 기분이 들었다. 한 사람은 숨고, 한 사람은 찾는 유치한 놀이가 상상되었다.

"차를 준비할게요."

고개를 숙이고 멀어지는 가정부를 보며 민서는 담뱃불을 비벼 껐다.

"혹시……."

가정부는 걸음을 멈추고 민서에게로 몸을 돌렸다.

"안사람이 가고 난 후, 장인어른이 별말씀하지 않던가요?"

나이 지긋한 여인이 무슨 소리냐는 듯 눈을 둥그렇게 뜨고 그를 바라보았다. 민서는 짜증스레 덧붙였다.

"화를 내시거나 별다른 행동을 하시지는 않았냐는 말입니다."

"글쎄요. 워낙 감정 표현을 안 하시는 분이라서. 음, 그러고 보니 술을 달라고 하셨어요. 오랜만에 약주가 드시고 싶다고 하시던 걸 간병인이 말렸거든요."

말을 마치고 종종걸음으로 사라지는 가정부를 보며 민서는 입매를 단단히 굳혔다. 잘하면 불호령이 떨어질지도 모르는 일이다. 혼자 힘으로는 일어설 수도 없는 노인이지만 눈빛 하나만으로 상대를 제압하는 한 회장이기에 서슬 퍼런 눈길로 질타를 가할지도 몰랐다. 불쑥 욕지기가 치밀고 올라왔다. 한여진에 대한 분노의 불길이 걷잡을 수 없이 영역을 넓혀 나갔다.

달칵하는 소리와 함께 문이 열리고 한 회장의 침실에서 간병인이 나왔다.

"아, 정말 오셨네요."

민서가 올 줄 알았다는 듯 간병인은 소파로 다가섰다.

"잠깐만 기다리세요. 안 그래도 회장님이 사장님 오실 거라고, 오시면 깨워달라 이르시고 취침 드셨거든요."

제주에 다녀간 지 불과 사흘 전이었다. 아직은 그가 내려올 때
가 아니었는데 한 회장이 기다리고 있었다면 상황은 별로 좋지 않
은 듯했다. 시간이 흐를수록 민서의 얼굴은 딱딱하게 굳어갔다.
나오자마자 침실로 들어간 간병인을 기다리며 십여 분의 시간이
더 흘렀다. 그 십여 분이 마치 영원과도 같이 느껴져 민서는 조바
심을 내며 응접실을 서성거렸다. 그의 이마에 식은땀이 배어나왔
다.

"들어가 보세요."

언제 다가왔는지 간병인이 인기척을 했다. 자리를 비켜주려는
지 간병인은 식당으로 사라지고 있었다. 민서는 낮게 노크를 하고
침실 문을 열었다.

자리에 앉아 있던 한 회장은 기다리고 있었다는 듯 냉랭한 눈길
로 소파를 가리켰다. 고개를 숙여 인사를 한 민서는 한 회장의 맞
은편에 앉으며 들리지 않게 한숨을 내쉬었다. 또 시작이다. 숨이
막힐 듯한 답답함, 견딜 수 없는 정적이 그의 숨통을 죄어왔다.

『손찌검을 했다고?』

수첩이 휙 날아들었다. 짧은 글귀를 읽어 내려가던 민서는 당황
함에 마른기침을 쏟아내고 말았다.

"그게……."

오른손으로 테이블을 탁 내려친 한 회장이 입을 다물라는 듯이
매섭게 눈을 빛냈다. 오금이 저려와 민서는 지그시 어금니를 물었
다.

'그런 이야기까지 했다는 말이지, 한여진!'

그의 눈에서 시퍼런 채광이 쏟아져 나왔다. 눈앞에 여진이 있다면 목이라도 비틀어 버리고 싶을 정도였다. 이혼을 거론한 것만으로도 부족해, 부부 사이에 있었던 일마저 미주알고주알 고해 바쳤다고 생각하자 부아가 치밀었다. 민서는 테이블 아래로 손을 밀어넣고 무언가를 부서뜨리듯 양손을 꽉 움켜쥐었다. 신경을 갉아먹을 듯한 슥삭거리는 소리가 들려왔다. 곧 민서의 앞에 수첩이 놓여졌다.

『나도 한 번 때리지 않고 키운 아이네. 그런 아이를 때렸다고 들었어. 맞나?』

이건 상황이 안 좋아도 한참 안 좋았다. 민서는 변명을 늘어놓듯 입을 뗐다.

"그게, 그러니까 그 사람에게 남자가……."

탁

테이블 내려치는 소리가 침실을 가득 메웠다. 한 회장은 민서의 말을 단칼에 자르고 서슬 퍼렇게 노려보았다.

『자네에게 여자가 있었다는 걸 내 모른다고는 생각하지 않았겠지?』

젠장맞을 노친네! 입속으로 욕설을 웅얼거리던 민서의 얼굴이 힘없이 바닥으로 떨어져 내렸다.

"죄송합니다."

그는 씹어뱉듯 말을 이었다.

"차후 그런 일은 없도록 하겠습니다."

체리목 테이블 위로 가죽 수첩이 밀려왔다.

『자네를 후계자로 정했을 때, 내 조건은 하나였네. 기억하는가?』

물론 기억하다 뿐인가. 민서는 씨근덕거리며 수첩을 뚫어져라 정시했다. 수첩이 다음 장으로 넘어갔다. 한 회장은 불편한 자세로 무언가를 끄적거렸다.

『지금이라도 행복하게 해줄 수 있겠나?』

다시 한 번 기회를 주겠다는 소리인가? 긴 한숨을 몰아쉬며 민서는 단호하게 고개를 주억거렸다.

"물론입니다."

순간 한 회장이 자신을 쉽게 내치지는 못할 것이라는 생각이 뇌리를 스치고 지나갔다. 그가 없다면 선유의 전반적인 사업은 모두 스톱이 된다. 생각이 거기에 미치자 민서는 다소 오만하게 턱을 치켜 올렸다. 지금 아쉬운 건 그가 아니라 한 회장이다. 이렇게 저자세로 나갈 필요가 없는 문제였다. 부부 사이의 불화는 부부가 해결하면 그만이다. 하지만 선유는 석민서가 없으면 안 되는 것이었다. 한 회장이 그걸 모를 리가 없기에 민서의 입가에는 자신만만한 냉소가 물렸다.

한 회장은 넌지시 두 번째 거래를 제시하고 있었다. 조건은 그때와 변함이 없었다. 달라진 게 있다면 선유에만 욕심을 냈던 그가 이제는 한여진도 욕심낸다는 것뿐. 다른 남자에게 마음을 줘, 자신을 미칠 듯한 소유욕에 치를 떨게 만들었던 그 빌어먹을 여자의 행복, 그것을 자신의 손으로 만들어보고 싶어졌다. 한여진의 행복, 거기에 한번 도전을 해보는 것도 나쁘지는 않을 듯했다. 아니, 민태준을 마음에 품었다는 여자의 마음을 오롯이 자신의 것으로 훔치고 싶었다.

미동없이 한동안 가만히 앉아 있던 한 회장은 망설임 끝에 무언가를 적은 수첩을 건넸다. 수첩을 집어 드는 민서의 손이 느릿느릿 움직였다. 드디어 두 번째 거래가 시작되고 있었다. 딸아이에게 손찌검을 했다고 불호령을 하던 한 회장도 결국은 어쩔 수 없다는 듯 실소를 터뜨리며 민서는 느긋하게 수첩을 바라보았다. 무슨 내용인지 보지 않아도 알 수 있을 것 같았지만 확인절차를 밟듯 찬찬히 수첩의 한 페이지를 살펴보았다. 하지만 단 한 줄의 글귀를 읽는 동안 그는 마치 장문의 편지를 읽는 것처럼 시간이 오래 걸렸고, 서서히 얼굴에서는 핏기가 빠져나가고 있었다.

한 회장이 만년필로 휘갈겨 쓴 수첩의 페이지가 민서의 거친 손길에 의해 사납게 찢겨 나갔다.

태준은 영 못마땅한 듯 거울을 노려보았다. 청바지와 목까지 길게 올라오는 니트까지는 괜찮았다. 하지만 모자에 털이 복슬복슬하게 달린 크림색 점퍼는 그와는 전혀 어울리지 않는 듯했다. 태준은 투덜거리며 거울에서 눈을 뗐다.

"이건 좀 심하지 않아?"

"뭐가?"

여진은 웃음기 가득 배인 음성으로 반문하며 태준의 주변을 빙그르르 돌았다. 벌써 태준이 입은 옷과 똑같은 옷으로 갈아입은 그녀는 크림색에 베이지 줄무늬가 들어간 털모자도 쓰고 있었다.

태준은 방금 갈아입은 옷을 잡아당기며 혀를 내둘렀다.

"아무리 그래도 그렇지, 이 나이에 이런 디자인을……."

난처하다는 듯 태준은 말을 얼버무렸다.

"무슨 나이타령이야. 애들처럼 헤어스타일도 길고, 거기다 블론드로 염색까지 했으면서."

"음, 이상한가?"

태준은 이마를 덮은 금갈색 머리카락을 쓸어 올리며 멋쩍게 웃었다. 가만히 도리질을 하던 여진은 태준의 흐트러진 머리카락을 대신 정리해 주었다.

"아니, 이상하진 않아. 자유로워 보이고 멋있어. 근데 예전처럼 단정하게 정리된 태준 씨의 산뜻한 모습을 다시 보고 싶기도 해."

"그래? 산뜻한 모습이라. 참, 그건 그렇고 난 이 옷 말고 다른 것을……."

"쉿! 반항하지 말고 그거 입어."

여진은 커다랗게 웃음을 터뜨리며 태준의 옷차림을 검사하듯 그의 주변을 앞뒤로 맴돌았다. 여진의 눈동자가 반짝반짝 빛나고 있었다.

"예쁘기만 하네 뭐. 잘 어울려. 꼭 곰돌이 같아."

곰돌이? 뜨악한 얼굴로 여진을 돌아보자 그녀는 벌써 저만치 멀어져 계산대로 걸어갔다. 마지막으로 거울을 본 태준은 할 수 없다는 듯 긴 한숨을 토해내고는 카운터에서 지갑을 꺼내는 여진의 손을 가로막았다.

"내가 낼게. 더 필요한 건 없어?"

여진은 옷가게 안을 휙 둘러보고는 고개를 가로저었다.

"아니, 이거면 충분해."

우아한 정장과 코트를 벗고 스포티하게 갈아입은 여진은 기껏해야 이십대 초반으로밖에 안 보였다. 더구나 털모자로 포인트까지 줘서 귀엽게 보이기까지 했다. 숨 막히도록 아름다워서 볼 때마다 심장 언저리를 저릿하게 만드는 여자. 태준은 밖으로 나가는 여진을 삼킬 듯이 바라보았다.

"부인이세요?"

매장 직원이 웃음을 머금고 물었다. 여진의 뒷모습을 응시하던 태준의 얼굴이 딱딱하게 경직되었다.

"정말 같은 여자가 봐도 질투날 정도로 예쁜 분이시네요. 신혼여행 오신 거죠?"

갈아입은 옷을 잘 개켜서 쇼핑백에 담으며 직원이 재잘거렸다. 직원의 눈길이 문 앞에 서서 이것저것 구경하는 여진에게 고정되어 있었다.

"두 분 너무 잘 어울리는 것 같아요. 여기서 예쁜 추억 많이 만드시고요, 오래오래 행복하세요."

직업용 멘트가 아닌, 진실된 마음이 담긴 것 같은 직원의 말은 태준의 가슴을 잔인하게 할퀴고 지나갔다. 부인, 아내, 오래오래…… 결코 원해서는 안 되는 금기의 단어. 탐내서는 안 되는 금단의 열매. 열어서는 안 되는 판도라의 상자. 여진은 그의 부인일 수도 없고, 아내일 수도 없으며, 무엇보다 그와 오래오래 함께 있을 수 없는 여자였다. 쇼핑백을 받아 드는 태준의 손이 보이지 않게 떨리고 있었다. 이제 같이 있은 지 두어 시간 남짓. 시간이 너무 빨리 흘러가고 있었다.

자동차에 먼저 타고 있던 여진은 관광용 안내 지도를 살폈다. 태준은 자동차 뒷좌석에 쇼핑백을 밀어 넣고 운전석에 앉았다. 여진이 가느다란 손으로 지도의 한가운데를 톡톡 두드렸다.

"여기부터 갈까?"

제주민속촌. 자그마한 그림과 글씨를 훑어보며 태준은 흔쾌히 고개를 끄덕이고는 지도에 그려진 위치를 눈여겨보았다.

오랜 시간을 떨어져 지낸 것은 문제가 되지 않았다. 여진과 태준은 아무런 근심 없이 다른 여행객들과 같이 행동하고 있었다. 다른 여행객들과 어울려 관광을 다녔고, 다른 여행객들과 같이 사진을 찍고, 그 사람들처럼 웃고 떠들며 행복해했다. 단 하루라는 시간 개념마저도 그들을 불행하게 만들지는 못했다. 그저 두 사람은 함께라는 사실에 세상을 다 얻은 듯 만족했고 흘러가는 시간 따위는 잊은 듯 행동했다.

19세기 제주도 특유의 생활풍속이 생생히 살아 있는 현장인 제주민속촌에서, 구슬픈 가락의 민요와 난생처음 보는 해녀춤과 탈춤을 구경하고 돌아서던 여진은 민속촌 내에 자리 잡은 장터를 둘러보자며 태준의 손을 이끌었다. 제주 특유의 걸쭉한 사투리로 음식을 먹으러 오라는 아주머니들의 부름을 여진은 하나도 그냥 지나치지 않았다. 난생처음 바깥세상으로 외출을 해보는 사람처럼, 여진은 모든 게 신기하다는 눈으로 바라보고 있었다.

"맛있겠다."

난전 앞에 펼쳐진 널찍한 반죽을 보던 여진은 혼잣말처럼 중얼거렸다. '빙떡'이라고 친절하게 설명하는 나이 든 여자를 뒤로하고 여진이 저만치 앞서 가자 태준은 그녀의 길을 가로막았다.

"그렇게 맛있겠다는 소리만 하지 말고 먹고 싶으면 먹어. 계속 보기만 하고 아무것도 안 먹잖아."

태준은 여진의 손을 잡고 가게 안으로 들어가려 했다. 여진이 살며시 손을 빼내며 고개를 가로저었다.

"시간없어. 가볼 데가 한두 군데가 아닌데 저런 것 다 먹으면 언제 가봐?"

태준을 나무라듯 말하며 주위를 두리번거리던 여진은 곧 주차장으로 걸음을 옮겼다.

"배 안 고파? 아까 만났을 때부터 아무것도 안 먹었잖아."

태준은 슬쩍 손목시계를 보고는 만난 시간을 가늠했다. 정확히 세 시간이 넘어가고 있었다. 그사이, 여진은 물 한 모금 먹지 않고 잠깐 동안의 쇼핑을 마친 후 시간에 쫓기듯 제주 일대를 돌아다니기만 했다.

"배고프긴 한데 나중에 먹을래."

여진은 뭔가 재미있는 상상을 하듯 나직나직 속삭였다. 태준이 눈썹을 치켜 올리자 검지를 입술에 붙인 여진은 쉿 하며 눈을 깜빡였다.

"자아, 그럼 이젠 선녀들이 몰래 내려와 목욕하며 노닐었다는 천지연 폭포에 가볼까?"

"완전 기사로군."

시동을 걸며 태준은 싱긋 웃고 말았다.

"싫어?"

여진은 인상을 찡그리며 태준을 새침하게 노려보았다.

"천만에. 좋아, 너무……."

좋다는 말로는 부족해서, 지금 이 시간을 영원히 붙잡고 싶을 만큼 태준은 행복했다. 째깍째깍 소리를 내며 흘러가는 시간이 야속할 만큼 이 순간이 꿈같았고 황홀했다. 자동차를 출발시키려는 순간, 안전벨트를 매지 않은 채 창밖에 시선을 던지고 있는 여진이 눈에 들어왔다. 태준은 여진이 앉은 조수석으로 몸을 숙였다.

"안전벨트 매야지."

가까이 다가가자 여진의 창백한 얼굴에서 무언가 이상한 것을 감지했다. 태준의 짙은 눈썹이 활 모양을 이루며 사납게 치켜 올라갔다.

"너……."

태준은 말을 잇지를 못했다. 자신의 눈을 믿을 수가 없다는 듯 떨리는 손으로 여진의 뺨을 어루만졌다.

"왜?"

태준은 한 손으로 여진의 턱을 쥐고 이리저리 살펴보았다. 한두 걸음 거리를 유지하고 걸을 때에는 미처 여진의 얼굴에 나 있는 상처를 보지 못했다. 태준의 눈빛이 싸늘하게 얼어붙었다.

"얼굴이 왜 이래?"

태준의 손길을 탁 하고 쳐낸 여진은 고개를 돌렸다.

"뭐가? 빨리 출발하자, 태준 씨. 날 저물면 아무것도 못……."

“말 돌리려고 하지 마.”

여진의 말허리를 자른 태준은 다시금 그녀의 얼굴에 신경을 곤두세웠다. 분명히 한쪽 뺨이 부어 있었다. 창백하다 싶을 만큼 오른쪽 뺨은 투명한데, 왼쪽 뺨은 누군가에게 맞은 듯 불그스름하게 부풀어 올라 있었다. 손에 경련이 난 듯했다. 여진의 얼굴을 만져보려 겨우겨우 손을 뻗었지만 그녀는 그의 손을 냉정하게 털어내고 있었다.

“뭐야? 누구야?”

태준의 음성이 위험스러울 정도로 낮게 가라앉았다.

“아무것도 아냐.”

여진은 침착하게 받아쳤다.

“누구야?”

태준의 음성이 더욱 가라앉았다.

“누구냐니까!”

조개처럼 입을 다물고 있는 여진에게 화를 터뜨리듯 태준은 급기야 언성을 높였다. 태준을 노려보는 여진의 눈빛이 날카롭게 빛났다.

“아무것도 아니라고 했잖아. 별것도 아닌 일에 왜 화를 내는 건데?”

“별것? 별것이라고 했니, 지금? 네 얼굴을 보고도 그런 소리를 하는 거야?”

“그냥 조금 부딪쳤어. 그게 다야.”

여진은 고집스레 턱을 치켜 올렸다. 태준의 눈길이 집요하게 여

진을 향했다. 처음에는 그저 함께 있는 것에만 들떠 여진의 얼굴을
자세히 보지 못한 실수였다. 조금이라도 신중하게 봤다면 금방 표
가 나는 상처를 그는 그제야 눈치를 챈 것이었다. 헛웃음밖에 나오
지 않았다. 마치 자신이 맞은 것처럼 태준은 분개하고 있었다.

“너답지 않게 화장이 조금 진하다고는 생각했지만⋯⋯.”

부딪친 상처는 아니다. 어딘가에 부딪쳤다면 이런 상처가 나올
수 없다. 이건 누군가의 손자국이 분명하다. 촬영을 하다 보면 가
끔 얼굴을 때리는 장면이 나올 때가 있다. 한 번의 손찌검으로 뺨
이 부어오르지 않을 때에는 그럴듯하게 분장을 하기도 했다. 여진
의 한쪽 뺨은 마치 분장을 한 것마냥 부어 있었고, 하얀 피부와는
대조적으로 발갛기도 했다.

“립스틱도 너무 진해. 화장이 진한 건 좋은데, 그렇게 메이크업
을 한다고 해서 상처가 가려지는 건 아냐.”

장밋빛 입술이 유난히 반짝거렸다. 눈여겨보지 않으면 모를 정
도로 여진은 정교하게 메이크업을 마친 상태였다. 하지만 부어오
른 뺨에서 입술로 시선을 떨어뜨리는 순간 태준은 그만 입에 담기
험악한 욕설을 내뱉고 말았다.

“입술도⋯⋯ 찢어졌어.”

태준은 간신히 손을 뻗어 여진의 입술을 더듬었다. 하지만 여진
은 이번 역시 매몰차게 그의 손을 쳐냈다.

“피곤해서 그래. 피곤하면 가끔 이렇거든.”

“말하기 싫다는 거니? 누가 널 이렇게 만들었는지, 내겐 말하기
싫다는 거야?”

정지되어 있는 자동차 안에서 여진은 긴 침묵을 지켰다. 한참이 지난 후, 그녀는 힘겹게 입술을 달싹였다.

"……그래. 그러니까 묻지 마. 한 번만 더 물으면, 그냥 가버릴 거야."

태준은 허망한 듯 운전석에 머리를 기댔다. 그냥 가버린다고? 이대로? 여진의 얼굴에 난 상처를 묵과할 수만은 없었다. 하지만 여진이 이대로 가는 건 더욱 원하지 않았다. 빌어먹을, 누구지. 도대체 누구지. 불현듯 여자를 품에 안고 있던 민서의 얼굴이 뇌리를 스쳤다. 태준은 정면을 노려보며 천천히 자동차를 출발시켰다. 핸들을 움켜쥐고 있는 그의 손에 시퍼런 혈관이 성난 듯 툭 불거져 나왔다.

한번 어그러진 분위기는 좀처럼 나아질 기미를 보이지 않았다. 여진은 입을 굳게 다물고 있었고, 태준 역시 얼어버린 듯 입을 열지 않고 있었다.

서로의 눈치만 봐가며 지루한 시간을 보낼 무렵 여진은 속삭이듯 말문을 열었다.

"정말 선녀들이 있긴 있었을까?"

서귀포 포구에 이어진 냇가 산책로에서 여진은 걸음을 멈췄다. 날씨만 포근하다면 냇가에 잉어나 오리가 떠다니겠지만 지금은 황량하게 비어 있었다.

"글쎄."

주변 경관을 둘러보던 태준은 어깨를 으쓱거리는 것으로 대답을 대신했다. 산책로를 길게 이어주는 다리를 건너던 여진은 제주의 상징인 돌하르방 앞에 멈춰 섰다. 부리부리한 큰 눈에 흡사 자루병 같은 코를 하고, 입술은 단정히 다문 채 둥근 테가 있는 모자를 쓴 돌하르방은 두 손을 배에 나란히 모아 위엄있게 서 있었다. 가만히 돌하르방을 주시하던 여진은 뜬금없이 질문을 던졌다.

"제주에 왜 돌하르방이 많은지 알아?"

태준은 고개를 가로저었다. 내내 싸늘하게 굳어 있던 여진은 그제야 생긋이 웃고는 말을 이었다.

"나도 자세히는 몰라. 어디선가 들었는데 뭐라더라, 수호신의 상징이라던가? 하여간 재앙을 막는다고 하던대. 이걸 갖고 있으면 정말 재앙을 막을 수 있을까? 내게 닥친 그 불운도 막을 수……."

말을 끝맺던 여진의 음성이 잦아들었다. 태준은 눈을 가늘게 뜨고 여진이 한 말을 되새겼다. 갑자기 뛰다시피 걸음을 빨리하던 그녀가 태준의 손을 잡아당겼다.

"여기가 최상의 데이트 코스래."

손가락을 까딱이며 그녀가 웃었다. 태준은 그 말에 동의한다는 듯 고개를 끄덕였다. 그리고 여진을 주의 깊게 살펴보았다.

"네게 닥친 불운이라는 게 무슨 소리야?"

아무래도 그냥 한 말 같지는 않았다. 태준은 의문을 참지 못하고 물었지만 그녀는 무슨 소리냐는 듯 눈만 동그랗게 뜨고는 자리를 피해 버렸다.

천지연 폭포는 기암절벽이 하늘 높이 치솟아 마치 선계(仙界)로 들어온 것 같은 황홀경을 느끼게 했다. 여진은 넋을 잃은 듯 바라보다 서운함을 담아 종알거렸다.

"겨울이라서 그런지 크게 볼 게 없네. 그래도 좋긴 하지만."

"다음에 봄이 되면…… 여기 다시 올까?"

여진은 천천히 고개를 돌려 태준을 응시했다. 한참 동안 태준을 바라보던 그녀는 서글프게 입술을 말아 올렸다.

"다음에? 우리에게…… 다음이 있을까."

알고 있다, 다음이란 없다는 것을. 하지만 그녀가 모든 것을 놓아버린다면. 그녀가 말하던 안정된 삶, 그녀의 소중함을 모르는 석민서라는 남자, 선유의 회장인 한수한이라는 아버지를 놓아버린다면 그들에게도 다음이 있을지도 모른다는 기대를 태준은 저버릴 수가 없었다. 그러나 말을 마친 여진은 그에게서 냉정하게 몸을 돌리고는 사람들의 무리 속으로 걸어 들어가 버렸다.

자동차에 오른 여진은 지친 기색이 완연했다. 가뜩이나 야위어서 보는 사람마저 안쓰럽게 하는 여진의 얼굴을 태준은 걱정스럽게 바라보았다.

"또 어디 가고 싶은 데 있어?"

걸어다니기 편하자고 운동화를 새로 사서 신은 여진의 발이 자동차 아래에서 보기 좋게 리듬을 타며 움직였다.

"이젠 태준 씨가 골라. 난 태준 씨랑 가는 곳이면 다 괜찮으니까."

지도를 건네며 여진은 조수석에 머리를 기댔다. 태준은 핸들에 팔을 걸치고 곰곰이 생각에 잠겨들었다. 잠시 후, 그는 눈을 꼭 감고 있는 여진의 긴 속눈썹을 보며 조용하게 말했다.

"둘러보는 건 나중에 하고 어디 가서 쉴 수 있는 곳이면 좋겠는데."

여진이 살며시 눈을 뜨고 그를 바라보았다. 말간 여진의 눈동자가 자신을 향하자 태준은 얼굴을 붉히며 헛기침을 쏟아냈다.

"오해하지 마. 네가 너무 지쳐 보여서."

말을 얼버무리고 창밖으로 눈길을 돌리는 그의 행동에 여진은 나직이 웃음을 토했다.

"오해 안 해."

그녀가 쿡쿡 웃으며 덧붙였다.

"태준 씨 얼굴 빨개졌어."

태준은 말라붙은 입술을 혀끝으로 축이며 지도를 살폈다.

"배 안 고파? 호텔에 가서 좀 쉬고, 뭘 먹을까?"

"아니. 어디 펜션 같은 데 가면 안 돼?"

"펜션?"

태준은 지도에서 눈을 들어 여진을 정시했다. 그녀가 가만가만 고갯짓을 하며 그의 눈을 마주했다.

"응. 밥도 해먹을 수 있는 그런 곳. 나, 태준 씨랑 뭘 만들어 먹고 싶거든. 사 먹는 것 말고. 장 봐서 찌개 같은 것도 끓여보고 싶고, 밥도 해보고 싶어."

태준은 빙그레 웃음을 물고 놀리듯 되물었다.

"할 줄이나 알아?"

"못할 게 뭐 있어."

여진은 턱을 치켜세우며 자신만만하게 말했다. 차가 스르르 움직이고 태준은 동의하듯 고개를 끄덕였다.

"그래, 그럼 그렇게 하자."

"뭡니까, 이거! 촬영을 이따위로 해도 되는 겁니까?"

때마침 제주에 촬영팀이 왔다는 비서실장의 말을 듣고 바쁜 시간을 쪼개 촬영장을 찾았던 민서는 화를 억누르지 못하고 고함을 질렀다. 전 스태프들이 그의 눈치를 보며 서로 무어라 수군거렸다.

정확히 두 시간이 넘게 기다렸다. 오지 않으려다 여기까지 온 이유는 순전히 민태준, 그 이유 하나였다. 얼마나 대단한 놈인지 다시 한 번 보려고. 어떻게 하면 한여진의 얼어붙은 마음을 녹일 수 있는지 궁금해서, 그 민태준이라는 사내를 새로운 시각으로 보고 싶어서였다. 그저 한 남자로 보면 어떤 매력이 숨어 있는지 찾아볼까, 하는 치기 어린 마음으로 이곳에 온 것이었다. 한데 놈은 보이지 않았다. 잠시 외출을 하고 오겠다는 말을 남기고는 오도가도 안 하는 상황이었다.

스태프들은 안절부절못하며 태준을 두둔했다.

"좀 늦으시나 봅니다. 감독님 오시면 석 사장님이 다녀가셨다고 말씀드리겠습니다."

민서는 버럭 언성을 높였다.

"민 감독님 원래 이렇게 제멋대로인 사람입니까?"

사납게 눈을 치뜬 그는 주변 사람들을 제압하듯 매섭게 한 사람 한 사람을 노려보았다.

"실력 좀 있다고 함부로 날뛰면 안 되지. 제작비로 영화를 찍는지 뭘 하는지 알게 뭡니까, 안 그렇습니까?"

민서는 싸늘하게 이죽거리며 소파에서 몸을 일으켰다. 그때 누군가 민서에게 다가서더니 단호하게 입을 열었다.

"말이 심하시군요, 석 사장님. 당사자가 앞에 없다고 함부로 말하시면 안 되죠. 그 정도 기본 상식도 없습니까?"

지혁은 순간적인 기분을 억누르지 못하고 민서에게 일침을 가했다. 민서의 얼굴이 잔혹하게 일그러졌다.

"저희 측에서도 찾고 있는 중입니다. 한두 시간 안에 온다던 사람이 안 돌아오니 걱정이 될 수밖에요. 계속 휴대폰으로 전화를 하고 있으니 곧 연락이 닿을 겁니다. 물론 그 안에 돌아오면 좋겠지만요."

민서는 픽 조소를 흘렸다.

"전화요? 휴대폰을 꺼놨는데도 전화가 된답니까?"

당당하게 말하던 지혁의 얼굴에 난처한 기색이 흘렀다.

"그러니까 내가 그런 말을 할 수밖에 없는 겁니다. 일하러 제주에 와놓고 감독은 어디로 사라졌는지 없다라. 스태프니 배우이니 나 몰라라 하는 사람이 과연 직업의식이 있는 사람이라고 생각하는 거요?"

"사고가 생겼을 수도 있으니 너무 그렇게 몰아붙이지 마십시오."

민서는 혀를 차며 씨근덕거렸다.

"글쎄요, 사고인지 뭔지 안 보니 알 수 없지만, 이거 하나는 분명하군요. 민 감독님이 형편없는 사람이라는 거 말이요."

홱 자리를 벗어난 그는 감히 자신의 말에 반기를 든 지혁을 사납게 쏘아보고는 별장을 빠져나왔다.

"도대체 뭐야. 어딜 갔기에 연락이 안 되는 거야!"

민서가 나가자마자 지혁은 다시 한 번 전화를 걸었다. 그리고 휴대폰 너머에서 들리는 기계적인 여자의 목소리에 냅다 소파를 걷어차고 말았다.

"휴대폰은 왜 꺼놨냐고, 젠장!"

꺼놓았던 휴대폰을 켜고 전화를 하려던 태준은 주방에서 들리는 여진의 비명에 재빨리 휴대폰의 전원을 껐다. 그리고 황급히 주방으로 달려갔다.

"어떡해!"

싱크대에서 안절부절못하던 여진은 태준이 주방에 들어오자 창백한 얼굴로 도마 위의 물건을 가리켰다.

"어떻게 해, 태준 씨. 다 살아 있어."

"뭐가?"

바르르 목소리를 떨며 말하는 여진을 걱정스레 바라보던 태준은 갑자기 웃음을 터뜨리고 말았다.

"뭐야, 저게 살아 있다고 이 난리를 피운 거야?"

도마 위에는 여진이 뭘 한번 해보겠다고 올려놓은 낙지와 게, 조개 등이 어지럽게 놓여져 있었다.

"왜 살아 있냐고! 살아 있는 걸 어떻게 요리해?"

"나참. 너 요리할 줄 알긴 아는 거니?"

태준은 어이없다는 듯 혀를 내두르고 말았다.

"비켜봐, 내가 할 테니까."

"싫어. 내가 할 거야."

대신 해주겠다고 하는데도 여진은 막무가내로 고집을 부렸다. 태준은 고개를 절레절레 저었다.

"근데 저거 어쩔 거야? 오늘 안에 먹을 수 있긴 있어?"

"걱정 마. 오늘 안에 먹게 해줄 테니까."

혀를 길게 내민 그녀는 태준의 등을 밀어냈다.

"나가 있어. 내가 근사하게 해놓고 부를게."

태준이 나가고 난 다음, 여진은 길게 한숨을 내쉬었다. 괜히 혼자 한다고 했나? 도저히 꿈틀거리는 낙지와 게를 어떻게 손쓸 방법이 없었다. 평소에 일하는 아주머니가 어떻게 하나 봐두기라도 할걸, 문득 후회가 밀려들었다. 정말 해주고 싶었는데, 그를 위해 에이프런을 두르고 맛있게 저녁을 짓는 꿈을 여러 번 꾸었는데 막상 닥치자 할 수 있는 게 아무것도 없다는 사실에 여진은 씁쓸해졌다. 순간 여진의 눈이 반짝였다. 새벽에 출출하면 먹으려고 만약을 대비해 사놓은 라면이 그녀의 시야에 포착되었다. 여진은 큰 젓가락을 이용해 낙지와 게를 비닐봉지에 넣으며 중얼거렸다.

"차라리 펜션 관리인에게 주는 게 낫겠어."

그리고는 냄비에 물을 받으며 나직하게 콧노래를 흥얼거렸다.

펜션은 침실이 두 개 딸린 일반 가정집처럼 꾸며져 있었다. 거실과 욕실, 그리고 웬만한 가전제품과 그 외 모든 것이 준비되어 있는 실내는 여행지가 아니라 마치 살던 집처럼 훈훈하고 따스한 기운이 흘렀다.

음식이 다 준비되기 전까지는 절대 나오지 말라던 여진의 명령 아닌 명령에 침실에 갇혀 있던 태준은 밖에서 들리는 여진의 부름에 사뭇 긴장하며 문을 열었다.

"다 됐어, 태준 씨. 이제 먹자."

식탁으로 걸어가던 태준은 차려진 음식을 보고는 이럴 줄 알았다는 듯 한숨을 내쉬었다.

"뭐야. 있는 대로 없는 대로 수선을 피우더니 겨우 라면이야? 그러게, 내가 거들어준다고 했잖아. 음식이라고는 한 번도 안 해 봤을 거면서 혼자 한다고 고집이나 피우더니."

의자에 앉으며 그가 투덜거렸다.

"그래서, 싫어?"

태준의 앞에 놓인 라면 그릇을 홱 치우던 여진의 눈매가 매섭게 올라갔다. 태준은 재빨리 손을 내저으며 항복을 선언했다.

"아니, 싫긴. 잘 먹을게."

젓가락을 들고 라면을 뜨자 여진은 잔뜩 기대에 찬 목소리로 말했다.

"어때? 맛있지?"

"아직 먹지도 않았다."

태준은 피식 웃으며 뜨거운 면을 입 안으로 삼켰다. 그녀가 눈을 동그랗게 뜨고는 재차 물었다.

"맛있지? 그치?"

"라면 하나 해주고 생색은……."

"어, 라면을 우습게 보네. 라면에 물 조절이 얼마나 중요한 건데. 내가 라면 끓이면서 계량컵으로 단 1cc의 오차도 없이 물을 올렸거든. 그래서 특별히 더 맛있을 거야."

　　여진은 턱을 괴고 태준의 먹는 모습을 보며 자랑스레 말했다. 태준의 잔잔한 미소가 더욱 깊어졌다.

　　"그래, 맛있다. 눈물나게 맛있어."

　　입이 데일 것 같은 뜨거움도 잊고 태준은 입 안으로 라면을 밀어 넣었다. 불쑥 가슴 밑바닥에 있던 무언가가 올라올 것만 같았다. 이런 꿈을 꿔본 적이 있었다. 그녀와 나란히 저녁을 먹고, 일상생활을 이야기하고, 아무런 근심 없이 웃는 날들을 꿈꾼 적이 있었다. 하지만 포기해야만 했던 꿈. 이루어질 수 없는 한낱 꿈이 현실처럼 눈앞에 펼쳐지자 태준은 아득해지고 말았다. 태준은 꽉 잠긴 음성으로 어렵사리 입을 열었다.

　　"어떤 게 네 진짜 모습일까."

　　태준이 먹는 모습을 가만히 지켜보던 여진은 고개를 갸웃거렸다.

　　"정떨어질 정도로 차가운 게 한여진의 진짜 모습일까, 아니면 지금처럼 다시는 다른 남자에게 보내고 싶지 않을 정도로 탐나는 게 한여진의 진짜 모습일까. 도대체 어떤 게 네 진짜 모습이니?"

　　여진의 맑은 눈동자가 심하게 흔들렸다.

　　"쓸데없는 소리 하지 마."

　　냉랭한 음성. 차갑게 식어버린 눈빛. 태준은 지그시 어금니를 물었다. 또다. 또 냉정하고 차가운 모습으로 돌아와 있었다, 여진은.

　　"단 하루 정도는……."

　　여진은 들릴 듯 말 듯 말을 꺼냈다.

　　"이렇게 살아도 나쁘진 않을 것 같아."

태준은 젓가락을 내려놓고 물을 들이켰다. 갑자기 말도 못하게 그녀가 미워지기 시작했다.

"단 하루 정도는, 이라고 했니? 고작 단 하루 정도만?"

"왜 이러는 거야? 하루만 쉬었다 가라며. 태준 씨 어깨 빌려준다고 하루만 쉬어 가랬잖아. 그래서 나, 하루만 태준 씨 곁에 있기로 한 거잖아. 왜 욕심을 내려는 거야? 욕심내면 안 되는 것 잘 알면서 붙잡고 싶은 거야? 설마 함께 있는 시간을 연장하고 싶은 거야?"

그녀가 사납게 쏘아붙였다. 태준은 쓴웃음을 삼키며 동의했다.

"그래, 연장하고 싶다. 할 수 있다면 평생을, 그게 내 마음대로 되는 거라면 한여진의 다음 생까지 내가 차지하고 싶어."

여진은 고개를 떨구고 말았다. 이 남자, 왜 이렇게 미련하다는 말인가. 울컥 목이 메었다. 시야에 들어오는 식탁 위의 음식물이 희미하게 번져 나갔다.

"다음 생은, 만약 정말 그런 게 있다면 다음 생은…… 나도 한번 -생각해 볼게."

컵을 만지작거리던 여진은 흘러내리려는 눈물을 삼키고 태준을 바라보았다. 그의 두 눈이 그녀에게 뿌리내리고 있었다. 여진은 애써 환한 웃음으로 가라앉은 분위기를 무마시켰다.

"어서 먹어. 다 퍼지겠다."

고개를 주억거린 그가 여진의 앞에 수저를 내밀었다.

"너도 먹어. 하루 종일 아무것도 안 먹었잖아."

묵묵히 라면을 뜨던 여진은 거실 창으로 눈을 돌렸다.

"벌써 밤이네."

"그러게."

여진은 젓가락을 가지런히 내려놓았다.

"안 가봐도 돼?"

태준은 거실 벽에 걸린 시계를 흘끗거리고는 고개를 가로저었
다.

"괜찮아. 하루쯤 촬영 미룬다고 큰일나는 것 아냐."

식탁에 시선을 고정시킨 태준은 조심스레 말을 이었다.

"넌…… 안 가봐도 돼?"

갈증이라도 난 듯 여진은 컵에 가득 부어진 생수를 말끔히 비웠
다. 컵을 내려놓고 태준의 눈을 마주하는 여진의 눈가에 투명한
물기가 번져 나갔다.

"나도…… 괜찮아."

진눈깨비가 흩날리는 창밖에는 짙은 어둠이 내려앉고 있었다.

태준을 기다리느라 예약한 비행기를 타지 못했던 민서는 하릴
없이 시간을 보내며 이륙시간이 되길 기다렸다. 더구나 눈까지 내
려 비행기가 연착하는 바람에 시간은 속절없이 흘러가고 있었다.

"수시로 체크해 봐."

민서의 지시에 조용히 자리를 지키던 김 비서는 고개를 들었다.

"네? 무슨 말씀이신지……."

"촬영장에 한 시간마다 한 번씩 전화해서 민 감독 왔는지 물어
보라고. 연결되면 바꿔주고."

"네, 그렇게 하겠습니다."

김 비서는 수트 소매를 들춰 시간을 확인하고는 의자에서 일어났다.

"이륙할 시간 다 됐군요. 그만 나가실까요?"

"이륙? 아아……."

순간 뇌리에 무언가가 섬광처럼 번쩍이며 스쳐 갔다. 민서는 재빨리 휴대폰을 꺼내고 단축키를 눌렀다. 신호음이 울리고 귀에 익은 목소리가 들리기까지 그는 초조하게 주먹을 움켰다 쥐었다를 반복했다.

[네, 한남동…….]

"와이프 들어왔습니까?"

민서는 전화를 받는 가정부의 말문을 가로막고 불쑥 물었다. 그의 음성이 소름 끼치도록 나직하게 튀어나왔다.

[아뇨, 아직 안 들어오셨어요.]

"전화도 없었다는 겁니까?"

민서는 한자한자 잇새로 씹어뱉듯 말을 쏟아냈다.

[네, 아무런 연락도 없었는데…….]

가정부가 말을 얼버무리자 민서는 거칠게 폴더를 덮으며 험악한 욕설을 내뱉었다.

"빌어먹을!"

한여진의 제주행, 민태준의 증발. 왜 미처 연결하지 못했을까. 민서는 공항 대기실 바닥에 휴대폰을 내던지며 핏대를 세워 고함을 질렀다.

"당장 탑승자 명단 뒤져!"

난데없는 행동을 이해할 수 없다는 듯 김 비서는 아연실색한 얼굴로 망연히 민서를 바라보았다. 그는 김 비서의 멱살을 틀어쥐고 한 대 칠 기세로 소리쳤다.

"한여진이, 그 여자! 출국했는지 알아보란 말이야!"

허둥지둥 뛰어가는 비서실장의 뒷모습을 노려보며 민서는 치아가 상할 정도로 사납게 이를 갈았다. 대기실에서 비행기를 기다리던 사람들이 흘끗거리며 자신을 본다는 것도 자각하지 못한 채, 민서는 미친 듯이 대기실을 서성거렸다.

탑승자 명단에 있어야 했다, 한여진은. 민태준의 연락 두절과는 상관이 없어야 했다. 하지만 한여진이 탑승자 명단에 없으면 그건 불을 보듯 뻔한 이치였다. 그 두 사람이 함께 있다는 것. 자신을 기만하고 한여진이 다른 놈 품에 있다는 것. 민서는 부서진 휴대폰을 구둣발로 지그시 밟았다. 마치 민태준을 짓이기듯, 한여진을 깔아뭉개듯 그의 다리에 억센 힘이 실렸다.

한참 후, 비서실장은 사색이 된 얼굴로 머뭇거리며 다가섰다.

"뭐야? 어떻게 됐어?"

"저, 어찌 된 일인지 사모님은 탑승자 명단에 없습니다. 사모님 이름으로 예약한 비행기도 캔슬하셨다고 합니다."

민서의 안광에 시퍼런 독기가 스멀스멀 피어올랐다.

'빌어먹을 한여진. 당신, 죽여 버리겠어!'

그제야 그는 한 회장이 마지막으로 수첩에 휘갈겨 썼던 내용을 이해할 것 같았다. 자신이 찢어버렸던 그 내용을……

사랑은 장님이다

사람들은 가끔 사랑에 대해 수만 가지의 정의를 버리곤 한다
그러나 사랑이란 전해오는 속담의 하나처럼 장님이 아닐까,
생각해 본다
사랑만큼 인간을 맹목적으로 만드는 건 없으니 말이다

밤의 장막이 내려앉고 사위는 고요해졌다. 멀리서 철썩이는 파도 소리는 어둠 속에 파묻혔고, 하늘에서 내리던 새하얀 눈도 짙은 어둠 속으로 사라졌다. 어딘가에서 들려오는 갈매기 울음소리가 구슬프도록 처량하게 울려 퍼지던 밤은…… 그렇게 조금씩 깊어만 가고 있었다.

달칵 하고 욕실 문 여는 소리가 들리는 순간 태준은 테라스에 기대고 있던 몸을 돌렸다. 어깨에 묻은 눈을 손으로 대강 털어내고 고개를 들던 그는 시야를 가득 채우는 여진의 모습에 얼어붙듯 숨을 멈추고 말았다.

굵게 웨이브진 머리카락이 촉촉하게 젖은 채 허리께까지 흘러

내려 있었다. 정성을 다해 빚은 도자기 공예 인형처럼 투명한 피부에는 물기가 아롱져 빛나고 있었다. 조금은 흐트러져 보이듯 새하얀 로브가운을 대충 매듭 지은 여진은 그나마 남아 있던 태준의 이성과 감각을 남김없이 바닥 내려 하고 있었다. 가운 아래로 드러나는 새하얀 허벅지와 유혹적인 종아리, 그리고 가느다란 발목을 핥듯이 바라보던 태준은 슬며시 어금니를 물었다.

요염하지 않은 아름다움. 순수함만으로도 상대를 아찔하게 매혹시키는 그녀의 아름다움은 여리고 풋풋했다. 이렇게 보는 것만으로도 숨이 찼다. 이렇게 멀리 떨어져서 눈에 담는 것만으로도 그의 전신에 위험한 불길이 퍼져 나갔다. 위험하다, 이건 올바르지 않았다. 올바르지 않다는 걸 알지만…… 빌어먹게도 그녀를 원하고 있는 것마저 숨길 수는 없었다. 머리끝에서 발끝까지, 숨결 한 자락, 피 한 방울마저 한여진의 것이라면 자신의 것으로 소유하고 싶은 욕망에 전신이 아릴 지경이었다.

태준은 홱 몸을 돌렸다. 보지 말자, 차라리 그녀를 보지 말자. 그의 턱 근육이 팽팽하게 당겨졌다. 시커먼 밤하늘에서 꽃잎처럼 나풀거리는 하얀 눈송이를 보며 태준은 여진의 모습을 뇌리에서 털어냈다. 일순, 테라스에 인기척이 들려왔다.

"갈아입을 옷이 없어서 가운 입었는데, 괜찮지?"

하느님!

테라스 난간을 움켜쥔 그는 바스러뜨릴 듯 억세게 힘을 가했다.

"샤워 마쳤으면 그만 들어가서 자."

목이라도 졸린 듯 태준은 잔뜩 쉰 음성으로 대답했다. 향긋한 샴푸 내음이 후각을 마비시키고 그의 곁으로 성큼 다가왔다. 태준은 치아가 상하길 바라듯 이를 갈았다.

"그만 가서 자라니까."

무심하게 말하기 위해 그는 안간힘을 다했다.

"뭘 벌써 자. 조금만 더 있다 자자, 태준 씨."

아무것도 모르는 듯한 여진의 무심한 말투가 그를 미치게 만들었다. 아슬아슬하게 유지하고 있던 이성이 사나운 맹수처럼 미쳐 날뛰려 했다. 난간을 쥐고 있는 손바닥 안에 축축한 땀이 전해왔다. 태준은 바짓단에 땀을 닦아내고 이마에 흘러내린 머리카락을 짜증스레 쓸어 넘겼다.

"그만 들어가자. 밖에 오래 있으면 감기 걸려."

여진을 덩그러니 남겨두고 태준은 성큼성큼 거실로 걸음을 옮겼다. 테라스로 통하는 방음창을 닫고 여진도 재빨리 태준의 뒤를 이었다.

"태준 씨, 뭐 화나는 것 있어?"

"아니."

태준은 툭 던지듯 대수롭지 않게 말했다. 그녀가 천천히 고개를 가로저었다.

"아냐. 이상해. 잔뜩 화난 사람처럼 굴잖아, 지금."

거실을 서성이던 태준은 움직임을 딱 멈추고 여진을 정시했다. 여진의 두 눈이 한 치의 오차 없이 그에게 고정되어 있었다. 목 깊은 곳에서 신음이 터져 나올 듯했다. 당장이라도 그녀를 낚아채 자신의 품에 가두고 싶었다. 태준은 급히 시선을 내렸다. 더 이상 여진을 볼 수가 없었다. 이런 자신의 마음이 들킬까 두려워 그는 거친 숨만 내쉬었다.

"그런 것 없어. 난 이쪽 방을 쓸게. 메인 침실은 네가 써."

욕실 옆에 위치한 방으로 들어가려는 찰나, 여진은 태준의 앞을 가로막았다.

"벌써 자려고?"

여진의 작은 목소리에서 서운함이 배어나왔다.

"조금만 더 있다 잤으면 좋겠는데. 조금만 더 있다가……."

말끝을 흐리는 여진을 내려다보면서 태준은 피식 웃음을 터뜨렸다.

"뭐 할 건데? 조금만 더 있으면서 그 시간에 뭐 하고 싶은데?"

여진의 새하얀 피부에 복숭아 꽃물이 번져 나갔다. 발갛게 달아오르는 그녀의 얼굴은 정신이 혼미할 정도로 아름다웠다. 태준은 자신도 모르게 손을 뻗어 여진의 뺨을 어루만졌다. 부드럽게 맞닿는 감촉에 놀라 손을 떨어뜨렸지만 자석에 이끌리듯 그는 다시금 여진의 뺨을 쓸어 내렸다.

"많이 가라앉았다. 아까는 형편없더니."

낮에 보았던 부기는 거의 가라앉은 듯했다. 부어올랐던 뺨은 정상으로 돌아왔고 보기 싫을 정도로 불그스름하던 손자국도 더 이상 보이지 않았다. 다만 입술의 상처는 아직도 그대로 남아 있어 그의 심기를 어그러지게 만들었다.

"술 한잔할까, 우리?"

여진은 주방을 가리키며 그의 손길에서 벗어났다.

"아니, 술은 됐어. 대신 커피로 하자. 됐지?"

술을 마시면 어떻게 될지 그도 장담할 수가 없었다. 맑은 정신으로도 여진의 존재감을 이겨낼 수가 없는데 술을 마시고 어떻게 버틴다는 말인가. 여진은 흔쾌히 동의한다는 듯 고갯짓을 했다.

주방으로 들어가는 태준의 뒷모습을 보며 여진은 소파에 몸을 묻었다. 무엇 때문인지 잔뜩 긴장한 듯한 태준이 걱정되어 여진의 눈길은 그를 벗어나지 못하고 있었다. 물을 끓이고 인스턴트 커피를 다 탈 동안 여진은 집요하다 싶을 정도로 태준을 정시했다. 딱딱하게 경직된 그의 어깨, 굳어버린 팔, 어색한 다리 그 모든 것이 저녁을 먹기 전과는 천양지차로 달랐다.

"자, 커피."

맞은편에 앉아 머그컵을 내미는 태준의 손에서 향긋한 커피를 건네받았다. 커피의 따뜻한 기운이 손바닥을 타고 전신으로 퍼져 나갔다.

"옷…… 갈아입지 그러니. 로브만 입고 있기에는 추울 텐데."

태준은 커피잔에 시선을 고정시키고 억눌린 음성으로 겨우 말했다. 촬영 시에는 로브가 아니라 거의 벗다시피 한 여자들도 숱하게 봐왔으면서 왜 이렇게 유난스럽게 구는지 그도 이해가 되지 않았다. 하지만 로브 자락 아래로 길게 뻗은 우윳빛 허벅지와 종아리는 태준의 남아 있던 이성을 무장해제 시키려 하고 있었다.

가운을 툭툭 털어내던 여진은 뾰로통하게 입술을 내밀었다.

"청바지를 입고 자기엔 너무 불편하잖아. 잠옷도 없고."

태준은 커피 잔을 내려놓고 소파에서 벌떡 일어났다.

"사 올게, 지금 당장."

부리나케 뛰어나가려는 태준의 옷깃을 그녀가 잡아챘다.

"시간이 몇 신데 어딜 가서 잠옷을 산다는 거야?"

태준은 머뭇거리며 시계를 바라보았다. 자정이 넘은 시간이었다. 당연히 이 시간에 문을 연 곳은 없을 터였다. 하지만 이대로 있을 수는 없었다. 이렇게 여진을 위험에 노출시킬 수는 없었다. 민태준이라는 위험인물을 그도 감당할 수가 없을 지경이었다.

"호텔 쇼핑숍에 가면 문을 연 곳이 있을지도 몰라."

"됐어. 이것도 편해."

"내가……."

불편해, 라는 말이 식도까지 올라왔다. 태준은 마른침을 삼키며 자리에 앉았다. 꾹꾹 억눌렀던 자제심이 바닥을 드러내려 했다. 태준은 황망히 창밖으로 눈길을 돌렸다.

"가끔은 내가 남자라는 걸, 네가 자각해 줬으면 좋겠다, 한여진."

태준은 쥐어짜듯 힘겹게 입을 열었다. 여진의 눈동자가 커다랗게 변해갔다. 희미하게 미소 짓던 그녀는 몸을 일으켜 태준의 옆으로 자리를 옮겼다. 재빨리 일어나려는 그의 어깨에 머리를 기대고 여진은 들릴 듯 말 듯 속살거렸다.

"가끔은…… 내가 여자라는 걸, 태준 씨도 알아줬으면 좋겠어."

유혹(誘惑), 그리고 위험하게 이어지는 현혹(眩惑). 태준은 거칠게 소파에서 일어났다. 여진이 그의 손을 잡았지만 매정하게 뿌리치고 욕실로 내달렸다. 온몸에 시뻘건 불길이 치솟는 마냥 다급하게 옷을 벗고 샤워 부스 아래에 몸을 맡겼다. 차가운 물줄기를 뒤집어쓰며 그는 질끈 눈을 감았다.

하느님. 오늘 밤 저 여자를 지킬 수 있도록 자신의 몸에 남아 있는 뜨거운 피를 모조리 얼려 버려야 했다. 죽어도 자신의 여자가 될 수 없는 그녀를 이 밤, 안전하게, 그리고 온전히 지키려면 얼음덩어리가 되는 것이 아니라 목숨이라도 끊어야만 할 것 같았다.

뼛속까지 얼려 버릴 듯한 차가운 물줄기도 그의 들끓어오르는 피를 식힐 수는 없었다. 냉정함을 되찾으려고 안간힘을 다할수록 여진을 향한 갈망은 더욱 거세어지고 처절하리만치 절박해지고 있었다. 이러려고 여진을 붙잡은 게 아니다. 이렇게 욕심내고, 탐내려고 단 하루만이라는 시간을 걸지는 않았다. 그저 지친 그녀를 달래주고 싶었건만, 마음 아파하는 그녀를 다독여 주고 싶었건만 왜 이렇게 됐다는 말인가. 누구보다 미워하던 그녀였다. 누구보다 증오하고 또 증오하던 그녀였다. 하지만 그보다 더한 감정이 그로 하여금 여진을 향한 미움과 원망을 거둬들였다. 미워한다고 입으로만 말할 뿐 정작 가슴은 다른 말을 하고 있었다는 것을 태준은 얼마 전에야 깨달았고 인정하고 말았다. 그녀를 미워하던 순간에도, 그녀만을 원하고 있었다는 것을······.

이가 딱딱 부딪칠 정도로 차가운 물이 떨어지는 샤워기 아래에서 태준은 혀가 잘려 나가도록 거세게 이를 악물었다. 얼음 같은 물줄기로 뜨거웠던 몸은 점차 식어가고 있었지만, 한여진을 향한 열망은 그 어느 때보다 지독하게 그의 숨통을 죄어왔다.

"잘 자."

메인침실 문 앞에서 그가 말했다. 여진은 가운 자락을 매만지며 바닥을 노려보았다. 헤어지기 아쉽다는 듯 그녀는 몇 번이나 벽에 걸린 시계에 눈길을 던졌다. 겨우 벽을 하나 사이에 두고 있지만 그와 헤어지고 싶지 않았다. 그의 숨결을 가까운 곳에서 느껴보고 싶었다.

"아직 두 시도 안 됐는데. 조금만 더……."

태준의 손이 여진의 입술을 가로막았다.

"그만. 네가 조금만 더, 조금만 더 하는 바람에 여태 같이 있었잖아. 내일 생각하면 그만 자야지."

여진을 침실로 밀어 넣으며 태준은 뒷걸음질을 쳤다. 여진의 손이 태준을 향해 뻗어나갔다. 태준은 가만가만 고개를 내저었다.

"여기까지. 더 이상 다가오면 나도 이젠 책임 못 져."

여진의 팔이 허공으로 툭 떨어져 내렸다. 태준은 들릴 듯 말 듯 말을 이었다.

"네게 뭔가 요구하려고 함께 있자고 한 거 아냐."

태준의 나직한 속삭임이 여진의 귓가에 내려앉았다.

"알아."

여진은 꽉 잠긴 음성으로 간신히 대답했다.

"그냥 함께 있고 싶었어. 단 하루 만이라도."

여진은 울컥 목이 메어왔다. 마른 입술을 혀끝으로 축이고 또 대답했다.

"그것도 알아."

희뿌옇게 변하는 시야에 태준의 손이 들어왔다. 그가 그녀의 손을 맞잡고, 그의 품으로 그녀를 이끌었다.

“그걸 알면, 그러지 마. 그러지 마라, 여진아. 나, 최대한 참고 있는데. 나, 최대한 억누르고 있는데. 내 자제력을 총동원해서 겨우겨우 억제하고 있는데…….”

미세하게 떨리는 태준의 입술을 여진은 손바닥으로 지그시 눌렀다. 불에 델 듯 뜨거운 그의 입술이 그녀의 손끝을 타고 전해왔다. 태준이 뒤로 물러서며 그녀의 손에서 멀어져 갔다. 여진은 태준의 눈을 마주 보며 입을 열었다.

“오늘 하루만이잖아. 우리, 오늘 하루만 같이 있는 건데…….”

태준은 피식 웃으며 바지 주머니에 손을 찔러 넣었다.

“너 이러니까, 옛날 생각 난다. 그때도 너, 조금만 더, 조금만 더, 했었지.”

과거의 어느 날을 떠올리듯 태준의 눈가에 아련하게 슬픔이 잦아들었다. 말을 잇는 그의 음성이 탁하게 갈라져 나왔다.

“그때 널 내 여자로 만들어야 했어. 다른 남자에게 가지 못하게 내가 안아야 했어. 그랬다면…… 널 놓치는 일은 없었을 텐데. 널 빼앗기는 일 따윈 절대 없었겠지.”

“그래도 변하는 건 없었을 거야.”

여진은 이를 물고 말을 내뱉었다. 달라지는 건 없다. 그의 품에 안겨 그의 여자가 되었다고 해도 평생을 그와 함께 보낼 수는 없었다. 태준의 눈매가 사납게 치켜 올라갔다.

“내 여자가 됐어도 다른 남자에게 갔을 거라는 소리야, 지금?”

그녀는 대답 대신 고갯짓을 했다. 태준은 실소를 터뜨리고 말았다. 여진을 노려보는 그의 눈빛이 서늘하게 빛을 발했다.

"실망이다, 한여진."

　냉랭한 말을 남기고 태준은 등을 돌렸다. 메인침실보다는 평수가 작은 작은 침실에 들어간 그는 문짝이 떨어져 나가라 거칠게 문을 닫았다. 그의 입술에서 험악한 욕지기가 쉴 새 없이 튀어나오고 있었다.

　자그마한 기대마저 그녀는 여지없이 부서뜨렸다. 마지막 남은 한줄기 기대마저도 여진의 한마디로 흔적도 없이 사그라졌다. 만약 그때 그녀를 안았다면 절대 놓치지 않았을 거라고 후회하던 그를 비웃듯, 여진은 너무도 잔혹하게 미련이라는 싹을 꺾어버리고 짓밟아버렸다. 돌아서야 하건만, 뒤도 돌아보지 않고 돌아서야 하건만, 이렇게까지 냉정한 면모를 보이는 그녀에게서 아직도 벗어나지 못하고 허우적거리기만 하는 자신이 한심했다. 말도 못하게 비참했다. 하지만…… 빌어먹게도 그는 여전히 그녀를 꿈꾸고 있었다.

　미명이 밝아오기 전까지, 시간은 얼마 남지 않았다. 묶어두고 싶을 만큼 소중하디소중한 시간이 그녀의 마음도 모른 채 속절없이 흘러가고 있었다. 침실에 있었지만 눈길은 태준이 잠든 곳으로만 날아갔다. 벽을 사이에 두고 있는 거리가 너무 멀게 느껴져 여진은 침실에 들어간 지 얼마 안 되어 거실로 나왔다. 하지만 그들 사이에 놓인 두꺼운 문이 사라진 건 아니었다. 여진은 망설이듯 거실을 서성였다. 혹시 화가 풀린 태준이 나올까 수시로 시간을 보고 침실 문을 하염없이 바라보았다. 하지만 실망했다는 말을 남기고 멀어진 그는 두 번 다시 얼굴을 내비치지 않았다.

실망. 그녀보다 더 실망하지는 않았을 것이다. 그 말을 할 수밖에 없었음을 그는 모르겠지. 여진은 손톱이 살에 박히도록 거세게 주먹을 움켜쥐었다. 마지막 시간인데, 조금은 좋은 추억을 만들고 싶었는데 그녀의 부주의로 온기 가득하던 분위기는 싸늘하게 가라앉고 말았다. 해가 뜨면 다시는 이런 날이 안 올 텐데. 날이 밝고 또 시간이 지나가고 세월이 흘러가도 다시는 이런 순간이 오지 않을 텐데. 명치 끝이 아려왔다. 창밖에는 눈이 내리고 있었지만, 그녀의 가슴에는 비가 내리고 있었다.

여진의 눈길이 벽에 걸린 과일 모양의 벽시계에 멈췄다. 주황색 귤 모양의 시계는 정확히 세 시를 가리키고 있었다. 여진은 황급히 메인침실로 뛰어가 푹신한 베개를 품에 안고 나왔다. 그리고 거침없이 태준이 잠든 침실 문을 열어젖혔다. 창가에 서서 담배를 물고 있던 태준의 날카로운 눈빛이 그녀에게 날아들었다. 태준이 깨어 있을 거라고는 미처 예상하지 못했던 여진은 머뭇거리며 입을 열었다.

"같이…… 자면 안 될까, 태준 씨?"

가느다란 담배를 들고 있던 태준의 손이 바르르 떨렸다. 선반에 놓여진 재떨이를 찾는 그의 손이 몇 번이나 헛손질을 했다.

"우리, 같이 자면 안 돼?"

"너……!"

성급하게 담뱃불을 끄고 거칠게 머리를 쓸어 올린 태준은 버럭 언성을 높였다. 말라붙은 입술을 축이듯 혀끝으로 입술을 더듬은 그는 다시금 담배에 손을 뻗었다. 여전히 그의 손은 눈에 띄게 떨리고 있었다. 화이트 골드로 정교하게 디자인된 듀퐁 라이터의 불을 붙였다.

한 번, 켜자마자 불이 꺼졌다.

두 번, 담배를 물고 있는 입술까지 가기도 전에 또 불이 꺼졌다.

세 번, 네 번. 거친 손길 때문인지 탁 탁 하고 불꽃만 일어날 뿐 아예 불이 붙질 않았다.

태준은 방바닥으로 라이터를 내던지고 말았다. 그가 던진 라이터가 휙 날아와 여진의 발 아래에서 멈췄다. 여진은 허리를 굽혀 차가운 촉감의 라이터를 주워 들었다. 그리고 그의 곁으로 한 걸음씩 걸어갔다. 태준의 조각처럼 매끄러운 입매에 물린 담배 앞에서 여진은 부드럽게 손을 움직여 라이터의 불을 밝혔다. 담배 연기를 빨아들이는 태준의 턱에 물결처럼 잔경련이 일고 있었다.

"담배 너무 많이 피우면 몸에 해로워. 적당히 피우는 게 좋아. 아예 안 피우는 게 더 좋겠지만."

"신경 꺼. 몸에 해롭든 말든 무슨 상관이야? 죽든 말든 네가 무슨 상관인데?"

태준은 마치 싸움이라도 하는 태세로 말을 쏟아냈다. 담배 연기가 여진의 얼굴로 쏟아지자 재빨리 재떨이에 비벼 끈 그는 길게 한숨을 내쉬었다.

"못 들은 걸로 할게. 가서 자."

"태준 씨……."

"못 들은 걸로 한댔잖아! 그만 흔들고 가란 말이야. 어디까지 가고 싶니? 나, 어디까지 뒤흔들어야 네가 만족할 거니? 네 눈에는 내가 남자로 안 보여? 같이 자자고 하면 손만 잡고 잘 인간으로 보이는 거야? 나도 남자다, 여진아. 뜨거운 피가 흐르는 남자라고. 너, 밤새 안고 싶어. 너, 머리부터 발끝까지 갖고 싶어. 너, 한여진, 너…… 완벽하게 민태준 여자로 만들고 싶다고. 알아들어? 같이 자자고? 하, 같이 자자니, 어떻게? 어떻게 같이 자줄까? 손만 잡고? 얘기만 하며? 네가 바라는 게 도대체 뭐야!"

태준은 격하게 소리를 지르며 여진의 어깨를 뒤흔들었다. 그의 눈가에 투명한 물기가 번져 나갔다.

"그렇게…… 해."

태준의 짙은 눈썹이 휘어졌다. 여진의 말을 믿지 못하겠다는 듯 그의 얼굴에 경악이 스치고 지나갔다.

"그렇게 하라고, 태준 씨. 원한다면, 그게 태준 씨가 원하는 거라면……."

"하나만 물어보자, 한여진."

태준은 여진의 말문을 가로막고 툭 질문을 던졌다.

"너, 지금 나랑 하룻밤 불장난 하자는 거야?"

여진은 거세게 고개를 가로저었다. 태준의 입술에 싸늘한 조소가 물렸다.

"그럼 뭐야, 이거? 이거 어떻게 해석해야 하는 거야? 내가 널 안아도 그 다음날이면 다른 남자에게 갈 여자가, 왜 내게 안기겠다는 건데? 뭣 때문에 안아달라고 하는 건데!"

여진은 대답할 수가 없었다. 목구멍까지 하고 싶은 말이 차곡차곡 올라왔지만 침을 삼키며 하고픈 말도 식도 안으로 꾸역꾸역 밀어 넣었다. 벌받아도 좋았다. 죄를 받아도 상관없었다. 손가락질

받아도 감수할 수 있었고, 세상 사람들의 지탄을 받아도 눈 질끈 감고 외면할 수 있었다. 단 하루만, 단 한 번만이라도 그의 여자가 되고 싶었다. 그것뿐이었다. 오직 그것뿐.

순간 그녀의 몸이 태준의 품속으로 빨려 들어갔다. 그녀의 손목을 난폭하게 낚아챈 그가 품에 가두듯이 팔에 힘을 주었다. 여진의 머리 위에서 메마르게 갈라진 태준의 음성이 들려왔다.

"너 안 보낸다. 안 보낼 거야."

그녀는 눈을 감고 말았다. 태준은 고집스레 했던 말을 반복했다.

"다시는 네 손 안 놓을 거야. 네가 간다고 해도 안 보내."

눈시울이 뜨거워졌다. 태준의 가슴팍에 얼굴을 묻고 여진은 혀끝을 물었다. 울음이 새어나오려 했다. 아팠다. 너무 아팠다. 수천 개의 바늘이 심장과 살갗을 찔러대고 있었다.

'난 아이를 가져야 돼. 아이를 가져야 당신이 안전하대.'

더욱 깊숙이 태준의 품속으로 파고들었다. 그가 으스러져라 그녀를 끌어안으며 이를 갈듯 내뱉었다.

"석민서에게 너, 안 보내."

그녀의 눈에서 흐르는 빗물이 태준의 옷깃을 적셨다.

"다른 남자에게 너 죽어도 안 보낸다. 알아들어? 알아들었어, 한여진? 너 안으면, 너 내 여자로 만들면 다른 남자에게 가도록 두지 않아. 날개를 꺾어서라도, 다리를 부서뜨려서라도 내 곁에 둘 거야."

'당신이 위험할지도 몰라.'

누군가 가슴을 헤집는 것만 같았다. 무딘 칼날이 심장을 뚫고 들어와 사정없이 비틀리고 있었다. 살점이 떨어져 나가고 시뻘건 핏물이 가슴을 적시고 흘러내려 그녀는 고통스러운 신음마저 튀어나오려 했다.

"약속해. 맹세해, 한여진!"

태준은 다그치듯 소리쳤다.

"다시는 나 안 떠난다고, 석민서에게 안 간다고 약속해. 이 자리에서 약속해."

'당신이 다칠지도 몰라.'

여진은 감은 눈에 힘을 주었다. 도저히 그를 본 자신이 없었다. 거짓으로 약속을 할 수가 없었다. 이 밤이 지나면 그들의 '단 하루'는 막을 내려야 했다. 그들의 짧은 시간은 작은 추억으로 묻어두어야 했다.

"네가 가지고 있는 그 모든 것들, 버린다고 맹세해. 네가 말했던 그 대단하고 잘난 것들, 모두 버려. 버리고 내게 와. 내게 와서 평생 떠나지 마. 나만 봐! 나만 보고 살아!"

단 한 마디도 하지 않는 여진이 답답하다는 듯 태준은 점점 목소리를 높였다. 대답을 강요해 보았지만 그녀는 입도 떼지 않은 채 바닥만 노려보고 있었다.

"한여진, 말 안 할 거야? 약속할 수 없다는 거야?"

그녀의 팔을 움켜쥐고 있는 태준의 손아귀에 힘이 실렸다. 여진은 천천히 고개를 들었다. 태준의 형형한 눈빛이 그녀의 눈 속에 파고들었다. 여진은 말라붙은 혀를 움직여 띄엄띄엄 말을 밀어냈다.

"당신이 아파하는 걸, 볼 수가 없어."

태준은 '하!' 하고 헛웃음을 지었다. 잠시 동안 허공을 쏘아본 그는 들릴 듯 말 듯 낮게 읊조렸다.

"네가 내 곁을 떠나는 게, 날 아프게 하는 거야. 넌…… 언제쯤 그걸 알아줄까."

말을 마친 그는 여진의 입술에 깃털이 내려앉듯 부드럽게 입을 맞췄다. 키스를 흩뿌리듯 가볍게 스치고, 애정을 담뿍 담은 표현으로 그녀의 입술을 다시 한 번 쓸어 넘겼다. 여진의 두 눈이 스르르 감겼다. 태준의 입술이 여진의 턱 끝을 더듬고 조금씩 위로 올라갔다. 하얀 두 뺨, 오뚝하게 솟은 콧날, 다듬은 듯 정교한 이마까지 차례로 훑어 내린 그는 여진의 숱 많은 긴 속눈썹에 터치를 하듯 입맞춤을 계속했다.

"너만 내 곁을 떠나지 않으면 돼."

그의 입술이 다시 아래로 내려갔다. 왔던 길을 되돌아가듯, 우아하게 말려 올라간 풍성한 속눈썹에서 매끄러운 이마로 입술을 옮긴 그가 속삭였다.

"네가 날 버리지만 않으면 돼. 네가 다른 남자에게 가지만 않으면 돼. 그럼 내가 아파하는 일 따윈 절대 없어."

"태준 씨……."

말을 하려고 살짝 벌어진 여진의 입술을 덮으며 태준은 그녀의 입을 가로막았다. 장미꽃잎처럼 부드럽고 달콤한 여진의 입술을 살짝 치아로 문 그는 다시 말을 이었다.

"네가 모든 것을 포기하기만 하면 돼."

혀끝으로 여진의 입술 선을 덧그리며 태준은 다짐하듯 말했다.

"나는 죽었다 깨어나도 해줄 수 없다던 그 모든 것들, 네가 죽어

도 놓치고 싶지 않다고 했던 그 모든 것들, 그것만 버리면 돼. 나
도 줄게. 넌 내가 줄 수 없다고 했었지만, 이젠 아냐. 나도 줄 수
있어. 네가 원하는 거, 네가 누렸던 거, 그 모든 것 모두 줄 수 있
어. 네가 지금 누리는 것보다 더 많이, 더 넘치게 줄 수 있도록 해
줄게. 그렇게 할게. 내 곁을…… 떠나지만 마라.”

　정적이 흐르는 침실에는 태준의 엄숙한 음성이 낮게 울려 퍼지고
있었다. 태준은 여진과 맞붙은 입술을 떼고 그녀의 눈을 정시했다.

　“약속해, 떠나지 않겠다고. 내가 너 안 보낼 테니까, 너도 날 안
떠나겠다고 약속해.”

　여진은 고개를 끄덕이고 말았다. 그러면 안 된다는 걸 알면서도
어쩔 수가 없었다. 그의 깊고 그윽한 두 눈에 잠겨들듯 그녀의 고
개는 의지를 배반하고 미미하게 움직였다. 비로소 태준의 입가에
환한 미소가 스며들었다. 여진은 손을 들어 그의 입술을 매만졌
다. 그리고 한숨을 쏟듯 말을 꺼냈다.

　“태준 씨 이 미소, 이 웃음…… 지켜주고 싶어.”

　태준은 주문을 걸듯 여진의 손가락 하나하나에 입맞춤을 했다.
그의 입술이 느릿느릿하게 여진의 손끝을 따라 움직였다.

　“네가 내 곁에 있는 게, 내 미소를 지켜주는 거야.”

　“알아.”

그걸 알기에 가슴이 아팠다.

그걸 알기에 가슴이 무너졌다.

　그걸 알면서 그를 버려야 하기에, 그녀의 가슴은 성한 곳 하나
없이 난도질당하고 헤집어지고 있었다.

태준은 여진의 손을 이끌어 자신의 왼쪽 가슴에 갖다 댔다. 일정한 박동으로 뛰고 있는 심장이 여진의 손바닥을 타고 하나로 이어졌다.

"너 때문에 다시 뛰기 시작했어. 네가 있어서 다시 움직이기 시작한 심장이야. 잊지 마."

두근두근. 그의 심장박동이 전해왔다. 시간이 흘러가고, 태준의 맥박이 조금씩 빨라지기 시작했다. 숨소리도 거칠어지고 있었다. 순간 예기치 못하게 여진의 몸이 허공으로 붕 떠올랐다. 그가 그녀를 안아 들고 침대로 향하고 있었다. 여진은 황망히 주위를 둘러보다 천천히 태준의 목에 팔을 둘렀다. 그녀의 맥박도 조금씩 상승하고 있었다.

태준은 주름 하나 나 있지 않은 침대 시트 위에 조심스레 여진을 내려놓았다. 푹신한 쿠션을 그녀의 머리에 받쳐 주고, 목 끝까지 시트를 덮어주었다. 그리고 그 옆으로 그도 길게 몸을 눕혔다. 한 손을 뻗어 여진에게 팔베개를 해주고, 다른 한 손으로는 그녀의 손을 잡았다. 여진의 아치형 눈썹이 살짝 위로 치켜 올라갔다. 태준은 목 깊은 곳에서 시작되는 웃음을 낮게 토해냈다.

"그만 자."

"태준 씨?"

벌떡 일어나려는 여진의 몸을 살며시 누르며 태준은 가만가만 고개를 내저었다.

"오늘은 아냐. 네 마음 알았으니까, 섣불리 행동하고 싶지 않다. 오늘은 그저 네 대답만으로도 행복해. 그리고 충분해. 그러니까 그냥 자. 내일 모든 것 다 정리하고, 그리고 널 안을 거야. 이대로 널 안으면, 난 괜찮은데 네가 상처받잖아. 세상 사람들 색안경 끼고 우리 볼 거고, 그럼 너 그 사람들에게 손가락질받게 될지도 모르지. 싫다, 네가 그런 대우받는 거. 네가 사람들에게 손가락질받고, 무시당하는 것 생각만으로도 싫다.”

태준의 넓고 따뜻한 품이 너무도 포근했다. 그의 부드러운 음성이 눈물나게 다정했다. 여진은 지그시 눈을 감고 그의 목소리를 음미하듯 귀를 세웠다.

“내가 해결할게. 네 아버지도, 네 남편…… 석 사장도 내가 해결할게. 넌 그냥 내 곁에 있기만 하면 돼. 알았지?”

감긴 여진의 눈가에 파르르 경련이 일었다. 그녀의 변화를 눈치채지 못한 듯 태준은 계속 말을 이어나갔다.

“조금 있으면 날 밝겠다. 잠깐이라도 눈 붙여둬.”

바람이라도 들어갈까 꼭꼭 시트를 여며주고, 잠시도 손에서 놓지 못하겠다는 듯 태준은 재빨리 여진의 손을 잡았다. 손가락 마디마디가 얽혀들었다. 주인이 다른 두 개의 손이 손바닥을 마주하고 다시는 떨어지지 않겠다는 듯 열렬하게 맞붙어 하나로 연결되었다. 여진의 손등에 입술을 누른 태준은 옆으로 길게 누운 몸으로 그녀를 응시했다. 그새 잠이라도 들었는지 여진은 꼼짝도 하지 않고 있었다. 긴 한숨을 몰아쉬었다. 피곤하긴 했지만 여진의 곁에서 쉽사리 잠을 이룰 수는 없을 것 같았다. 창가에서 부서지는 흐릿한 달빛이 여진의 얼굴을 비추고 있었다. 태준은 여진의 얼굴을 가슴에 새기듯 오래도록 바라보고 또 바라보았다. 바로 앞에 그녀가 있는데, 자신의 품 안에 그녀가 있는데 금방이라도 연기가 되어 사라질 것만 같아 불안하고 두렵기만 했다. 태준은 여진의 여린 손을 힘껏 움켜쥐었다.

창밖은 아직 새벽이 오기 전이었다. 쉼없이 내리던 눈은 어느새 그쳐 있었다. 새하얗게 변한 세상이 어둠의 한가운데에서 빛을 밝히고 있었다.

"제주도에 등록되어진 호텔은 모두 찾아보았습니다만……."

김 비서는 말을 얼버무리며 이마에 맺힌 식은땀을 닦아냈다. 위스키를 들이키던 민서는 홱 고개를 치켜들고 버럭 소리를 질렀다.

"호텔에 없으면 모텔, 모텔도 없으면, 여관, 모두 뒤져! 숙박시설이란 숙박시설은 다 뒤지란 말이야! 할 수 있다면 민박도, 일반 가정집도 뒤질 수 있다면 뒤져. 뒤질 수 있는 데는 다 뒤지라고. 분명 어딘가에 있을 거야. 아직 둘 다 제주를 벗어나지 않았으니 여기 어딘가에 숨어 있을 거야."

글라스에 남은 위스키를 입 안에 털어 넣고 그는 다시 잔을 채웠다. 뜨거운 알코올이 식도를 타고 내려갔다. 얼굴이 검붉게 달아오르고 있었다. 얇은 유리잔을 바스러뜨릴 듯 움켜쥐고 있던 그는 냅다 창가에 잔을 집어 던졌다. 갈색 액체가 사방으로 튀었고 유리잔은 산산이 부서져 박살이 났다. 민서의 눈에서 걷잡을 수 없는 분노의 불길이 번져 나갔다.

이미 밤은 깊어가 새벽으로 치닫고 있었다. 밤이 새도록 한여진을 찾았다. 밤이 새도록 한여진의 곁에 있을 민태준을 찾았다. 금방 찾을 수 있을 것이라는 기대를 깨고 두 사람은 어디로 숨어들었는지 찾을 수가 없었다. 사람들을 풀 수 있을 만큼 풀었건만 하늘로 솟은 건지, 땅으로 꺼진 건지 민태준과 한여진은 머리카락 한 올 찾을 수가 없었다.

민서는 슬그머니 주먹을 그러모아 쥐었다. 정맥이 툭 불거져 나오고 마디가 뚝뚝 꺾이면서 소름 끼치는 소리가 났다. 테이블을 쾅 내리찍은 그는 험악한 욕설을 씹어뱉었다.

"사장님, 그만 진정하시는 게……."

"연예부에 기삿거리 하나 던져 줘."

김 비서의 말허리를 자른 그는 툭 던지듯 입을 열었다.

"네? 그게 무슨 말씀이신지……."

김 비서는 주춤주춤 물러서며 경계의 눈빛을 던졌다. 민서는 한껏 목소리를 내리깔고 위험한 게임을 즐기듯 서늘하게 말했다.

"민태준이 촬영장에서 사라졌다고 넌지시 먹이를 던져 주라고. 그럼 나머지는 기자가 알아서 할 거야. 그리고 다른 하나는, 민태준이 제작자의 아내를 유혹했다는 기사가 필요한데…… 그건 기자와 흥정을 해봐. 단, 두 번째 기사는 기사문 작성하면 팩스로 먼저 보내달라고 해야 돼. 그리고 내 허락이 있을 때에만 기사화할 수 있다고 확실하게 못을 박아야 하고. 그건, 필요하면 터뜨리고 아니면 따로 쓸 때가 있을 것 같으니까."

명령을 내리는 민서의 얼굴에 싸늘한 한기가 흘렀다.

'한여진이 지금 그놈과 같이 있나? 그놈과 밤을 보내고 있어? 그래, 오늘 하룻밤 어디 그놈 품에서 달콤한 꿈을 꿔보시지. 내일부터는 지옥이 시작될 테니까. 당신 숨통을 조이고, 그놈 숨통을 끊어주지. 민태준 그놈은 특별히 내가 직접 밟아주겠어. 감히 내 것을 넘본 죄로 밑바닥까지 끌어내려 시궁창에 처박아주겠어. 선유를 건드리면 어떻게 되는지 가르쳐 줘야지. 내 여자를 건드리면 어떻게 되는지 뼈저리게 뉘우치게 해야지.'

죽여 버려도 시원치 않을 한여진을 저주하고, 갈아 마셔도 시원치 않을 민태준을 향한 분노를 민서는 남김없이 불태웠다. 투명하게 여과되는 유리창에 시선을 박고 그는 그렇게 날이 밝기를 기다렸다.

"여진아."

태준은 곱게 잠든 여진의 이름을 소리 죽여 불러보았다.

"여진아……."

여진이 잠결에도 어깨를 옹송그리며 그의 품 안에 파고들었다. 태준은 긴 한숨을 내쉬고 여진의 어깨를 어루만졌다. 지금 나가봐야 할 것 같은데 여진은 좀처럼 일어날 기미를 보이지 않았다. 하긴 함께 나갈 것도 아니니 여진이 잠든 틈에 다녀오는 것도 괜찮을 듯했다. 우선 촬영팀이 급선무였다. 스태프들 먼저 서울로 돌려보내고 한시 바삐 여진의 부친을 만나뵈어야 할 듯했다. 민서는 그 다음이었다. 가장 나중에 그를 만날 것이다. 어차피 그는 여진에게 충실한 남편도 아니지 않은가.

태준은 여진의 귓가에 입을 모으고 소곤거렸다.

"금방 다녀올게. 자고 있어."

듣지 못할 거라는 걸 알면서도 태준은 왜 가야 하는지 설명하는 것을 멈추지 않았다.

"어제 스태프들 내려왔는데 아무래도 먼저 돌려보내야 할 것
같아. 배우들과 다시 시간 조정해서 내려오든지 하고, 먼저 아버
님부터 만나뵙도록 해야지. 내가 올 때까지 푹 자고 있어."

태준은 여진의 이마에 부드럽게 입을 맞추고 침대 맡 선반에서
메모지를 꺼내 들었다. 주머니를 뒤적거려 볼펜을 찾아 짤막하게
메모를 남겼다.

『촬영장에 다녀올게. 오래 안 걸릴 거야. 아침은 내가 올 때 사 오
든지 그게 아니면 나가서 너 좋아하는 걸로 사 먹자. 뭐 먹고 싶은지
생각하고 있어.』

반으로 접은 메모지를 눈에 잘 띄는 선반에 올려놓고 다시 한
번 여진의 얼굴을 살폈다. 곤히 잠든 여진의 모습이 영화의 한 장
면처럼 곱기만 했다. 잠결에 흐트러진 머리카락을 귀 뒤로 넘겨주
며 조심조심 얼굴 윤곽을 손끝으로 더듬었다. 손끝에 와 닿는 살
결이 실크처럼 부드럽게 착 감겼다. 태준은 아쉬운 표정으로 손을
뗐다. 이대로 나가려니 발이 떨어지지 않았다. 행여나 자신이 나
갔다 오는 사이 여진이 사라지기라도 할까 염려되어 마음 한쪽이
무겁게 가라앉았다. 태준은 쓸데없는 생각을 털어내듯 머리를 거
세게 가로저었다. 그리고 잠든 여진의 입술에 짧은 입맞춤을 남기
고 나직하게 속삭였다.

"내가 다녀올 때까지 이대로 잠들어 있었으면 좋겠다. 너, 어딘

가로 사라질까 봐 너무 두렵고 무섭거든.”

차마 여진에게는 하지 못하는 속엣말을 쏟아내며 태준은 어렵사리 침실을 빠져나갔다. 몇 번이나 뒤를 돌아보고 또 돌아보며.

달칵―

문이 닫히는 소리가 들려왔다. 저벅저벅, 현관으로 나가는 발자국 소리도 귀를 메웠다. 여진은 시트를 움켜쥔 손을 비틀었다. 현관문 닫히는 소리까지 들려올 때에야 그녀는 침대에서 일어날 수 있었다.

끝이다. 그들의 하루는 이제 끝을 맞이했다.

어기적거리며 침대 아래로 내려섰다. 다리가 후들거렸다. 금방이라도 바닥에 주륵 미끄러질 것만 같아 여진은 있는 힘을 다해 선반을 짚었다. 작은 메모가 손 안에 들어왔다. 멈칫하는 눈길로 하얀 종이를 내려다보던 여진은 떨리는 손길로 메모지를 펼쳤다. 태준이 남긴 글귀를 읽는 동안 눈빛이 위태롭게 흔들렸다. 흔들리는 눈동자 아래로 물기가 점점이 번져 나갔다. 여진은 그만 바닥으로 무너지고 말았다.

시간이 다 되었다는 걸 알고 있었다. 영원을 욕심내지 않았으니 이제 돌아서야 할 시간이라는 것도 너무나 잘 알았다. 하지만 이건 그를 두 번이나 아프게 하는 결과만 몰고 왔다. 그녀의 욕심으로 태준은 두 번이나 버림을 받아야만 했다. 잔인하게 한 번 버린 것으로 부족해 또 한 번 그에게 상처를 남길 생각을 하자 그녀는 자신에게 저주를 퍼붓고 싶었다. 지옥에나 떨어지라고 욕설을 내뱉고 싶었다. 그나마 남은 미련이 하나 있다면, 이번엔 그를 조금이라도 덜 아프게 하고 돌아설 수 있기를, 그를 덜 힘들게 하고 돌아설 수 있기를 간절히 원했다. 남은 욕심은 오직 그것 하나였다.

그를 조금만 덜 사랑했다면 이렇게 힘들지 않아도 될 텐데, 그를 향한 사랑이 이렇듯 깊고 견고하지만 않다면 더 좋았을 텐데. 그녀는 시뻘건 핏물이 배어나올 정도로 그악스레 입술을 물었다. 아버지에게 가자고 했지. 모든 걸 해결한다고 함께 가자 했던 태준의 말을 되새기며 여진은 고개를 내저었다. 말도 안 된다. 벽을 노려보는 그녀의 눈에서 새파란 독기가 스며들었다.

태준이 돌아오기 전까지 이별을 말할 준비를 마쳐야 한다. 이렇듯 넋 놓고 있는 건 현명하지 못한 처사였다. 여진은 쓰러질 듯 휘청거리는 다리에 힘을 주고 다시 일어났다. 간신히 한 걸음 떼려는 찰나, 벌컥 하고 현관문 열리는 소리가 펜션을 가득 메웠다. 사람들의 구둣발 소리도 우르르 들려왔다. 여진은 가운 자락을 여미며 조심스레 침실 문을 열었다. 그리고 얼어붙듯 움직임을 멈추고 말았다.

"한여진이."

검은 정복을 입은 한 무리의 사람들 속에 서 있던 민서의 얼굴에 잔혹한 미소가 새겨졌다.

"당신, 여기 어떻게……."

여진은 말을 잇질 못했다. 문고리를 쥐고 있는 그녀의 손이 바들바들 떨리고 있었다.

"왜? 아내의 외도현장에 남편이 들이닥치니 놀랍긴 한가?"

당장이라도 죽일 듯이 사납게 노려보던 그가 일렬로 늘어선 남자들을 향해 손을 들어 올렸다.

"그만 나가 있어."

주변을 둘러보던 사내들이 하나씩 펜션을 빠져나갔다. 민서와 여진을 번갈아보던 김 비서는 우물쭈물하며 망설이고 있었다.

"사장님, 저어……."

"나가! 찾기 전까지는 들어오지 마. 알았나?"

집 안이 떠나가라 고함을 지른 그는 김 비서를 밖으로 내동댕이쳤다. 그리고 현관문을 잠그고 여진에게 한 걸음씩 다가서던 그는 냉랭하게 뇌까렸다.

"호텔부터 뒤지느라 시간이 좀 걸렸지. 이런 곳에 숨어 있을 줄 누가 알았겠어."

여진은 뒤로 주춤주춤 물러서고 말았다. 핏발이 선 그의 눈동자는 등골이 오싹할 만큼 두려움을 몰고 왔다.

"어떻게 해줄까, 한여진이?"

민서의 입가에 냉소가 물렸다.

"어떻게 해줄까, 한여진이? 응? 대답해 봐."

코앞에 다가선 그가 잡아먹을 듯 으르렁거렸다. 여진은 메마른 침을 삼키고는 고개를 떨어뜨렸다. 그녀의 턱을 바스러뜨릴 듯 억세게 움켜쥔 그는 집 안을 휙 둘러보며 사납게 쏘아붙였다.

"그 자식은 어디 갔지?"

"그 사람은 왜 찾아요?"

민서의 손길을 쳐내고 여진은 싸늘하게 되쏘았다. 그가 픽 실소를 터뜨렸다.

"몰라서 묻나?"

"그 사람은 상관없어요. 내가 잡았어요. 가지 못하게, 내 곁에 있어달라고 내가 잡았어요."

그녀의 대답에 민서의 얼굴이 보기 싫게 일그러졌다.

"영화 제작을 전면 중단할 거야. 그놈을 영화계에서 매장시켜 버리겠어. 다시는 일어설 수 없도록 재기불능으로 만들어주지."

잠시 흔들리던 여진의 눈가에 비웃음이 서렸다. 여진은 최대한 초연하게, 그리고 담담하게 입을 열었다.

"그 사람은 상관없다고 했잖아요. 내가 붙잡았다고! 그리고 그 정도로 태준 씨가 무너지지는 않아요. 당신이 원하는 게 그거라면 어디 한번 마음대로 해봐요."

흉하게 비틀린 민서의 입에서 험악한 욕설이 튀어나왔다. 여진 은 고집스레 했던 말을 속으로 되뇌었다.

그는 무너지지 않는다. 석민서의 한마디에 무너질 만큼 위태 로운 자리에 서 있을 태준이 아니다. 그를 지키기 위해 무슨 짓을 했는데. 그를 그 자리에 있게 하기 위해 어떤 일을 했는데 겨우 그 정도에 무너진다는 말인가. 누구보다 강한 사람이다. 석민서 는 민태준을 짓밟지 못할 것이다. 그녀는 한 치의 흔들림 없이 민 서를 노려보았다.

빙긋이 웃음을 물고 있던 민서는 쯧쯧 혀를 차며 코트 안주머니 를 뒤져 무언가를 꺼냈다. 그리고 여진의 발치에 내던졌다. 여진 의 눈길이 바닥에 떨어진 신문을 향했다.

『'불멸의 연인'을 촬영 중인 민태준 감독. 제주도에서 행적 묘연. 자취를 감춘 민태준 감독은…….』

굵은 헤드라인 글귀가 그녀의 눈에 파고들었다. 여진의 얼굴에서 핏기가 싹 사라졌다.

"뭐예요, 이거?"

"글쎄, 뭘까?"

민서는 또 다른 종이를 꺼내 그녀의 눈앞에서 흔들어댔다.

"제보는 내가 했지. 저건 전초전일 뿐이야. 진짜는 여기 있거든."

여진은 다급하게 민서의 손에 들린 종이를 빼앗았다. 종이를 빽빽이 메우는 글을 보던 여진은 거대한 지진에 휩싸이듯 비틀거리고 말았다.

『S그룹 오너의 아내인 H씨와 러시아에서 학업을 마친 유학파 신인감독 M씨의 부적절한 관계…….』

단말마의 신음이 튀어나왔다. 여진은 양손으로 입을 막고 얕은 숨을 토해냈다. 정신이 아득해지고 있었다.

"이게 세상에 밝혀지면 어떤 파장을 일으킬지, 궁금하지 않아?"

민서의 빈정거림이 날카로운 화살처럼 심장 깊숙이 파고들었다. 여진은 목이 떨어져 나가라 거칠게 고개를 내저었다.

"안 돼, 안 돼요, 이건. 이럴 순 없어."

이니셜로 표기했지만 눈이 있고 생각이 있는 사람이라면 S그룹이 어디인지, H씨와 M씨가 누구인지 사람들은 금방 알아챌 것이다. 그저 제작만을 중단할 줄 알았던 민서의 강력한 대응에 여진은 할 말을 잊고 말았다. 민서가 쥐고 있는 무기는 그녀가 미처 생각하지 못한 결과였다. 그 무기가 부친의 귀에 들어간다면……. 여진은 벼랑 아래로 떨어지듯 암담한 현실에 눈을 질끈 감고 말았다.

"아직 기사로는 나가기 전이야. 하지만 내 말 한마디면 바로 세상에 알려지겠지. 어쨌든 불륜이란, 우리 나라 도덕상 받아들일 수 없는 더러운 범죄거든. 더구나 이곳에서 밤을 지새웠다는 증거까지 완벽하니 민태준은 빼도 박도 못하겠지. 무엇보다……."

그는 약 올리듯 말끝을 길게 늘였다.

"이 기사가 세상에 나가면, 장인어른이 상당히…… 좋아하실 거야. 당신 귀한 딸이 이런 놈과 살을 섞었다는데 아주 기뻐하시겠지. 그렇게 생각하지 않아, 한여진이?"

여진의 몸이 바닥으로 주르륵 미끄러졌다. 순간 부친의 건넸던 수첩의 글귀가 춤을 추듯 눈앞에 어른거렸다.

『다쳐도 상관없다는 거지.』

시간은 흘렀지만 달라진 건 없었다. 또다시 그의 안전을 담보로 그들은 그녀의 사랑과 자유를 저당잡히라 강요하고 있었다.

"당신은 못해. 그 기사를 세상에 내놓지는 못할 거예요. 그 기사가 나가면 당신 이름도 세간에 거론 될 텐데, 그걸 밝히겠다고요?"

여진은 지푸라기라도 잡는 심정으로 받아쳤다. 하지만 그는 냉랭하게 일관하고 있을 뿐 일절 흔들리지 않았다.

"아니, 괜찮아. 나야 그럴듯한 연기를 하면 되겠지. 아내의 불륜에 상처 입은 남편 역할을 충실히 하면 그만이야. 뜻밖의 동정표까지 얻을 수 있겠지. 그렇게 생각하지 않아? 내가 못할 거라고 했나, 한여진이? 천만에! 난 언제든지 저 기사를 터뜨릴 수 있어.”

“안 돼요, 그건 안 돼. 내가 용납하지 않아. 그러지 말아요. 그러면 안 된단 말이에요. 어떻게…… 어떻게 하면 돼요? 어떻게 하면 되는 거죠? 당신이 바라는 게 뭐예요.”

신음과도 같은 말을 간신히 쥐어짜듯 내뱉었다. 민서는 냉소를 물고 여진의 앞에 허리를 굽혔다.

“돌아와.”

서늘한 음성이 그녀의 귓가를 관통하고 지나갔다.

“돌아가려…… 했어요.”

“아니. 이번엔 껍데기만 있는 건 싫어. 완벽하게…… 내 여자로 돌아와.”

“미안하지만, 그런 일은 안 생겨요.”

여진은 나직하게 쏘아붙였다. 민서의 눈썹이 꿈틀하며 역으로 휘어졌다.

“한순간도 당신 여자였던 적 없어요. 단 한 순간도!”

그는 눈을 가늘게 치뜨고 여진을 죽일 듯이 노려보았다. 여진은 이를 악물고 한자한자 힘주어 덧붙였다.

“난, 오래전부터 그 사람의 여자였어요. 그러니 당신 여자로 돌아가는 일 따위는 절대로 없어요. 알아들었어요? 당신 여자가 되는 일은 죽어도 없다고요!”

민서는 치솟아오르는 격분을 다스리기 위해 주먹을 쥐었다 폈다를 반복했다. 여진을 주시하는 그의 눈에서 시퍼런 불길이 번져 나가고 있었다.

"말해 봐. 그놈과…… 잤나? 민태준, 그놈과 잤어?"

치명적인 독을 묻힌 화살이 심장에 박히듯 그녀는 움찔하고 말았다. 민서는 여진의 어깨를 우악스레 움켜쥐고 따지듯이 언성을 높였다.

"그놈과 얽혀들었냐고! 내게는 언제나 몸을 열지 않던 한여진이, 그놈에게는 기꺼이 몸을 열어주었……."

"네, 그랬어요."

여진은 민서의 말허리를 잘랐다.

"그 사람에게 안겼어요. 그 사람과 잤어요. 밤새 그 사람과……."

철썩!

그녀의 얼굴이 홱 돌아갔다. 철썩 하는 소리와 함께 또 한 번 피부와 피부가 부딪치는 마찰음이 길게 울려 퍼졌다. 여진의 얼굴이 반대편으로 홱 꺾어졌다.

"당신은 아직까지 내 아내야!"

민서는 침을 뱉듯 퉤 하고 말을 쏟아냈다. 그는 전신의 힘을 다 끌어 모으듯 손을 번쩍 들고 그녀의 얼굴을 한 번 더 갈겼다. 여진의 뺨에 세 번째의 아픔이 찾아왔다. 여린 볼 살이 찢어졌는지 찝찔한 피내음이 식도를 타고 내려갔다. 반박할 기운도 남아 있지 않았다. 그의 손찌검에 따라 휙휙 돌아가는 얼굴을 돌릴 생각도 하지 않고 여진은 바닥으로 시선을 내렸다.

일순, 뺨에 난 손자국에 민감한 반응을 보이던 태준의 모습이 떠올랐다. 여진은 재빨리 얼굴을 감쌌다. 더 이상 맞을 수는 없다는 듯, 더 이상 당하지는 않겠다는 듯. 픽 코웃음을 흘린 그가 한 손으로 그녀의 목을 틀어쥐었다. 숨이 컥 막혔다. 여진은 힘겹게 입술을 달싹였다.

"그만, 그만 해요. 내가 돌아가길 바란다면 손찌검은 거둬요. 때리는 건 안 돼요. 맞는 건 안 돼. 손자국이 남으면 그 사람…… 의심할 거야. 내가 돌아가길 바란다면 여기서 그 손, 치워요."

목뼈를 부서뜨릴 듯 거세게 힘을 주고 있던 민서의 손에서 스르르 힘이 빠져나갔다. 여진은 가쁜 숨을 몰아쉬며 겨우겨우 말을 이었다.

"돌아가려 했어요. 정말이야. 그 사람 곁에 평생 있을 수 없다는 거, 누구보다 내가 더 잘 알아요. 돌아갈게요. 그러니 제발, 그 기사는 없던 걸로 해줘요. 어떤 일이 있어도 아버지가 알면 안 돼요. 그러니까, 부탁이니까, 아버지 귀에 안 들어가게 당신이…… 도와줘요."

피를 토하듯 여진은 가슴을 쥐어뜯으며 말을 마쳤다. 그녀의 눈에서 서서히 생명력이 빠져나가고 있었다.

"내 발로 돌아갈게요. 대신 그 사람에게 이별을 말할 수 있는 마지막 시간을 줘요. 이대로 갈 수는 없어요. 부탁이에요."

"도대체! 도대체, 어떤 사이야? 그놈과 당신, 무슨 사이야!"

민서는 여진을 바닥으로 내팽개치며 귀청을 찢을 듯 소리를 질렀다. 힘없이 쓰러진 여진의 어깨가 들썩였다.

"내가…… 사랑하는 사람, 나를…… 사랑하는 사람."

"나는? 나는 당신에게 뭐야? 나는 뭐냐고!"

여진은 두 손으로 얼굴을 가렸다. 손바닥 사이로 희미한 음성이 새어나왔다.

"그를 지키기 위해 당신과 결혼했어. 당신은 그 이상도, 그 이하도 아냐."

돌연 그가 요란하게 웃음을 터뜨렸다. 미친 듯이 눈물까지 찔끔거리려가며 웃던 민서는 여진을 노려보며 딱 웃음을 멈추고 뇌까렸다.

"그거군, 그거였어, 제기랄! 좋아. 그놈을 위해 나와 결혼했다고 했나? 그럼 이젠 그놈을 위해 내 곁에 있어. 평생, 죽을 때까지 내 곁에 있어. 그놈의 스캔들을 막아달라고 했던가? 그래, 그렇게 하지. 단, 당신은 죽는 그 순간까지 내게서 못 벗어날 거야. 명심해!"

민서는 쐐기를 박고 걸음을 돌렸다. 현관까지 나갔던 그는 할 말이 남았다는 듯 홱 몸을 돌리고 여진을 쏘아보았다.

"오늘 밤이야, 한여진. 오늘 밤까지 제자리로 돌아와."

공허한 눈빛으로 허공을 바라보는 여진을 뒤로하고 민서는 현관문을 닫았다. 밖에서 기다리는 사내들이 하나둘 자동차에 올라 먼저 출발하고 있었다. 비서실장이 문을 열고 기다리는 차에 오르기 전, 민서는 코트 주머니를 뒤적거려 작은 종잇조각을 꺼냈다. 한 회장이 쓴 수첩의 한 페이지였다. 그는 사나운 욕설을 씹어뱉으며 종이를 갈기갈기 찢어발겼다.

"미안하지만 회장님, 그렇게는 못하겠습니다. 저 여자…… 생각 외로 내 심장 깊숙이, 너무 깊숙이 들어와 버린 것 같아서, 그렇게는 못하겠군요."

그의 손을 벗어난 하얀 종이가 한겨울의 거센 바람을 타고 사방으로 흩어졌다.

태준이 들어섰을 때, 여진은 막 나가려던 참이었다. 전날 그가 사주었던 바지와 니트, 그리고 크림색 점퍼 대신 실크 블라우스와 코듀로이 흰색 스커트로 단정하게 갈아입고, 무릎까지 내려오는 긴 코트로 몸을 감싼 여진은 마치 다른 사람 같았다. 태준의 눈에 언뜻 당혹감이 스쳤다.

"여진아?"

앤틱 실버 이브닝 백을 들던 여진의 눈길이 태준에게 멈췄다. 태준은 여진이 들려는 자그마한 가방을 빼앗아 들고 그녀의 얼굴을 뚫어져라 바라보았다.

"어디 가려는 거야?"

"집에 가야죠."

여진의 싸늘한 대응에 태준은 할 말을 잃고 말았다. 코트와 같은 색깔의 이브닝 백이 바닥으로 툭 떨어져 내렸다.

"집에, 가야죠?"

태준은 여진이 했던 말을 되뇌며 그녀의 앞으로 성큼 다가섰다. 귀찮다는 듯이 바닥에 떨어진 가방을 주워 든 여진은 탁탁 먼지를 털고 뒤로 물러났다.

"당연한 걸 왜 물어요?"

"한여진!"

태준의 음성이 나직하게 가라앉았다. 여진은 거세게 고개를 가로젓고 펜션 벽에 부착되어진 달력과 시계를 가리켰다.

"민태준 씨, 당신 바보예요? 어제 당신이 말한 하루는 지나갔어요. 어제는 어제고, 오늘은 어제와 다른 오늘이라는 거, 몰라서 이러는 거예요?”

태준의 몸이 휘청거렸다. 이거였나 보다, 그토록 그를 불안하게 만들었던 감정의 실체는. 여진을 남겨두고 떠날 때도, 촬영장에서 스태프들을 돌려보낼 때도 내내 그를 조바심에 떨게 만들었던 초조함이 결국은 이걸 뜻하는 거였나 보다. 소파에 무너진 태준은 양손으로 얼굴을 쓸어 내렸다.

“이유가 뭐야. 몇 시간 전과 지금, 네 행동이 현저하게 바뀐 이유. 그거 뭣 때문이야.”

여진은 입매를 굳히며 어깨를 으쓱였다.

“이렇게 갑자기 변할 리는 없어. 이렇게 갑자기 모든 걸 뒤집어 엎을 수는 없다고, 한여진!”

태준의 음성이 탁하게 갈라져 나왔다. 여진은 거실 창으로 다가가 테라스로 통하는 방음창을 활짝 열어젖혔다. 완벽하게 메이크업을 마친 그녀의 얼굴에 잠시 슬픔이 배어들었다. 하지만 태준을 향해 몸을 돌리는 순간 무표정한 얼굴로 다시 돌아와 있었다.

“말했잖아요, 우리가 말한 하루는 끝났다고. 제자리로 돌아가야죠. 나는 석민서의 아내로, 당신은 내 남편이 제작하는 영화의 감독으로.”

여진은 오금을 박듯 한자한자 힘주어 말했다. 태준의 얼굴이 일그러졌다. 비틀거리며 소파에서 일어난 그는 여진에게 한걸음 다가섰다. 여진이 손을 내밀어 그와의 사이에 높은 벽을 쌓았다.

“당신이 그랬어요. 잠시 쉬어가라고, 당신 어깨 빌려줄 테니까 하루만 쉬어가라고. 내가 필요한 건 잠시 쉬는 거였어요. 그 이상을 원하진 않았어요.”

여진의 손목을 홱 낚아챈 태준은 으르렁거리듯 입을 열었다.

“연극하지 마. 내가 나가기 전까지만 해도 내 품에 안겨서 자던 너였어. 안아달라고 네 발로 찾아온 너였어. 지금 네 모습, 내 눈엔 어설픈 연기로밖에 안 보여.”

여진은 픽 코웃음을 쳤다.

“제대로 봤어요. 근데, 지금 연기하는 게 아니라 새벽에 당신이 봤던 모습이 연극이라면…… 당신 어쩔 거죠?”

여진의 싸늘한 모습이 낯설었다. 아니, 오래전에 한 번 봤던 모습이기도 했다. 다시는 보고 싶지 않던 모습을 마주하자 단단하게 뿌리내리고 있던 그의 세계가 송두리째 뒤흔들렸다.

“너 왜 이래? 너 왜 이러는 거야!”

태준은 다그치듯 여진을 벽으로 몰아붙이고 소리쳤다. 그녀는 야멸차게 그의 손을 털어냈다.

“같은 말 두 번 하게 하지 말아요. 난 단 하루의 휴식이 필요했고, 이젠 필요없다는 뜻이에요. 알아들었어요? 민태준 씨와 하루를 즐길 수는 있어도 평생을 함께할 수는 없다고요. 여기서 더 설명을 해줘야 하나요? 그 정도로 당신, 아둔해요?”

어서 나가야 했다. 흔들리고 무너지는 그의 모습을 더 이상 볼 수는 없었다. 여진은 재빨리 걸음을 옮겼지만 태준의 우악스러운 손길에 움직임을 멈추고 말았다.

“못 가, 너. 내가 말했지? 너 안 보낸다고, 못 보낸다고, 다시는 석민서에게 너 안 보낸다고 내가 말했지!"

그의 손이 살 속에 파고들고 있었다. 여진은 질끈 눈을 감고 말았다. 물러서면 안 된다. 그의 원망하는 모습에 결코 물러서는 나약함을 보이면 안 된다. 그렇게 되면 모든 게 끝이었다. 여기까지 오는 동안 쌓은 모든 비밀들이 일시에 무너질 터였다.

"다리를 부서뜨려서라도 못 가게 할 거야."

그녀의 팔을 움켜쥔 태준의 손아귀에 엄청난 힘이 실렸다. 여진은 새어나오려는 신음을 삼키고, 감정이 실리지 않은 평이한 어조로 담담하게 입을 열었다.

"그래서? 그래서 어쩔 건데? 다리를 부서뜨릴 거야, 아니면 못 가도록 길을 막을 거야? 이것 봐, 태준 씨. 뭔가 중요한 걸 잊고 있나 본데, 우린 어제 아무 일도 없었어. 당신 말대로 당신 여자가 되는 일 같은 건 없었거든. 근데 무슨 이유로 날 막을 거야? 무슨 이유로 내 길을 방해하는 거지?"

여진은 비웃음을 터뜨리며 태준을 한심하다는 듯 훑어보았다. 태준의 얼굴에 경악이 스쳐 지나갔다. 그녀의 웃음소리가 더욱 히스테릭하게 높아졌다. 미세하게 균열이 가는 심장은 무시했다. 폐를 찌를 듯한 고통스러움도 외면했다. 지금은 마지막 일격을 가해야 할 때. 민태준이 한여진이라는 묵은 찌꺼기를 말끔히 지워낼 수 있도록 도와주어야 했다. 최대한 잔인하게, 최대한 가혹하게.

"하긴 어제 태준 씨가 날 안았어도 달라진 건 없었어. 당신 길과 내 길, 여전히 다르거든. 그래도 헤어지기 전에 옛정을 생각해서 마지막 남은 하룻밤을 선물하려고 했더니, 미련한 당신은 그것마저 놓쳐 버렸지. 언제나 그래, 당신은. 그때도, 지금도 달라진 건 없어. 나는 쉽게 내주려는 하룻밤을 당신은 꽤나 심각하게 받아들 였지. 민태준이라는 장난감을 갖고 놀았으니 값을 치르려 했는데 그걸 무슨 대단한 뜻인 양 오해해서 설쳐 대는 꼴이란……."

"Shut up!"

태준의 거친 목소리가 여진의 말을 잘랐다. 하지만 여진은 계속 해서 빈정거리는 것을 멈추지 않았다. 아직 끝나지 않았다. 이 정도 로 해서 저 미련한 남자가 나가떨어지지는 않을 것이다. 여진은 일 부러 가증스러운 미소를 흩뿌렸다. 지겹다는 듯 인상도 찌푸렸다.

"이래서 싸구려 장난감은 유치하다니까. 주제도 모르고 날 넘 보질 않나. 하, 웃겨. 웃기지도 않아, 정말. 귀찮게 얽혀들지 마. 짜증나게 질척거리지 말라고. 하루 정도 잘해준 걸로 너무 많은 기대도 하지 마. 하루의 유효기간이 끝났으면 받아들일 줄도 알아 야지. 가진 것도 별로 없는 당신 주제에……."

"Shut up, Shut up!"

미친 듯이 소리를 지르던 태준의 몸이 바닥으로 스러졌다. 여진 은 질끈 입술을 물고 창밖을 노려보았다. 펜션 주변의 자그마한 정원이 새하얀 눈으로 뒤덮여 있었다. 세상은 눈부시도록 빛났건 만 그녀의 마음은 지옥처럼 시커멓게 타 들어가고 있었다. 이제 서서히 끝이 보였다. 태준이 무너지는 모습이 피부로 느껴지고 있 었다. 제발, 내 앞에서 무너지지는 마. 그럼 나, 미쳐 버릴 거야. 그녀는 오돌오돌 떨리는 팔에 손톱을 세웠다.

"그만 해라, 여진아. 부탁이니까, 제발 그만 해라……."

물기 하나 없이 건조한 태준의 음성이 거실을 메웠다. 목이 따끔따끔거린 그녀는 마른침을 삼켰다. 가슴에서 뜨겁게 응어리진 무언가가 식도를 타고 올라오려 하고 있었다.

"너, 그때도 이런 말을 했었지. 그때도 날 떠나면서 이런 말을 했었어. 기억하니?"

태준의 물음에 여진은 대답을 거부했다. 그가 후후 힘없는 웃음을 내뱉었다. 물론 그녀도 기억하고 있었다. 어떻게 잊을 수 있을까, 그날을. 어떻게 지울 수 있을까, 그날을.

"난 기억해. 토씨 하나 빠뜨리지 않고 기억해. 잊고 싶은데 잊을 수가 없었지. 아마도…… 그게 네 마지막 모습이라서 더 잊을 수가 없었나 봐. 근데, 또 보고 말았군. 또 듣고 말았어. 같은 여자에게서, 두 번이나 버림을 받게 되는군, 나는……."

자리를 털고 일어난 그는 여진의 눈을 정시했다. 어느새 흐트러진 자세를 바로잡은 태준은 그 어느 때보다 침착하게 말을 이었다.

"단 하루라는 시간에, 내가 너무 많은 기대를 했다고 했지? 그래. 너무 많은 기대를 했었어. 하지만 네가 기대를 하게끔 만들었다는 거, 넌 모르니? 말 한마디, 눈빛 하나, 손짓 하나가 넌 날 사랑하는 것처럼 행동했어. 내가 없으면 안 되는 것처럼 행동했어. 그런데 그게 거짓이었다라. 지금의 네 모습이 연극이 아니라, 어제의 네 모습이 연극이었다라."

그가 짧게 박수를 쳤다. 서너 번 손뼉을 마주친 그는 여진을 바라보며 쓴웃음을 지었다.

"대단해, 한여진. 두 번이나 날 농락하다니. 하, 나도 대단하다.

너란 여자에게 두 번이나 당하다니. 매번 한여진이라는 존재에 나는 이성을 잃곤 했어. 그래, 인정하지. 이번에도 완벽하게 네 장단에 놀아났다는 걸 인정하겠어. 난 네게 있어서 언제나 장난감일 뿐이지. 그것도 쉽게 싫증내는 싸구려 장난감……. 그런 너에게 난 뭘 기대한 걸까.”

여진은 태준의 눈길을 피하며 고갯짓을 했다. 더 이상 그의 말을 들을 수가 없었다. 조금만 시간을 지체하면 그의 상처 입은 가슴을 어루만져 줄지도 몰랐다. 혼신의 힘을 다해 마지막 순간까지 버텨야 했다.

“갈게.”

돌아서는 그녀의 팔을 태준이 잡아챘다.

“사랑한다의 반대말이 뭔지 아니?”

여진의 몸이 뻣뻣하게 경직되었다. 태준은 피식 웃으며 덧붙였다.

“사랑했었다야. 미워하거나 증오하거나, 혹은 싫어하거나 그 어떤 것도 아니지.”

잠시 말을 멈춘 그는 긴 한숨을 내쉬고 나직하게 말했다.

“사랑했었다, 한여진. 너, 죽도록 사랑했었다.”

현재형과 과거형. 하나 더하기 하나처럼 너무나 간단명료한 해답. 여진의 다리가 힘없이 꺾였다. 그가 떠나려 하고 있었다. 마지막 인사를 남기고 그녀의 인생에서 빠져나가려 하고 있었다. 잘된 일이다. 이걸 바라지 않았던가. 하지만 여진은 맥을 놓듯 바닥으로 쓰러지고 말았다. 순간 날렵하게 그가 그녀를 안아주었다. 태준의 더운 숨결이 그녀의 귓가에 바람처럼 스며들었다.

“스태프들을 돌려보내고 오면 제일 먼저 네게 사랑한다는 말을 해주려고 했었지. 그런데 사랑했었다라는 말을 들려주게 될 줄은 나도 몰랐어.”

여진의 가냘픈 허리에 둘러진 팔을 치우며 태준은 지그시 어금니를 물었다. 한마디도 하지 않는 여진의 굳게 닫힌 입술이 이별의 시간이 다가왔음을 예고하고 있었다. 여진이 한 걸음씩 그에게서 멀어졌다.

“부탁 하나만 하자, 한여진.”

그녀가 움직임을 멈추고 제자리에 섰다.

“오래전, 네가 오늘처럼 모질게 돌아섰을 때, 네가 그랬지. 다음에 다시 만나면 우린 모르는 사이라고. 이번엔 내가 부탁하지. 다음에 다시 우리가 만나면…… 너, 모르는 사람이다. 완벽한 타인이야. 알았어?”

지그시 혀를 물고 여진은 고개를 끄덕였다.

“너, 행복하지 마라. 행복하면…… 내가 용서 안 해.”

그가 싸늘하게 뇌까렸다. 그리고는 여진을 지나쳐 먼저 현관으로 나갔다.

“약속하지. 오늘 이후로 널, 내 기억에서 제외시킬 거야. 내 심장에 남은 너란 존재, 남김없이 죽여 버리겠어.”

여진은 힘없이 무너지려는 몸을 간신히 지탱시켰다. 여기서 무너지면 모든 게 끝이다. 이를 악물고 그가 나가는 순간까지 버텨야 했다. 잘하지 않았는가. 조금만 더 참자, 조금만 더. 현관문을 열던 그가 멈칫거리며 뒤를 돌아보았다. 암울하게 변한 그의 눈동자가 아프도록 그녀의 눈에 파고들었다.

"기억해. 어제 우리의 하루를, 그리고 밤을…… 너, 평생토록 기억하고 살아. 넌 거짓이었다고 하지만 내가 사랑한 건 어제의 너야. 이렇게 변해 버린 너를, 진심으로 저주한다, 한여진. 지옥에나 떨어져!"

찬바람이 휘몰아쳤다. 그리고 그가 나갔다. 그녀의 인생에서, 그녀의 소중한 추억의 한 장면에서 태준이 사라지고 있었다. 그가 나가는 걸 확인하고 나서야 여진의 몸이 바닥으로 널브러졌다. 금방이라도 뛰어나가 그를 잡고 싶었다. 그게 아니라고 설명하고 싶었다. 하지만 그럴 수 없음을 누구보다 잘 알기에, 그래서는 안 된다는 걸 누구보다 잘 인지하고 있었기에 여진은 태준을 향해 뻗어 나가려는 손을 접었다. 참고 참았던 눈물이 후두둑 떨어져 내렸다. 뺨을 적시는 눈물이 가슴을 적시고 있었다. 미쳐 버릴 수만 있다면, 이 순간 모든 기억을 소멸하고 정신 나간 여자처럼 미쳐 버릴 수만 있다면 더 바랄 것이 없을 것 같았다.

'당신을 조금만 덜 사랑했다면 우린 이렇게 아프지 않아도 될 텐데, 당신이 날 조금만 덜 사랑했다면 우린 이렇게 아파하지 않아도 될 텐데. 우린…… 왜 이렇게 서로를 놓지 못하는 걸까. 당신은 모르겠지. 알기를 바라지도 않아. 날 저주하더라도, 난 당신과 같은 하늘 아래에서 살고 싶어. 어느 날 갑자기 당신이 사라지길 바라지 않아. 당신을 지킬 수 있다면 나, 열 번이고 백 번이고 당신 저주 달콤하게 받아들이겠어. 그건…… 당신이 어딘가에 살아 있다는 소리니까. 날 저주한다는 건, 당신이 숨을 쉬고 웃으며 살아 있다는 거니까.'

　　그를 지키기 위해 아버지의 제의를 받아들인 적이 있었다. 이젠 그를 지키기 위해 민서의 제의를 받아들여야 할 때였다. 순간 마지막으로 한 번만 더 그의 얼굴을 볼 수 있기를 바라며 여진은 창가로 내달렸다. 하지만 태준을 태운 자동차는 이미 까만 점이 되어 사라지고 있었다. 그렇게, 두 번이나 그를 버렸다. 오래전 그때와 같이 그의 사랑을 남김없이 짓밟고 그를 떠나보내고 말았다.

　　"다음에 다시 우리가 만나면…… 너, 모르는 사람이다."

　　그가 남긴 말이 자잘한 유리조각처럼 그녀의 심장에 조각조각 내리꽂혔다. 그 말은 그녀가 태준에게 했던 말이다. 오래전 그때, 그를 버리면서 했던 말이었다. 변한 것은 없었다. 모든 것이 제자리로 돌아왔을 뿐. 잠시 동안 황홀한 꿈을 꾸고 잔인한 현실인 원점으로 되돌아왔을 뿐.

　　"아버지…… 내가 해냈어요. 이제 그 사람, 안전하겠죠. 그렇죠."

　　창문 틀을 짚고 서 있던 그녀의 몸에서 서서히 힘이 빠져나갔다. 한줄기 남아 있던 의식이 저 멀리 어딘가로 사라지고 있었다. 시커먼 암흑 속으로 빠져들며 여진은 생각했다. 당신을 사랑해서 행복하다고, 당신을 지킬 수 있어서 다행이라고 꺼져 가는 의식 너머로 되뇌고 또 되뇌었다.

part- I 『끝을 위한 시작』 The End